OTAGE

Clare Mackintosh est l'autrice de quatre thrillers psychologiques qui font d'elle une romancière mondialement connue. Après douze années dans la police où elle nourrit sa connaissance psychologique de l'humain, elle fait le choix de l'écriture. Ses romans, parus en France aux éditions Marabout et au Livre de Poche, traduits en plus de trente-cinq langues, se sont vendus à plus de deux millions d'exemplaires dans le monde. Son premier roman, *Te laisser partir*, publié en France en 2015, a été récompensé par le prix Polar international du Festival de Cognac et le *Theakston Old Peculier Crime Novel of the Year.*

Clare est la marraine de la Silver Star Society, un organisme caritatif basé à l'hôpital John Radcliffe d'Oxford qui accompagne les parents vivant des grossesses à risques.

Paru au Livre de Poche :

LE CHOIX DE REVIVRE

JE TE VOIS

LAISSE-MOI EN PAIX

TE LAISSER PARTIR

CLARE MACKINTOSH

Otage

TRADUIT DE L'ANGLAIS (GRANDE-BRETAGNE) PAR FRANÇOISE SMITH

MARABOUT

Titre original :
HOSTAGE
Publié par Sphere en Grande-Bretagne.

ISBN : 978-2-253-93784-5 – 1re publication LGF

Pour Sheila Crowley

STANDARDISTE : Quelle est la raison de votre appel ?

CORRESPONDANT : Je suis près de l'aéroport… je vois… Oh, mon Dieu !

STANDARDISTE : Pouvez-vous confirmer où vous vous trouvez, s'il vous plaît ?

CORRESPONDANT : À l'aéroport. Il y a un avion… il s'est retourné. Il descend tellement vite. Oh, mon Dieu ! Oh, mon Dieu !

STANDARDISTE : Les secours sont en route.

CORRESPONDANT : Mais il sera trop tard ! C'est [*inaudible*]. Il va s'écraser, il va s'écraser…

STANDARDISTE : Pouvez-vous confirmer que vous êtes à l'abri ?

CORRESPONDANT : [*inaudible*]

STANDARDISTE : Vous allez bien ?

CORRESPONDANT : Il s'est écrasé, ça y est, oh, mon Dieu ! Il est en feu…

STANDARDISTE : Les pompiers seront sur place dans moins d'une minute. Les ambulances aussi. Êtes-vous accompagné ?

CORRESPONDANT : De la fumée sort de l'avion, c'est

[*inaudible*]. Oh, mon Dieu, quelque chose a explosé, on dirait une énorme boule de feu…

STANDARDISTE : Les pompiers sont arrivés sur place.

CORRESPONDANT : Je ne vois presque plus l'avion, juste de la fumée et des flammes. C'est trop tard. C'est trop tard. Personne ne sortira de là vivant.

Prologue

Ne cours pas, tu vas tomber.

Dépasse le parc, monte la côte. Attends que le bonhomme passe au vert, pas encore, pas encore...

Maintenant !

Le chat derrière la fenêtre. On dirait une statue. Juste le bout de sa queue qui remue. Tic, tic, tic.

Une autre rue à traverser. Pas de bonhomme vert ni de dame qui arrête les voitures – elle devrait être là...

Regarde des deux côtés. Pas encore, pas encore...

Maintenant !

Ne cours pas, tu vas tomber.

La boîte aux lettres, et puis le réverbère, et puis l'arrêt de bus, et puis le banc.

L'école des grands – pas mon école, pas encore.

La librairie, et puis le magasin vide, et puis l'agence mobilière qui vend des maisons.

La boucherie maintenant, les oiseaux suspendus par le cou dans la vitrine. Je ferme les yeux très fort pour ne pas voir les leurs qui m'observent.

Morts. Tous morts.

PREMIÈRE PARTIE

Un
8 h 30 – Mina

— Arrête ça, tu vas trébucher.

La neige tombée dans la semaine est pétrifiée par le gel et tous les jours, le danger guette sous une pellicule de poudreuse nocturne. De loin en loin, mon estomac se serre quand mes bottes dérapent, la chute semblant inévitable. Nous avançons lentement et je regrette de ne pas avoir pensé à emporter la luge pour Sophia.

Elle ouvre les yeux à contrecœur, tourne la tête comme une chouette pour éviter de voir les boutiques et pour cacher son visage dans ma manche. Je serre sa main gantée. Elle déteste les volailles suspendues dans la vitrine de la boucherie, la beauté des plumes iridescentes de leur cou offrant un contraste cruel avec leurs yeux sans vie.

Je les déteste aussi.

Adam dit que je lui ai passé la phobie, comme un rhume ou un bijou dont on ne veut pas.

« De qui tient-elle ça, alors ? Pas de moi », a-t-il dit quand j'ai protesté.

Main tendue, prenant à témoin un public imaginaire, il insinuait que mon silence lui donnait raison.

Bien sûr qu'il n'y est pour rien. Adam n'a aucun défaut.

— Chez Sainsbury, dit Sophia, de nouveau tournée vers les boutiques maintenant que les volailles sont loin. Elle le prononce encore *thainsbweez*, c'est tellement adorable que mon cœur se serre. Ce sont ces moments-là que je chéris ; ces moments-là qui font que tout ça vaut la peine.

Son souffle dessine de minuscules panaches de buée dans l'air.

— Maintenant le magasin de chaussures. Maintenant le-e-e-e…

Elle étire le mot, retient le suivant en bouche jusqu'à ce qu'il soit temps :

— … marchand de fruits et légumes, déclare-t-elle quand nous arrivons devant.

Le marssant. Bon sang, j'adore cette petite. C'est vrai.

Le rituel a commencé cet été, alors que Sophia pétillait d'excitation et de nervosité à l'idée de commencer l'école et qu'elle posait des questions comme elle respirait. Comment serait la maîtresse ? Où les élèves accrocheraient-ils leur manteau ? Y aurait-il des pansements si elle s'égratignait le genou ? *Et raconte-moi encore une fois, comment on y va ?* Je lui répétais le trajet : monter la côte, traverser une rue, une autre, puis prendre la grand-rue. Dépasser l'arrêt de bus devant le collège, longer la rangée de magasins, librairie, agence immobilière et boucherie. Tourner au coin de la rue vers chez Sainsbury. Continuer vers le magasin de chaussures, le marchand de fruits et légumes, dépasser le commissariat, monter la côte, dépasser l'église « et nous y sommes », lui disais-je.

Il faut être patient avec Sophia, Adam a beaucoup de mal avec ça. Il faut sans cesse lui répéter les choses. La rassurer, lui dire que rien n'a changé ; que rien ne *va* changer.

Adam et moi l'avons déposée ensemble ce premier jour de septembre. Nous l'avons prise chacun par une main et balancée, comme si nous formions encore une vraie famille, et j'étais ravie d'avoir une excuse justifiant les larmes qui me piquaient les yeux.

« Elle partira sans se retourner, tu verras », a dit tatie Mo en voyant ma tête quand nous sommes sortis.

Nous ne sommes pas vraiment parentes, mais « Mme Watts » est trop formel pour une voisine qui prépare du chocolat chaud et se souvient des anniversaires.

Je me suis forcée à lui répondre par un sourire.

« Je sais. C'est idiot, non ? »

Idiot de souhaiter qu'Adam vive encore avec nous. De croire que ce jour-là, nous ne jouions pas un rôle pour faire plaisir à Sophia.

Mo s'est accroupie pour sourire à Sophia.

« Passe une bonne journée, ma jolie.

— Ma robe me gratte, a répondu Sophia avec un regard noir qui a échappé à Mo.

— C'est bien, ma chérie. »

Mo éteint son appareil auditif pour économiser les piles. Quand je passe chez elle, je dois me poster dans la plate-bande devant la fenêtre du salon et lui faire signe jusqu'à ce qu'elle me voie. « Tu aurais dû sonner ! »

dit-elle toujours, comme si je ne venais pas de le faire pendant dix minutes.

« Et maintenant ? ai-je dit à Sophia ce premier jour en serrant sa main crispée d'angoisse quand nous sommes passés devant la boutique du primeur.

— Le commissariat ! s'est-elle écriée, triomphante. Le commissariat de papa. »

Ce n'est pas là qu'Adam travaille, mais Sophia s'en fiche. Chaque voiture de police que nous voyons est « la voiture de papa » ; chaque policier en uniforme « l'ami de papa ».

« Monter la côte, maintenant. »

Elle se souvenait de tout. Le lendemain, elle a ajouté d'autres détails – des choses que je n'avais pas vues, pas remarquées. Un chat sur le rebord d'une fenêtre, une cabine téléphonique, une poubelle. Le commentaire est devenu partie intégrante de sa journée, aussi essentiel pour elle qu'enfiler son uniforme dans le bon ordre (de haut en bas) ou se brosser les dents perchée sur une jambe comme un flamant rose et changer de pied en changeant de côté. En fonction des jours, ces rituels me charment ou me donnent envie de hurler. Un bon résumé de la vie de parent.

L'entrée à l'école marquait la fin d'un chapitre et le début d'un autre, et nous nous étions préparés à la transition en inscrivant Sophia à la maternelle trois jours par semaine l'année précédente.

Elle passait le reste du temps avec Adam, moi, ou Katya, la fille au pair à la beauté discrète arrivée avec des valises assorties mais sans un mot d'anglais. Le mercredi après-midi, la jeune fille avait cours à l'école de langue et le week-end, elle arrondissait son salaire en faisant de la mise en rayon. Au bout de six mois, elle avait déclaré que nous étions la plus gentille famille du monde et avait demandé à rester un an de plus. Avait-elle un petit ami ? m'étais-je demandé tout haut, et le rougissement de Katya suggérait que j'avais vu juste, même si elle restait évasive sur son identité.

J'étais ravie – et soulagée. Nos horaires de travail rendaient impossible une inscription en garderie et nous n'aurions jamais pu nous permettre d'engager les nounous que nombre de mes collègues employaient. J'avais craint de trouver la cohabitation avec une inconnue envahissante, mais Katya passait le plus clair de son temps dans sa chambre à parler à ses amis ukrainiens sur Skype. Elle préférait aussi manger seule, malgré nos invitations répétées à partager nos repas, et se rendait également utile en passant la serpillière ou en triant le linge, même si je lui assurais qu'elle n'y était pas obligée.

« Tu es là pour nous donner un coup de main avec Sophia et pour apprendre l'anglais.

— Ça ne me dérange pas, répondait-elle. J'aime aider. »

En rentrant à la maison un jour, j'avais trouvé plusieurs paires de chaussettes d'Adam sur notre lit, les trous qui apparaissent systématiquement sur leurs talons soigneusement reprisés.

« Où as-tu appris à faire ça ? »

Je suis à peine capable de coudre un bouton et de faire un ourlet – de travers qui plus est –, mais le reprisage, c'est l'apanage des bonnes ménagères et Katya n'avait pas encore vingt-cinq ans.

Elle avait haussé les épaules comme si ce n'était rien.

« Ma mère m'apprend.

— Franchement, je ne sais pas ce que nous ferions sans toi. »

J'avais pu m'engager à faire des rotations supplémentaires en sachant que Katya serait là pour conduire et récupérer ma fille à l'école, et Sophia l'adorait, ce qui n'allait pas du tout de soi. Katya avait la patience de faire des parties de cache-cache sans fin, Sophia trouvant des cachettes toujours plus sophistiquées au fil du temps.

« J'arrive, si tu es prête ou pas prête ! s'écriait Katya, en énonçant soigneusement chaque nouveau mot qu'elle avait appris avant de rôder dans la maison à la recherche de sa protégée. Dans le placard à chaussures ? Non… Et derrière la porte de la salle de bains ? »

« Ça ne me paraît pas très prudent, avais-je répondu quand Sophia avait dévalé l'escalier pour m'annoncer triomphalement que Katya n'avait pas réussi à la trouver, pelotonnée sur une étagère du placard à linge. Je ne veux pas que tu te caches dans un endroit où tu risques de rester coincée. »

Sophia m'avait fusillée du regard avant de détaler pour que Katya puisse prendre sa revanche. Mon père nous reprochait notre excès de prudence aussi souvent que je le suppliais de ne pas se montrer si laxiste.

« Elle va tomber, disais-je, supportant à peine de le voir encourager Sophia à grimper aux arbres ou à traverser des ruisseaux sur des pierres de gué branlantes.

— C'est comme ça qu'on apprend à voler. »

Je savais qu'il avait raison et je combattais l'instinct

de traiter Sophia comme un bébé. En outre, je voyais bien qu'elle avait l'âme aventureuse et qu'elle adorait être traitée comme « une grande ». Katya l'avait compris d'emblée et elles s'étaient vite rapprochées toutes les deux. La capacité de Sophia à gérer la nouveauté – les gens, en particulier – est un chantier en cours, d'où mon soulagement quand Katya avait décidé de rester. Je craignais les conséquences de son départ.

Il était arrivé brusquement en juin, quelques semaines à peine après qu'elle avait demandé à rester et que j'avais commencé à me détendre. Le visage marbré et couvert de traces de larmes, Katya avait fait ses bagages à la hâte, fourrant dans sa valise des vêtements sortis du séchoir encore humides. Était-ce à cause de son petit ami ? Elle fuyait mon regard. Avais-je fait quelque chose ?

« Je vais maintenant, s'était-elle contentée de dire.

— Je t'en prie Katya, quel que soit le problème, parlons-en. »

À ce moment-là, elle avait hésité, et j'avais surpris le coup d'œil qu'elle lançait à Adam. Elle avait le regard furieux, blessé, et je m'étais retournée juste à temps pour voir mon mari lui intimer un ordre silencieux d'un signe de tête.

« Qu'est-ce qui se passe ? » avais-je demandé en les dévisageant tour à tour.

En cas de désaccord entre Katya et moi, avait un jour plaisanté Adam, il serait forcé de prendre le parti de la jeune femme.

« Une bonne fille au pair n'est pas facile à remplacer.

— Très drôle.

— Dis-moi que tu n'en ferais pas autant.

— Tu m'as eue», avais-je répondu en feignant une grimace.

« Eh bien ? » avais-je insisté ce jour de juin.

Ils s'étaient disputés, c'était évident, mais à quel propos ? Sophia était leur seul point commun, à moins de compter les séries policières qu'Adam adorait et que je détestais, le seul appât capable de faire sortir Katya de sa chambre le samedi soir. Quand je ne travaillais pas, j'allais plutôt courir dix kilomètres et je rentrais juste à temps pour entendre leurs derniers commentaires pendant que défilait le générique sombre et cafardeux.

Mais personne ne se dispute pour des séries policières.

« Demandez-lui », avait craché Katya, elle toujours si rayonnante d'habitude.

Un Klaxon avait retenti dehors – son taxi pour l'aéroport – et elle avait fini par croiser mon regard.

« Vous êtes gentille femme. Vous pas mériter ce genre conneries. »

Quelque chose s'était brisé en moi, une minuscule fissure au bord d'un lac gelé. Je voulais reculer, laisser la glace intacte, mais il était trop tard.

Crac.

Après son départ, je me suis tournée vers Adam.

« Alors ?

— Alors quoi ? » avait-il demandé sèchement, comme si ma question, ma simple présence, l'agaçaient, l'exaspéraient. Comme si tout ça était ma faute.

Je me suis focalisée sur ce regard surpris entre eux ;

sur les yeux rougis de Katya et sa mise en garde implicite : *Vous pas mériter ce genre conneries*.

« Je ne suis pas bête, Adam. Que se passe-t-il ?

— Comment ça ? »

Encore une fois, le léger claquement de langue avant de parler, l'air de dire qu'il s'intéressait à des sujets plus abstraits et que je le ramenais à des préoccupations futiles.

« *Avec Katya* », ai-je égrené, un peu comme certaines personnes parlent aux étrangers.

J'avais l'impression d'avoir pénétré dans la vie de quelqu'un d'autre ; je n'avais jamais eu besoin d'avoir cette conversation auparavant, et je n'aurais jamais pensé devoir la tenir un jour.

Quand il s'est détourné pour se consacrer à une tâche superflue, j'ai vu les flammes du mensonge lui lécher le cou. La vérité s'est imposée à moi comme la solution à une définition de mots croisés bien après que l'on a jeté le journal, et ma bouche a formé les mots que je ne voulais pas prononcer.

« Tu as couché avec elle.

— Non ! Mon Dieu. Non ! Bon sang, Mina, c'est ce que tu penses ? »

Tout mon être voulait le croire. Il ne m'avait jamais donné de raison de douter de lui. Il m'aimait. Je l'aimais. Je me suis efforcée d'affermir ma voix.

« Tu t'attendais à quoi ? Il se passe manifestement *quelque chose* entre vous.

— Elle a laissé de la pâte à modeler partout dans la cuisine. Je l'ai engueulée. Elle l'a mal pris, c'est tout. »

J'ai dévisagé Adam, rouge de honte après cette fanfaronnade mensongère.

« Tu aurais pu inventer une excuse plausible, au moins. »

Ne pas mériter l'effort d'un prétexte faisait presque aussi mal que le mensonge lui-même. Comptais-je aussi peu pour lui ?

Le départ de Katya a fissuré notre famille. Furieuse, Sophia exprimait son chagrin après la perte soudaine de son amie en brisant des jouets et en déchirant des images. Elle me tenait pour responsable, pour la simple raison que je lui avais annoncé la nouvelle, et j'ai dû mobiliser toute ma force d'âme pour ne pas lui dire que c'était la faute de son père. Adam et moi nous tournions autour : moi, irritée et amère ; lui, taciturne et rempli d'une rancœur factice destinée à me faire douter de moi-même. J'ai tenu bon. Si Katya était l'énigme, maintenant que je l'avais résolue, je me rendais compte que les indices étaient tout sauf énigmatiques. Depuis des mois, Adam se montrait évasif à propos de ses jours de congé et assez soucieux de son intimité pour emporter son téléphone dans la salle de bains pendant sa douche. Quelle idiote de ne pas m'en être aperçue plus tôt !

— Grimper la côte, dit Sophia. Puis l'église, et puis l'…

Ma main se serre trop tard, ses doigts m'échappent alors que ses pieds se dérobent sous elle et que l'arrière de son crâne heurte le sol. Sous le choc, elle écarquille les yeux, puis plisse les paupières, le temps d'évaluer sa douleur, sa peur, son embarras. Sans attendre son diagnostic, je lâche mon sac et la prends dans mes bras ;

dans ma hâte, je bouscule un homme qui vient vers nous.

— Hop-là ! dis-je avec le détachement d'une nounou qui en a vu d'autres.

Sophia me regarde, la lèvre tremblante d'indignation, ses yeux noirs fouillant les miens pour estimer la gravité de sa chute. Je souris pour montrer que ce n'était rien et lève la tête, cherchant des formes dans le ciel.

— Tu vois le chien ? Debout. Tu vois sa tête, là ? Et sa queue ?

Elle ne va pas pleurer. Elle ne pleure jamais. Elle se met plutôt en colère, ses cris inarticulés me rendant systématiquement responsable de son malheur. Ou bien elle se précipite sur la route pour prouver quelque chose qu'elle est la seule à comprendre. Que je l'aime ? Que je ne l'aime pas ?

Sophia suit mon regard. Un avion fend le ciel, découpant des nuages qui semblent assez solides pour arrêter sa course.

— 747, déclare-t-elle.

Je respire. J'ai réussi à détourner son attention.

— Non, c'est un A380. Pas de bosse à l'avant : tu vois ?

Je la repose délicatement et elle me montre ses gants, trempés de neige.

— Pauvre Sophia ! Regarde, voilà l'église. Qu'est-ce qui vient après ?

— Ap-après, c'est l'école.

— Alors nous y sommes presque, dis-je avec un grand sourire dissimulant la pagaille cachée dessous.

Mon sac – le sac de Sophia plutôt – s'est renversé et

son contenu jonche le trottoir. Je fourre ses vêtements de rechange dedans et récupère la gourde qui s'éloigne en roulant, le nom de ma fille jouant à cache-cache à chaque rotation.

— C'est à toi ?

L'homme que j'ai bousculé tend quelque chose à Sophia. C'est Éléphant, trompe aplatie et luisante après cinq ans d'amour.

— Rends-le-moi ! hurle ma fille tout en reculant d'un pas pour se cacher derrière moi.

— Je suis vraiment désolée.

— Ne vous en faites pas.

L'inconnu reste imperturbable devant la grossièreté de ma fille. Je ne suis pas censée m'excuser à sa place. Cela contredit son ressenti alors qu'elle a besoin de soutien. Mais difficile de se taire face aux sourcils réprobateurs et aux jugements qui pleuvent sur vous parce que vous n'apprenez pas les bonnes manières à votre enfant. Je prends la peluche, que Sophia m'arrache des mains pour y enfouir son visage.

Éléphant provient de la maison où Sophia a passé les quatre premiers mois de sa vie. C'est tout ce qui lui reste de cette époque, même si personne ne sait s'il lui appartenait vraiment ou si on a embarqué le doudou le jour où elle a été placée en foyer d'accueil d'urgence. Quoi qu'il en soit, ces deux-là sont aujourd'hui inséparables.

Sophia tient sa peluche par la trompe jusqu'à ce que nous arrivions à l'école, où elle montre ses gants mouillés à Miss Jessop ; je suspends son manteau et range bonnet et écharpe dans son sac. Nous sommes le 17 décembre et l'école bourdonne d'impatience. Des bonshommes de neige en ouate dansent sur des feuilles de papier Canson agrafées à des panneaux d'affichage et plusieurs enseignantes portent des boucles d'oreilles de saison dont les clignotements festifs pourraient passer pour un signal d'alarme. Le carrelage est mouillé, des petits paquets de neige détachés des semelles près de la porte ont été piétinés en chemin vers les portemanteaux.

Je tends la boîte-repas de Sophia à Miss Jessop tout en continuant de fouiller dans le sac. Katya le vidait tous les soirs, essuyait les empreintes de doigts collantes et recyclait discrètement les œuvres d'art les moins désirables. J'ai toujours l'intention d'en faire autant et puis tous les après-midi, je balance le sac dans l'entrée et n'y pense plus jusqu'à ce que nous soyons en route pour l'école le lendemain matin.

— Vous êtes prête pour Noël ?

Très mince, la maîtresse de Sophia pourrait avoir vingt-cinq ans ou la trentaine bien entretenue, à en juger par son visage sans rides. Je pense à tous les produits Clarins que j'ai achetés au duty-free, au fil des années, et à toutes les routines de soin du visage que j'ai entamées avec les meilleures intentions, tout ça pour revenir aux lingettes démaquillantes. Je parie que Miss Jessop nettoie, lotionne et hydrate sa peau.

— En quelque sorte.

Un glaçon est collé au pull de rechange de Sophia et tout autour, la laine est froide et humide. Je le secoue avant de reprendre ma fouille infructueuse parmi les morceaux de boîte à œufs et les briques de jus de fruits vides.

— Je ne trouve pas son EpiPen : avez-vous encore celui que je vous ai donné ?

— Oui, rassurez-vous. Il est dans l'armoire à pharmacie, marqué au nom de Sophia.

— Mes élastiques sont de la mauvaise couleur, annonce celle-ci.

Miss Jessop se penche pour inspecter les tresses de ma fille, l'une attachée avec un élastique rouge et l'autre avec un bleu.

— Ce sont de très jolis élastiques.

— J'en ai toujours deux bleus pour l'école.

— Eh bien, j'aime beaucoup ces deux-là.

Miss Jessop se tourne de nouveau vers moi et je m'émerveille qu'un enseignant parvienne à avoir le dernier mot ; et dire que mon débat avec Sophia sur « l'affaire des élastiques » a occupé tout le petit déjeuner et la majeure partie de notre balade jusqu'à l'école !

— N'oubliez pas que le déjeuner de Noël sera servi demain, donc pas de repas maison.

— C'est noté. C'est notre baby-sitter qui viendra la chercher ce soir. Becca. Vous l'avez déjà rencontrée, je crois.

— Pas de M. Holbrook ?

Je soutiens son regard un moment en me demandant si ce sourire cache autre chose. Déception ? Culpabilisation ? Mais Miss Jessop a une expression candide et je détourne les yeux en repliant le pull humide de Sophia. Maudit soit Adam d'avoir fait de moi le genre d'épouse paranoïaque dont j'ai toujours eu pitié.

— Il n'était pas sûr d'avoir fini à temps, il était donc plus prudent d'engager une baby-sitter.

— Où allez-vous aujourd'hui ?

— À Sydney.

— Dans un Boeing 777, explique Sophia. Avec trois cent cinquante-trois passagers à bord. Ça prend vingt heures d'y aller et puis il faut rentrer, ce qui prend vingt heures de plus, mais ils dorment d'abord dans un hôtel.

— Oh ! là, là ! C'est formidable. Vous vous absentez longtemps ?

— Cinq jours. Je rentre à temps pour les fêtes.

— C'est si loin qu'il faut quatre pilotes, mais ils ne travaillent pas tous en même temps, ils se relaient.

Sophia a appris les particularités de tous les avions dans lesquels je travaille. Sur YouTube, il y a une visite d'un 747 qu'elle a dû visionner cent fois. Elle est capable de la réciter à l'envers, ses lèvres bougent silencieusement au rythme de celles du narrateur. C'est un numéro impressionnant.

« Parfois, je trouve ça un peu flippant », ai-je dit à mon père, en souriant après coup pour adoucir cet aveu.

Adam et moi venions de découvrir que, contrairement à ce que nous imaginions, Sophia ne récitait pas de mémoire le texte de ses livres d'images préférés, mais qu'elle savait lire. Elle avait trois ans.

Papa avait éclaté de rire. Il avait ôté ses lunettes, qu'il avait frottées sur le bas de sa chemise.

« Ne sois pas bête. C'est une petite fille intelligente. Elle est promise à un brillant avenir. »

Ses yeux luisaient de larmes et j'avais dû cligner fort des paupières pour refouler les miennes. Maman lui manquait autant qu'à moi, mais se rappelait-il une époque où ils disaient cela de moi, tous les deux ?

La psychologue avait conclu que Sophia était hyperlexique, premier diagnostic positif dans un océan d'acronymes et d'étiquettes négatives. Trouble de l'attachement. Trouble du déficit de l'attention. Syndrome d'évitement pathologique des demandes. Pas le genre de détails mis en avant pour promouvoir l'adoption.

Adam et moi avions essayé de concevoir un enfant pendant deux ou trois ans. Nous aurions pu continuer, mais le stress commençait déjà à m'atteindre et je me sentais devenir *ce genre de femme*. La femme qui sait exactement quand elle ovule, qui évite les *baby showers* de ses amies et qui investit ses économies dans les traitements FIV.

« Combien ça coûte ? »

Quelque part au-dessus de l'Atlantique, je déballais mes secrets – certains d'entre eux, du moins – à la collègue avec qui je travaillais ce jour-là. Sian était douce et maternelle et le temps de quitter le tarmac, nous échangions déjà des anecdotes intimes.

« Plusieurs milliers de livres.

— Tes parents ne pourraient pas vous aider un peu ? »

Je ne lui avais pas parlé de maman. C'était encore trop frais. Quant à emprunter de l'argent à papa, après tout ce qui s'était passé… J'avais secoué la tête et changé de sujet.

« Ce n'est pas uniquement une question d'argent. Je deviendrais obsédée, j'en suis sûre. Je le suis déjà. Je veux des enfants, mais je veux aussi rester saine d'esprit.

— Tu rêves ! avait dit Sian en riant. J'en ai quatre et chaque naissance m'a fait perdre un peu plus la boule. »

Nous avons obtenu l'agrément pour l'adoption. Ça a pris un moment, en particulier parce que nous avions très clairement stipulé que nous voulions adopter un enfant de moins d'un an. En tant que policier, Adam avait parfois été exposé à ce que le système de l'aide à l'enfance produisait de pire et ni lui ni moi ne nous sentions armés pour gérer cela. Nous pensions qu'un bébé serait plus facile.

Sophia avait quatre mois quand on nous a proposé de l'adopter ; elle avait été placée, enlevée à sa mère négligente dont les cinq enfants précédents avaient connu le même sort. Néanmoins, les rouages de l'adoption tournant lentement, les mois que Sophia a passés dans sa famille d'accueil et pendant lesquels nous avons dû vivre sans elle nous ont paru interminables. Nous devions montrer aux services sociaux que nous étions préparés, mais en même temps, nous étions rongés par la superstition ; Adam évitait scrupuleusement de passer sous les échelles ou de croiser des chats noirs. Nous avons trouvé un compromis et rempli la chambre fraîchement peinte de Sophia avec tout ce dont nous avions besoin, mais encore emballé, prêt à être rapporté en cas de problème.

Le jugement a été rendu quand Sophia avait dix mois et Adam s'est précipité à la déchèterie avec une voiture pleine d'emballages en carton et en plastique. Nous avions enfin notre famille. Les films vous font croire que c'est là que commence le conte de fées. Il se trouve que c'est un peu plus compliqué que ça.

Sophia s'en va rejoindre ses amis et je l'observe à travers la vitre. Même si le trimestre est bien avancé, quelques écoliers pleurent encore au moment des adieux. Leurs parents m'envient-ils autant que j'envie les mères des enfants crampons ?

De retour à la maison, je laisse un mot à Becca, la lycéenne qui s'occupe de temps en temps de ma fille. Je sors un plat de lasagnes surgelées, au cas où Adam ne serait pas de retour pour le dîner, et je pose une serviette propre sur le lit de la chambre d'amis, même s'il sait pertinemment où le linge est rangé. Quand on s'est occupé de quelqu'un pendant dix ans, les habitudes ont la vie dure.

« Pourquoi je ne peux pas simplement dormir dans notre lit ? » a-t-il demandé la première fois.

Je me suis exprimée calmement. Pas simplement à cause de Sophia, mais parce que je ne voulais pas nous faire souffrir plus que nous n'avions déjà souffert tous les deux.

« Parce que ce n'est plus notre lit, Adam. »

Ça ne l'était plus depuis le départ de Katya.

« Pourquoi tu es comme ça ?

— Comment ?

— Si froide. On dirait que l'on se connaît à peine, a-t-il dit, décomposé. Je t'aime, Mina. »

J'ai voulu répondre que je ne partageais plus ses sentiments, mais je n'ai pas réussi à le dire.

Nous avons essayé la thérapie, bien sûr. Pour le bien de Sophia plus que pour le nôtre. Ses problèmes d'attachement étaient profondément ancrés, réflexe hérité de la période où ses pleurs ne lui valaient aucun réconfort. Si nous nous séparions pour de bon, comment réagirait-elle ? Sophia était habituée à ce qu'Adam travaille de nuit, à mes absences de plusieurs jours, mais nous rentrions toujours à la maison.

Adam répondait par monosyllabes, aussi évasif avec la thérapeute qu'avec moi. En juillet, il a accepté de déménager.

« J'ai besoin de temps, lui ai-je expliqué.

— Combien de temps ? »

Impossible à dire. Je n'en savais rien. Je l'ai vu hésiter devant les valises, nichées les unes dans les autres comme des poupées russes rectangulaires. Dans un élan d'optimisme, il a pris la plus petite. Les Ressources humaines lui avaient trouvé une chambre en colocation avec trois jeunes recrues pleines d'enthousiasme et amatrices de bière bon marché qui faisaient de la surenchère en évoquant leurs récents exploits en uniforme.

« Je ne peux pas recevoir Sophia ici, m'avait-il dit. Ce ne serait pas bien. »

J'ai donc préparé la chambre d'amis et quand je vais travailler, Adam dort ici ; je ne sais pas qui de nous deux trouve cela le plus difficile.

J'enfile mon uniforme et revérifie mon bagage à main. Le vol d'aujourd'hui est toute une histoire. Le dernier vol non-stop Londres-Sydney a eu lieu en 1989 – un coup de com avec vingt personnes à bord. Jusqu'à récemment, les vols commerciaux sans escale étaient inenvisageables : il a fallu des années pour concevoir un avion capable de parcourir une telle distance avec le nombre maximum de passagers à bord.

Je laisse un mot à Sophia sur son oreiller : un cœur dessiné au marqueur avec *Je t'aime. Maman* écrit dessous ; je le fais chaque fois que je m'absente depuis qu'elle sait lire.

« Tu as eu mon petit mot ? » lui ai-je demandé un jour, pendant un appel vidéo passé pour lui souhaiter bonne nuit.

Je ne sais plus où je me trouvais, mais le soleil était encore haut dans le ciel et en voyant Sophia à peine sortie du bain, j'ai été submergée par le mal du pays.

« Quel mot ?

— Sur ton lit. Je l'ai posé sur ton oreiller. Comme toujours. »

La nostalgie me rendait injuste : je voulais manquer à Sophia simplement parce qu'elle me manquait.

« Au revoir, maman. Katya et moi fabriquons une forteresse. »

L'écran avait vacillé et je m'étais retrouvée à regarder le plafond de la cuisine. J'avais raccroché avant que Katya ne s'apitoie sur mon sort.

J'allume Radio 2 en chemin vers l'aéroport, mais la culpabilité cogne assez fort pour se faire entendre.

— Les gens doivent travailler, dis-je à voix haute. C'est la vie.

J'ai dit à Adam qu'il y avait eu un changement d'équipe, que j'avais essayé d'y échapper, mais que je serais absente pendant cinq jours, que c'était comme ça. Le boulot, c'est le boulot.

J'ai menti.

Deux
9 heures – Adam

— La patronne veut te voir.

Je m'efforce d'avoir l'air à peu près normal alors que l'acide me ronge les tripes. Est-il jamais sorti quelque chose de bon de ces cinq mots ?

— Ah. D'accord.

Assis à mon bureau, les mains soudain trop grandes, trop maladroites, j'ai l'impression d'être confronté à un public immense au lieu du seul regard curieux de Wei.

— Elle est avec le commissaire en ce moment.

— Merci.

Je fronce les sourcils en regardant mon écran. Feuillette les papiers posés devant moi, fais semblant de chercher quelque chose. J'ai un dossier d'inculpation pour vol à monter, des dépositions à prendre dans une affaire de coups et blessures qui pourrait se transformer en meurtre si la victime ne s'en sort pas – du travail minutieux qui exige toute mon attention –, mais au lieu de ça, je stresse en me demandant si ça y est. Si tout est fini. Je sens que Wei me regarde ; sait-il déjà pourquoi Butler veut me voir ?

Des flocons de neige aériens tombent sur le rebord extérieur de la fenêtre. À l'intérieur, un coup de téléphone ignoré par tous est transféré d'un poste de travail désert à l'autre jusqu'à ce que quelqu'un prenne en pitié le correspondant et décroche. Je trouve le dossier pour coups et blessures et parcours rapidement la liste des témoins. Je peux passer la journée dehors à gérer cette affaire et si je rate un message du capitaine, eh bien, c'est que je prenais une déposition ou que j'étais au téléphone avec le service de soutien aux victimes. Je fourre le dossier dans mon sac à dos et me lève.

— Vous veniez me voir, j'espère ?

Le ton est léger, presque plaisant, mais je ne suis pas rassuré. J'ai vu assez de policiers accueillis avec le sourire dans le bureau du capitaine Naomi Butler pour en ressortir une demi-heure plus tard, la copie contresignée d'une plainte serrée avec amertume dans leur poing.

— En fait, je dois…

— Nous n'en aurons pas pour longtemps, dit-elle, péremptoire.

Elle sort du bureau du commissaire et longe le couloir vers le sien, de sorte que je n'ai d'autre choix que de la suivre. Elle porte des Converse blanches et une chemise en soie grise rentrée dans un pantalon à fines rayures, soulignés par une ceinture à motif léopard. Un minuscule anneau en argent enserre le haut de son oreille. Je la suis, tel un gamin convoqué chez la principale, en énumérant mentalement toutes les raisons pouvant expliquer ma convocation et j'en arrive à la seule qui compte. Celle qui pourrait causer ma ruine.

Quand Naomi Butler a pris ses fonctions de capitaine, elle a éloigné le lourd bureau de la fenêtre et l'a placé face à la porte en verre qu'elle referme à présent, ce qui signifie que je suis obligé de m'asseoir dos au couloir. J'ai la certitude absolue que d'ici quelques minutes, Wei va trouver une excuse pour passer devant le bureau dans le seul but d'évaluer la sévérité du savon que je suis le point de prendre. Je me redresse. La posture d'une personne est révélatrice et j'aimerais autant éviter que Wei aille raconter au reste de l'équipe qu'il m'a vu avachi dans le bureau de la chef.

— Comment ça va ?

Butler sourit mais son regard est glacial, si direct que cela fait mal et je dois ciller pour rompre le contact. Butler : 1 – Adam : 0. Le perfecto qu'elle porte quel que soit le temps est suspendu au dossier de son fauteuil et le cuir grince quand elle se penche en arrière. Une radio de police branchée sur la fréquence locale est posée sur son bureau. La rumeur veut que Butler ne l'éteigne jamais, même chez elle, et débarque dès qu'une intervention suscite son intérêt.

— Super.

— Je me suis laissé dire que vous aviez eu quelques problèmes personnels.

— Rien que je ne puisse gérer.

Elle ne va quand même pas jouer les conseillères conjugales ? Je regarde la pâle bande de peau entourant son annulaire et me demande qui a quitté qui. Elle me voit regarder – bien sûr, qu'elle me voit – et son sourire s'efface.

— Vous avez un téléphone professionnel ?

Je suis pris au dépourvu. C'est une question, si l'on peut dire, dont elle connaît déjà la réponse, ce qui signifie que c'est juste une entrée en matière.

— Oui.

Elle égrène mon numéro de téléphone, inscrit dans son carnet, et je hoche la tête. L'envie de partir en courant est si forte que je dois agripper les rebords de ma chaise pour me forcer à rester assis.

— Le service financier m'a alertée au sujet de votre facture de téléphone.

Un lourd silence pèse entre nous et chacun attend que l'autre le comble. Je craque le premier. On a beau connaître les règles du jeu, difficile de s'empêcher de jouer. 2 – 0 pour Butler.

— Ah bon ?

— Elle est significativement plus élevée que celle des autres collègues du service.

Je sens une goutte de sueur couler le long de mon visage. Si je l'essuie, Butler le verra. Je tourne légèrement la tête, tout ça pour en sentir une autre dégouliner sur l'autre joue.

— Je m'occupais de cette victime d'agression. Celle qui a déménagé en France.

Le capitaine hoche lentement la tête.

— Je vois.

Nouveau silence. Je n'ai jamais vu Butler interroger un suspect, mais elle a la réputation d'être vachement douée et, en ce moment, je n'ai aucun mal à le croire. Elle me fixe d'un regard inébranlable que je ne parviens pas à lui rendre sans avoir l'air sur la défensive, coupable. Mon pouls s'emballe, un muscle au coin de mon œil tressaute. Butler ne peut manquer de le remarquer. Elle verra tout. Et elle saura que je mens.

Elle referme son carnet, se cale dans son fauteuil, l'air de dire « le plus dur est passé, ce qui suit va rester entre nous », mais je ne suis pas dupe. Tous mes muscles sont tendus, j'ai l'impression d'être sur les starting-blocks, sur le point de m'élancer. Je pense à Mina, en route pour son travail, et même si je n'avais pas envie qu'elle parte, je suis ravi d'avoir cinq jours de répit avant de la revoir.

— Je vais recevoir une facture détaillée, poursuit Butler. Mais en attendant, s'il y a quoi que ce soit dont vous souhaitiez me faire part…

Je parviens à froncer les sourcils, feignant l'incompréhension.

— Parce que vous devez savoir que les téléphones professionnels ne peuvent pas servir à passer des appels personnels.

— Bien sûr.

— Parfait, alors.

J'en profite pour me lever. Je la remercie – de quoi ? Je l'ignore. De m'avoir mis au courant, je suppose, de me donner l'opportunité de préparer ma défense, même si les meilleurs avocats du monde ne pourraient pas inventer un bobard assez convaincant pour me sortir de là.

L'histoire avec Katya est le cadet de mes soucis.

Dès que Butler verra cette facture de téléphone, ce sera fini.

Trois
10 heures – Mina

Alors que j'approche de l'aéroport, la présence policière m'indique qu'il y a encore une manifestation. La construction de la nouvelle piste d'atterrissage a débuté il y a trois mois et, de temps en temps, des manifestants se réunissent près du terminal des arrivées pour se faire entendre. La plupart ne posent pas de problème et je les comprends, même si je ne ferais jamais publiquement ce genre de déclaration. Je crois simplement qu'ils se trompent de cible. Nous avons créé un monde dans lequel il est nécessaire de prendre l'avion, c'est irrévocable maintenant. Il vaut sûrement mieux s'attaquer aux émissions de CO_2 des usines ou aux décharges, non ?

Je culpabilise en pensant aux lingettes démaquillantes que j'utilise au quotidien et prends la résolution de ressortir mes produits Clarins. PRENONS L'AIR, PAS L'AVION, peut-on lire sur la bannière tendue en travers de la route. Les manifestants viennent à peine de l'installer, je pense, car les mesures de sécurité sont plutôt strictes autour de l'aéroport. La police ne peut pas les empêcher de protester, mais elle décroche leurs pancartes aussi vite qu'ils les suspendent. L'exercice semble assez vain : si les gens vont à l'aéroport, c'est parce qu'ils y travaillent ou parce qu'ils doivent se rendre quelque part. Une pancarte ne va pas les faire changer d'avis.

Je ralentis à l'approche du rond-point, jette un coup d'œil à gauche où une femme tient une affiche représentant un ours polaire famélique. En me voyant la regarder, elle la brandit vers moi en hurlant des paroles inintelligibles. Mon cœur s'emballe, je verrouille les portières et pose le pied sur l'accélérateur, pressée de m'éloigner. L'absurdité de ma réaction – elle était de l'autre côté du garde-corps, bon sang ! – me met en colère contre tous ces gens. Je vais peut-être continuer à me servir de ces fichues lingettes, juste pour les contrarier.

Arrivée au parking, je verrouille ma voiture et me dirige vers la navette avec ma valise cabine. D'habitude, je marche jusqu'à la salle du personnel, mais la glace grisâtre projetée par les voitures rend le trottoir glissant et la poudreuse qui couvrait le sol à la maison n'est plus ici que de la neige fondue. J'ai hâte d'atterrir à Sydney et de voir le soleil ; de poser mon sac à l'hôtel et d'aller récupérer sur la plage.

Dans la salle du personnel règne l'effervescence généralement associée aux potins juteux et aux nouveaux tableaux de service. Je fais la queue pour prendre un café et me réchauffe les mains sur la tasse en plastique. Une femme en civil me jauge.

— Vous partez pour Sydney ?

— Oui.

Je me sens rougir et m'attends plus ou moins à me faire sermonner. *Vous ne devriez pas être là...*

— Je ne vous envie pas, déclare-t-elle plutôt en grimaçant.

Je cherche un badge nominatif, en vain. Qui est cette femme qui a un avis sur tout ? Elle pourrait tout aussi bien être directrice financière que femme de ménage. Déjà en temps normal, des centaines d'employés transitent par ici tous les jours, mais ce n'est pas une journée normale. Tout le monde veut être associé au vol 79. Tout le monde veut entrer dans l'histoire.

— Le vol jusqu'à Santiago dure quatorze heures et ce n'est pas trop pénible.

Je souris poliment en prenant mon téléphone pour signaler que nous en avons terminé, mais l'inconnue ne saisit pas l'allusion. Elle se rapproche, m'attire vers elle et baisse la voix pour éviter les oreilles indiscrètes.

— J'ai entendu dire qu'il y a eu un problème pendant le dernier vol d'essai.

J'éclate de rire.

— Qu'est-ce que vous racontez ?

Je parle fort et balaie la minuscule graine de peur que ses propos ont semée en moi.

— Un problème avec l'avion. Seulement, ils ont étouffé l'affaire : ils ont fait signer à tout l'équipage un contrat de confidentialité et...

— Arrêtez !

Je suis sûre à quatre-vingt-dix-neuf pour cent de ne jamais avoir travaillé avec cette femme : pourquoi, parmi toutes les personnes présentes ici, me colle-t-elle, moi ? Je la dévisage en essayant de déterminer d'où elle vient. Des Ressources humaines, peut-être ? Pas du service clients, ça c'est sûr : avec elle, plus personne ne remettrait les pieds dans un avion !

— C'est n'importe quoi, dis-je d'un ton ferme. Pensez-vous vraiment qu'on lancerait une ligne sans être sûr à cent pour cent que c'est sans danger ?

— World Airways a été obligé de le faire ou c'est Qantas qui l'aurait emporté : cette compagnie y travaille depuis bien plus longtemps. Les vols d'essai se sont déroulés avec une fraction des passagers à bord et sans bagages. Qui sait ce qui va arriver avec un avion complet…

— Il faut que j'y aille.

Je jette mon café à moitié bu dans la poubelle, dont le couvercle retombe violemment quand je retire mon pied de la pédale et m'éloigne. Quelle idiote, cette bonne femme ! C'est ridicule de la laisser m'atteindre comme ça. Mais une volute de peur s'enroule autour de mon cœur. Il y a deux jours, le *Times* a déformé un communiqué de presse évoquant la course entre Qantas et World Airways. *Confond-on vitesse et précipitation ?* titrait l'article, qui laissait entendre que l'on brûlait les étapes et que l'on rognait sur les coûts. J'avais passé une heure au téléphone avec papa pour le rassurer : « Oui, c'est sans danger ; non, la compagnie ne prendrait pas de risque. »

« Je ne supporterais pas que…

— Papa, c'est parfaitement sûr. Tout a été vérifié et revérifié.

— Ça l'est toujours », avait-il ajouté d'un ton lourd

de sens, et j'étais ravie qu'il ne puisse pas voir mon visage.

Je n'ai pas mordu à l'hameçon. Je ne voulais pas y penser.

Quarante membres d'équipage ont participé aux trois vols d'essai l'an dernier ; on a surveillé leur taux de glycémie sanguine, leur saturation en oxygène et leur activité cérébrale. La pression en cabine a été ajustée, le niveau sonore baissé, et même les repas ont été spécialement composés pour lutter contre le décalage horaire. Ce vol est aussi sûr que n'importe quel autre.

— Bonne chance ! m'interpelle l'inconnue, mais je ne me retourne pas.

La chance n'a rien à voir dans tout ça.

Malgré tout, mon cœur tambourine encore quand j'entre dans la salle de réunion quelques minutes plus tard. Elle est bondée – l'équipage n'est pas le seul à s'y presser, je vois aussi plusieurs costards-cravates qui, pour la plupart, ne me disent rien.

— C'est Dindar, là-bas ? dis-je à mon voisin, avec qui j'ai travaillé une fois.

Je vérifie son nom. Erik.

— Oui, c'est Dindar. Il est là pour le lancement.

Pas étonnant. Ce n'est qu'en ce genre d'occasion que Yusuf Dindar, le P.-D.G. de la compagnie, fait une apparition, quand un grand lancement signifie présence des caméras et félicitations pour les dirigeants (parce que ce sont tous des hommes) de World Airways. Plusieurs compagnies ont été au coude à coude dans la course visant à proposer le premier vol direct Londres-Sydney, et derrière l'air satisfait de Dindar ce matin, il y a un soupçon de soulagement que ce soit la sienne qui l'ait emporté. Il se lève et attend que tous les regards soient tournés vers lui.

— Aujourd'hui, nous faisons la une !

Tout le monde applaudit. Des cris retentissent au fond de la salle et un flash éclaire la pièce. Au milieu de l'enthousiasme anticipé, un frisson me glace le sang.

Il y a eu un problème... un problème avec l'avion...

Je chasse les paroles de l'inconnue, applaudis frénétiquement avec les autres. Nous faisons la une. Londres-Sydney en vingt heures. Tout va bien se passer. *Tout va bien se passer*, dis-je, un mantra contre le mauvais pressentiment qui me gagne.

Je sais pourquoi les propos de cette femme m'ont ébranlée. C'est parce que je ne devrais pas être là.

Les Ressources humaines ont effectué un tirage au sort pour composer l'équipage, même s'il était difficile de savoir si les vainqueurs gagnaient le gros lot ou tiraient la courte paille. Le groupe WhatsApp a été inondé de messages :

Des nouvelles ?
Pas encore.
J'ai entendu dire que le mail a été envoyé.
Je ferais n'importe quoi pour en être !!!

Puis une image : une capture d'écran du téléphone de Ryan. Félicitations ! Vous avez été désigné pour participer au vol inaugural de la ligne Londres-Sydney le 17 décembre. La photo était accompagnée de l'émoticône qui pleure et de la légende : Vingt heures, putain !

Je l'ai contacté en privé et lui ai proposé de le remplacer. Je ne lui ai pas dit pourquoi, bien sûr, j'ai essayé de ne pas montrer combien ça comptait pour moi, mais il a quand même accepté d'échanger contre un vol pour Mexico plus un tas de cartes cadeaux reçues pour mon anniversaire. T'es dingue, ma pauvre ! a-t-il conclu, et j'ai bien dû lui donner raison.

Et aujourd'hui, je suis là. Une intruse dans le vol le plus important de ces dernières années.

— J'aimerais vous présenter les pilotes de ce vol historique, annonce Dindar.

Il leur fait signe de le rejoindre à l'avant de la pièce et on entend un bruissement de pas quand la foule s'écarte pour les laisser passer.

— Le capitaine Louis Joubert et le copilote Ben Knox ; le capitaine Mike Carrivick et la copilote Francesca Wright.

— Carrivick ? dis-je à Erik alors que la salle applaudit. Il n'est pas sur la liste de l'équipage dont je dispose.

— Changement de dernière minute, lance Erik avec un haussement d'épaules. Je ne le connais pas.

— Il y aura un certain nombre d'invités à bord, poursuit Dindar.

Traduction : de personnes qui n'ont pas payé leur billet. Des journalistes, une poignée de célébrités et d'« influenceurs » qui passeront seize heures de vol à poster des photos sur Instagram et les quatre heures restantes à picoler.

— Mais je vous encourage à ne pas les traiter différemment de nos clients payants.

Ouais, c'est ça. Les journalistes sont peut-être là pour

se détendre, c'est vrai – « Un vol en classe affaires gratuit pour l'Australie ? Tenez, mon passeport ! » –, mais ils sont aussi en quête d'un sujet. C'est le mariage du *Daily Mail* et de TripAdvisor. *Horreur à bord du long-courrier : pas d'oreillers hypoallergéniques !*

Dès que Dindar et les costards-cravates ont fini de se congratuler, le briefing de l'équipage commence. Mike et Cesca géreront le décollage et les quatre premières heures de vol, puis ils prendront leur pause dans les couchettes situées au-dessus du cockpit. Louis et Ben piloteront pendant les six heures suivantes avant un nouveau roulement. Quant au personnel de cabine, nous sommes seize, divisés en deux équipes. Pendant la pause, nous serons en haut, dans les couchettes au fond de l'appareil, à faire semblant de trouver normal de dormir dans une pièce aveugle remplie d'inconnus.

Une employée de la médecine du travail vient nous parler des dangers de la fatigue. Elle nous rappelle qu'il est important de s'hydrater, puis fait la démonstration d'une technique de respiration censée nous aider à maximiser le sommeil pendant nos pauses. Plusieurs hôtesses et stewards éclatent de rire ; l'un d'eux fait semblant de s'endormir.

— Désolé, dit-il en se redressant brusquement, le sourire aux lèvres. C'est très efficace, apparemment !

Il flotte une atmosphère d'impatience fébrile alors que nous traversons l'aéroport, deux par deux derrière les pilotes, et je ressens un frisson de fierté, comme toujours avant un vol. Nous portons un uniforme bleu marine rehaussé de galons vert émeraude aux poignets, aux ourlets et aux revers. Une broche émaillée *World*

Airways est épinglée sur notre poche poitrine gauche ; sur la droite, un badge où est inscrit notre prénom. Déplié, notre foulard émeraude représente une mappemonde sur laquelle un minuscule rappel du nom de la compagnie symbolise chaque pays. Pour l'occasion, nous portons une nouvelle broche : *Vol 79. Rapprochons les continents.*

Un photographe de l'entreprise nous mitraille sous tous les angles et le murmure « Londres-Sydney » nous accompagne jusqu'à la porte d'embarquement.

— On se croirait sur le tapis rouge ! s'écrie l'un de mes collègues.

J'ai plutôt l'impression d'aller à l'échafaud. Je n'arrive pas à me débarrasser du pressentiment – une seule pomme pourrie dans un tonneau de pommes saines – que quelque chose d'affreux est sur le point de se produire.

Dire que certaines personnes sont dans cet état d'esprit chaque fois qu'elles prennent l'avion… Terrifiées, elles ont la boule au ventre. J'ai toujours trouvé dommage de passer ces heures miraculeuses en l'air les mains crispées sur les accoudoirs, paupières serrées pour éviter d'assister à des désastres imaginaires qui ne se réalisent jamais.

Je ne suis pas du tout comme ça. Voler en avion, c'est ce que je préfère au monde. C'est une prouesse technologique qui met la nature à contribution sans la dominer. Adam se moque quand les avions me font délirer, mais le décollage d'un A320 n'est-il pas le plus beau des spectacles ? Enfant, je râlais quand papa m'emmenait à l'aéroport où, debout près de la clôture, il photographiait le ballet aérien. Pour lui, c'était la photographie qui comptait (il passait des journées tout aussi longues au bord de la rivière à prendre la photo parfaite d'un héron en vol), mais lentement, je me suis laissé prendre au jeu.

« J'ai pris une super-photo du 777, me disait papa en me montrant l'écran digital.

— Ce n'était pas un 777, c'était un 747-SP. »

J'adorais dessiner et je faisais des croquis du nez des appareils dans mon carnet, sans plus me plaindre quand papa proposait que nous passions le samedi à l'aéroport. Quand nous prenions l'avion pour aller voir de la famille, je me fichais des films proposés ou des plats recouverts de papier aluminium nichés dans les plateaux-repas. Je collais mon nez au hublot et regardais les ailerons se lever et s'abaisser, sentais la réaction subtile de l'avion. J'adorais tout ça.

Voilà pourquoi ce trac que je ressens aujourd'hui, cette terreur qui m'envahit quand nous montons à bord sont si déstabilisants. La porte du cockpit est ouverte, les quatre pilotes se pressent à l'intérieur pour préparer le vol et un frisson court sur ma nuque.

Erik le remarque.

— Tu as froid ? C'est la climatisation : la température est toujours glaciale.

— Non, ça va. Quelqu'un marche sur ma tombe, comme dit le dicton.

Je frissonne à nouveau, regrettant de ne pas avoir employé une autre expression. Je vérifie l'équipement de la cabine avec des gestes bien rodés qui semblent pourtant différents aujourd'hui. Pression. Joints d'étanchéité.

Tuyau de distribution d'oxygène. Extincteur. Cagoule anti-fumée, kits de survie… Des objets essentiels qui pourraient nous sauver la vie.

— Ressaisis-toi, Holbrook, marmonné-je.

Je traverse la cabine de classe affaires pour apporter un pack de canettes de Schweppes au salon et j'aide le barman à approvisionner le bar. Le design de l'avion a été pensé sur mesure pour améliorer le confort des passagers pendant un si long vol. À l'avant, on trouve un galley entre le cockpit et la cabine, deux toilettes et, caché derrière une porte, l'escalier menant aux couchettes des pilotes. Tout de suite après, la classe affaires, suivie d'un salon et d'un bar privatifs, isolés du reste de l'avion par un rideau et deux autres toilettes. La classe économique comporte deux zones séparées par un espace permettant aux passagers de se dégourdir les jambes et d'autres toilettes sont placées au fond. Dès la fermeture des portes à Londres et jusqu'à leur réouverture à Sydney, les trois cent cinquante-trois passagers respireront le même air.

Les clients de classe affaires montent à bord les premiers, avisant déjà le bar et les sièges convertibles en lits, tandis que nous vérifions leurs billets et suspendons leurs manteaux dans le placard près du galley. Seize membres du personnel navigant pour accueillir les passagers, cela fait trop. La moitié d'entre nous s'éclipsera vers les couchettes après le décollage et il ne restera plus qu'Erik, Carmel et moi en classe affaires, Hassan au bar et quatre collègues en classe économique. En attendant, avec tout ce monde en cabine, c'est un peu la folie. Vingt heures. Dans quel autre contexte de parfaits inconnus passeraient-ils autant de temps enfermés tous ensemble ? En prison, je suppose ; l'idée me met mal à l'aise.

Les passagers de classe affaires se voient offrir du champagne. Un homme avale le sien d'un trait comme un shot d'alcool fort avant de faire un clin d'œil à Carmel pour en obtenir un deuxième.

Vingt heures.

On repère les fauteurs de troubles dès le départ. Il y a quelque chose dans leur apparence autant que dans leur façon d'être ; quelque chose qui suggère : « Je vaux mieux que toi. Je vais te compliquer la vie. » Cela dit, ce ne sont pas toujours les buveurs (même si le champagne gratuit n'aide pas), et ce type ne m'envoie pas d'ondes négatives. On verra.

— Mesdames et messieurs, soyez les bienvenus à bord du vol 79 au départ de Londres et en direction de Sydney.

Douteux privilège de l'ancienneté, je suis chargée de m'adresser aux passagers. Malgré la banalité de mon annonce, des cris de joie retentissent.

— Veuillez vous assurer que vos téléphones et appareils électroniques portables soient rangés avant le décollage.

En traversant la cabine, je remarque un sac volumineux aux pieds d'une dame aux longs cheveux poivre et sel vêtue d'un pull vert.

— Puis-je vous aider à placer votre sac dans le compartiment à bagages ?

— J'ai besoin de le garder à portée de main.

— Si son contenu ne rentre pas dans vos vide-poches, il faudra le ranger, malheureusement.

La femme ramasse son sac et le serre contre sa poitrine comme si j'avais menacé de le lui arracher de force.

— Il contient toutes mes affaires.

— Je suis désolée : il ne peut pas rester là, dis-je en réprimant un soupir.

Nous nous dévisageons l'espace d'une seconde, chacune déterminée à l'emporter, puis claquant la langue d'exaspération, elle commence à vider son bagage, fourrant des pulls, des livres, des trousses à maquillage dans les nombreux casiers de rangement qui entourent son siège. Il faudra que je me souvienne de vérifier sa place à l'atterrissage au cas où elle oublierait quelque chose. Elle se rassied, redevient sereine et regarde par le hublot en sirotant du champagne.

Quand le capitaine annonce « PNC, préparez-vous pour le décollage et la vérification des portes », l'excitation grandit en cabine. La plupart des passagers de classe affaires ont déjà commencé à fouiller dans leur pochette cadeau de bienvenue et une femme a réussi à enfiler son pyjama souvenir « Vol 79 », au grand amusement de ses voisins. On diffuse un message vidéo spécial de Dindar avant les consignes de sécurité que tout le monde ignore, comme il se doit, parce que aucune de ses connaissances n'en a jamais eu besoin. Carmel et moi ramassons les verres vides.

— Pas si vite, ma belle, il en reste un fond.

Une femme au regard pétillant m'adresse un grand sourire en reprenant le verre posé sur mon plateau et avale le doigt de champagne restant. Je me rappelle son nom, lu sur la liste des passagers : il fait partie de la poignée que j'ai déjà retenus. D'ici l'atterrissage, je connaîtrai le nom des cinquante-six passagers de classe affaires.

— Avez-vous besoin de quelque chose, Lady Barrow ?

— Appelez-moi Patricia, je vous en prie. Pat, en fait. Pat, tout bêtement.

Elle a un sourire malicieux ; c'est le genre de grand-mère qui file à ses petits-enfants un rab de chocolats pendant que maman regarde ailleurs.

— Ce titre est une blague de mes enfants.

— Vous n'êtes pas une vraie lady ?

— Oh, si. Je règne sur moins d'un mètre carré de terre écossaise, précise-t-elle avec emphase avant d'éclater d'un rire communicatif.

— Avez-vous de la famille à Sydney ?

Quelque chose passe dans ses yeux, un éclair sombre qu'elle cache en relevant le menton et en m'adressant son sourire espiègle.

— Non, je me suis enfuie.

Elle éclate de rire devant ma surprise, puis soupire.

— Mes enfants sont très fâchés contre moi, à vrai dire. Et je ne suis pas entièrement persuadée de faire le bon choix. Mes chiens me manquent déjà terriblement. Mais c'est ma première année sans mon mari et…

Elle s'interrompt brutalement et pousse un bref soupir.

— Eh bien, j'avais besoin de changement. La vie est courte, jeune femme, ajoute-t-elle en posant sur mon bras ses doigts manucurés. Ne gaspillez pas votre temps.

— Ne vous inquiétez pas.

Je souris, mais ses paroles résonnent en moi alors que je descends l'allée centrale. *La vie est courte*. Trop courte. Sophia a déjà cinq ans, les jours passent à toute allure.

Je dis à tout le monde que j'ai repris le travail parce que nous avions besoin d'argent et parce que l'assistante sociale qui suit Sophia estimait que cela pourrait l'aider à vaincre son trouble de l'attachement, ce qui est vrai.

« Mais ce trouble est dû à de la négligence, non ? avait remarqué Adam quand nous en avions discuté. Parce qu'elle a été quasiment abandonnée pendant les premiers mois de sa vie, n'est-ce pas ? »

L'assistante sociale avait acquiescé, mais Adam enchaînait déjà en réfléchissant tout haut.

« Alors comment l'absence de Mina pourrait-elle l'aider ? »

J'avais été terrifiée à l'idée d'être privée de la lueur de liberté que je venais à peine d'apercevoir.

« Parce que Sophia apprendra que Mina revient toujours. C'est ce qui compte. »

J'avais donc repris le travail, ce qui avait fait du bien à tout le monde. À Adam parce qu'il n'avait plus à s'inquiéter pour l'argent ; à Sophia qui entamait le lent processus consistant à comprendre que je reviendrais toujours la retrouver ; et à moi parce que élever Sophia était difficile, très difficile, et que j'avais besoin de m'échapper. J'avais besoin de cette pause, mais, plus important encore, j'avais besoin qu'elle me manque ; ce manque me rappelait combien je l'aimais.

Les vérifications terminées, j'attends l'annonce du commandant de bord, « PNC, préparez-vous au décollage », et me glisse sur le strapontin le plus proche du hublot. Les moteurs vrombissent, puis le tarmac défile de plus en plus vite sous nos pieds. Les ailerons se déploient avec un bruit sourd, la pression de l'air augmente jusqu'à ce que l'on ait du mal à déterminer si c'est une sensation auditive ou physique. Léger soubresaut quand le train d'atterrissage quitte le sol. J'imagine le vide sous nos pieds, le nez de l'appareil qui se redresse alors que nous prenons notre envol. L'appareil est invraisemblablement lourd, incroyablement volumineux pour effectuer une manœuvre aussi belle et gracieuse. Et pourtant, on ne sait comment, cela marche et nous nous élevons, les pilotes augmentant la poussée au fur et à mesure de notre ascension. Le ciel s'est assombri, des nimbostratus pèsent au-dessus du sol, si bien que l'on se croirait au crépuscule plutôt qu'à la mi-journée ; la grêle cingle les hublots jusqu'à ce que nous montions au-dessus des nuages.

À dix mille pieds d'altitude, le carillon retentit et, comme si nous étions conditionnés, c'est soudain l'effervescence. À la place 5J, une blonde menue tend le cou pour regarder le sol. Elle est nerveuse et je la soupçonne d'avoir peur de l'avion, mais elle ferme les yeux, se cale dans son fauteuil et un sourire secret éclaire lentement son visage.

C'est parti. Ceintures de sécurité détachées, passagers debout, personnel déjà sollicité pour servir des boissons. Il est trop tard maintenant. Trop tard pour faire taire la voix dans ma tête qui m'avertit de ne pas prendre ce vol. C'est ma conscience, voilà tout. Je culpabilise d'avoir manœuvré pour obtenir une place dans cet avion au lieu de rester à la maison avec Sophia ; d'être ici tout court alors que la vie aurait pu tourner tellement différemment.

Trop tard ou non, la voix insiste.

Vingt heures, dit-elle. *Il peut se passer beaucoup de choses en vingt heures.*

Quatre
Passagère 5J

Je m'appelle Sandra Daniels et, en embarquant à bord du vol 79, j'ai laissé toute ma vie derrière moi.

Sans mon mari, je crois que je n'aurais même pas envisagé de prendre cet avion. On dit que les victimes de violences conjugales tentent de partir six fois avant d'y parvenir enfin. Je n'ai fait qu'une seule tentative. Parfois, je me dis que cela fausse les statistiques ; je pense à celles qui ont essayé de partir huit fois. Dix fois. Vingt fois.

Je suis partie une fois et une seule parce que je savais que si je m'y prenais mal, il me retrouverait ; et que s'il me retrouvait, il me tuerait.

On dit qu'en moyenne, les victimes sont agressées trente-cinq fois avant d'appeler la police. Je me demande ce que ça fait de n'avoir été frappée que trente-cinq fois. Je n'ai pas vraiment compté (et de toute façon, j'ai toujours été nulle en maths), mais même moi, je sais que deux ou trois fois par semaine pendant quatre ans, cela fait beaucoup plus de trente-cinq. Peut-être que ce décompte n'inclut que les gros trucs – les os cassés, les coups dans la tête qui brouillent la vision et vous font voir trente-six chandelles floues. Pas les claques. Les pincements. Ils ne comptent sans doute pas. C'est tout moi, ça : j'exagère, encore une fois.

Ce n'était pas la faute de Henry, pas entièrement. Bien sûr, je sais que c'est mal de frapper quelqu'un, évidemment que c'est mal, mais il a perdu son travail et quand on est un homme, ça fait quelque chose, non ? Devoir compter sur le salaire de sa femme ; être censé cuisiner, nettoyer les toilettes et attendre le plombier.

Ça ne semblait pas juste. Comme le disait Henry, c'était lui qui aimait son travail alors que j'avais trouvé le mien par hasard. Un boulot, pas une carrière. Henry avait de l'avenir *alors que je faisais du sur-place. Il était respecté, doué pour son travail. Moi j'étais... eh bien, il m'avait raconté ce qu'il avait entendu au bar, la fois où il était venu à notre fête de Noël.*

Après ça, j'avais arrêté d'aller prendre des pots entre collègues. Comment aurais-je pu continuer en sachant ce qu'ils pensaient vraiment de moi ? Bête. Moche. Incompétente. Je le savais déjà, mais personne n'aime en avoir la confirmation, pas vrai ? Mes collègues avaient tout de même continué à faire semblant, je dois bien le reconnaître : avec leurs sourires et leurs « Ton week-end s'est bien passé ? » et « Tu es sûre que tu ne veux pas te joindre à nous ? ». J'ai répété que j'étais occupée jusqu'à ce qu'ils arrêtent de me demander.

Quand Henry a retrouvé du travail, je lui ai été reconnaissante de me proposer de démissionner. Je ne manquerais sûrement à personne. C'était un nouveau départ, à de nombreux égards, et même si nous n'en avions pas discuté, j'étais sûre que cela marquerait la fin de sa déprime. Je pourrais lui apporter tellement plus de soutien maintenant que je ne travaillais plus et, entre le ménage et la cuisine, je m'inscrirais peut-être à la salle de sport ou je prendrais des cours de peinture. Je me ferais peut-être même des amis.

Henry a vu par hasard une publicité pour des cours de fitness en ligne. Ils coûtaient bien moins cher que la salle de sport et je n'aurais pas à me déplacer, bien sûr, alors c'était logique. J'ai commencé mes cours de peinture, en revanche. J'étais nulle ! Vraiment nulle. Notre premier exercice consistait à faire le croquis d'un vase au crayon et, comme l'a dit Henry, le mien ne ressemblait à rien. Je n'y suis pas retournée. J'ai été idiote d'essayer, franchement. On ne se refait pas, comme on dit.

Je me suis fait des amis, en revanche. Sur Facebook, qui l'eût cru ? « Des amis imaginaires », comme les appelait Henry, même si, à bien des égards, ils étaient plus réels que les gens qui m'entouraient : le couple de voisins, par exemple, ou la femme qui distribuait les catalogues Avon et qui s'arrêtait parfois pour prendre un thé. Je leur parlais, voyez-vous, à mes amis imaginaires. Du ménage d'abord (nous faisions tous partie d'un groupe Facebook appelé Astuces pour la maison), mais vous savez ce que c'est : on apprend à se connaître. On se souhaite mutuellement un bon anniversaire, ce genre de choses. Et avant que j'aie pu dire ouf, on s'envoyait déjà des messages privés.

Il ne devrait pas te traiter comme ça, tu sais, *disaient-ils.*

Je le savais, quelque part au fond de moi, mais le fait d'entendre quelqu'un d'autre le dire a permis à l'idée de s'enraciner. Quand Henry m'a frappée la fois d'après, j'ai ouvert direct mon ordinateur.

Il a recommencé.

Tu devrais partir.

Je ne peux pas.

Si, tu peux.

On dit qu'une femme sur quatre subira des violences domestiques sous une forme ou une autre dans sa vie. Un quart de toutes les femmes.

Je regarde autour de moi dans l'avion, en comptant les passagers. Selon les statistiques, juste en classe affaires, au moins cinq femmes ont été, ou seront, frappées par leur conjoint. L'idée est à la fois rassurante et atroce.

La vieille dame, peut-être. Ses yeux pétillent, mais ils se sont remplis de larmes quand elle a parlé à l'hôtesse. Est-ce qu'elle s'enfuit, elle aussi ?

Ou la femme de ce footballeur – tout le monde le reconnaît – bien qu'elle soit suspendue à son cou, impeccable, avec sa chevelure brillante et ses lèvres framboise. On ne sait pas ce qui se passe dans l'intimité, après tout. Personne n'a jamais su ce qui se passait chez moi.

Le personnel navigant ?

Pourquoi pas ? Il n'y a pas de discrimination en matière de violences conjugales. Je cherche leur badge et les jauge. Carmel est-elle une victime ? Et Mina ?

Son sourire illumine son visage, mais dès qu'elle franchit le rideau, il retombe comme une pierre. Il y a quelque chose, là, derrière ses yeux, quelque chose qui la tracasse. Elle n'a pas l'air d'une victime, mais après tout, je ne pensais pas en être une jusqu'à ce que des amis m'aident à regarder les choses en face.

Difficile de trouver les mots pour qualifier ces « amis imaginaires » dont Henry se moquait tant.

Comment remercier des gens qui vous ont sauvé la vie ?

Parce que c'est ce qu'ils ont fait. Ils m'ont ouvert les yeux sur ce que mon mari faisait et m'ont rendu la confiance que j'avais perdue.

Quand le vol 79 a décollé, je me suis détendue pour la première fois en quinze ans. Henry ne me suivra pas jusqu'à Sydney. Il ne me retrouvera jamais.

Je suis enfin libre.

Cinq
15 heures – Adam

Ma réunion avec le capitaine Butler a bousillé ma concentration pour le reste de la journée et les dépositions ont pris deux fois plus de temps qu'elles n'auraient dû.

« Vous allez bien ? a demandé mon premier témoin, la tête penchée de côté, l'air inquiet, en regardant les pattes de mouche produites par ma main tremblante.

— C'est ma réplique, non ? » ai-je plaisanté, mais je la voyais jeter des coups d'œil nerveux à la feuille à mesure que je notais sa déposition, et quand je l'ai relue, les erreurs étaient si nombreuses que j'ai tout recommencé.

J'avais vingt-sept appels manqués sur mon téléphone resté en mode silencieux et le voyant rouge de la messagerie vocale clignotait. Combien de temps ça prend d'obtenir une facture de téléphone détaillée ? Combien de temps Butler mettra-t-elle à passer en revue les coups de fil, à repérer le même numéro plusieurs fois, la somme dans la colonne de droite de plus en plus élevée ? Combien de temps faut-il pour mettre un terme à une carrière qu'un homme a mis vingt ans à construire ?

Je sors du bureau en retard et fais deux fois le tour de la ville en espérant trouver une place de parking avant de laisser tomber et de rentrer à la maison en voiture. Le temps perdu signifie que je dois courir pour aller chercher Sophia ; la neige qui s'accumule sous mes semelles me ralentit. Bravant les panneaux d'interdiction, je passe par le jardin de l'église pour aller plus vite et croise un groupe de femmes venant de la direction opposée et dont les enfants tiennent des dessins. Merde. Quand les parents ne sont pas à l'heure, on envoie les gamins à la garderie et on vous facture ce privilège cinq livres, même si vous les récupérez au bout de cinq minutes. Ça n'a pas l'air cher comme ça, mais en ce moment, c'est plus que je ne possède.

Je franchis le portail dans un dérapage avec neuf minutes de retard.

— Monsieur Holbrook, dit Miss Jessop, sourcils froncés, réfléchissant sans doute à la meilleure manière de m'annoncer que je vais devoir raquer. Je suis désolée, mais Sophia est déjà sortie.

— Avec qui ?

Pas Mina : son vol est parti avant midi.

— Becca. Votre baby-sitter, ajoute-t-elle, au cas où je l'aurais oublié. Mme Holbrook ne vous a pas prévenu ?

Je la vois archiver le potin pour le partager en salle des profs. « Ça doit vraiment aller mal entre les parents de Sophia : je crois qu'ils ne se parlent même plus... »

— Si, elle m'a prévenu. J'ai juste oublié. Merci.

Je me force à sourire bien que je sois furieux après Mina de m'avoir fait passer pour un idiot.

Je sprinte vers la grand-rue et les rattrape au coin, à côté du commissariat. Je ralentis le pas. Les cheveux de Sophia – si noirs et si bouclés que tout le monde voit une ressemblance avec mon ex qui ne peut exister – explosent de sous son bonnet et rebondissent sur les épaules de son duffle-coat rouge vif ; les nattes que Mina tresse toujours pendant le petit déjeuner étaient sans doute défaites dès midi. Elle regarde ses pieds en marchant, cherche entre les flaques la neige intacte où plonger ses bottes.

— Hé, Sophia !

Elle se retourne. Son sourire d'abord spontané se teinte de méfiance. Je me déteste de lui faire ça.

— Bonjour papa.

— Bonjour Adam.

— Ça va, Becca ? Comment ça se fait que tu sois là ? J'ai dit à Mina que je sortais du boulot de bonne heure aujourd'hui.

— J'ai juste reçu un SMS, dit-elle avec indifférence. Normalement, je ne fais pas de baby-sitting deux soirs de suite, mais on a toujours besoin d'argent à cette période de l'année, pas vrai ? Avec les cadeaux de Noël et le Nouvel An. Au Bull, on paie l'entrée vingt livres, puis il y a les boissons, et si on veut poursuivre la soirée…

Je ne l'écoute plus et nous nous dirigeons vers la maison. Sophia virevolte, un poisson au bout de la ligne de Becca. J'essaie d'attraper sa main libre, mais elle la fourre dans sa poche et je mords l'intérieur de ma joue jusqu'à sentir un goût métallique.

Fais chier, Mina. Je lui ai dit que j'irais chercher Sophia. Je lui ai envoyé un SMS, bon sang, je l'ai écrit noir sur blanc. Maintenant, je ne peux pas renvoyer Becca sans lui donner du liquide – elle devait s'attendre à être payée à mon retour du boulot.

— Marchand de fruits et légumes, égrène Sophia. Sainsbury.

C'est du Mina tout craché. Elle n'arrête pas de me bassiner que je dois faire ma part et puis elle me fait ce genre de coup et me fait passer pour un con.

— Maintenant la boucherie. Beurk ! Maintenant l'agence mobilière qui…

— Vend des maisons, oui, on a compris, bon sang, Sophia !

Becca me regarde et Sophia se tait.

C'est facile d'être un parent parfait quand on n'a pas d'enfant ; de trouver mignonnes et pas exaspérantes leurs petites manies bizarres. Si Becca devait écouter Sophia raconter son trajet à l'école mille fois, ou si elle entendait Mina réciter *Bonsoir lune* chaque soir que Dieu fait pendant cinq ans, elle capterait peut-être !

Mina ne consultera pas son téléphone avant l'atterrissage, mais ma frustration a besoin d'un exutoire, alors je prends le mien. Elle trouve que c'est moi qui ne « communique pas » alors qu'elle n'est pas fichue de gérer l'organisation de base et de savoir qui va chercher notre…

Je fixe l'écran de mon téléphone et le fil de discussion que j'ai ouvert, prêt à incendier Mina.

Pas besoin de baby-sitter. Je me suis organisé pour finir tôt demain, alors je peux

Mon SMS est inachevé. Je me souviens soudain de l'appel du service des gardes à vue, d'avoir rangé mon téléphone dans ma poche hier après-midi parce qu'on était enfin prêts à divulguer le dossier de mon suspect.

Je croyais avoir envoyé ce message.

J'étais sûr de l'avoir fait.

J'ai un coup de chaud, le remords talonnant la colère, comme toujours. Si ça s'est passé comme ça, c'est parce que Mina refuse de répondre quand je l'appelle au téléphone ; elle insiste pour que l'on communique par SMS. Ou par mail. Par mail ! Qui envoie des mails à sa femme, bon sang ?

« C'est plus facile. »

Plus facile pour qui ? Pas pour moi, ça c'est sûr. Elle ne supporte même pas d'entendre ma voix, comme ça ? Elle préfère me garder à distance en communiquant par mail pour pouvoir prétexter que je suis juste un problème administratif à gérer pour le bien de Sophia.

— Reste, alors, dis-je à Becca avec une amertume qui n'échappe à personne, même pas à moi.

Je la ravale.

— Tu peux peut-être préparer le dîner de Sophia ? Ça lui ferait plaisir.

Elle hésite, puis hausse les épaules.

— Cool.

Mina aurait-elle pris cette décision ? Ou me dirait-elle que nous gaspillons de l'argent que nous n'avons pas ? Il fut un temps où j'étais infaillible aux yeux de ma femme. Aujourd'hui, je ne fais rien de bien.

Menteur.

Tricheur.

Pas fait pour être père.

Le pire, c'est qu'elle a raison. Je suis un menteur. Je suis un tricheur. Elle ne peut pas me détester plus que je ne me déteste moi-même, elle ne sait pas que le simple fait d'apercevoir mon reflet dans la glace me rend malade de dégoût. Comment en suis-je arrivé là ?

Butler doit avoir obtenu cette facture, à l'heure qu'il est. Elle a dû la passer au crible, armée d'un surligneur, en lisant entre les lignes. En ce moment, elle doit tirer un trait sur ma carrière.

Qu'est-ce que je vais faire ? Être flic, ce n'est pas un métier comme les autres : on ne peut pas passer à autre chose, contrairement à ceux qui travaillent dans un bar ou qui s'essaient au commerce. C'est comme enseigner ou être médecin. Ça fait partie de vous. Et je vais tout perdre.

Ex-mari, ex-père, ex-flic. Ça ne pourrait pas être pire.

Quand nous arrivons en périphérie de la ville, Sophia lâche la main de Becca. Il s'est remis à neiger et ses bottes laissent de minuscules empreintes sur le chemin. Elle tourne le coin de la rue avec vingt mètres d'avance et je l'appelle, mais elle glousse et accélère.

— On fait la course !

Je me mets à trottiner. Le coin de la rue est désert. De la neige fondue grisâtre a éclaboussé le trottoir et je cherche la bonne taille d'empreintes.

— Sophia !

— Détendez-vous, elle joue à cache-cache, explique Becca, plusieurs mètres derrière moi. Oh, non !

s'écrie-t-elle tout haut en mimant la surprise, où peut-elle bien être ?

La baby-sitter me sourit, mais moi, je ne joue pas.

— Sophia !

Quand une voiture nous dépasse, je regarde à l'intérieur ; je mémorise la plaque d'immatriculation, la dégaine du conducteur, la direction qu'il prend. Enlever un enfant ne prend que quelques secondes. Le faire disparaître, quelques minutes.

— Sophia ! m'écrié-je en me mettant à courir. Montre-toi tout de suite : ce n'est pas drôle.

— Elle ne risque pas de se montrer si elle croit que vous êtes fâché contre elle, siffle Becca avant de lancer de sa voix chantante : Je ne la vois nulle part !

Je m'arrête si brusquement que j'en perds presque l'équilibre.

— Ne me dis pas comment élever ma propre fille, s'il te plaît. Où est-elle ? dis-je en faisant demi-tour pour balayer la rue du regard.

Au cours de toutes les enquêtes concernant un mineur, il arrive un moment où l'on se demande : « Et si c'était mon enfant ? Qu'est-ce que je ferais ? Qu'est-ce que je ressentirais ? » Mais ça ne dure qu'un instant : si on laissait le sentiment s'installer, on ne serait pas efficace.

Là, ça fait déjà une minute.

— Sophia !

Je crie si fort que ma voix s'éraille et que je suis obligé de m'éclaircir la gorge.

— Tant pis, continue Becca en poussant un soupir mélodramatique. Il va falloir rentrer à la maison sans elle.

— Non ! crie Sophia en sortant de sa cachette derrière une benne à ordures pour se précipiter sur Becca. Je suis là !

— Oh, mon Dieu, tu te cachais ! Je croyais que tu avais disparu dans la nature !

Le sang bat à mes oreilles quand je me penche pour prendre Sophia par le bras et l'attirer vers moi.

— Ne refais jamais ça, tu m'entends ? Il aurait pu arriver n'importe quoi.

— Elle jouait, c'est tout…

Je réduis Becca au silence d'un regard assassin et oblige Sophia à me dévisager. Sa lèvre inférieure tremble.

— Pardon papa.

J'ai le visage en feu, un picotement derrière les yeux. Lentement, mon pouls ralentit. J'adresse un bref sourire à ma fille, lui lâche le bras et replace son bonnet.

— Tu m'as fait peur, Soph.

Elle me dévisage, son regard sombre soutenant le mien si longtemps qu'elle me donne l'impression de connaître tous mes secrets.

— Les papas n'ont pas peur.

— Il arrive à tout le monde d'avoir peur, dis-je d'un ton léger.

Elle me laisse lui tenir la main le reste du chemin ; sait-elle combien cela compte pour moi ? Je surprends le regard de Becca posé sur moi ; j'ignore comment, mais à eux seuls, ses sourcils parviennent à exprimer sa désapprobation. Elle ne dit rien, évidemment. Contrairement à Mina. « Tu es tellement alarmiste, dit-elle. Toujours convaincu que le pire va se produire. »

Je plaide coupable. Mais il faut dire que cela arrive souvent.

— Maman est dans un avion, dit Sophia, que j'aide à ôter ses bottes en caoutchouc.

Je les tape l'une contre l'autre et les laisse sur le paillasson en compagnie de mes chaussures de travail. Notre cottage, au 2, Farm Cottages, est flanqué de deux autres maisons mitoyennes qui appartenaient jadis à la ferme située à deux kilomètres d'ici.

— Exactement.

Les trois habitations disposent de jardins donnant sur un parc planté d'immenses chênes et où un sentier dessine un huit. Dans l'une des boucles se trouve un terrain de jeux pour enfants et dans l'autre, un petit lac avec un abri à canards sur une île minuscule. Il y a un champ de fleurs sauvages avec une profusion de digitales et de bleuets, en été, traversé par un sentier sur lequel Sophia adore courir.

— Elle va passer vingt heures dans l'avion et puis elle va rentrer à la maison et ça prendra vingt heures de plus, mais entre-temps elle va rester à l'hôtel.

— Exactement.

— Comme tu es intelligente, commente Becca en regardant son téléphone.

— C'est un Boeing 777 avec trois cent cinquante-trois passagers à bord.

— C'est ça.

Maman, *maman*, il n'y en a que pour *maman*…

— Où est-ce qu'elle est ?

Je compte jusqu'à cinq et m'arme de patience.

— Tu viens de me dire où elle est. Dans un avion.

— Oui, mais où ezactement ?

D'autres hommes partagent-ils mes sentiments ? D'autres pères dont les enfants ne veulent passer du temps qu'avec leur maman ? D'autres pères qui ont constamment l'impression d'être le lot de consolation, quels que soient les efforts consentis ? Je ne le saurai jamais, je suppose, parce que, pour le découvrir, il faudrait que j'avoue à quel point ça craint quand ta fille veut toujours quelqu'un d'autre.

Je sors mon téléphone et ouvre l'application de suivi de vol tant appréciée par les passionnés d'aviation et les familles dispersées aux quatre coins du monde.

— Maman est... dis-je en attendant que l'appli charge le trajet de l'avion de Mina. Là.

— Bié-lo-ru-ssie.

— On dit aussi Bélarus.

Sophia répète le nom, étudie les lettres sur l'écran, et je sais qu'elle s'en souviendra la prochaine fois. Elle n'oublie jamais rien.

— *Na zdorovie*, lance Becca.

— Quoi ?

La baby-sitter entre dans la cuisine en laissant ses bottes en caoutchouc en vrac sur le carrelage.

— Ça veut dire à la vôtre en russe.

Je déplace ses bottes sur le paillasson et regarde sur mon téléphone le point clignotant représentant Mina à trente-cinq mille pieds d'altitude. Bientôt, il traversera les espaces aériens russe, kazakh et chinois. Enfin, il survolera les Philippines, l'Indonésie, puis avant que Sophia et moi ne nous réveillions, Mina aura traversé l'Australie et atterri à Sydney.

« Vingt heures, avais-je répété quand Mina m'avait dit où elle allait. C'est une sacrée journée de travail !

— Ce n'est pas moi qui dirige la compagnie aérienne, Adam. »

Je m'étais tu un moment avant de reprendre la parole, refusant de me laisser entraîner dans la dispute qu'elle essayait de provoquer.

« Ce sera quand même sympa de passer quelques jours à Sydney à cette période de l'année.

— Ce ne sont pas des vacances ! »

J'avais laissé tomber. Nous étions devant l'école, pour me permettre de récupérer Éléphant, malencontreusement oublié ce matin-là. Sophia s'était jetée au cou de Mina avant de me saluer d'un hochement de tête, comme une vague connaissance rencontrée à l'occasion d'une conférence consacrée au réseautage professionnel : « Rappelez-moi ce que vous faites dans la vie. » Je m'étais vu accorder quelques heures en compagnie de ma fille avec pour consigne stricte de la ramener à 18 heures.

Mina avait continué de me chercher.

« Arrête d'essayer de me culpabiliser, Adam. C'est mon travail.

— Je sais, je…

— Ce n'est pas comme si j'avais le choix. »

Elle avait rougi de colère en faisant tout un plat de boutonner le manteau de Sophia. Je la voyais essayer de maîtriser son souffle en prenant de profondes inspirations et quand elle s'était redressée, on n'aurait jamais cru que quelque chose clochait.

« Tu vas me manquer », avais-je dit doucement.

Est-ce que j'allais trop loin ? Pourtant, ses yeux brillaient de larmes. Elle s'était détournée, espérant peut-être que je ne l'avais pas remarqué.

« C'est un vol comme un autre. »

Vingt heures, quand même.

L'impatience fiévreuse autour de ce vol dure depuis deux ans. Cela m'a peut-être plus frappé parce que Mina travaille pour World Airways, mais la compagnie a été omniprésente. Spots publicitaires montrant les sièges de classe affaires qui se déplient tout en douceur et des passagers de classe économique, jambes allongées devant eux. Interviews de pilotes ayant participé aux vols d'essai et comparaisons nostalgiques avec les cinquante-cinq heures de la « route kangourou » lancée dans les années 1940 et qui comportait six escales.

« En 1903, avait déclaré Yusuf Dindar deux jours plus tôt dans l'émission *Breakfast Sofa* sur la BBC, les frères Wright ont défié la gravité avec le premier vol prolongé d'un avion motorisé. Plus d'un siècle plus tard, nous sommes capables de faire voler cent cinquante tonnes de métal pendant vingt heures, sans escale. »

Calé dans son siège, un bras confiant posé sur le dossier du canapé, il avait souri.

« Les forces de la Terre sont puissantes, mais nous avons prouvé que nous étions plus forts. Nous avons battu la nature. »

Un frisson me traverse la nuque en me rappelant son air de suprême assurance. Je ne doute pas qu'il ait la meilleure équipe, les meilleurs avions. Mais la nature peut engloutir une ville, faire tomber des gratte-ciel, faire glisser des littoraux entiers dans la mer…

Je me force à sortir du scénario catastrophe qui joue en boucle dans ma tête. Mina a raison : je suis alarmiste. Trois vols d'essai ont été réalisés sur cette liaison. Les regards du monde entier sont braqués sur World Airways. La réputation de la compagnie est en jeu, sans parler de la sécurité de centaines de personnes.

Tout va bien se passer.

Six
Arrivée à Sydney H – 17 – Mina

Nous survolons l'Europe de l'Est ; sous nos pieds, rien qu'un tourbillon de nuages. Je touche la vitre et me concentre sur les formes que Sophia et moi remarquerions si elle était là. *Une vieille dame qui va faire ses courses d'un pas traînant, pliée en deux : regarde, voilà son sac à main. Un palmier : là, regarde ! Il faut plisser un peu les yeux…*

Je me rappelle avoir fait la même chose avec ma mère, allongée sur le dos dans le jardin pendant qu'elle arrachait les mauvaises herbes dans la plate-bande. Elle entretenait merveilleusement le jardin ; sans connaître le nom des plantes, elle savait d'instinct où chacune s'épanouirait.

« Les plantes ont besoin de cinq choses pour fleurir », m'avait-elle dit un jour.

Elle arrachait un joli buisson qui avait arboré de délicates fleurs blanches l'année précédente mais qui végétait cette année-là. Je m'étais redressée, ravie de pouvoir étaler mes connaissances apprises en cours de biologie.

« De l'eau. Et de la nourriture. De la lumière pour

la photosynthèse. De la chaleur? avais-je ajouté après réflexion.

— C'est bien, ma fille. Et la cinquième?»

J'avais fait la grimace. Je ne me souvenais pas d'une cinquième chose.

«D'espace.»

Maman avait délicatement soulevé le buisson, rebouché le trou et disposé l'excédent de terre autour des plantes voisines.

«Ces trois-là allaient bien ensemble quand je les ai plantés, mais maintenant, celui-ci est trop à l'étroit. Il ne mourra pas, mais ne se développera pas non plus. Je vais le transplanter ailleurs et tu verras: il m'en sera très reconnaissant.»

Je pense à cette conversation chaque fois que je monte dans un avion, en ravalant ma culpabilité d'avoir laissé Sophia. Nous avons besoin d'espace pour grandir. Tous autant que nous sommes.

Je chasse mes larmes et me désintéresse des nuages et de leurs formes. Les bavardages vont bon train dans l'avion lumineux. Les repas que nous servons sont soigneusement composés: le premier pour garder les passagers éveillés; le deuxième, pour les encourager à se reposer.

«On devrait leur donner un somnifère, a remarqué Erik pendant le contrôle des menus. Ça coûterait moins cher.»

Je me promène dans la cabine en vérifiant que tout le monde dispose de ce dont il a besoin. Il y a sept rangées de sièges au total. Quatre sièges au centre, flanqués de deux sièges de part et d'autre de la cabine. Des paravents isolent chaque fauteuil de son voisin et offrent aux passagers un cocon intime. Quand ces derniers souhaitent dormir, la partie inférieure du siège coulisse en avant et vient se nicher sous l'écran de télévision, transformant un siège déjà confortable en lit parfaitement plat. Il est plutôt agréable de passer vingt heures dans ces conditions, expérience très différente de celle qui se vit en classe économique où trente-trois rangées de neuf sièges s'inclinent de sept centimètres.

— On arrive bientôt ? demande un homme voyageant seul, installé dans l'une des places centrales.

Je ris poliment, bien qu'il soit le quatrième à poser la question, tous convaincus de leur originalité. Derrière lui, un couple adorable a baissé le paravent séparant les deux sièges, inclinés à un angle identique. Ils visionnent le même film avec une simultanéité qui ne peut être due au hasard. De jeunes mariés, peut-être ? Cela dit, si c'est le cas, la liste des passagers m'indique qu'elle a gardé son nom de jeune fille.

— Puis-je avoir une autre couverture ? Je suis gelée.

À pas tout à fait trente ans, la jeune femme a le visage encadré par une profusion d'anglaises auburn retenues par un large bandeau.

— Ginny a du sang de lézard. Il lui faut une lampe à infrarouge pour être vraiment heureuse.

Des rides barrent le front de son compagnon, plus âgé qu'elle. Il sourit en parlant, mais ses yeux ne pétillent pas autant que ceux de son amie.

— Eh bien, vous serez ravis d'apprendre qu'il fait vingt-cinq degrés à Sydney en ce moment, leur dis-je. Combien de temps resterez-vous sur place ?

— Trois semaines, lance Ginny en se redressant, comme mue par la force de sa déclaration. Nous fuguons pour nous marier !

— Oh, là là, c'est excitant !

Je pense à mon mariage avec Adam – église, photos de famille, réception à l'hôtel – et à notre voyage de noces d'une semaine en Grèce. Conventionnel peut-être, mais rassurant. Notre couple semblait solide. Sûr.

— Ginny !

— Quoi ? Peu importe, maintenant, Doug : c'est fait. Personne ne peut nous arrêter.

— Tout de même.

Il coiffe son casque audio et Ginny rougit, douchée. Je les laisse à leur film mais, bien qu'ils soient toujours aussi proches physiquement, quelque chose a changé et cela me met mal à l'aise pour eux. Pour elle. En pensant au couple qu'Adam et moi formions sur cette île grecque et à ce que nous sommes devenus, je me sens soudain triste. Les relations évoluent quand on a des enfants, quel que soit le chemin emprunté, mais nous ne nous attendions pas à ce qu'un enfant autiste mette notre couple à si rude épreuve. J'ai réagi en cherchant des solutions, en lisant tout ce que j'ai pu sur les traumatismes liés à l'adoption et au trouble de l'attachement.

Adam a choisi la fuite.

Il était présent physiquement, quand il n'était pas au travail, mais émotionnellement, j'ai commencé à le perdre il y a des années. Est-ce à ce moment-là que les liaisons ont commencé ? Je n'en sais rien, et j'ignore combien il y en a eu : la relation avec Katya est la seule dont je sois sûre.

Je lui ai posé la question un jour. J'avais trouvé une carte bancaire correspondant à un compte dont j'ignorais l'existence, avant de m'apercevoir qu'il avait modifié le code d'accès de son téléphone, de sorte que je ne le connaissais plus.

« Tu as une aventure ?

— Non !

— Pourquoi changer ton code secret, dans ce cas ?

— J'ai entré le mauvais trois fois de suite. Je n'ai pas eu le choix. »

Son mensonge crevait les yeux.

De l'autre côté de l'allée, un homme d'un certain âge aux cheveux clairsemés et aux lunettes rondes fronce les sourcils en regardant son ordinateur portable.

— Il n'y a toujours pas de wi-fi, m'interpelle-t-il.

— Non, je suis désolée : l'équipe fait son possible pour localiser le problème mais…

— Il sera réglé bientôt ?

Je résiste à la tentation de jouer les voyantes, doigts posés sur les tempes et regard plongé dans une boule de cristal invisible.

— Je l'ignore. Je suis navrée pour le désagrément.

— C'est que j'en ai besoin pour travailler.

L'homme me dévisage, l'air plein d'espoir, comme si j'étais la seule à pouvoir réparer le réseau wi-fi.

— C'est un très long vol.

— En effet, oui.

La première relève des pilotes ne tardera pas à avoir lieu. Cesca et Mike monteront se reposer dans leurs couchettes pendant six heures ; le temps qu'ils redescendent, nous serons à mi-chemin de Sydney. Une deuxième zone de repos réservée au personnel navigant est située à l'arrière de l'appareil ; on y accède par une porte verrouillée dans le galley. Elle est aménagée avec huit petites couchettes, séparées par des cloisons en mousse et un rideau. Je ne dormirai sans doute pas beaucoup pendant la première pause, mais ce sera une tout autre histoire pendant la deuxième. L'ensemble de l'équipage reprendra son service deux heures avant l'arrivée, avec pour ordre strict de la part de Dindar d'avoir l'air frais comme le jour en prévision de la séance photo programmée à l'atterrissage.

Nous passerons deux ou trois jours à Sydney avant le vol retour. Ce sera super d'explorer la ville, mais encore mieux de savourer un sommeil non troublé par les cris de Sophia. Elle fait des cauchemars toutes les nuits depuis des mois, quelle que soit la routine du soir adoptée, où qu'elle dorme. Je me réveille, le cœur battant, et traverse le palier à toutes jambes pour la trouver dressée dans son lit, raide et indocile dans mes bras pendant une ou deux secondes avant de se laisser étreindre.

« Katya lui manque peut-être », ai-je dit un jour à Adam.

Le sous-entendu était clair : il était coupable. Il a rougi, comme chaque fois que l'on mentionne le nom de la jeune fille, et j'ai laissé tomber, mais un détail me tracassait et je n'ai compris que le lendemain de quoi il s'agissait. Les cauchemars avaient commencé *avant* le départ de Katya.

— Excusez-moi.

Un jeune garçon, âgé de neuf ou dix ans peut-être,

lève la main et agite les doigts comme s'il était en classe et avait besoin d'aller aux toilettes. À côté de lui, sa mère est allongée sur son lit, bouche légèrement entrouverte ; brodée sur son masque de sommeil en satin, on peut lire la phrase *Je recharge mes batteries – ne pas débrancher*.

— Bonjour, comment t'appelles-tu ?

— Finley Masters.

— Bonjour Finley, tu veux quelque chose à boire ?

— Mes écouteurs sont emmêlés, dit-il avec un regard sérieux, et je sens le brusque pincement au cœur qui me prend si souvent par surprise quand je suis loin de Sophia.

— Oh, mince, c'est très grave. Voyons si on peut régler ça, d'accord ?

Du bout des ongles, je démêle les nœuds et lui rends ses écouteurs avec un sourire.

— Merci.

— À ton service.

Finley est le seul enfant en classe affaires, même si un couple et son minuscule bébé sont installés au premier rang de la section centrale. Le nouveau-né pleure, pousse des miaulements – doux, mais insistants –, et je surprends un échange de regard anxieux entre les parents. Je leur adresse un sourire rassurant, mais ils s'angoissent pour la tenue du bébé, comme si c'était les boutons de son pyjama qui le gênaient et non la pression atmosphérique qui pèse sur ses minuscules tympans.

Je vérifie la liste de passagers – Paul et Leah Talbot – et vais vérifier s'ils ont besoin de quelque chose. Leur bébé ne peut pas avoir plus d'un mois.

— Trois semaines et deux jours, répond Leah quand je lui pose la question.

Australienne, elle a les cheveux décolorés par le soleil, le visage hâlé et constellé de taches de rousseur. Elle a l'air en pleine santé, sportive, avec sa dentition blanche et droite, et je les imagine, son mari et elle, faisant un barbecue sur la plage le jour de Noël. Un jour, peut-être, Adam, Sophia et moi échapperons au froid et nous enfuirons au soleil.

Adam. Encore lui ? souffle ma psy intérieure.

— Il est adorable ! Comment s'appelle-t-il ?

J'ignore mon inconscient. C'est l'habitude, voilà tout. Cinq ans de vie de famille. Les priorités d'Adam sont parfaitement claires et sa femme et sa fille n'en font pas partie.

— C'est un beau petit gars, hein ? remarque Leah en adressant un grand sourire à son fils.

Elle est plus âgée que moi, la quarantaine bien entamée, je dirais, mais en bien meilleure forme.

— Je vous présente Lachlan Hudson Samuel Talbot.

— Ça fait beaucoup de prénoms.

— On n'arrivait pas à choisir, sourit son mari.

L'homme a un accent anglais, mais l'intonation chantante en fin de phrase que les expatriés aux antipodes acquièrent si aisément.

— Vous êtes superbe, dis-je à Leah. J'ai du mal à croire que vous venez d'accoucher !

Mon compliment la gêne ; elle pose ses lèvres sur la tête du nourrisson et hume son odeur. Son mari l'enlace et j'ai l'impression d'être exclue, l'impression d'avoir gaffé.

— Si vous voulez que je le prenne tout à l'heure pour que vous puissiez faire un somme, dites-le-moi.

— Merci.

Je les laisse, le cœur lourd. L'adoption n'a pas effacé le chagrin de l'infertilité ; elle n'a pas non plus fait disparaître le désir occasionnel bien que viscéral d'avoir un ventre rond et tendu ou de tenir dans mes bras un nouveau-né léger comme une plume. J'aime ma fille plus que tout au monde – pas besoin d'accoucher pour devenir mère –, mais cela ne veut pas dire que je ne souffre pas en pensant à ce qui aurait pu arriver.

J'aimerais au moins que Sophia soit venue vivre avec nous peu après sa naissance. Cela aurait pu arriver. Cela aurait *dû* arriver. Sa mère était déjà considérée comme une personne à risque ; les services sociaux se tenaient prêts à intervenir, les aînés de la fratrie étaient déjà placés. Mais la procédure nous a privés de la première année de Sophia et l'a privée de la capacité à faire confiance. Elle nous a privés de la famille que nous aurions pu former.

La veille de l'arrivée de Sophia à la maison, ni Adam ni moi n'avions pu fermer l'œil de peur de tout gâcher.

« Et si je n'ai jamais l'impression d'être son vrai père ?

— Mais non ! Ça n'arrivera pas. »

Je savais qu'Adam était angoissé – il avait eu plus de mal que moi à se faire à l'idée de l'adoption –, mais je savais aussi qu'il craquerait vite pour Sophia. C'est à base d'amour, pas de gènes, que se construit une famille.

Le problème, c'est que Sophia et lui n'ont jamais semblé tisser de lien affectif. Bébé, elle était déjà difficile et nous ne réussissions à la calmer ni l'un ni l'autre. Elle avait fini par accepter que je la berce pour l'endormir, mais si Adam essayait de la tenir, elle se raidissait en hurlant jusqu'à la cyanose. En grandissant, elle m'a de plus en plus accaparée, excluant Adam. « Sois patient, lui disais-je. Un jour, elle viendra vers toi et tu devras être prêt. »

— Souriez, ma belle – ça n'arrivera peut-être jamais, lance l'homme assis derrière les Talbot, me tirant de mes pensées.

Ses longues jambes sont étendues sous sa tablette, sur laquelle reposent une bouteille d'eau et un livre.

Pendant mes études universitaires, je travaillais dans un pub plein de banquiers, de glandeurs et d'étudiants en licence. Dès que je passais derrière le bar, mes pairs devenaient intellectuellement supérieurs et m'infligeaient des « allez, ma belle » et des « d'accord, mon chou » comme si nous faisions de la figuration dans une série ringarde. Ça se passe parfois comme ça, en cabine. Je connais toutes sortes de personnels navigants titulaires de toutes sortes de diplômes. Je connais d'anciens secouristes, d'anciens professeurs d'université, une policière à la retraite qui a attrapé sur le tard le virus des voyages. Cependant, la plupart des passagers n'en savent rien. Ils voient l'uniforme et ils voient une serveuse. Peu importe que nous suivions une formation aux premiers secours, un entraînement aux amerrissages d'urgence, que nous soyons capables d'éteindre un feu ou de sectionner la ceinture de sécurité d'un passager coincé sur son siège.

Je plaque un sourire sur mes lèvres et serre les dents.

— Puis-je vous offrir autre chose, monsieur ? un verre de vin ?

— Merci, mais je ne bois pas.

— Très bien, je suis là si vous avez besoin de quoi que ce soit.

Alors quc la gaieté gagne peu à peu le reste des passagers, j'apprécie cette oasis de sobriété. J'ai brusquement envie d'être à la maison, blottie avec Sophia sur le canapé devant *Peppa Pig*. Quand je voyage, je me souviens des meilleurs moments. N'est-ce pas toujours le cas ? Je me souviens même des meilleurs moments entre Adam et moi : les rires, la complicité, ses bras qui m'enlacent.

Un brouhaha s'élève du bar et je vais voir si quelqu'un a besoin d'aide. L'endroit est bondé, le niveau sonore monte à mesure que les passagers de classe affaires affluent. Plusieurs clients sont en pyjama ; la nouveauté les amuse encore plusieurs heures après le décollage. Un couple flirte, debout au bar.

— Tu as vu le tire-bouchon ? demande Hassan, le barman, l'air épuisé.

— Non, il était là tout à l'heure. Je vais t'en chercher un à l'office.

— Voilà pourquoi je ne bois que du champagne. Tout ce dont on a besoin, c'est d'un verre. Ou d'une paille !

La femme au bar a un rire grave et guttural, en décalage avec son physique menu. Elle a de longs cheveux blonds et un maquillage soigné, un rouge à lèvres pourpre. Son compagnon est fasciné. Il est râblé et ses biceps sont plus épais que la taille de la blonde, même s'il n'est guère plus grand qu'elle. Ses cheveux bruns boucleraient s'ils n'étaient pas coupés si court et une barbe épaisse lui couvre la moitié du visage. La femme a passé son pouce gauche dans la poche arrière du pantalon de l'homme, de cette manière instinctive, naturelle avec laquelle deux personnes apprennent à accorder leurs gestes. J'ai une boule dans la gorge en me souvenant du temps où ma relation avec Adam était encore assez neuve pour que nous flirtions, mais où nous nous connaissions déjà assez bien pour être à l'aise ensemble.

En tournant les talons, je perçois un mouvement du coin de l'œil : le rideau s'ouvre entre la classe affaires et la classe économique. Je vois une femme brune s'approcher du bar. Elle attend en regardant autour d'elle, remarque l'écran large au mur et les paniers de friandises laissés à la disposition des passagers.

— Du champagne, s'il vous plaît.

Hassan me lance un coup d'œil.

— Désolé, mais le bar est réservé aux passagers de classe affaires.

Il a l'air nerveux, ses mains s'attardent près du champagne comme s'il hésitait encore à la servir.

— Je ne veux qu'un verre.

Il est tentant de lui en servir un avant de la renvoyer en classe économique, mais son sans-gêne me hérisse. Je m'approche.

— Je suis désolée : vous devez retourner en classe économique.

— Bordel, tout ce que je veux, c'est un verre.

— Et moi, tout ce que je veux, c'est ne pas me faire insulter quand je fais mon travail, mais apparemment, ni vous ni moi n'obtiendrons gain de cause aujourd'hui, dis-je avec un sourire.

— Il est comment, votre pyjama ? crache la passagère en se tournant vers un couple à la tenue assortie et qui prend des selfies.

— Euh, il est très…

— Vous savez ce qu'on a eu, nous, dans notre « pochette souvenir » ? dit-elle en mimant violemment des guillemets avec les doigts avant de hausser le ton au point de crier. Des putains de sablés !

— Bon, ça suffit, dis-je en la prenant par le coude, mais elle se dégage.

— Lâchez-moi ! C'est une agression caractérisée, s'écrie-t-elle en regardant à la ronde. Est-ce que quelqu'un filme ça ? Elle vient de m'agresser.

— Regagnez votre place, s'il vous plaît.

Tous les clients du bar nous dévisagent maintenant et les passagers de classe affaires tendent le cou pour voir ce qui se passe derrière eux.

— Ce bar est réservé aux passagers de classe affaires.

— Alors comment ça se fait qu'il reste, lui ? dit-elle en désignant l'homme râblé qui fait de son mieux pour l'ignorer.

— Parce qu'il est…

Je m'arrête en voyant une rougeur d'embarras gagner le cou de l'homme, qui repousse son verre à moitié vide sur le comptoir.

— Désolé, s'excuse-t-il, même s'il est difficile de savoir s'il s'adresse à moi ou à sa blonde compagne.

— Pour l'amour du ciel, Hassan ! m'emporté-je alors que mon collègue se mord la lèvre.

— Ils sont ensemble. Il n'y avait pas beaucoup de monde quand ils m'ont demandé et j'ai cru…

— Les passagers ne disposant pas d'un siège en classe affaires sont priés de regagner leur place, où le personnel navigant se fera un plaisir de prendre leur commande.

— Désolé, murmure à nouveau l'homme trapu.

Son regard s'attarde une dernière fois sur la blonde avant qu'il ne franchisse le rideau d'un pas traînant pour aller se rasseoir. Bras croisés, je dévisage la femme ivre. Je la regarde dans les yeux pendant une bonne minute avant qu'elle abandonne.

— Bande de snobs ! lance-t-elle à plein volume en guise d'adieu, et je plains mes collègues de classe économique qui devront refuser de lui servir de l'alcool pendant les quinze prochaines heures.

Je soupire et rougis quand quelques applaudissements retentissent dans le bar.

— Vous avez des enfants, n'est-ce pas ? me demande la femme en pyjama, souriante. Quelle autorité !

Cela me fait sourire. En retournant vers le galley, pour la première fois depuis que j'ai pris mon service, je sens que je me détends et que le malaise s'estompe. Mon instinct ne m'avait pas trompée : il allait bien se passer quelque chose sur ce vol, mais rien que je ne sache gérer. Je fais ce métier depuis douze ans : il en faudrait beaucoup pour me déstabiliser.

Quand j'étais enfant, maman tendait toujours la main vers le ciel quand un avion de ligne passait au-dessus de nos têtes.

« Vite ! Embrasse Manii et Baba sido !

— Cet avion pourrait aller n'importe où», disais-je en riant.

Mais j'agitais la main quand même, trop superstitieuse pour ne pas obéir. L'habitude était restée ancrée, comme celle de saluer les pies solitaires, bien après le décès de mes grands-parents, alors qu'il n'y avait plus de raison de visiter l'Algérie ni d'embrasser quiconque par-delà la Méditerranée. Même après avoir cessé d'accompagner papa à l'aéroport – bien trop cool vers quinze ans pour être surprise en train d'observer des avions –, je tendais la main, gênée, chaque fois que je voyais un avion. *Hé, Manii et Baba – je vous aime.*

Des années plus tard, nous rentrions de France, où mes parents avaient encore une maison, une bicoque remplie de souvenirs ayant appartenu aux parents de papa. Par le hublot, je regardais des nuages qui semblaient assez solides pour que l'on puisse se tenir dessus. Nous avions toujours passé les vacances scolaires en France et perpétuions la tradition maintenant que j'étais à l'université. Tandis que ma mère papillonnait, rattrapait le temps perdu avec ses amis, je voyais mon père se détendre, loin des rigueurs de la vie londonienne.

« J'adorerais devenir pilote de ligne. »

C'était la première fois que je le disais à voix haute, quelle audace ! C'était ridicule !

« Qu'est-ce qui t'en empêche ? » avait répondu papa.

C'était lui tout craché. *Tu veux quelque chose ? Fais en sorte de l'obtenir.*

À l'avant de l'avion, la porte du cockpit s'était ouverte et j'avais tendu le cou pour apercevoir le tableau de bord, le vaste demi-cercle de verre donnant sur ce tapis de nuages. Je vibrais d'excitation.

« C'est très cher.

— Combien ?

— Aux alentours de… quatre-vingt mille livres. Au bas mot. »

Il s'était tu pendant une éternité, puis avait froissé son journal en haussant les épaules.

« Renseigne-toi. »

Six semaines plus tard, ils vendaient la résidence secondaire en France.

« Vas-y, deviens pilote, avait dit papa.

— Mais vous adoriez cette maison ! avais-je répondu en fouillant le visage de mes parents pour n'y lire que de l'enthousiasme. Elle était censée améliorer votre retraite.

— A-t-on besoin d'une retraite quand on a une fille pilote de ligne ? avait dit papa avec un clin d'œil. Tu pourras nous entretenir quand on sera vieux.

— Ça ira, avait insisté maman en me serrant le bras. Nous sommes contents pour toi. »

Elle m'avait photographiée le jour de mon départ pour ma formation, comme si c'était mon premier jour d'école. Debout près de la porte en pantalon noir et chemise toute neuve, un seul galon doré sur mes épaulettes.

Je regarde la jupe que je porte aujourd'hui, mes ongles manucurés et mes collants chair. J'adore mon travail, mais ce n'était pas censé se passer comme ça.

— Un thé à emporter là-haut, ça te dit ? demande Carmel, un sachet suspendu au-dessus d'un mug vide.

— Ce n'est pas de refus.

Cela fait bizarre de prendre une pause maintenant, quelques heures à peine après avoir décollé, et encore plus bizarre de savoir qu'à notre réveil, nous serons encore à des heures de l'arrivée. Sous nos pieds, les gens se réveilleront pour aller travailler, rentreront chez eux pour aller se coucher, et pendant tout ce temps, nous serons en vol. Cela semble impossible, presque surnaturel.

Contrairement à Erik, qui n'a pas décroché un sourire depuis l'embarquement, Carmel est adorable. À peine vingt-deux ans et sur le point d'emménager avec son copain, qu'elle vénère manifestement.

« Il travaille à la City, m'avait-elle dit fièrement alors que, assis sur nos strapontins, nous nous apprêtions à décoller.

— Et qu'est-ce qu'il fait ? »

Elle avait battu des paupières.

« Il travaille à la City.

— Pff ! Bien sûr, tu viens de me le dire. Excuse-moi. »

Elle prépare le thé et je sors du placard près du galley le petit sac en papier que Sophia m'a fait promettre d'emporter à bord. « Ne l'ouvre pas avant d'être en vol », m'a-t-elle recommandé. Elle était venue dans ma chambre pendant que je faisais mes bagages, désormais habituée à voir ma valise ouverte sur le lit.

Je déplie le papier. C'est l'une des barres de céréales que nous avons confectionnées ensemble ce week-end et l'odeur sirupeuse me met l'eau à la bouche. Un des coins a été grignoté et je touche le bord déchiqueté par les quenottes de ma fille.

Sous la barre de céréales, il y a une feuille tachée de gras. *Pour ma maman que j'aime, Sophia, Bisous*. Je la montre à Carmel, qui serre ses mains sur son cœur.

— Quel amour ! De la part de ta fille ?

Je hoche la tête.

— Oh, mon Dieu, c'est adorable ! J'ai hâte d'être maman. Je parie que tu fais tout un tas de trucs avec elle, non ? De la peinture, des travaux manuels et tout ça.

— Surtout de la pâtisserie, dis-je en montrant la barre de céréales. Beaucoup de pâtisserie. Elle a confectionné ça pratiquement toute seule. Elle n'a que cinq ans.

— Incroyable !

Je romps un bout de barre de céréales, le mets en bouche, fourre le message dans ma poche et emballe le reste pour le manger en haut. Je commence à nettoyer le galley et à tout ranger pour la relève. Quelqu'un a laissé un EpiPen sur le comptoir et je le ramasse pour éviter qu'il ne finisse à la poubelle.

— Tu sais qui…

Je m'interromps en remarquant sur le stylo une étiquette légèrement éraflée. Un petit rectangle blanc décoré d'un smiley dessiné à la main et un nom imprimé. *Sophia Holbrook.*

— Lait et sucre ? demande Carmel.

Que fait l'EpiPen de Sophia ici ? Le smiley m'indique que c'est celui que l'on laisse dans son sac d'école – solution aussi simple qu'efficace trouvée par Adam pour ne pas se tromper quand on range les EpiPen –, et il n'y a pas de doute possible, l'étiquette est une de celles dont je me suis servie pour marquer soigneusement les chaussures, la boîte-repas et la gourde de Sophia.

Je repense à ce que j'ai fait ce matin après avoir déposé Sophia à l'école. À la maison, j'ai enfilé mon uniforme ; or même si le stylo auto-injecteur avait été dans la poche de mon jean, logiquement, il n'aurait pas pu passer dans celle de mon uniforme. L'aurais-je rangé dans mon sac à main professionnel en arrivant à l'aéroport ? À force de faire ce travail, j'ai mes habitudes ; mon passeport et ma carte d'identité professionnelle restent dans mon sac à main professionnel avec de la crème pour les mains, du baume à lèvres, de la monnaie. Je ne garde pas d'EpiPen dans ce sac-là : pourquoi le ferais-je ? Sophia n'est jamais avec moi quand je travaille.

— Allô Mina, ici la Terre ! Tu vas bien ?

— Pardon. Juste du lait. Merci.

Je mets le stylo en plastique bleu dans ma poche. Il n'y a pas d'autre explication. J'ai dû l'apporter à bord.

Comment aurait-il pu arriver jusqu'ici, autrement ?

Sept
18 heures – Adam

— Becca fait un bonhomme de neige avec moi, dit Sophia.

L'absence de question en dit moins sur la maîtrise du langage de ma fille que sur son caractère. Elle ne me demande pas, elle m'informe.

— Il est presque l'heure du dîner, il fait noir dehors, commencé-je, mais elle se rembrunit.

« Et puis merde ! me dis-je. À bas le pragmatisme, à bas les méthodes éducatives raisonnables : pourquoi ce ne serait pas moi qui la ferais sourire, pour une fois ? »

— On pourrait allumer la lumière extérieure, je propose. Ce sera une aventure ! Je fais d'excellents bonshommes de neige. Le secret, c'est de…

— Non. Je fais un bonhomme de neige avec Becca.

— Très bien, réponds-je sèchement, comme si j'avais cinq ans moi aussi.

La plaie ne cesse de faire mal à force de remuer le couteau dedans. Élever des enfants est-il censé être aussi dur ? Et quand ça l'est, est-on censé le supporter ?

Dans la cuisine, Becca tâte avec une fourchette un plat de lasagnes sorti du four.

— Elles sont végétariennes, vous croyez ?

Je lui prends la fourchette des mains et soulève la croûte de fromage fondu suintante de gras.

— Il y a des légumes *dedans*.

Elle lève les yeux au ciel.

— C'est une blague ? Vous savez que le méthane émis par les vaches est vingt-cinq pour cent plus dommageable pour l'environnement que le CO_2 ?

— Essaie d'assister à une réunion avec une douzaine de flics poilus : les vaches n'ont rien à leur envier !

— Papa dit qu'on peut faire un bonhomme de neige !

— Si tu veux, répond Becca, indifférente.

Elle reprend son téléphone pour vérifier les notifications, omniprésentes, et je sens mes doigts frémir par réflexe. L'addiction influe sur la mémoire procédurale et mon pouce a une vie indépendante de mon cerveau.

Sophia, qui a ouvert le réfrigérateur, fourrage dans le tiroir à légumes. Triomphante, elle en sort une carotte.

— Maintenant, un chapeau.

Elle court chercher ce dont elle a besoin dans l'entrée, et je remets les lasagnes au four pour les garder au chaud. Je déniche un burger Linda McCartney au congélateur, probablement là depuis la dernière séance de baby-sitting de Becca, et le place sous le gril.

Becca et Sophia sortent après avoir renfilé leur manteau et rechaussé leurs bottes. Elles ramassent des brassées de neige immaculée et Sophia, qui joue dans le noir pour la première fois, crie d'enthousiasme ; je les observe un instant à travers la porte de service vitrée que je viens de refermer.

Mes doigts se referment sur mon téléphone. Je m'éloigne de la porte, mais les filles sont encore trop près et je me dirige donc vers la chambre. Je monte l'escalier quatre à quatre et mon pouls s'emballe d'impatience, comme quand la perspective d'un repas vous met l'eau à la bouche. Je jette un coup d'œil par la fenêtre pour vérifier qu'elles sont toujours occupées et je suis assailli par les émotions contradictoires que je ressens toujours face à Sophia.

« C'est une fillette tellement joyeuse », nous a dit Miss Jessop à la rencontre parents-professeurs.

Mina m'a lancé un coup d'œil.

« C'est bon à savoir. Elle est... nous avons du mal avec elle. Parfois. »

Parfois. La plupart du temps, tu veux dire ! Un autre coup d'œil vers moi en quête de soutien.

« Il lui arrive d'avoir un comportement difficile, ai-je ajouté. Elle pique des crises, des crises *monumentales*. Qui durent une heure, parfois plus. »

La vie avec Sophia, c'est un peu comme marcher sur de la glace : on ne sait jamais quand elle va se lézarder. On est à la merci des émotions d'une gamine de cinq ans.

« Elle peut se montrer très autoritaire, a ajouté Mina lentement, en pesant très soigneusement ses mots. Possessive. Surtout avec moi. Cela cause certaines... tensions. »

Il y a eu un silence pendant que Miss Jessop intégrait ces informations.

« Hmm, je dois dire qu'elle ne se comporte pas ainsi à l'école. Je connais les résultats de son évaluation psychologique, bien sûr, mais franchement, vu de l'extérieur, rien ne les laisse deviner. Je me demande… a-t-elle hésité en nous regardant tour à tour, tête penchée. Sent-elle qu'il y a des problèmes à la maison ? »

La seule chose qui m'a empêché de péter complètement les plombs, c'est de savoir que ma réaction apporterait de l'eau à son moulin. J'ai attendu que nous soyons sortis de l'école, mais Mina m'a coupé l'herbe sous le pied.

« Comment ose-t-elle ? Quoi, alors c'est notre faute si Sophia a des problèmes de comportement ? Rien à voir avec sa mère biologique qui ne se souvenait pas qu'elle avait des gamins la moitié du temps, ni avec le fait qu'on l'ait confiée à deux familles d'accueil avant que nous l'adoptions ? »

Elle a éclaté en sanglots.

« C'est nous, Adam ? Est-ce qu'on fait quelque chose de mal ? »

Dans un rare moment de complicité, elle m'a laissé l'enlacer.

« On n'y est pour rien. »

Son parfum était différent – un nouveau shampoing peut-être ? – et cela m'a fait mal au cœur qu'une part d'elle m'échappe.

« Toi, en tout cas, tu es une maman formidable. »

Désormais seul dans ce qui était autrefois notre chambre, je regarde mon téléphone. En ouvrant ma messagerie, je suis assailli par la bouffée de honte et de peur que je connais si bien. J'ai complètement merdé.

Je me suis enfoncé dans une situation tellement toxique que je ne peux plus m'en sortir et j'ai entraîné Mina et Sophia avec moi.

Je revois ma fille, l'air désorientée, les joues striées de larmes. Trop effrayée pour même dire un mot. C'était Katya qui avait parlé dès que Sophia avait arrêté de pleurer et s'était posée devant la télé, emmitouflée dans une couverture comme si elle était malade.

« Je fais plus ça, avait-elle dit en montant à l'étage, où je l'avais suivie.

— S'il te plaît, Katya. »

Elle avait tiré ses valises de sous son lit et s'était mise à jeter des vêtements dedans.

« Plus mensonges. Fini.

— Ne dis rien à Mina, je t'en supplie. »

Il y avait déjà de l'eau dans le gaz entre nous. Nous nous parlions à peine et Mina s'était mise à me questionner comme jamais auparavant. Où est-ce que j'étais ? À quelle heure avais-je fini le boulot ? À qui parlais-je au téléphone ?

« Elle va me quitter.

— Pas mon problème ! avait dit Katya en se retournant pour appuyer l'index sur ma poitrine. C'est vôtre. »

Je ferme ma messagerie, ouvre plutôt Facebook et vérifie le profil de mon ex. Je croyais qu'elle me bloquerait après m'avoir fichu à la porte, mais rien n'a changé. Son statut indique toujours *mariée*, et même si c'est lamentable, je m'accroche de toutes mes forces à ce détail comme à un signe d'espoir. Elle a mis sa photo de profil à jour. C'est un selfie, sans filtre, pris dans un endroit enneigé que je ne reconnais pas. Elle porte un bonnet orné d'un pompon en fourrure et des flocons de givre s'accrochent à ses cils.

J'ai merdé à un point… J'ai perdu la seule femme que j'aie jamais vraiment aimée.

J'ai rencontré Mina après un match de rugby, quand elle a déboulé devant moi, au bar.

« Je t'en prie », ai-je dit, avec la dose d'hostilité passive typiquement britannique qui vous permet de retirer vos paroles si vous n'avez pas entendu la personne s'excuser.

Elle m'a regardé par-dessus son épaule, brandissant un billet de dix livres d'une main pour garder sa place au bar.

« Désolée, j'ai resquillé ? »

Elle n'avait pas du tout l'air désolée, mais à ce stade, je m'en fichais déjà. Elle avait des cheveux fous – des boucles rebelles qui lui tombaient sur le visage et tourbillonnaient autour de ses épaules quand elle se retournait. Un drapeau anglais était peint sur sa joue gauche, un drapeau français sur la droite.

« Tu limites les risques, je vois.

— À moitié française.

— Quelle moitié ? »

Pas très original, mais elle a ri quand même et m'a payé un verre. Nous avons emporté nos chopes dehors et, par un accord tacite, nous nous sommes éloignés de la foule qui avait envahi la rue et avons tourné l'angle, où nous nous sommes assis sur un muret.

« Ma mère est française, a dit Mina en avalant une gorgée de bière. Franco-algérienne, en fait. Elle a déménagé à Toulouse avant ma naissance. Mon père est franco-britannique et nous nous sommes installés en Angleterre quand j'avais six ans. Je suis un être hybride», a-t-elle conclu avec un grand sourire.

Quand je suis allé nous chercher une deuxième tournée, j'ai été pris par la peur qu'elle ne s'évanouisse dans la nature et j'ai joué des coudes jusqu'au bar en me disant qu'en amour comme à la guerre, tous les coups sont permis.

« Tu en as mis du temps, a-t-elle lancé à mon retour, son air fâché démenti par la lueur dans son regard, et j'ai souri.

— Désolé de t'avoir fait attendre. »

Mina suivait une formation de pilote, son cours venait de commencer quelques semaines plus tôt et elle était hébergée sur place. Je n'avais jamais rencontré de pilote, et encore moins de pilote aussi jeune et canon, et mon ivresse n'avait rien à voir avec ma consommation de bière.

« Ce n'est vraiment pas si glamour que ça. Pas encore, en tout cas. Nous sommes en classe, comme à l'école, et on fait plus de maths que tu ne pourrais l'imaginer.

— Quand commences-tu à piloter ?

— La semaine prochaine. Cessna 150s.

— C'est quoi ?

— Disons juste que j'ai un sacré chemin à faire avant de piloter un Concorde », a dit Mina en souriant.

J'ai passé la nuit avec elle. Je serais allé n'importe où avec elle. Et quand j'ai dû partir, elle a tellement insisté sur le fait qu'elle m'appellerait, qu'elle avait envie de me revoir, qu'il y avait quelque chose de super entre nous, quelque chose d'*important*, que je ne lui ai pas demandé son numéro en échange du mien. Je n'ai jamais douté qu'elle m'appellerait.

Sauf qu'elle ne l'a pas fait. Et quand j'ai fini par trouver le courage d'aller chez elle, elle avait déménagé. Pas de mot, pas de SMS. Je n'existais plus.

— Quel con ! dis-je à haute voix.

J'avais tout. La femme que j'aimais. Une famille. Et j'ai tout bousillé. J'ai perdu Mina une fois et quand je l'ai récupérée, je l'ai repoussée, et si je ne fais pas attention, je vais perdre Sophia aussi. C'est toujours à Mina qu'elle s'est accrochée, et maintenant que je ne vis plus ici, je dois batailler pour rester dans sa vie. Il faut des années pour surmonter les troubles de l'attachement ; il ne suffit pas d'être avec Sophia pour les anniversaires, les grandes occasions ou un week-end sur deux. J'ai besoin d'être là quand elle s'égratigne le genou et quand elle a peur la nuit. J'ai besoin de lui montrer que je ne l'abandonnerai jamais.

Je me relève. Je peux l'aider à finir son bonhomme de neige, Sophia peut lui mettre son bonnet et enrouler l'écharpe autour de son cou. Et même si elle refuse mon aide, je peux tout de même la regarder. Lui dire qu'elle s'est super bien débrouillée.

Je dévale l'escalier, déterminé à être – c'est quoi ce mot que je vois partout de nos jours ? – *présent*. Je range mon téléphone dans ma poche, content de moi. J'ai ignoré les SMS ; je n'y ai pas répondu. Cela prouve que j'ai de la volonté, quoi qu'en dise Mina.

Le sol de l'entrée est mouillé, une traînée de neige fondue mène aux toilettes. Elles ont fini.

— Espèces de mauviettes, dis-je en entrant dans la cuisine. Vous n'avez pas supporté le froid ?

Assise sur le plan de travail, Becca joue sur son téléphone. Je regarde autour de moi dans la cuisine vide.

— Où est Sophia ?

— Dehors. Je suis rentrée pour préparer du chocolat chaud.

L'eau est chaude dans la bouilloire, de la vapeur s'élève du bec, mais je ne vois pas de mug sur le plan de travail.

— Tu n'as pas beaucoup avancé.

J'enfile les bottes en caoutchouc que je garde près de la porte de service.

Nous avons un petit jardin rectangulaire, avec un abri cadenassé dans un coin et un amas tristounet de pots de fleurs sur le patio. Une allée bétonnée recouverte de neige mène à l'abri. Ni Mina ni moi n'avons la main verte : c'est un espace de jeu pour Sophia, voilà tout.

Sauf qu'elle n'est pas en train de jouer.

Le jardin est désert.

Sophia a disparu.

Huit
Passager 2D

Je m'appelle Michael Prendergast et en montant dans le vol 79, j'ai tourné à gauche.

Quand j'étais enfant, chaque fois que je prenais un vol long-courrier, mes parents avaient des places en classe affaires et moi derrière, en classe économique. Maman et papa se relayaient pour venir voir comment j'allais et m'offraient les chocolats accompagnant leur café en gage de réconciliation.

« Tu n'as pas besoin de la place supplémentaire, disait ma mère. Et en outre, une fois que tu tourneras à gauche en montant dans un avion, ce sera fichu pour la vie : tu ne voudras plus jamais tourner à droite. »

Je ne voyais pas ce qu'elle voulait dire. Nous avions assez d'argent pour tourner à gauche à chaque voyage, que ce soit pour passer un week-end à Lisbonne ou nos quinze jours annuels à Moustique, dans la villa d'un des clients de papa. Pourquoi se contenter du minimum quand on peut voyager avec panache ?

Cinq heures après le début d'un vol pour Antigua, je suis allé les voir en cachette. Il était tard, la plupart des passagers dormaient et j'ai retenu mon souffle en longeant l'allée sur la pointe des pieds jusqu'au siège où maman était allongée. Asperge de douze ans, j'étais trop grand pour partager un fauteuil, mais j'ai quand même réussi à m'y faire une petite place.

« Tu n'es pas censé être là.

— Juste un petit moment. »

Elle m'a donné son paquet de chips intact, une bouteille d'eau pétillante, et a branché les écouteurs pour que je puisse regarder la télévision. J'ai zappé – il y avait quatre fois plus de chaînes qu'en classe économique –, mais avant même que je puisse me décider, une ombre a soudain plané près de nous.

« Désolée, s'est excusée maman en adressant un sourire contrit à l'hôtesse et en m'ôtant les écouteurs.

— Allez, toi, viens par là. »

L'hôtesse a rendu son sourire à maman, mais ses ongles s'enfonçaient dans mes épaules quand elle m'a raccompagné, rouge de honte. Je n'embêtais personne : quel mal y aurait-il eu à me laisser rester ? Quant à mes parents, comment osaient-ils me traiter comme un citoyen de seconde zone ?

Après l'atterrissage, j'ai regardé les passagers assis à l'avant de l'appareil débarquer les premiers ; j'ai scruté leurs vêtements et leurs bagages à la loupe et établi mentalement une liste de marques autour desquelles je voulais bâtir ma vie. Mes parents avaient des bagages Louis Vuitton ; j'avais une valise cabine que papa avait reçue gratuitement en achetant une mallette.

« Quand tu gagneras ton propre argent, disait-il, tu pourras avoir la valise de ton choix. »

Il n'arrêtait pas de me bassiner : il était important de comprendre la valeur de l'argent, et on a beau dire, mille livres, ce n'est pas rien. Mon argent de poche se résumait à un billet de cinq livres par-ci, un billet de dix par-là, alors que certains de mes camarades recevaient vingt livres par semaine.

« Ce n'est pas une question d'argent, mais de principe », m'a dit papa un jour.

J'avais presque dix-huit ans et j'essayais d'aborder le sujet calmement. D'homme à homme.

C'était tellement une question d'argent. Une fois, quand nous allions à Moustique, il y avait des sièges libres en classe affaires.

« Je vois que vous êtes assis séparément, a dit l'agent d'escale. Je peux vous proposer un surclassement pour seulement trois cents livres. »

Trois cents livres ! J'avais vu maman dépenser plus que ça sans sourciller pour une paire de chaussures. Mon cœur s'est arrêté de battre tellement j'étais enthousiaste. Enfin, ça allait arriver ! Je m'imaginais allongé sous une couverture moelleuse, à zapper d'un film à l'autre en me shootant au Coca.

« La classe économique lui conviendra très bien, merci. »

Je suis resté bouche bée.

« Mais... »

Papa m'a réduit au silence d'un regard assassin avant de se tourner vers l'hôtesse.

« Ah, les gamins aujourd'hui ! Ils ne savent pas la chance qu'ils ont. »

Elle m'a lancé un coup d'œil alors que je ravalais

mes larmes qui, je le savais, ne feraient que provoquer un autre coup de gueule paternel, puis a adressé un sourire pincé à mon père. « Il est tout le temps comme ça, avais-je envie de lui dire. Ce n'est ni une question d'argent ni de principe. Il est comme ça, c'est tout. »

Je me suis tortillé sur mon siège pendant tout le vol ; chaque coup d'œil derrière le rideau qui me coupait de mes propres parents me remplissait d'exaspération et d'amertume. Alors que je mâchouillais un sandwich dur comme du carton en buvant ma brique de jus de fruits, je me demandais ce que l'on servait en classe affaires. J'imaginais des petits pains chauds et moelleux ; des perles de condensation sur des verres de jus d'oranges fraîchement pressées.

Heureusement que mamie était là. Je passais des heures chez elle pendant que mes parents travaillaient. Nous regardions des émissions de téléréalité, nous moquions de Nigella Lawson qui faisait des mimiques orgasmiques en goûtant de la mousse au chocolat, et débattions de la supériorité de Burberry par rapport à Hugo Boss. Elle m'offrait des cadeaux, cachait des chemises de marque dans des sacs Primark pour que je puisse les introduire clandestinement chez moi. Mamie vivait dans un presbytère énorme avec piscine et écuries privatives et profitait de ce qu'elle appelait « les plaisirs de la vie ».

« C'est ma faute si ta mère a des goûts de luxe, m'a-t-elle dit un jour autour d'un thé et de scones. Le samedi matin, nous allions à Oxford Street et faisions du shopping jusqu'à épuisement.

— Le week-end dernier, elle m'a donné vingt livres

pour acheter un jean, ai-je répondu, tristement. Vingt livres ! »

Mamie a fait la moue.

« Ça, c'est l'influence de ton père. Ta mère n'était pas méchante avant de l'épouser. Ce n'est pas comme si cet argent lui appartenait à l'origine, a-t-elle ajouté, sarcastique. Un parasite doublé d'un coureur de dot, voilà ce qu'il est. Il nous a rencontrés, ton grand-père – paix à son âme – et moi, a jeté un coup d'œil à cet endroit et en moins de temps qu'il n'en faut pour dire "héritage", il avait mis la bague au doigt de ta mère. »

Mamie ne mâchait pas ses mots.

« Eh bien, il verra, a-t-elle conclu, l'air sombre.

— Il verra quoi ? »

Mais elle refusait d'en dire plus, et ce n'est qu'à sa mort que j'ai compris. Elle les avait déshérités. Tous les deux. Son testament stipulait sans ambiguïté que pas un sou de sa vaste fortune, ni sa propriété d'ailleurs, avec piscine et tout le reste, ne reviendrait à mes parents.

Elle m'avait tout légué.

Papa a pété les plombs.

« C'est beaucoup trop. Elle n'en avait pas l'intention, ce n'est pas possible. »

Mes parents parlaient dans la cuisine et leurs voix montaient par la cage d'escalier jusqu'au palier où j'étais assis, adossé au mur.

« C'est sa volonté, a dit maman. Elle l'aimait sincèrement. »

J'avais une douleur dans la poitrine comme si j'avais avalé trop vite. Je ne pouvais pas imaginer vivre sans mamie, et devenir millionnaire du jour au lendemain, si dingue que ce soit, ne compenserait pas sa perte.

« Elle a dû perdre la boule : il faudra contester le testament.

— Elle avait l'esprit aussi vif que quelqu'un deux fois plus jeune qu'elle, tu le sais.

— Tu ne vas quand même pas te contenter d'accepter cette décision ? Cet argent aurait dû nous revenir !

— Me revenir, en fait, a précisé maman, mais papa n'a pas fait attention.

— Le gamin a dix-huit ans, pour l'amour du ciel : il est complètement irresponsable. »

J'ai attendu le contre-argument de maman, qui n'est pas venu. J'ai dégluti. Qu'ils aillent se faire foutre ! Tous les deux. Je ne tenais pas à cet argent, pas comme je tenais à mamie, mais je refusais de le leur donner. Je n'étais plus obligé de les supporter. J'avais ma propre maison, assez d'argent pour faire ce que je voulais.

La vie était belle, et pas juste pour moi : je n'étais pas radin, contrairement à mes parents. Chaque fois que je dépensais une livre pour moi, j'en dépensais deux pour les autres. Spontanément, je payais des tournées à des inconnus dans les bars et finissais la soirée entouré de nouveaux amis. Je couvrais mes amoureuses de fleurs, de chocolats, de bijoux, et plus je dépensais, plus elles m'aimaient. Je faisais d'importantes donations publiques à des œuvres de charité, et balayais de la main les applaudissements qui faisaient pétiller le sang dans mes veines.

Et je tournais à gauche, évidemment. Systématique-

ment. Comme disait papa, ce n'était pas une question d'argent mais de principe.

Il y a des gens dans le vol 79 qui n'ont jamais voyagé en classe affaires : ça se voit à leur façon d'ouvrir tous les tiroirs et d'appuyer sur tous les boutons du tableau de commande les uns après les autres, d'appeler l'hôtesse pour savoir comment déplier le lit, si tous les films sont inclus, à quelle heure le repas sera servi... Je me cale dans mon fauteuil et laisse les choses se mettre en place autour de moi, comme on enfile un costume de Savile Row.

Le personnel navigant s'affaire, sollicité par les passagers, et je compare paresseusement les deux hôtesses. Elles sont toutes les deux séduisantes malgré les années qui les séparent. C'est la plus âgée qui commande, manifestement, ses yeux papillonnent d'un siège à l'autre, attentifs au moindre détail qui pourrait nuire à notre confort. Son regard tombe sur moi et je me fige, soudain âgé de douze ans à nouveau.

Allez, toi, viens par là…

Des ongles qui m'agrippent l'épaule…

Elle sourit.

— Puis-je vous offrir autre chose, monsieur ? un verre de vin ?

— Merci, mais je ne bois pas.

Je ne bois plus depuis des années. Je préfère la stimulation de la caféine aux brouillards de l'alcool.

— Très bien, je suis là si vous avez besoin de quoi que ce soit.

Je pousse un soupir. C'est drôle d'être encore habité par ce sentiment d'imposture des années plus tard.

— Merci.

J'ai la situation en main. J'ai un billet de classe affaires. J'ai de l'argent en poche. La vie correspond enfin à mes attentes.

Neuf
Arrivée à Sydney H – 12 – Mina

Avec ses parois incurvées et son plafond bas, l'espace de repos de l'équipage tient plus du cagibi que d'une vraie pièce et la silhouette de l'avion est aussi nette ici que dans le cockpit. Le sol est composé d'une mosaïque de matelas rappelant les tapis de sol des gymnases scolaires, séparés par des rideaux comme dans les chambres d'hôpital ; chaque couchette est aussi spacieuse qu'un cercueil.

Nous étions tous trop énervés pour dormir. Erik a été le seul à fermer le rideau autour de sa couchette, et nous avons donc dû chuchoter.

Nous sommes sept membres d'équipage qui, affalés par terre, échangeons sur les passagers des potins trop médisants pour le galley.

« Au centre de la cabine, il y a un type qui, sans mentir, doit bien peser deux cents kilos, a dit une collègue de classe économique.

— Le pauvre, a répondu Carmel avec une grimace, il doit être tellement mal à l'aise.

— Son pauvre voisin, tu veux dire ! L'homme a le

siège côté allée, et mon chariot n'arrête pas de se coincer. *Euh, auriez-vous la gentillesse de bouger votre... euh... ventre ?* »

Ils ont tous explosé de rire, s'interrompant brusquement quand Erik s'est éclairci la gorge dans sa couchette. Nous savions tous ce que c'était d'essayer de dormir quand personne d'autre n'en a envie, mais l'ambiance puérile – genre festin de minuit pendant une soirée pyjama – nous faisait tous glousser, le visage caché dans nos mains. Les passagers, eux, au moins, ne seraient pas dérangés : l'espace de repos est parfaitement isolé. Là-haut, on est totalement coupé du monde.

Je n'étais qu'à moitié là. À moitié concernée par les fantasmes de mes collègues sur les passagers et les choix de décoration de Carmel ; et essayant à moitié de me rappeler quand j'avais vu l'EpiPen de Sophia pour la dernière fois.

Il était dans son sac d'école hier matin, j'en suis sûre. Je vérifie toujours quand je sors sa boîte-repas et sa gourde, et il n'y a pas de raison de ne pas l'avoir fait hier. Aurais-je pu le sortir du sac en même temps que sa boîte-repas, après l'école ? Ça ne m'est jamais arrivé et, même dans le cas contraire, cela n'explique toujours pas comment j'ai pu l'emporter dans l'avion.

Quelqu'un m'a-t-il fait une blague ?

Je me rappelle qu'il y a des années, Adam s'était bidonné en me racontant son « bizutage » en tant que nouvelle recrue dans la police.

« Mon sergent m'a annoncé que nous allions foutre la trouille au nouvel assistant du légiste en lui faisant croire que l'un des cadavres était encore vivant, m'avait-il raconté, tellement hilare qu'il avait du mal à parler. Alors, je grimpe sur le chariot, les gars me recouvrent d'un drap et me glissent dans le frigo. Allongé au frais, je glousse en m'imaginant crier *Houuuu !* comme un fantôme quand ils me tireront de là, sauf que… sauf que… »

Il était plié de rire et je n'avais pas pu m'empêcher de l'imiter, bien que l'idée d'être entourée de cadavres me fasse frissonner.

« Sauf que, tout à coup, le macchabée au-dessus de moi lance : "Il fait un froid de canard ici, non ?" »

Adam se tordait de rire en se rappelant avoir découvert qu'il était depuis le début la victime désignée du canular.

Le monde d'Adam est fait de contrastes saisissants. Décisions cruciales et violentes altercations d'une part. De l'autre, siège des toilettes couvert de film plastique et téléphones portables scotchés aux bureaux ; faux messages diffusés par haut-parleur convoquant des policiers angoissés chez un commissaire dépourvu d'humour.

« C'est pour détendre l'atmosphère », dit-il toujours.

Une légèreté, si puérile soit-elle, permettant de contrebalancer l'horreur d'un accident de la route fatal, d'un viol, d'une disparition d'enfant.

Adam était déjà policier quand je l'ai rencontré et je me suis souvent demandé comment il était avant ; s'il a toujours eu ces sautes d'humeur qui le font sombrer dans un abîme hors de ma portée. Quand nous nous sommes mariés, ces épisodes duraient quelques heures, une journée, au pire, mais au fil du temps, le chien noir l'a talonné de plus en plus longtemps. La dernière année a été insupportable.

« À qui envoies-tu un SMS ? »

Nous regardions la télévision – ce devait être à peu près à cette époque, l'an dernier –, mais Adam levait à peine les yeux de son téléphone. Katya était dans sa chambre, Sophia dormait.

« Personne d'important.

— Ça n'a pas l'air de te faire très plaisir, qui que soit la personne. »

La mâchoire tendue, il tapait furieusement sur son écran. Je n'ai pas insisté, et l'ai observé à la dérobée pendant le reste de la soirée, incapable de me concentrer sur la série comique que nous étions censés regarder.

Après son déménagement et le retour de Katya en Ukraine, je ne fermais pas l'œil jusqu'au petit matin, angoissée. Je sombrais dans un sommeil agité, tout ça pour être réveillée en sursaut par un bip me signalant la réception d'un SMS. Adam, frappé par le remords – ou la culpabilité –, me contactait en plein milieu d'une garde.

Je suis désolé.
Tu me manques.
Je t'aime.

J'ai pris l'habitude de laisser mon téléphone en mode silencieux.

Un matin, j'ai trouvé six SMS et deux appels manqués de lui et quand je suis descendue, groggy de fatigue, mon téléphone clignotait de manière insistante. Au lieu de le laisser sonner, j'ai refusé l'appel, petit geste de défi dont je savais qu'il blesserait Adam. J'ai mis un moment à identifier l'odeur bizarre qui flottait dans les pièces du rez-de-chaussée. J'ai vérifié dans la cuisine en me demandant si j'avais laissé quelque chose au four, mais l'odeur chimique était plus forte dans l'entrée.

Le paillasson était imbibé d'essence.

Avais-je renversé quelque chose avant d'aller me coucher ? m'étais-je demandé, l'esprit embrumé, ou avais-je marché dans une flaque dehors ? En ouvrant la porte pour me débarrasser des émanations, j'ai eu la surprise de voir Adam sortir de sa voiture et remonter l'allée.

« J'ai essayé de t'appeler. Tu vas bien ? »

Il avait l'air dans tous ses états, comme s'il avait encore moins dormi que moi. Le regard fuyant, fébrile, on aurait dit qu'il avait pris de la drogue – bien que je sache qu'il ne le ferait jamais.

« Pourquoi as-tu essayé de m'appeler ? »

L'air frais matinal m'avait réveillée, les pièces du puzzle s'assemblant pour former une image que je ne voulais pas voir.

« Qu'est-ce que tu fais là, au fait ?

— J'ai besoin de récupérer quelques vêtements.

— À 7 heures du matin ? J'allais appeler la police, ai-je ajouté sans attendre son explication. Quelqu'un a versé de l'essence à travers la boîte aux lettres. »

J'étais surprise d'être si calme étant donné les circonstances. Je me sentais plus forte depuis que j'avais mis Adam à la porte, plus maîtresse de la situation ; le manque de sommeil ne faisait qu'ajouter de la distance entre moi et les événements et j'avais l'impression de me voir d'en haut.

« Quoi ? »

Il a regardé frénétiquement autour de lui, comme si les coupables traînaient encore dans les parages.

« Quand ? Tu vas bien ? Et Sophia ? »

Il y avait quelque chose de bizarre chez lui, je sentais qu'il me cachait quelque chose. Je me suis brusquement aperçue qu'il n'avait pas du tout l'air choqué.

« Elle va bien. Elle a dormi avec moi hier soir. Je vais signaler l'incident à la police.

— Je m'en charge. Je vais bosser, de toute façon. La plainte est moins susceptible de passer à la trappe si c'est moi qui la dépose. »

Plus tard, pendant que Sophia était à la garderie, j'ai changé l'ampoule de la véranda et j'ai demandé à Mo si elle avait vu quelque chose.

« Désolée, mon chou. Le médecin m'a donné des cachets pour m'aider à dormir : je tombe comme une masse en ce moment. En revanche, il y a quinze jours, au parc, un groupe de gamins essayait de mettre le feu aux poubelles : c'est peut-être eux. »

J'ai appelé la police pour donner ces précisions.

« Aucune plainte pour dégradation volontaire n'est enregistrée à cette adresse, désolé.

— Mon mari a signalé le problème ce matin. Le lieutenant Holbrook. Il travaille à la brigade criminelle.

— Il n'a pas encore eu le temps de s'en occuper, on dirait. Je peux prendre votre déposition ? »

Après ce coup de fil, j'ai envoyé un SMS à Adam :

Tu as signalé l'incident ?

Oui, c'est bon. Pas sûr que mes collègues puissent faire quelque chose, mais ils vont enquêter sur les pyromanes notoires.

J'ai regardé fixement mon téléphone. Pourquoi n'avait-il rien signalé ? Et pourquoi avait-il menti ?

J'ai reçu un autre message.

Je me sentirais plus rassuré si j'étais à la maison avec vous. Juste quelques jours. Je dormirai dans la chambre d'amis.

Dans les recoins obscurs de mon esprit, une idée a commencé à prendre forme. Si lamentable que ce soit, Adam avait-il pu verser l'essence sur le paillasson pour tenter de me forcer à accepter son retour ? Se prenait-il pour un sauveur ?

Non merci, tout va bien, ai-je répondu. Je n'avais pas peur : Adam était peut-être idiot, mais ce n'était pas un psychopathe.

— Vous auriez tous dû vous reposer un peu, dit Erik alors que nous quittons l'espace de repos et descendons l'escalier en colimaçon, très raide, pour regagner la cabine. La prochaine pause est dans plusieurs heures.

— Merci papa, murmure une voix au-dessus de moi.

Quelqu'un étouffe un gloussement.

Erik a raison, nous aurions dû dormir, mais les bavardages bienvenus des autres filles m'ont permis d'éluder la question qui m'obsédait : comment l'EpiPen de

Sophia a-t-il pu se retrouver à bord du vol 79 ? Malgré moi, je me demande si Adam n'est pas derrière tout ça. Essaie-t-il de me culpabiliser d'avoir laissé Sophia ? Ou espère-t-il que je m'inquiète assez pour avoir besoin de son soutien ? Est-ce encore un moyen tordu de passer pour mon sauveur ?

Ce n'est pas une blague entre collègues, ça c'est sûr. Nous ne fonctionnons pas comme Adam et ses copains qui travaillent ensemble depuis des années et savent jusqu'où ils peuvent aller ; j'ai de nouveaux collaborateurs à chaque vol. Qui ferait un canular à un inconnu ?

Dans la cabine, mon regard se pose sur le passager du siège 3F. Avec son teint frais et ses fossettes, Jason Poke fait fondre les adolescentes et fait dire aux mamans « Méfie-toi de ce garçon ». Il faudrait vivre sur une autre planète depuis un bout de temps pour avoir raté « Les blagues de Poke », une chaîne YouTube culte qui est vite devenue grand public quand ses sketchs ont été diffusés sur Channel 4. Je me souviens d'un épisode qu'Adam et moi avons regardé bien avant que notre couple ne se casse la figure. Déguisé en pasteur, avec faux nez et perruque grise, Poke trébuche sur la bénédiction nuptiale d'un couple qui ne se doute de rien.

« Pour le meilleur et pour le rire – le pire, je veux dire. » Gloussements étouffés des invités. Poke hoquette et bredouille la réplique suivante. La caméra zoome sur une vieille dame, moue réprobatrice aux lèvres, tandis que Poke tourne le dos aux jeunes mariés et avale une rasade d'une flasque étiquetée « vin de messe ». La mariée en reste bouche bée. Derrière elle, le témoin hurle de rire quand Poke arrache son faux nez et sa perruque et qu'un cameraman sort de la sacristie. « Encore une blague de Poke », annonce la voix off.

« Canular d'anthologie ! avait lancé Adam en pouffant de rire.

— Je péterais complètement les plombs à leur place.

— Dans un premier temps seulement. Tu finirais par voir l'humour de la situation.

— Pauvre fille. »

Les « réactions » que nous venions de voir un moment plus tôt étaient rediffusées à l'écran en guise de bonus. La mariée, horrifiée ; sa mère en larmes.

« Après des mois de préparatifs, cet abruti se pointe et gâche tout.

— C'est le témoin qui a tout organisé. Poke ne s'est pas contenté de débarquer.

— Quand même. »

En passant près du siège de Poke, je jette un coup d'œil à son écran pour voir ce qu'il regarde. J'ai la surprise d'y découvrir un documentaire sur Auschwitz et je rougis quand le jeune homme lève les yeux et surprend mon regard.

— Ça fait réfléchir, dit-il, trop fort à cause de ses écouteurs.

J'ai dû apporter l'EpiPen à bord moi-même. Je me rappelle avoir transféré un magazine du sac dont je me sers tous les jours à mon sac professionnel ; le stylo a dû se coincer entre les pages. Sophia pourrait-elle l'avoir glissé accidentellement dans le sachet en papier contenant ma barre de céréales ? Oui, c'est ce qui a dû arriver.

J'ignore la petite voix qui chuchote que le stylo était

dans le sac de Sophia, pas dans le mien ; qu'il passe d'un sac à l'autre deux fois de suite, c'est sûrement une coïncidence de trop ; et puis j'ai trouvé le stylo sur le comptoir du galley. J'ignore la voix qui me rappelle le paillasson imbibé d'essence, les correspondants qui raccrochaient quand je répondais au téléphone ces derniers temps, le comportement bizarre d'Adam depuis quelques mois. J'ignore tout ça. C'est juste un EpiPen. Qu'aurait-on à gagner en l'emportant à bord ?

J'aimerais pouvoir envoyer un SMS à Becca pour vérifier que tout va bien, mais d'après les contrôleurs aériens, il n'y a rien à faire pour le wi-fi. Dindar a mis le paquet pour ce vol – sièges plus spacieux en classe économique, films récents, compensation carbone et wi-fi gratuit pour tous, quel que soit le prix du billet. Dans le magazine *inflight*, un encart publicitaire pleine page encourage les passagers à rendre compte en direct de leur voyage sur Twitter grâce au hashtag #LondresSydney. Le patron va piquer une crise.

Je jette un regard circulaire dans la cabine en essayant d'identifier les journalistes. La première, une femme au visage anguleux qui tient une rubrique dans le *Mail*, ressemble tant à la photo qui accompagne ses articles que je n'ai pas vraiment besoin de vérifier son nom sur la liste des passagers, même si je le fais pour être sûre de ne pas me tromper. Alice Davanti est son nom de plume, mais son passeport indique Alice Smith. Un nom d'épouse, peut-être, ou a-t-elle choisi ce pseudonyme pour le côté glamour ?

Je mets plus de temps à repérer le deuxième : je ne le connais ni de nom ni de visage et sans Google, je suis perdue. Je remonte et descends les allées, jette un coup d'œil aux écrans d'ordinateur et aux pages des livres. Je remarque que l'homme aux lunettes rondes a glissé la liste des vins dans un carnet et quand je passe près de lui pour la deuxième fois, il se sert d'un vrai appareil, pas d'un téléphone, pour prendre la photo que l'on voit partout et qui proclame « je me détends devant un film ». Il est de la vieille école. Je vérifie la liste des passagers : Derek Trespass. Malgré ses soucis de wi-fi, il a l'air parfaitement à l'aise.

Je touche encore une fois l'EpiPen et me sens à la fois proche et à des milliers de kilomètres de Sophia. Je pense au mot que j'ai laissé sur son oreiller en me demandant si elle l'a déjà trouvé. J'aimerais pouvoir la contacter par SMS. Dans le cockpit, il y a un téléphone satellite ainsi que la radio VHF dont les pilotes se servent pour contacter la tour de contrôle toutes les demi-heures et dès que nous changeons d'espace aérien. Il est déjà arrivé que des messages personnels soient transmis par ce biais (on a déjà annoncé des naissances dans certains vols auxquels j'ai participé, et pendant la Coupe du Monde de football, on fête tous les buts de l'équipe d'Angleterre), mais en l'occurrence, mon message n'est pas urgent.

— Je pense peindre le mur en gris, avec un mur contrastant couvert de papier peint or rose : qu'est-ce que tu en penses ?

Carmel me fait une visite guidée de l'appartement qu'elle vient d'acheter avec son copain.

— Ça sera joli.

— J'aimerais un canapé rose pâle, mais je me

demande si cela ne va pas faire un peu trop avec le papier peint : qu'en penses-tu ?

— Oui, peut-être.

Je revérifie ma montre. Le temps a ralenti et j'ai hâte d'être à la fin de mon service pour pouvoir rejoindre ma couchette et m'isoler derrière le rideau. Le wi-fi fonctionnera peut-être d'ici là et je pourrai contacter la maison.

Une petite silhouette avance dans le galley. C'est Finley, trop timide peut-être pour appuyer sur son bouton d'appel.

— Bonjour, mon chou, dis-je. Tu veux quelque chose à manger ?

— Est-ce que vous pourriez… ? demande-t-il en me tendant ses écouteurs.

— Encore ? Que diable fabriques-tu avec ?

Carmel prend le relais et démêle les nœuds du bout de ses ongles manucurés.

— Mes écouteurs font toujours ça. Je les enroule très soigneusement et puis, dès que je veux les réutiliser, ils sont aussi enchevêtrés que des spaghettis.

Un cri retentit et l'agitation grandit de part et d'autre de la cabine. Mon cœur se serre en entendant une voix appeler à l'aide. La passagère ivre doit encore faire des histoires au bar.

Mais au moment où je m'apprête à aller vérifier, Erik nous rejoint en courant dans le galley, son visage, habituellement sans expression, écarlate.

— Que s'est-il passé ?

Il ne répond pas, prend le micro et parle avec un calme et une autorité qui trahissent son trouble.

— S'il y a un médecin à bord, vous êtes prié de vous rendre à l'avant de l'appareil.

— Un passager est souffrant ? demande Carmel.

Je m'attends à ce qu'Erik la rabroue pour sa lapalissade, mais il la dévisage et je m'aperçois qu'il tremble.

— Pas souffrant. Mort.

Dix
Passager 6J

Je m'appelle Ali Fazil et je regrette d'avoir jamais mis les pieds à bord de cet avion.

Le personnel de bord court le long des allées. Un vent de panique souffle dans la cabine : les passagers crient, appellent au secours, se lèvent pour voir ce qui s'est passé.

Franchement, cela me rassure de savoir que je ne suis pas le seul à perdre les pédales.

Pendant des heures, j'ai dû rester assis sur mon siège, le cœur battant et les mains moites, à regarder tous ceux qui m'entourent ignorer le danger que nous courons. Il doit y avoir des gens intelligents parmi eux, des gens qui lisent les journaux et connaissent les faits. Pourquoi n'ont-ils pas aussi peur que moi ?

Je sais ce que vous pensez : vous vous demandez pourquoi j'ai embarqué sur un vol de vingt heures alors que prendre l'avion me met dans cet état. Mais certains boulots exigent que l'on prenne l'avion, on ne vous laisse pas le choix.

J'imagine envoyer un mail au patron pour lui dire

qu'en fait, je suis vraiment stressé en avion et que l'idée de passer toutes ces heures en vol m'empêche de dormir...

Je me serais fait virer.

Ma sœur m'a conseillé de tout laisser tomber ; d'après elle, ce n'est pas sain d'obéir à quelqu'un au doigt et à l'œil comme ça, mais elle n'en sait pas assez pour comprendre. Il y a une hiérarchie, bien sûr, comme dans toutes les organisations, mais nous coopérons tous. Nous formons une famille.

J'ai tenté de vaincre ma peur. J'ai essayé l'hypnothérapie. La réflexologie. La thérapie comportementale et cognitive. Ironique pour un psychologue, non ? Mais j'ai beau essayer, les faits l'emportent toujours.

Savez-vous combien de personnes sont mortes dans un crash aérien depuis 1970 ? 83 772. Ça ne vous ferait pas paniquer, vous ? Réfléchir à deux fois avant d'embarquer ?

Les raisons sont multiples. Parfois, c'est aussi simple qu'une panne sèche. Cela arrive tout le temps aux automobilistes, pas vrai ? Personne ne tombe volontairement en panne d'essence, mais il se passe quelque chose, on doit faire un détour, on est coincé dans un embouteillage, et on se retrouve brusquement à l'arrêt avec le voyant qui clignote. C'est galère – on peut se retrouver coincé sur la bande d'arrêt d'urgence pendant des heures ou être obligé de marcher des kilomètres afin de remplir un jerrycan avec assez de carburant pour arriver à la station-service –, mais on n'en meurt pas.

À moins d'être dans un avion.

Parce que les pannes de kérosène, ça arrive, vous savez. Les avions doivent changer de cap, le mauvais temps les empêche d'atterrir ou quelqu'un s'est trompé dans ses calculs – et vous savez que c'est le pilote, et pas une machine, qui décide combien de kérosène il lui faut ? Vous le saviez ? Pensez au nombre de fois où vous vous trompez dans vos calculs parce que vous êtes fatigué, parce que vous vous êtes disputé avec votre conjoint, ou pour mille autres raisons. Cette erreur suffit à...

Impossible d'avancer en roue libre avec un avion. Pas de voyant qui clignote, ni d'immobilisation progressive. Impossible de marcher vers la station-service. Juste trois cents tonnes de métal qui tombent du ciel.

Et nous. Des lemmings qui plongent vers la mort.

Parfois, c'est un pare-brise cassé – le pilote est aspiré de son siège. Ce pourrait être un incendie : un abruti qui fume dans les toilettes et qui jette le mégot dans la poubelle pleine de serviettes en papier. La fumée nous engloutit lentement jusqu'à ce que nous ne sachions plus si nous préférerions mourir asphyxiés ou brûlés vifs.

Et parfois, bien sûr, parfois, c'est délibéré.

Tout le monde est assis là en train de boire et manger et de faire semblant qu'il est tout à fait normal d'être suspendu dans les airs, qu'il n'existe absolument aucun risque de tomber du ciel. Personne ne lit les consignes de sécurité, personne ne regarde la vidéo explicative.

Sauf moi, bien sûr.

J'ai fait en sorte de savoir où se trouvent les sorties de secours. Dès l'embarquement, j'ai compté les rangées de sièges, de sorte que, si les lumières s'éteignent, je puisse tâtonner jusqu'à la sortie. J'ai vérifié que mon gilet de sauvetage était bien rangé sous mon siège, et si c'était possible je tirerais sur mon masque à oxygène pour vérifier qu'il fonctionne.

Je veux être prêt.

Plus de quatre-vingt-quinze pour cent des passagers survivent au crash de leur avion, bien que ces statistiques incluent les accidents ayant lieu sur la piste de décollage et ne soient donc pas fiables. Je doute que quatre-vingt-quinze pour cent des passagers survivent quand leur Boeing 777 plonge dans la mer ou s'écrase contre une montagne. Je doute que quatre-vingt-quinze pour cent des passagers coincés dans un appareil survivent à un incendie.

Tout le monde est debout maintenant, alors je me lève à mon tour et ma gorge se serre. Un homme est étendu par terre. On a appelé un médecin qui est penché sur l'homme, mais ce dernier ne bouge pas et son visage...

Je me détourne. Je recompte les rangées qui me séparent de la sortie, je revérifie mon gilet de sauvetage ; je prends les consignes de sécurité et retourne le dépliant entre mes mains. Je regrette de ne pas avoir écouté ma sœur.

Je croyais que nous mourrions tous ensemble – une explosion aussi terrifiante que brève, heureusement, qui projetterait des morceaux de carlingue et de corps sur des milliers de mètres –, mais j'avais peut-être tort. Nous mourrons peut-être l'un après l'autre.

Cet homme est peut-être simplement le premier de la liste.

Onze
19 heures – Adam

— Sophia !

La neige adoucit l'air nocturne et le silence répond à mes cris de panique. Je traverse le jardin en courant, passe devant le bonhomme de neige à moitié terminé et tire sur la porte de la remise ; le cadenas est encore couvert de neige. Bien que la neige amoncelée soit intacte, je passe la tête dans l'interstice étroit entre l'abri et la clôture en appelant ma fille. La clôture mesure un mètre quatre-vingts de haut, Sophia n'aurait jamais pu l'escalader, mais cela ne m'empêche pas de grimper sur une chaise de jardin bancale pour regarder par-dessus.

— Sophia !

Quand ma fille avait environ dix-huit mois, alors que Mina et moi l'avions emmenée dans un centre de loisirs, nous avons remarqué une femme dont nous trouvions qu'elle s'intéressait à nous d'un peu trop près. Quand elle s'était approchée, je l'avais reconnue pour avoir vu sa photo dans l'album élaboré par les services sociaux. C'était la grand-mère maternelle de Sophia ; âgée d'une quarantaine d'années seulement, elle était venue avec le plus jeune de ses enfants, né la même année que Sophia. Elle n'avait rien fait, mais cette rencontre nous avait perturbés : c'était un rappel des mesures de sécurité qui n'effleurent même pas la plupart des familles qui postent des photos sur Instagram et se connectent sur Facebook.

Cette rencontre nous a rendus paranoïaques pendant quelque temps. Nous regardions par-dessus notre épaule partout où nous allions ; nous ne laissions jamais Sophia dans la voiture, même le temps de verrouiller la porte d'entrée de la maison, à quelques mètres de distance. Au fil des jours, comme la famille biologique de Sophia ne tentait pas de nous contacter, nous nous sommes un peu détendus et nous avons donné à notre fille l'indépendance dont elle rêvait.

Mais les choses sont différentes aujourd'hui.

Le risque est plus grand, les conséquences plus graves et je ne peux demander l'aide de personne. Ni des services sociaux ni de la police. Je suis le seul responsable de ma situation.

— Sophia !

Des échardes s'enfoncent dans mes doigts quand j'agrippe le haut de la clôture tout en criant son nom dans le parc désert. Une faible lueur jaunâtre émane des réverbères qui bordent le sentier, mais il n'y a aucun mouvement, rien que de l'ombre.

Au printemps, quand je me leurrais encore en croyant que je ne faisais rien de mal, Sophia s'est enfuie. Elle était couchée, Mina et moi regardions la télé et nous l'avons entendue descendre l'escalier. Un instant plus tard, la porte d'entrée a claqué. En levant les yeux, j'ai vu l'angoisse dans le regard de Mina – la même devait sans doute se lire dans le mien. Nous nous sommes levés d'un bond et nous sommes précipités dehors, moi, pieds nus, Mina en chaussons, et sommes partis en courant chacun dans une direction opposée en appelant Sophia.

Vingt minutes plus tard, je suis rentré à la maison dans tous mes états. D'un calme olympien, Sophia mangeait un biscuit à la table de la cuisine. Je l'ai prise dans mes bras, soulagé, et, comme toujours, je l'ai sentie se raidir l'espace d'une milliseconde.

« Où étais-tu ? l'ai-je interrogée, mon soulagement se muant en colère.

— Ici. »

Elle n'était jamais sortie de la maison. Elle avait ouvert la porte, l'avait claquée avant de se cacher derrière le lourd rideau que nous tirons les nuits d'hiver. Elle nous avait regardés courir comme des dératés dans la rue, nous avait entendus l'appeler, paniqués.

« Je voulais voir si vous me chercheriez », a-t-elle expliqué d'un ton froid, presque clinique, comme si elle menait une expérience scientifique.

« Ce n'est pas normal », ai-je observé plus tard.

Mina avait vérifié que Sophia était bel et bien endormie et j'avais installé un verrou sur la porte d'entrée, hors de portée de Sophia.

« Dis donc, c'est gentil de dire ça de ta propre fille !

— Je n'ai pas dit qu'*elle* n'était pas normale, c'est son *comportement* qui ne l'est pas. Elle a besoin de l'aide d'un professionnel. D'une aide psychologique, il faut faire *quelque chose*. Ça ne suffit pas de l'étiqueter et de nous renvoyer à la maison avec des brochures. Bon sang, Mina, je ne sais pas si je vais pouvoir supporter ça encore longtemps.

— Que suis-je censée comprendre ? »

Je n'en savais rien moi-même.

« Tu vas nous quitter ?

— Non !

— Tu veux peut-être la rendre, alors ? » a craché Mina.

Mais quelque chose de pire est arrivé ce soir-là. Le pire, c'est que dans le silence qui a suivi, Mina a compris que j'y avais déjà pensé.

« Bien sûr que non », ai-je nié, trop tard pour la convaincre.

Je fais irruption dans la cuisine où Becca n'a pas bougé.

— Sophia n'est pas dans le jardin.

— Elle y était encore il y a littéralement une seconde.

Bouche bée, la baby-sitter regarde autour d'elle comme si je me trompais et que Sophia était près de moi.

— Je suis entrée il y a une minute.

Son téléphone tombe avec fracas sur le plan de travail quand elle se lève.

— Il faut savoir, Becca, ça fait une seconde ou une minute ?

Sa réponse ne m'intéresse pas. J'appelle de nouveau Sophia en essayant de trouver un juste équilibre entre « montre-toi tout de suite » et « je ne suis pas en colère ».

— Aurait-elle pu rentrer sans que tu t'en aperçoives ?

Becca se dirige vers la porte de service ouverte et appelle Sophia plusieurs fois d'une voix apeurée.

— Je ne sais pas. Peut-être.

En un clin d'œil, je passe en mode pro et fouille méthodiquement la maison une pièce après l'autre. Laissant des traces de neige partout, je vérifie dans la salle de bains, dans le placard à linge, et ouvre la porte de la cave humide, sous la cuisine, même si Sophia est trop petite pour atteindre la clé. Elle n'est pas dans la maison et en regagnant le jardin, j'aperçois un détail qui m'avait échappé. Il y a une planche disjointe en bas de la clôture, maintenue par un pot de fleurs posé à l'envers. Sauf que le pot a disparu et qu'il n'y a pas de neige là où il était posé. Je m'accroupis et en soulevant la planche, révèle un espace suffisamment large pour qu'un enfant s'y faufile. Un brin de laine rouge est accroché au bois.

Derrière moi, Becca se met à pleurer.

— Et s'il lui arrive quelque chose ?

Elle a beau n'être qu'une enfant elle aussi, je n'en suis pas moins en colère. Nous la payons pour surveiller Sophia, pas pour glander en jouant à Candy Crush ou texter ses copains. Les scénarios catastrophe se bousculent dans ma tête, d'autant plus dérangeants qu'ils s'inspirent de mon vécu. Meurtre, agression sexuelle, trafic d'enfant : tel est le socle de ma carrière.

— Le parc, dis-je. Tout de suite.

Pendant que Becca prend le chemin le plus long – elle traverse la maison et tourne à l'angle vers l'entrée du parc –, je monte sur la chaise de jardin branlante, me hisse, saute par-dessus la clôture et atterris si lourdement que mes dents s'entrechoquent. De l'autre côté de la planche disjointe, des traces indiquent que Sophia a dû ramper à quatre pattes. Des touffes d'herbe sont visibles là où l'on a ramassé et déblayé la neige, et on distingue à peine de minuscules traces déjà presque recouvertes de poudreuse. À quelques centimètres de la clôture, à moitié enfoui dans la neige, j'aperçois Éléphant. Mon cœur se serre.

— Sophia !

Jamais je ne la rendrais. Je n'étais pas sérieux, pas vraiment. Je n'ai jamais vraiment imaginé appeler les services sociaux pour leur dire que nous ne pourrions pas faire face et ne voulions plus être les parents de Sophia. C'était juste une réaction parce qu'elle se cache, qu'elle est hostile, qu'elle refuse qu'on la prenne dans nos bras. J'enviais les parents qui ont des enfants sans histoire, je suppose.

— Sophia !

Je crie plus fort maintenant, incapable de masquer la panique dans ma voix, tout en courant vers le centre du parc. Si je participais à une course, je me ménagerais en ne perdant pas de vue la distance à parcourir, mais je ne la connais pas et je m'en fiche. Je courrais toute la nuit pour retrouver ma fille.

Il fait déjà noir, seuls de rares réverbères et une douce lueur jaunâtre provenant de la cité d'en face éclairent le parc. Mon téléphone me servant de torche, je suis les empreintes de pas. Combien de temps attendre avant d'appeler les secours ? Ils s'empresseront d'envoyer l'hélicoptère ; ils survoleront le parc, vérifieront l'étang…

Mon pied bute contre une racine et je trébuche ; j'ai

beau n'avoir couru que cent mètres, je suis essoufflé et la peur me coupe les jambes.

— Sophia !

Becca me rattrape, les joues couvertes de mascara.

— Il n'y a personne à côté de l'entrée.

Baissant les yeux, elle remarque les empreintes qu'elle a recouvertes de neige et plaque les mains sur sa bouche en poussant un gémissement aigu qui résonne dans le silence. Devant son hystérie, je retrouve mes esprits.

— Va vérifier l'aire de jeux. Je vais regarder dans les bois.

Je pense à l'étang avec sa petite île peuplée de canards. Aux questions incessantes de Sophia. « Combien sont-ils ? Comment s'appellent-ils ? Comment savent-ils qu'il est l'heure d'aller se coucher ? »

Et soudain, à travers l'air glacial de la nuit, j'entends quelque chose.

— Chut.

Je prends Becca par le bras et elle ravale ses sanglots.

Encore ce bruit.

Un rire.

— Sophia !

Nous courons dans sa direction, mon cœur battant au rythme de mes pas. Je pense au jour où Katya est partie ; au visage strié de larmes de Sophia. À sa peur, à sa déception, dont j'étais responsable.

De l'autre côté d'un petit bosquet d'arbres, Sophia jette une boule de neige vers un groupe d'adolescents. L'un d'eux se baisse, compacte une poignée de neige, qu'il lance doucement sur le bras de ma fille.

— Laissez-la tranquille ! hurlé-je.

Elle n'a pas l'air blessée, mais je serre les poings. De près, je m'aperçois que ce ne sont même pas des adolescents, qu'ils doivent avoir onze ou douze ans tout au plus. Trois garçons, l'air penauds, et une fille qui me lance un regard de défi. Font-ils le sale boulot de quelqu'un d'autre ? Je m'approche et continue jusqu'à ce qu'ils voient à qui ils ont affaire.

— Qui vous a envoyés ? Qui vous a dit de l'emmener ?

— Qu'est-ce que vous racontez ? répond le plus grand des garçons avec un rictus.

— Qu'est-ce que vous faites ?

— C'est un lieu public. On a autant le droit d'être là que vous.

— Pas avec ma fille, non.

Sophia regarde par terre. Je la prends par le menton pour voir son visage. Elle sait qu'elle a fait une bêtise et elle se dégage.

— Comment on sait que vous êtes son père ? demande la fille.

Elle plaisante, mais les autres enchaînent sur le même thème.

— Elle a pas l'air de beaucoup vous aimer.

— Ouais, vous pourriez être en train de l'enlever.

— Pédophile !

— Sophia, on rentre à la maison.

Elle se dégage violemment quand je lui prends la main. *S'il te plaît, Sophia, pas maintenant.*

— Elle ne veut pas y aller !

— Kidnappeur !

— Pédophile !

Je tends Éléphant et Sophia écrase son visage dans sa fourrure mouillée, puis je sors ma plaque et l'ouvre d'un coup sec.

— Je suis le lieutenant Holbrook. C'est ma fille. Maintenant, dégagez.

Ils obéissent, s'enfuient en courant vers la cité et lancent un « Connard ! » sans conviction dès qu'ils se savent hors de ma portée.

Je regarde Sophia, le cœur battant, en essayant de me calmer suffisamment pour ne pas lui faire peur.

— Pourquoi ?

— La neige est meilleure ici.

— Tu m'as fait peur. Je croyais qu'on t'avait enlevée.

Des larmes me piquent les yeux. Je tombe à genoux, la neige imbibant immédiatement mon pantalon, et tends les bras.

— Viens là, ma chérie.

Quand Sophia avait environ deux ans, tous les enfants de nos amis souffraient de l'angoisse de séparation alors que nous étions aux prises avec l'angoisse contraire. Les camarades de Sophia pleuraient quand on les laissait à la crèche ou s'accrochaient à leurs parents au lieu d'explorer l'aire de jeux, au parc de loisirs. « Elle a une telle confiance en elle, disaient-ils, admiratifs, quand Sophia s'éloignait en trottinant, pas inquiète pour deux sous. On s'attendrait à ce qu'elle soit pot de colle après ce qu'elle a vécu. »

J'en sais long sur les troubles de l'attachement aujourd'hui. Je sais qu'ils sont très courants chez les enfants adoptés, surtout ceux qui sont passés par une famille d'accueil avant d'arriver dans leur famille adoptive. Je connais les symptômes (dans le cas de Sophia : refus d'affection et démonstrations d'affection inappropriées envers les inconnus) et je connais la meilleure façon de les gérer. Sophia n'y est pour rien : elle est victime des circonstances. Je le sais.

Ce que je ne sais pas, ce que je n'ai jamais su, c'est comment faire pour ne plus en souffrir.

Mon ressenti ne devrait pas compter, bien sûr. C'est Sophia que l'on aide, et c'est tout à fait normal : tout enfant négligé par sa mère mérite d'être au centre de toutes les attentions. Je devrais être capable de dépasser tout ça, de sourire alors qu'elle se détourne quand je veux lui faire un câlin, et de lui dire : « Je serai toujours là si tu changes d'avis. »

Allez-y, essayez.

Essayez avec l'enfant que vous avez élevé, que vous avez aimé comme si c'était le vôtre dès que vous l'avez vu. Essayez et dites-moi que cela ne vous brise pas le cœur.

Sophia me regarde et, sans me quitter des yeux, tend la main à Becca, qui hésite un instant avant de la prendre. J'ai une boule dans la gorge et l'impression de suffoquer.

— Euh… commence Becca en traînant des pieds dans la neige.

— Rentre à la maison !

Je m'accroupis et, dès qu'elles sont parties, je me mets à sangloter dans l'obscurité du parc enneigé.

Une demi-heure plus tard, Sophia et moi mangeons les lasagnes que Mina a laissées ; Sophia ôte les bouts de poivrons rouges et les laisse sur le bord de son assiette. Becca a mangé une salade et trois tranches de pain, son burger étant trop carbonisé pour être comestible. J'ai fermé à clé la porte de derrière et tiré le verrou de l'entrée au cas où il prendrait encore l'envie à Sophia d'aller se balader.

— Tu devrais rentrer chez toi, dis-je à Becca.

— Ça va, je ne sors pas ce soir.

— Je ne peux pas…

Je ne sais pas comment finir ma phrase sans m'attirer son mépris, ou sa pitié. Mina a laissé la paie de Becca dans une enveloppe. Je ne peux pas lui payer ses heures supplémentaires.

— Je ne suis pas allé au distributeur.

— Ce n'est pas grave, répond-elle après une infime hésitation. Je vais rester un moment. Je vais vous aider à la préparer avant qu'elle aille au lit.

Que sait Becca de ce qui se passe entre Mina et moi ? Mina lui a-t-elle dit qu'elle ne me fait pas confiance, qu'elle me croit incapable de m'occuper de ma propre fille ? Lui a-t-elle demandé de rester jusqu'à ce que Sophia soit couchée ?

Ce n'est peut-être pas Mina. C'est peut-être Katya qui lui a dit que l'on ne peut pas me faire confiance. Elles se connaissaient, mais étaient-elles amies ? Étaient-elles proches ? Katya s'est-elle confiée à Becca, même si je lui avais fait jurer le secret ? La paranoïa me gagne comme une insupportable démangeaison.

— On peut manger des barres de céréales ? demande

Sophia. Elles sont là-dedans, dit-elle en désignant une boîte métallique à côté de la bouilloire dont j'ôte le couvercle et que je pose sur la table. C'est moi qui les ai faites.

— Comme tu es futée, dit Becca en se servant. Moi aussi, j'aime faire des pâtisseries. Tu savais que l'on peut ramasser des ingrédients gratuitement dans la nature ? J'ai fait des biscuits aux épines de pin, et on peut se servir de pissenlits aussi. Il y a plein de sites Internet sur la cueillette de plantes sauvages.

— C'est bizarre, dit Sophia en me regardant – cette conversation qu'elle ne comprend pas l'ennuie. Je veux revoir maman.

J'ouvre l'appli de suivi de vol et lui tends mon téléphone.

— Merci papa.

Elle m'adresse un sourire radieux, un magnifique sourire qui fait ressortir ses fossettes et que je lui rends sans me poser de question. Pétrie de contradictions, Sophia n'a pas la moindre idée qu'elle me poignarde dans le cœur chaque fois qu'elle me fuit.

Bien sûr qu'elle ne comprend pas, dirait Mina, *elle a cinq ans ! C'est toi l'adulte : à toi de te montrer compréhensif.*

Sophia suit du doigt la ligne qui montre l'itinéraire de l'avion de Mina.

— On sert le déjeuner, le dîner puis le petit déjeuner aux passagers, explique-t-elle à Becca, et entre les repas, il y a des en-cas et beaucoup de boissons : c'est eux qui choisissent.

— Tu as déjà voyagé en avion ?

— Plein de fois ! Je suis allée en France, en Espagne et en Amérique…

— Quelle chance ! Quand j'avais ton âge, nous allions camper en caravane une fois par an. La première fois que je suis allée à l'étranger, c'était l'année dernière et j'ai pris le ferry.

— Les caravanes, c'est bien aussi, répond gentiment Sophia en descendant de sa chaise pour s'asseoir sur les genoux de Becca.

Les gens ne comprennent pas en quoi consiste le trouble de l'attachement. Quand ils voient Sophia distribuer les câlins, vouloir chatouiller le facteur, ils la trouvent affectueuse, attentionnée, aimante. Elle a toutes ces qualités, mais avec tout un bagage de problèmes qui signifient qu'elle ne donne pas toujours son affection aux bonnes personnes.

« Eh bien, je ne vois pas où est le problème, m'a dit ma mère après avoir gardé Sophia quelques heures. Elle s'est assise sur mes genoux pendant qu'on lisait des histoires : c'est une adorable petite fille. »

Cela ferait de la peine à maman de s'entendre dire qu'il est plus facile pour Sophia de nouer des relations avec les gens qui ne comptent pas pour elle. Le facteur, ses baby-sitters, ses grands-parents qu'elle ne voit que de temps en temps : elle leur ouvre son cœur parce qu'elle n'attend rien en retour.

Mais nous ? C'est nous qui comptons. Nous aimer signifie être blessée – c'est ce que lui dit son instinct, du moins.

Je commence à débarrasser la table.

— Si nous voyageons autant, c'est grâce au travail

de Mina. Nous attendons en stand-by à l'aéroport, au cas où il y aurait de la place. Parfois, nous rentrons à la maison, hein, Sophia ?

— Je n'aime pas quand ça arrive.

— Moi non plus.

Sophia commence à expliquer à Becca combien de carburant contient le réservoir d'un Boeing 777, ce qui fait rire la baby-sitter.

— Tu en connais vraiment un rayon, hein ?

— Je sais aussi piloter un avion.

— Ah ouais ? répond la jeune fille avec un air dédaigneux qui met Sophia en colère.

— C'est vrai. Dis-lui, papa.

— L'aéroport a organisé une journée portes ouvertes pour les familles des employés. Mina lui a fait essayer un simulateur de vol, le genre dont les pilotes se servent pour s'entraîner. Elle s'est plutôt bien débrouillée. Mina aussi, en fait.

— Je serai pilote quand je serai grande.

Je me demande si le commissariat pourrait organiser une journée portes ouvertes. Cela plairait-il à Sophia de s'asseoir dans une voiture de police, d'essayer l'uniforme ?

— Maman voulait être pilote.

Je remplis l'évier d'eau chaude en me souvenant de la première fois que j'ai rencontré Mina. De la photo d'elle en uniforme qu'elle m'a montrée, de la joie pure sur son visage.

Comme Mina ne me rappelait pas, j'ai tenté sans grande conviction de la retrouver. Elle n'était pas sur Facebook, je suis donc allé à l'aérodrome qui hébergeait l'école de pilotage. À la réception, l'agent de sécurité a refusé de vérifier le registre – cela violait les règles de confidentialité, d'après lui –, mais quand je me suis éloigné, il m'a interpellé.

« Essayez au White Hart, au coin de la rue. La plupart des élèves fréquentent ce pub. »

J'ai dorloté une bière tiède jusqu'à ce qu'un groupe d'aspirants pilotes entrent, en pleine conversation sur la météo du lendemain.

Mina avait quitté l'école.

« Elle a eu une crise de panique. Au cours de son premier vol. »

L'ancien collègue de Mina avait du mal à cacher son ironie.

« Résultat : ils ont failli s'écraser. Le désastre total.

— C'est vrai ? »

En me retournant, j'ai vu un homme d'un certain âge assis au bar, sourcil levé dans notre direction. Il m'a adressé un hochement de tête.

« Vic Myerbridge. Je suis un des instructeurs. Ne faites pas attention à Xavier : il a tendance à exagérer.

— Mina n'a pas fait de crise de panique ?

— L'avion ne risquait pas de s'écraser, a-t-il répondu après réflexion. Et puis, écoutez, beaucoup d'élèves laissent tomber : la formation est difficile. Elle n'est pas la première et ne sera pas la dernière à s'apercevoir qu'elle n'était pas faite pour ça. Parfois ce n'est pas écrit, c'est tout.

— Vous ne savez pas où elle est maintenant, je suppose ?

— Pas la moindre idée, désolé. »

C'était fini, alors. Elle n'avait pas l'intention de me rappeler.

Trois mois plus tard, je l'ai vue entrer dans une boutique de la grand-rue. J'ai traversé en courant, manquant de me faire écraser, tout ça pour m'arrêter brutalement sur le trottoir d'en face. Qu'est-ce qui me passait par la tête ? Est-ce que je voulais vraiment être rejeté de nouveau, mais en personne cette fois ?

Et si elle avait simplement perdu mon numéro ?

Je me tâtais encore quand Mina est sortie. Elle s'était fait couper les cheveux. Disparues, les boucles folles, remplacées par une coupe trop courte pour friser qui mettait ses traits en évidence, faisait paraître ses yeux encore plus grands, et j'ai ressenti la même bouffée de désir que lors de notre première rencontre.

« Oh ! s'est-elle écriée.

— Salut.

— Je n'ai pas appelé, je suis désolée.

— Ce n'est pas grave.

— Ah bon ?

— Eh bien… »

Elle a pris une inspiration.

« Si je t'appelais maintenant… enfin, pas là, évidemment, mais si je t'appelais un de ces jours pour te proposer d'aller boire un verre… ce serait trop tard ? »

Le sourire idiot qui barrait mon visage n'avait rien de désinvolte.

« Super. Est-ce que tu veux mon…

— Je l'ai.

— Tu as gardé mon numéro ?

— J'ai gardé ton numéro. »

Le vendredi suivant, après quelques verres et un curry, Mina est venue chez moi et y est restée jusqu'au lundi matin.

Ce n'est peut-être pas une histoire d'amour conventionnelle, mais c'est la nôtre.

— Si Mina voulait être pilote, comment se fait-il qu'elle soit hôtesse de l'air ? demande Becca.

— Elle a changé d'avis.

J'ai essayé de persuader Mina de reprendre sa formation, de voir un psy, pour surmonter le problème, quel qu'il soit, qui avait causé sa crise de panique, mais elle n'a rien voulu entendre. Elle a enchaîné deux ou trois boulots, mais elle avait du mal à se concentrer. Après le décès de sa mère, elle a dit qu'elle avait besoin de faire le point.

« Je l'ai déçue. Papa aussi. Ma formation leur a coûté une fortune et maintenant, papa n'a même plus la maison qu'ils aimaient tous les deux. Ils voulaient juste que je fasse quelque chose de ma vie.

— Non, ai-je répondu avec tact. Ils voulaient ton bonheur. »

Et elle n'était pas heureuse, pas aussi joyeuse que la première fois que je l'avais rencontrée. Timidement, j'ai suggéré une alternative qui lui permettrait de concilier les voyages dont elle rêvait et les avions qu'elle adorait. Elle a hésité au début, mais elle est allée à une journée portes ouvertes, a fait quelques recherches et a fini par se lancer.

— On dit personnel navigant commercial, au fait, dis-je en lançant un torchon à Becca, pas hôtesse de l'air.

— La police du langage débarque ? dit-elle en haussant les sourcils, puis elle éclate de rire en commençant à essuyer la vaisselle. Elle est bonne, celle-là : monsieur l'agent du politiquement correct.

— Je suis lieutenant de police, en fait, marmonné-je, mais Becca s'adresse à Sophia.

— Allez, viens prendre ton bain et te mettre en pyjama pour que papa puisse te lire une histoire.

— Je veux que ce soit toi qui me lises une histoire, répond Sophia en montant l'escalier.

J'entends le bain couler ; je me verse un verre de vin et le vide à moitié en une gorgée, hanté par les souvenirs que j'ai fait remonter à la surface. Mina et moi avons eu une deuxième chance d'être ensemble et j'ai tout gâché.

À l'étage, Sophia court dans tous les sens en gloussant, et je sais que Becca fait semblant d'être le monstre du bain et que bientôt, quand tout sera prêt, elle attrapera Sophia et la transformera en monstre à son tour avec barbe et cornes en mousse. C'est un de ses jeux préférés, le deuxième après celui qu'elle appelle « faire l'avion » : Mina couchée sur le dos, les jambes en l'air, et Sophia en équilibre sur les pieds de sa mère, membres tendus comme si elle sautait en parachute.

La sonnette retentit et je vais ouvrir, mon verre de vin toujours à la main. Je m'arrête et sens mes cheveux se hérisser sur ma nuque. Il arrive parfois que Mo passe quand elle voit ma voiture parce qu'elle a besoin d'aide, mais pas à cette heure-ci, pas par ce temps. Je pose mon verre sur le rebord de la fenêtre et ouvre lentement le verrou du haut après avoir vérifié que Sophia est en sécurité à l'étage.

J'avais raison de me méfier. C'est un homme, grand et baraqué. Il a le crâne rasé et luisant que seul vient assombrir un tatouage verdâtre qui lui encercle le cou.

— Ça va, Adam ?

— On se connaît ?

Un sourire se dessine lentement sur ses lèvres. Il porte une doudoune noire, un jean et des bottes en cuir dont le bout usé laisse apparaître des renforts métalliques éraflés.

— Non. Moi, je te connais.

— Je ne l'ai pas, dis-je.

Je pose une main sur la porte, mais il est trop rapide : il avance et me repousse dans l'entrée, contre le mur. Mon verre se renverse et le vin éclabousse le sol. Je lève les mains, paumes en avant.

— Écoute, mon pote…

— J'suis pas ton pote. Me cherche pas, Adam, je fais mon boulot, comme toi. Tu as jusqu'à minuit, sinon…

Il laisse sa phrase en suspens. Il me serre le cou de sa main massive et me cloue au mur. Je lui envoie un direct fulgurant à l'estomac, mais à cet instant, il lève le bras droit et m'assène un coup de poing en plein visage. Je le refrappe dès qu'il me lâche, mais du sang coule sur mon visage et il me tord le bras derrière le dos avant de me cogner la tête contre le mur, une, deux, trois fois. Il me laisse tomber par terre et je roule sur le flanc, les bras autour du visage, et le repousse d'un coup de pied. Mais l'endroit est exigu, je n'arrive pas à me dégager et un coup de botte bien placé me coupe si bien le souffle que je me sens défaillir. Sous ses coups de pied répétés, je n'ai d'autre choix que de me rouler en boule pour protéger ma tête en attendant qu'il ait fini.

J'ai l'impression que la raclée se prolonge pendant des heures, même si elle ne doit pas durer plus d'une minute ou deux. Il arrête et me domine, la respiration difficile.

— De la part du patron.

Il se racle la gorge et un instant plus tard, un crachat couvre mon oreille. Il sort en laissant la porte grande ouverte et je reste là, à cracher du sang sur le tapis de l'entrée.

Douze
Passager 17F

Je m'appelle George Fleet et je suis l'un des passagers du vol 79.

Quand vous faites des courses et que vous avez faim, vous achetez un sandwich, non ? Ou un hamburger. Et vous le mangez peut-être à l'intérieur ou vous l'emportez dehors et le mangez sur un banc – ou même en marchant. N'est-ce pas ?

Je vais vous expliquer comment ça marche pour moi.

D'abord, je dois me préparer mentalement. Suis-je vraiment obligé de le faire ? Ai-je assez faim pour devoir subir ça ? Je veux, oui : j'ai toujours la dalle. Bon, il faut que je mange, alors. J'en transpire rien que d'y penser, mais je vais le faire.

J'aimerais un hamburger, mais est-ce que je vais vraiment m'infliger ça ? Alors que le nombre de calories est affiché sous mon nez, à côté des photos placardées au mur ? Non. Pas question. Un sandwich alors ; je fais la queue et commence à regarder les plateaux de sandwichs thon, œuf, mayonnaise en vitrine.

Vous saviez que l'on peut sentir *les gens vous*

regarder ? Ça ne vous est jamais arrivé ? Vous avez de la chance. Cela brûle comme de l'acide sur la nuque, avant même d'entendre les murmures, les ricanements. Ça empire quand je passe commande, bien sûr. Jambon, salade, je crois. Ça va. C'est sain.

« Vous voulez de la mayonnaise ? »

Mon ventre grouille. Quelqu'un éclate de rire. Je décline.

« Du beurre ? »

En général, je refuse le beurre aussi. J'avale du pain sec au lieu de subir les railleries. Mais parfois, tant pis, rien à foutre ! Parfois, j'ai envie de manger comme tout le monde. Ce que vous mangez sans même y penser.

« Ouais, dis-je. Avec plaisir. Merci. »

Quelqu'un ricane derrière moi. Un murmure en aparté. Je paie sans contact, prends mon sandwich et m'empresse de sortir avant que la rougeur que je sens sur mon cou ne gagne mon visage, avant qu'ils sachent qu'ils m'ont blessé. J'ai tout entendu. « Gros lard. Essaie plutôt une salade. Le sport, tu connais ? Groin-groin... »

J'ai toujours été costaud. Et grand avec ça. De forte carrure. Et gros, c'est vrai. À treize ans, j'avais de plus gros nichons que les filles. Le premier jour du brevet des collèges, en entrant dans la salle d'examen, j'ai découvert qu'on avait livré une cargaison de chaises équipées de tablettes avec un espace sur le côté pour pouvoir s'installer. J'ai cru que j'allais être malade. J'ai croisé le regard de M. Thomas, je l'ai supplié en silence de comprendre que jamais je ne rentrerais dans ces chaises conçues pour des minus, mais il s'est contenté de consulter sa liste et de me marquer présent.

J'en fais encore des cauchemars, vous savez. Je me réveille en nage dans le noir parce que, l'espace d'une seconde, je me suis retrouvé là-bas, et j'ai entendu les rires de cent élèves résonner dans le gymnase, rouge d'humiliation pendant que tous les autres s'installaient et que, debout, j'attendais que l'on m'apporte une table et une chaise.

J'ai arrêté l'école cette année-là.

Bref. J'achète un sandwich. Je vais peut-être le manger au parc et je marche jusqu'à ce que je trouve un banc auquel on n'a pas ajouté d'accoudoirs. C'est pour empêcher les gens de s'allonger, mais difficile d'y caser son gros cul quand on commande son jogging sur mesure chez BigBoys.com. Vous vous installeriez peut-être sur l'herbe. Vous vous déchausseriez pour déguster votre sandwich au soleil. Ouais. Moi, si j'essaie, il va me falloir un treuil pour me relever.

Le temps de trouver un endroit où m'asseoir à l'abri des regards critiques des gens qui croient que les gros ne devraient pas manger, mon sandwich n'est plus aussi appétissant. Mais il faut bien se nourrir, non ? On estime que pour maigrir progressivement, il suffit d'éliminer cinq cents calories par jour, mais, à ce compte-là, j'ai quand même besoin de bien plus de trois mille calories quotidiennes.

Curieusement, je ne sors pas beaucoup. J'ai eu assez souvent honte dans les pubs pour savoir que l'on ne peut pas estimer la solidité d'un siège d'un simple coup d'œil, et mes hanches douloureuses m'empêchent de rester debout longtemps. Quelle ironie, franchement : moi qui voulais faire du stand-up !

Je suis drôle, voyez-vous. Peut-être pas en ce moment, pas comme ça, mais je peux l'être. L'autodérision est la seule manière de faire face, non ? Il vaut mieux en rire qu'en pleurer, comme on dit.

Alors, dans l'avion, quand j'ai compris que la ceinture de sécurité ne m'irait pas, j'en ai plaisanté avec mon voisin de gauche. « Je suis votre airbag : j'ai gonflé un peu trop tôt je suppose ! »

Il s'est forcé à sourire, même si la moitié de ma fesse débordait sous le siège jusque sur le sien. De quelle humeur sera-t-il après être resté penché sur la gauche pendant cinq ou dix heures ? J'avais vu la tête qu'il faisait pendant que j'avançais pesamment vers le siège libre à côté du sien. « Oh, putain ! Pourquoi faut-il qu'il s'assoie à côté de moi ? »

On m'avait attribué une place côté couloir, Dieu merci, mais cela me forçait à pivoter chaque fois que le chariot passait et j'en ai donc déduit que je ne fermerais pas l'œil pendant vingt heures. Pas de répit pour les braves, comme on dit, hein ? J'aurais apprécié un siège en classe affaires plus spacieux, mais où que l'on aille, il existe une hiérarchie, et j'ai toujours été au bas de l'échelle.

Sachant que je ne pourrais pas abaisser la tablette, je n'ai même pas tenté le coup, même si cela impliquait de refuser tous les repas. Dans ma poche, j'avais des barres énergétiques que je pouvais manger aux toilettes, à supposer que je puisse y entrer. Tant de sujets de préoccupation – j'avais tant de choses en tête quand l'avion a décollé.

Mais je vais tout changer en Australie. Maigrir, me

faire des amis, lancer ma carrière de comique. Le vol 79 marque la fin d'un chapitre que je ne veux plus jamais relire et le début d'une vie entièrement nouvelle. Je recommence à zéro.

Je n'ai jamais été aussi heureux.

Treize
Arrivée à Sydney H – 11 – Mina

L'homme a le visage cireux et inondé de sueur. Le médecin, une passagère de classe économique avec une queue-de-cheval bien nette et des boucles d'oreilles en forme de fer à cheval, est accroupi.

— Je suis désolée.

À mes côtés, Carmel fait un bruit entre hoquet de surprise et sanglot. Je la prends par l'épaule, autant pour la réconforter que pour reprendre l'équilibre car j'ai l'impression que mes jambes ne m'appartiennent plus. La nouvelle se répand dans un murmure choqué et les passagers qui avaient eu l'audace de se lever pour regarder se rassoient lentement. Alice Davanti tend le cou à l'autre bout de la cabine. Quand elle croise mon regard, elle se rassoit en glissant un téléphone dans sa poche. Elle ne prenait pas une *photo*, quand même ?

— Que s'est-il passé, à votre avis ?

Mes yeux sont aimantés au cadavre devant moi, à son regard vide et fixe, à la peau livide de son torse dénudé.

Le médecin décolle les électrodes du défibrillateur et reboutonne délicatement la chemise du mort.

— Une attaque. Cardiaque, sans doute.

— Il a dit qu'il ne se sentait pas bien.

Tout le monde se retourne. Un homme de grande taille portant des lunettes et une barbe soigneusement taillée est debout devant son siège. Il tire sur la manche de son sweat-shirt gris, l'air mal à l'aise d'être soudain le centre de l'attention.

— Nous faisions la queue pour les toilettes, tout à l'heure, et il se touchait la poitrine. Une légère indigestion, d'après lui.

— Il s'envoyait du porto comme si c'était du jus de fruits.

À l'autre bout de la cabine, près de l'entrée du bar, le footballeur Jamie Crawford déborde d'assurance, lui. Je serais incapable de citer le nom de son équipe, même si ma vie en dépendait, mais grâce aux magazines *people* que je lis chez le coiffeur et à ma mémoire ridicule pour les faits sans intérêt, je sais qu'il a pris sa retraite à trente-quatre ans, qu'il est propriétaire d'une maison de neuf chambres dans le Cheshire et que c'est un miracle qu'il soit toujours en couple avec sa femme Caroline après s'être tapé plusieurs *girls bands* au grand complet. Les Crawford sont en survêtement : gris pour lui, saumon pour elle, avec le mot *Love* inscrit en strass sur la poitrine de son sweat-shirt.

— Et il a mangé deux de ces gâteaux à la crème, ajoute Caroline.

— D'accord. Merci.

J'ai soudain envie de défendre le pauvre homme allongé par terre face à ces parfaits inconnus qui critiquent ses choix de vie.

— Vous pourriez peut-être reculer un peu, maintenant ?

Jamie et Caroline retournent au bar et je me tourne vers Carmel.

— Tu vas bien ? dis-je ; elle acquiesce, l'air hésitante. Je vais avertir les pilotes.

Je franchis les quelques mètres me séparant du galley, prends la liste des passagers et note que la victime s'appelle Roger Kirkwood. Je traverse jusqu'au cockpit, entre le code d'accès et attends quelques secondes que les pilotes consultent les caméras qui leur prouveront que je suis seule. Ils me laissent entrer et je suis assaillie par la bouffée d'émotions contradictoires que je ressens toujours dans cet endroit. Le tableau de bord s'étend devant les sièges et se prolonge entre eux. Des jauges indiquent l'altitude, la vitesse, le niveau de carburant, entre autres. La panoplie d'interrupteurs occupant le plafond restreint encore l'espace déjà exigu ; seule l'étendue blanche, infinie et lumineuse dehors l'empêche d'être trop étriqué.

J'aurais pu être assise là. À droite, à la place du copilote, ou peut-être un jour dans le fauteuil du commandant de bord. J'aurais pu traverser l'aéroport, suivie du personnel navigant, et briefer l'équipage avant chaque vol. Souhaiter un bon séjour aux passagers arrivés à destination ou traverser la cabine à mi-vol, comme le chef d'un restaurant étoilé va vérifier sa salle. Sentir cette poussée extraordinaire sous mes doigts au décollage d'un Boeing 777. Ça aurait pu être moi.

Et pourtant.

Le bourdonnement dans mes oreilles m'indique que

je suis loin d'être remise. Je peux la contrôler en respirant calmement, en évitant de regarder les instruments de bord. En me concentrant sur mon travail. Mais elle est toujours là. La peur.

Ben bâille à se décrocher la mâchoire. Il s'interrompt quand je leur annonce la nouvelle.

Louis prend des notes sur le plan de vol.

— Merde. Qu'est-ce que tu veux faire ? demande-t-il à Ben.

— Là ? Me détendre avec quelques bières et dormir dans mon propre lit. Mais en attendant, j'aimerais bien que ce vol se passe sans encombre.

— C'est un peu tard pour ça.

— Il est en classe affaires ? me demande Ben.

— Oui.

— Il voyage seul ?

J'acquiesce.

Il pianote sur sa cuisse.

— Laissez-le là.

— Vous en êtes sûr ?

— Nous sommes coincés entre le marteau et l'enclume, non ? Dindar va péter les plombs si nous interrompons son précieux vol inaugural. Installez-le sur son siège, assurez-vous que l'écran opaque est déployé autour et recouvrez-le d'une couverture. Et baissez un peu le chauffage.

Il sourit et je ravale ma nausée en comprenant son sous-entendu. Il nous reste plus de dix heures de voyage avant l'arrivée à Sydney.

Le protocole concernant les décès à bord est l'une de ces parties du manuel de formation que l'on feuillette en supposant qu'il y a peu de chances que l'on en ait besoin. Mais les avions sont des villes en plein ciel et en ville, les gens vivent et meurent. Le certificat de décès du passager 1J ne sera pas établi avant notre arrivée et en attendant, nous avons la même responsabilité envers lui qu'envers les autres passagers. Nous devons nous occuper de lui.

Difficile d'imaginer que Roger Kirkwood puisse être aussi lourd. Carmel et moi soulevons chacune une de ses jambes tandis qu'Erik et Hassan le prennent par les épaules. Ensemble, nous le traînons jusqu'à son siège et le hissons dessus. Carmel retient ses larmes.

— Je vais le recouvrir, dis-je. Allez vérifier que les passagers vont bien. Vu leur tête, certains ne diraient pas non à un thé sucré ou même à un cognac. Je sais que j'en aurais bien besoin, moi.

Le verre que l'homme a lâché en s'effondrant traîne par terre, dans l'allée. Une éclaboussure rouge sang recouvre la moquette. Je ramasse le verre. Il reste une goutte de liquide au fond, mais ce n'est pas tout : j'y vois un résidu granuleux qui ressemble à une miette de biscuit au fond d'un thé. Je le renifle, mais ne sens que le porto.

Juste après mes débuts chez World Airways, une femme qui s'était assoupie à bord d'un vol pour Barcelone ne s'est pas réveillée. Le vol était complet et il n'y avait nulle part où la mettre, aussi est-elle restée à sa place, ceinture de sécurité attachée, sa main serrée dans celle de sa fille jusqu'à l'atterrissage. Il n'est pas rare qu'un avion soit dérouté en raison d'une urgence médicale, surtout s'il reste une chance de sauver une vie, mais j'ai entendu parler de corps allongés sur trois sièges ou même par terre, dans le galley. Une légende urbaine, dont on m'a fait part avec jubilation pendant ma formation, raconte les mésaventures d'un équipage qui, après avoir entreposé un cadavre dans les toilettes, a découvert qu'il y était coincé une fois la rigidité cadavérique installée.

Je frissonne en étendant les jambes de M. Kirkwood. Quelqu'un – le médecin, peut-être – lui a fermé les yeux pendant que je parlais à Ben et Louis, mais il a la bouche ouverte et sa langue enflée pend de côté entre des lèvres bleutées. Il porte une alliance en or, coincée entre deux bandes de chair dodue. Son conjoint ne sera pas averti avant que nous atterrissions et que le certificat de décès soit établi. Son conjoint lui a-t-il dit au revoir à l'aéroport ou l'attend-il à Sydney pour l'accueillir ?

Je déballe la couverture dont M. Kirkwood ne s'est pas servi pour lui couvrir les jambes et rajuste sa veste froissée, comme si les plis pouvaient le gêner. La poche de gauche contient un portefeuille, que je prends pour le ranger dans le galley. Les vols à bord sont rares et j'ai du mal à imaginer que quelqu'un soit assez insensible pour dévaliser un mort, mais je vais tout de même le mettre à l'abri. Le portefeuille est noir, un étui en cuir simple mais luxueux. Quand je l'ouvre, une photo s'en échappe : une image imprimée sur du matériel amateur et du papier bon marché.

Malgré l'absence de turbulences, je tends la main pour ne pas tomber. Ce n'est pas possible. C'est une simple coïncidence ; une ressemblance à ne pas prendre au sérieux.

Mais non. Je connais ce visage aussi bien que le mien.

C'est une photo de Sophia.

Quatorze
Passager 1B

Je m'appelle Melanie Potts et je suis à bord du vol 79 pour rendre hommage à la mémoire de mon frère.

Le personnel navigant a recouvert le cadavre avec une couverture. Je ne sais pas ce que je me figurais : que pouvaient-ils en faire ? Où avais-je imaginé qu'ils le mettraient ? Je ne m'attendais pas à ça en tout cas. Tout le monde continue à manger et à boire, à regarder des films alors qu'il y a un mort à quelques mètres d'eux. C'est vraiment surréaliste.

Le seul autre cadavre que j'aie vu est celui de mon frère. Je n'en avais pas envie, mais je voulais lui dire adieu, et une fois que je l'ai fait j'étais contente d'y être allée. C'est vrai ce que l'on dit, que le corps est une coquille vide, d'une certaine manière. Le réceptacle de la personne qui l'occupait. Si on voit les choses ainsi, ce n'est pas si bizarre de laisser un cadavre en classe affaires, je suppose.

Mon frère a été assassiné par la police. Ce n'est peut-être pas ce que rapportent les actes du tribunal, mais je peux vous assurer que c'est la vérité. Six policiers, tous plus costauds que mon petit frère, ont entendu un accent, l'ont jugé et ont vu ce qu'ils voulaient voir.

« L'usage de la contrainte était nécessaire car le sujet devenait de plus en plus violent », a dit l'un des policiers au tribunal.

Vous ne seriez pas violent, vous, si une demi-douzaine de policiers s'asseyaient sur vous ? Vous ne donneriez pas de coups de poing, de pied, de dents pour vous libérer ? C'est tout ce que mon petit frère a fait et ils l'ont plaqué au sol jusqu'à ce qu'il étouffe. On appelle ça l'asphyxie positionnelle.

Moi, j'appelle ça un meurtre.

La police fait semblant de vouloir extirper de ses rangs les flics pourris, violents, haineux. De temps en temps, l'un d'eux sert de bouc émissaire, ses collègues prennent leurs distances pour pouvoir dire qu'il ne peut s'en prendre qu'à lui-même – ça n'avait rien à voir avec nous. Mais si on approfondit un peu, on découvre des centaines de plaintes pour violence policière, des milliers d'actes d'incivilité et de racisme, de partis pris, de préjugés. La loi leur est toujours favorable parce qu'ils en sont les représentants ; parce que les loges maçonniques sont pleines de juges, de magistrats, de gens puissants et qu'une poignée de main fera disparaître le désagrément causé par un gamin des cités qui s'est trouvé au mauvais endroit au mauvais moment.

Et moi dans tout ça ? Au début, j'étais perdue. Suicidaire pendant assez longtemps pour que cela devienne mon état normal. Je vais être franche, il y a des jours où je n'arrivais pas à sortir du lit ou alors, si je parvenais à me traîner dehors, je me dirigeais sans m'en rendre compte vers le milieu du pont de l'autoroute et je regardais les camions qui passaient dessous en pensant : « Allez, vas-y. Finis-en une fois pour toutes. »

Mais je ne l'ai pas fait. Parce qu'ils auraient alors tué deux personnes, et à quoi cela aurait-il servi ? À quoi se serait résumée ma contribution ? Quelle empreinte aurais-je laissée sur le monde ? Je serais aussi insignifiante, aussi invisible dans la mort que mon frère l'avait été dans la vie. Au tribunal aussi. Si ce qui s'est passé m'a appris quelque chose, c'est que chaque jour doit compter.

J'ai commencé à me faire entendre. J'ai écrit aux députés et j'ai posté des vidéos sur YouTube. J'ai rencontré d'autres familles dont les chers disparus avaient été assassinés par la police, par des gardiens de prison, par des infirmiers négligents à l'hôpital, où des cadres nantis ne se soucient que du résultat net. Je me suis exprimée en notre nom à tous.

Les invitations sont arrivées des quatre coins du pays. Des groupes de pression, associations féminines, écoles et œuvres caritatives souhaitant apprendre et apporter leur aide. Les invitations sont venues des autorités aussi – des forces de police et des conseils municipaux qui cochaient la case de la sensibilisation à la diversité –, et j'ai ravalé ma colère assez longtemps pour transmettre mon message et empocher le chèque qui me permettrait de défendre notre cause gratuitement ailleurs.

On m'a payée pour m'exprimer à l'étranger. Trois ans après la mort de mon frère, en débarquant d'un vol en première classe à Washington, j'ai dû retenir mes larmes. Je faisais en sorte que mon message compte ; que son sacrifice compte. Et j'étais contente, tellement contente, de ne pas avoir sauté de ce pont.

J'avais plus à offrir au monde en restant vivante.

Quinze
20 h 30 – Adam

Becca crie depuis l'étage et le bourdonnement dans mes oreilles déforme ses paroles. J'essaie de répondre, mais j'ai du sang plein la bouche et j'ai un haut-le-cœur en l'avalant. J'ai mal quand je respire et une douleur sourde me barre l'estomac et les reins.

— Adam ? Ça va ? C'était qui ?

Je parviens à me redresser à quatre pattes et rampe vers la porte d'entrée. Personne ne roule sur ce chemin à moins de venir dans l'un des trois cottages, mais je ne peux pas prendre le risque que quelqu'un pose des questions.

Tu as jusqu'à minuit.

Je pousse un grognement. Qu'est-ce que je vais faire ?

— Ça va ? J'ai entendu des bruits de lutte, mais Sophia était dans le bain et… Oh, mon Dieu ! Vous êtes sérieusement blessé ?

Interdite, Becca est au milieu de l'escalier, là où il décrit un angle.

— C'est quoi ce bordel ?

— *Où. Est. Sophia ?*

Chaque mot aggrave la souffrance et la nausée.

— Encore dans le bain.

— *Ne. La. Laisse. Pas. Seule.*

— Mais…

— *Vas-y !*

Alors que Becca se précipite à l'étage, un nouveau haut-le-cœur me comprime douloureusement les côtes. Je me traîne jusqu'à la porte d'entrée et vomis dans l'allée, puis je rentre. En prenant des respirations aussi superficielles et lentes que possible, sans quoi je suis pris de vertige tant ça fait mal, je m'agenouille prudemment avant de me lever et de verrouiller la porte. Un éclat de verre se plante dans ma chaussette, mais je remarque à peine la piqûre. En entendant la baignoire se vider à l'étage, je vais me laver dans les toilettes du rez-de-chaussée avant que Sophia ne me voie.

Un de mes yeux s'est complètement fermé et j'ai une entaille dans la paupière contusionnée et tuméfiée. Heureusement, le sang qui recouvre la majeure partie de mon visage et de ma chemise a coulé de mon nez, qui a doublé de volume. Je remplis le lavabo, me lave le visage et tressaille quand l'eau se teinte de rose.

— Adam ? Ça va ?

Je lance un « hmm, hmm » évasif et regarde mon reflet. C'est légèrement moins terrifiant sans l'hémoglobine. J'enlève ma chemise, que je laisse dans le lavabo, et sors en t-shirt, suffisamment sombre pour masquer la plupart des taches.

— Doux Jésus !

— Non, c'est toujours Adam, dis-je, pince-sans-rire.

Même si la crucifixion semble une alternative enviable en ce moment.

Becca reste de marbre. Elle est en bas de l'escalier alors que, postée quelques marches derrière elle, Sophia me regarde à travers la rambarde, horrifiée.

— Ça va, ma chérie.

— Vous n'avez pas l'air bien, dit Becca.

— Tu devrais voir le type en face, dis-je en tentant un sourire, mais la douleur irradie dans ma mâchoire et j'arrête les frais. Pas une égratignure.

— C'était qui ?

Je ne réponds pas et la baby-sitter me suit dans la cuisine. Sophia reste en retrait, Éléphant à la main. Elle porte un pyjama Action Man et une robe de chambre en polaire couverte de licornes. Becca lui a tressé les cheveux ; encore mouillés, ils gouttent sur sa robe de chambre. Je me sers d'un torchon pour absorber l'excédent d'eau, ravi de pouvoir cacher mon visage à ma fille.

— Ça fait mal, papa ?

— Un peu.

— Tu veux que j'appelle une ambulance ?

— Non, je ne crois pas…

— Je sais comment faire. Maman m'a montré.

— Je ne veux pas…

— 1, 1, 2.

— Hmm, quelqu'un devrait peut-être vous ausculter, non ? remarque Becca. Vous n'avez pas l'air bien.

Je finis de sécher les cheveux de Sophia et ouvre le placard où nous rangeons la trousse de premiers secours. Je lève le bras et retiens un cri quand un élancement me fait voir trente-six chandelles. J'ai un vertige.

— Laissez-moi faire. Asseyez-vous avant de tomber, m'intime Becca en me guidant vers une chaise.

Sophia me regarde, les yeux écarquillés d'inquiétude et de curiosité.

— Pas d'ambulance, dis-je d'un ton ferme. Si je vais à l'hôpital, quelqu'un avertira la police qu'un crime s'est produit.

— Et alors ?

— Eh bien, je n'ai peut-être pas envie que la police s'en mêle.

Je parle d'une voix calme, décontractée, mais mon expression est révélatrice.

Becca soutient mon regard, l'air curieuse, méfiante, même.

— Pourquoi ? Moi je ne les porte pas dans mon cœur, mais ce sont vos copains, non ?

Elle me tend un verre d'eau et quelques cachets, que j'avale d'un trait. Je me sens soudain épuisé, pas simplement à cause de la raclée, mais aussi de l'effort surhumain que cela m'a demandé de tout maîtriser ces derniers mois, du stress d'avoir menti à Mina, à Sophia, à mes collègues. J'ai l'impression que la réunion de ce matin avec le capitaine Butler a eu lieu il y a un mois.

— J'ai merdé, dis-je soudain.

Si j'avais le choix, ce n'est pas à une jeune fille de dix-sept ans que je me confierais, mais il est parfois plus facile de parler à quelqu'un qui n'est pas directement impliqué. Je lance un regard éloquent vers Sophia.

Becca réagit au quart de tour.

— Tu veux regarder *La Pat'Patrouille* ?

Elle tend la main et conduit ma fille dans le salon. Un instant plus tard, le générique familier retentit et Becca me rejoint à la cuisine.

— Ce type qui vous a tabassé, c'était le copain de Katya, n'est-ce pas ? dit-elle en croisant les bras.

J'en reste muet de surprise.

— Vous pensiez que je n'étais pas au courant que vous vous tapiez la fille au pair ? lance-t-elle avec un petit sourire narquois. L'une des mamans m'en a parlé quand j'ai récupéré Sophia à l'école : elle voulait m'avertir au cas où vous tenteriez le coup avec moi.

Elle me parle d'un ton sec, comme si le respect qu'elle me témoignait jusqu'alors n'était qu'un faux-semblant.

— Au cas où je tenterais… Je ne ferais…

— Même pas en rêve ! ajoute-t-elle en riant.

— Mon Dieu !

Oubliant mon état, je me frotte le visage. La douleur qui en résulte me permet d'oublier un instant que les parents des camarades de Sophia me prennent pour un prédateur sexuel.

— C'est un peu cliché, non ?

Becca a l'air plus âgée que ses dix-sept ans désormais. Comment est-elle devenue si blasée par rapport aux hommes ? On a quand même du bon, non ?

— Le vieux qui couche avec…

— Vieux ?

— … la fille au pair ukrainienne.

— Bon sang, Becca, je ne couchais pas avec Katya !

Un silence s'abat soudain dans la pièce, que seules viennent troubler les voix de Ryder et de ses acolytes canins. Vu son expression, il est évident que Becca ne me croit pas.

— Comment ça se fait qu'elle ait mis les voiles, alors ? À entendre Mina, elle pensait que c'était votre faute, c'est clair.

Becca se lève et se verse un verre de vin, comme si elle était chez elle, qu'elle était une adulte et pas une gamine.

— Tu n'as pas l'âge de…

— Vous en voulez un ?

Elle me sert sans attendre ma réponse. Son arrogance est teintée d'embarras, on a l'impression qu'elle joue un rôle. Tout à coup, je me dis qu'elle faisait peut-être déjà son numéro avec cette histoire de drague, qu'elle a une idée derrière la tête. Est-elle de mèche avec Mina ? L'idée me paraît ridicule dès qu'elle me vient à l'esprit, mais mon ex se sert-elle de Becca pour me piéger ?

J'ai la peau moite. Je sirote le vin qu'elle m'a servi en essayant de me débarrasser de l'arrière-goût crayeux des antidouleurs et du sang dans ma gorge. Impossible de respirer par le nez, trop enflé.

— Je n'ai jamais couché avec Katya, dis-je d'un ton ferme, ou aussi ferme que mes vertiges me le permettent. Je n'ai couché avec personne. Mais c'est ma faute si Katya est partie.

Becca s'appuie sur le plan de travail, tête penchée de côté.

— Cet homme, ou un de ses semblables, a menacé Katya. Devant Sophia.

Je revois cette affreuse journée où Katya et Sophia ont fait irruption dans la maison en pleurant tellement qu'elles pouvaient à peine parler.

Papa ! Papa !

Il dit qu'il me fait mal, il dit qu'il fait mal à Sophia !

— Sophia n'a pas compris exactement ce que l'homme disait à Katya, poursuis-je. Mais la réaction de Katya lui a fait assez peur pour lui donner des cauchemars.

Je regarde dehors. Dans la vitre sombre, mon reflet se superpose aux contours indistincts du jardin. Il neige plus fort désormais, et des flocons blancs virevoltent devant la fenêtre.

— Dans ce cas, pourquoi n'avez-vous pas averti la police ? Pourquoi laisser Mina croire que vous la trompiez alors que vous n'aviez rien fait de mal ?

— Parce que j'avais fait quelque chose de mal, dis-je en regardant le jardin derrière mon reflet. J'ai des dettes. D'énormes dettes.

La somme augmente tous les jours. Le découvert, les cartes de crédit – celle dont Mina connaît l'existence et les cinq autres dont elle ne sait rien. Les cartes de fidélité, les traites de la voiture, l'argent liquide que j'emprunte à des collègues parce que « je suis un peu juste depuis que Mina m'a fichu à la porte ».

Et le gros morceau. Les dix mille livres empruntées à un usurier dont j'ai croisé le chemin au boulot, pour toutes les mauvaises raisons. J'ai emprunté cette somme pour régler l'essentiel de mes dettes à un taux d'intérêt dont je me fichais car je pensais à court terme, j'avais un plan, tout allait s'arranger…

Sauf que je n'ai pas pu m'arrêter.

— Je suis accro au jeu.

Cela fait trois ans que ça dure et c'est la première fois

que je l'avoue, même dans ma tête. Je me suis dit que je devais lever le pied, que je ne jouerais au loto qu'une fois par semaine, que je n'achèterais qu'une carte à gratter à la fois au lieu d'en acheter pour vingt livres. Je me suis retrouvé devant le cynodrome pour la troisième fois consécutive et j'ai hésité à entrer. Pendant tout ce temps, je n'ai jamais appelé le problème par son nom, une addiction, et pourtant, c'est bien ce dont il s'agit. Et je suis à sa merci.

— Les dix mille livres que j'ai empruntées approchent de vingt aujourd'hui, dis-je à Becca… Et je crois que si elle sortait de la cuisine, je continuerais à parler.

Je déballe tout, les mensonges, la honte.

— Ils ont envoyé ce type pour me foutre la trouille en menaçant Katya et Sophia. J'ai supplié Katya de ne rien dire à Mina. Quelques semaines plus tard, quelqu'un est venu la menacer quand elle était seule ici. Elle est partie le lendemain, et c'est là que Mina m'a accusé d'avoir couché avec elle.

— Vous auriez dû tout lui avouer.

— Je le sais aujourd'hui ! Sur le moment, je croyais pouvoir gérer la situation. J'avais juste besoin de gagner gros pour régler mes dettes, et puis j'aurais…

Je m'interromps. Je suis lamentable. « Quand tu as un problème, *La Pat'Patrouille* à la rescousse ! » entends-je dans le salon.

— Et vous ne pouvez rien dire aux flics parce que vous avez emprunté du fric à un usurier, c'est ça ?

— Je ne peux rien leur dire parce que ça fait trois ans que je dissimule une addiction au jeu, dis-je en nous resservant du vin. Je ne peux rien leur dire parce que je n'ai avoué à personne que je suis endetté jusqu'au cou, ce qui est passible du conseil de discipline.

Becca pose le verre auquel elle n'a pas touché, mais je vide la moitié du mien en une gorgée. Pas la meilleure chose à faire après avoir avalé un cocktail d'antidouleurs, mais au point où j'en suis, je n'en ai plus rien à faire.

— Je ne peux rien dire parce que je perdrais mon boulot si la police l'apprenait.

Becca croise les bras sur sa poitrine. Elle essaie en vain de dissimuler sa joie. Est-ce ma ruine en elle-même qui l'amuse ou le fait d'être la seule au courant ?

— Vous êtes vraiment dans la merde, hein ?

— Merci.

— Alors, qu'allez-vous faire ?

Je vide mon verre. Je me retourne, appuie mes paumes contre la paillasse et me penche en avant, comme pour faire une traction ; le sang bat dans mon visage contusionné.

— Je n'en sais foutre rien.

Seize
Passager 40C

Je m'appelle Elle Sykes et embarquer sur le vol 79 était un ultime bras d'honneur à mes parents.

J'ai présenté quatorze matières au brevet des collèges. Les cinq habituelles, plus mathématiques et sciences avancées, latin, mandarin et études générales. Maman m'appelait « Mon petit génie », même si j'avais poussé comme un champignon cette année-là et que je pouvais voir le haut de son crâne quand je la prenais dans mes bras.

« On lui prédit des A+ dans toutes les matières », racontait papa à nos invités, et je m'esquivais en levant les yeux au ciel, fuyant les murmures poliment impressionnés. L'angoisse montait de mon ventre comme un ascenseur et j'avalais de grandes gorgées de jus d'orange pour la forcer à redescendre. Parfois, j'arrivais encore à entendre papa – « Maths, maths avancées et physique niveau lycée, j'imagine » – et le stress continuait à monter bien que j'aie essayé de le maîtriser. « Ce serait dommage d'arrêter le mandarin – c'est la seule élève de son âge à suivre ce cours, tu sais – et le

latin est toujours utile, bien sûr.» Étranglée par l'anxiété, penchée au-dessus de l'évier, j'étouffais comme un poisson au bout d'un hameçon.

Nous étions six dans le cours réservé aux élèves doués et talentueux : quatre garçons et deux filles. Les garçons restaient entre eux, évidemment, et c'était compliqué pour moi d'ignorer Sally, qui portait des chaussettes hautes et avait une relation informelle avec son déodorant. Ce n'est pas que je ne l'aimais pas, c'était juste que nous n'avions rien en commun à part notre capacité à exceller aux examens. Sally préférait passer ses pauses déjeuner à faire du calcul infinitésimal alors que je voulais fumer une clope derrière l'école avec des potes qui me pardonnaient d'être intelligente parce que je savais faire des ronds de fumée et où me procurer de l'herbe.

Et en fait, je n'étais pas intelligente. Pas comme Sally. Pas du genre QI élevé, génie, assez intelligente pour entrer à l'université à treize ans. J'avais une bonne mémoire, je comprenais vite et je travaillais dur. Plus je travaillais dur et meilleurs étaient mes résultats ; meilleurs étaient mes résultats, plus je devais travailler dur et meilleurs étaient mes résultats. Le cercle vicieux, jusqu'à ce que les quatorze A+ obtenus au brevet n'entraînent non pas de l'euphorie ni même du soulagement, mais un sentiment de malaise.

« C'est dans la poche pour Cambridge », a lancé papa, sourire aux lèvres en roulant vers la maison. Je me suis calée sur mon siège, j'ai tourné la tête et fermé les yeux, si bien que tout ce que je voyais de la campagne, c'était une lueur vacillante qui filtrait entre

mes paupières. Papa en a gros sur la patate depuis que Cambridge a rejeté sa candidature. D'aussi loin que je m'en souvienne, je prévoyais de faire médecine à Cambridge. Quand je dis « je », je crois que vous devinez qui a eu cette idée. Ça ne me dérangeait pas – il fallait bien que je fasse quelque chose, je suppose, et je ne voyais pas de véritable inconvénient au fait d'être médecin –, mais parfois, je me demandais ce qui se passerait si je disais : « Tu sais quoi ? Je veux entrer au conservatoire d'art dramatique » ; ou : « J'ai décidé de me consacrer à l'éducation physique, l'an prochain. » À vrai dire, ça me disait bien. Science du sport à Loughborough.

Au fait, avant la publication des résultats, je n'ai pas eu droit à des vacances d'été. J'avais des cours particuliers tous les matins et des devoirs tous les après-midi. « Ça va vraiment te donner un avantage en septembre. » Mes parents n'étaient pas pleins aux as et je savais que ces leçons leur coûtaient d'énormes sacrifices, mais un noyau de ressentiment commençait déjà à se former. Ils ne m'avaient jamais demandé : « Tu veux suivre des cours particuliers ? Tu veux apprendre le mandarin ? Ça te dirait de présenter six matières au bac au lieu de trois ? » J'étais mise devant le fait accompli et mes parents débordaient de fierté et d'enthousiasme face à cette nouvelle opportunité qu'ils avaient réussi à m'offrir.

« M. Franklin accepte que tu ailles au lycée le samedi matin, a annoncé papa l'automne où j'ai fait mon entrée au lycée. Sally aussi. Préparation à l'entretien d'entrée. » M. Franklin était le proviseur de notre lycée, un établissement qui, en dépit d'excellents résultats, n'avait encore jamais réussi à envoyer d'élève à Oxbridge.

« Super. » Peut-on mourir d'épuisement mental ? Je me posais la question. Et la pression qui se formait dans ma tête comme un orage électrique était-elle réelle ou psychosomatique ? En pensant aux deux prochaines années d'études, à l'été précédant l'université où je me retrouverais sans doute inscrite à des cours supplémentaires pour me préparer à mon diplôme, j'ai imaginé que le sommet de mon crâne volait en éclats, et qu'une de mes connaissances restait collée à chaque fragment osseux.

师父领进门，修行在个.

Z2 = x2 + iy2.

Rien. À. Foutre.

Je n'en pouvais plus.

« Je vais prendre une année sabbatique. »

Mes parents se sont regardés avant de me dévisager.

« Je ne suis pas sûre que ce soit une bonne idée, a dit maman. Il y a une compétition incroyable à Cambridge : ils ne te prendront sans doute pas si tu n'as pas l'air motivée, tu ne crois pas ?

— Si c'est une expérience utile, pourquoi pas... a dit papa qui réfléchissait à voix haute. Du bénévolat dans un hôpital mobile, peut-être ? Je vais parler à...

— Non ! »

C'était sorti plus sèchement que je n'en avais eu l'intention. J'ai pris une respiration.

« Je veux l'organiser moi-même. Je veux une année

sabbatique normale. Des auberges de jeunesse. Des voyages. Des rencontres. Lire des livres qui ne sont pas au programme. Je veux... »

À ma grande horreur, ma voix s'est brisée.

« Je veux être normale. »

Ils ont dit qu'ils allaient y réfléchir, mais ma décision était prise. J'avais envie d'une pause. Je voulais me soûler, rouler des pelles à des gens, me droguer, aller en boîte... faire tout ce que mes potes passeraient les deux prochaines années à faire pendant que ma mère répandrait des huiles essentielles dans ma chambre pour m'aider à consolider mes connaissances pendant mon sommeil.

Je passerais mon bac, et puis je voulais monter dans un avion pour partir le plus loin possible de mes parents. Je voulais connaître l'expérience d'une vie.

Je voulais vivre.

Dix-sept
Arrivée à Sydney H – 10 – Mina

Quand Mike et Cesca redescendent de l'espace de repos des pilotes, ils n'ont pas l'air d'avoir passé six heures dans des couchettes étroites en haut du nez de l'appareil. Cesca est impeccablement maquillée et le seul indice qui la trahit est la minuscule marque d'oreiller sur l'une de ses joues. Carmel leur tend du café.

— Merci.

Mike Carrivick a les cheveux gris, et quand il me remercie d'un sourire, ses pattes-d'oie se creusent autour de ses yeux bleus. Dans un instant, Cesca et lui prendront les commandes de l'avion alors que Ben et Louis, leurs remplaçants, dormiront pendant les six prochaines heures.

Mike avale une gorgée de café et pousse un soupir de gratitude.

— Tout va bien ?

Un ange passe.

— Pas pour le passager de la place 1J, dit Carmel, l'air sombre.

Je la laisse briefer les deux pilotes et m'approche du hublot où l'obscurité ne reflète que mon visage blême. Nous sommes quelque part au-dessus de la Chine, il doit être environ 21 heures au Royaume Uni, et nous sommes encore à plusieurs heures du lever du soleil, à l'est. Ici, dans la cabine, on a baissé les lumières, histoire de suggérer discrètement aux passagers de se reposer un peu. Je jette un coup d'œil au siège 1J où le paravent dissimule aux regards la silhouette de Roger Kirkwood recouverte d'un plaid.

Que faisait-il avec une photo de ma fille ?

Mon sang se fige : la peur des gangs de prédateurs sexuels, des trafiquants d'enfants, des pédophiles me hante. En revoyant le visage cireux de Kirkwood, sa langue pendante, je suis prise de nausée.

A-t-il aussi apporté l'EpiPen de Sophia à bord ? Je supposais que la personne qui l'avait laissé sur le comptoir voulait que je le trouve : que c'était une blague tordue, ou qu'Adam voulait me culpabiliser. Et si cette personne l'avait en sa possession parce que Sophia en avait besoin ?

Parce qu'elle avait prévu d'enlever ma fille ?

Je colle mon front au hublot. Dans le cockpit, Ben et Louis briefent Cesca et Mike sur le déroulé du vol jusqu'à présent. Il faut que j'en parle à quelqu'un. Je vais attendre que la relève soit terminée et puis je vais devoir faire quelque chose. Je dois contacter Adam pour m'assurer que Sophia va bien.

Le verre que Kirkwood a laissé tomber est toujours posé sur le comptoir. Je passe un doigt à l'intérieur. Un résidu me recouvre la peau. Il ne s'agit pas de dépôt, contrairement à ce que j'avais d'abord cru, mais d'une poudre granuleuse ou d'un cachet écrasé.

Un médicament.

L'a-t-il pris de son plein gré ou quelqu'un l'a-t-il glissé dans son verre ?

Si Roger Kirkwood a été assassiné, l'avion est une scène de crime, et tous les passagers sont suspects.

Tous les membres d'équipage aussi, dit une voix dans ma tête.

Un passager actionne son bouton d'appel mais je ne bouge pas. Je me sens observée et en levant les yeux, je vois qu'Erik me dévisage. Il regarde ostensiblement le voyant allumé.

— Tu peux t'en occuper ? parviens-je à articuler.

Kirkwood avait une photo de ma fille sur lui. Je ne suis pas responsable de sa mort, je n'ai rien fait, mais vu de l'extérieur, pourrais-je avoir l'air suspecte ?

La police me soupçonnera-t-elle ?

Avec un soupir sonore, Erik se retourne pour vérifier la cabine ; j'emballe le verre de Kirkwood dans une serviette en papier et le fourre au fond d'un casier.

Quand Ben et Louis sortent du cockpit, me sentant rougir, je me détourne, sûre d'avoir l'air coupable.

— Cesca et Mike sont vraiment gentils, vous ne trouvez pas ? dit Carmel aux deux pilotes remplaçants. Mike a participé au dernier vol d'essai, vous savez. Il a persuadé Dindar de le laisser piloter le premier vol officiel. Pour son CV, je suppose.

Pendant que les deux hommes se promènent dans la cabine, Carmel leur prépare des boissons à emporter dans l'espace de repos.

Quand le carillon d'appel retentit de nouveau, je surprends un regard entre Carmel et Erik ; mon collègue s'appuie au comptoir en croisant les bras sur sa poitrine.

— J'y vais, dis-je.

Il écarquille les yeux, l'air épaté que je fasse mon travail, et une bouffée de colère monte en moi. Il ne sait pas ce que c'est, ce que je traverse. D'abord l'EpiPen, maintenant la photo. Quelqu'un me manipule : est-ce étonnant que je n'aie pas la tête à servir des cocktails à cette fichue Alice Davanti ?

À mon retour, la file pour les toilettes s'étend jusqu'au galley. L'afflux soudain de passagers me crispe. J'ai besoin d'air. J'ai besoin d'ôter mon masque d'amabilité et de politesse pour réfléchir à ce que je dois faire à propos de Kirkwood. De la photo de Sophia.

Est-ce vraiment elle ? L'agitation était telle, le choc de perdre un passager si violent… J'ai vu une fillette aux nattes brunes, mais était-ce une illusion ?

Elle portait le même uniforme scolaire.

— Il y a d'autres toilettes à l'arrière de l'appareil, dis-je en essayant vainement de ne pas être cassante.

L'homme aux lunettes et à la barbe bien taillée lève à peine la main, comme un enfant qui n'est pas sûr d'avoir la permission de s'exprimer.

— L'une des deux est bouchée, on nous a envoyés ici.

Je grimace. Je me demande quelle part de ses recherches Dindar a consacrée à étudier la fiabilité des toilettes d'un avion complet.

Ben et Louis sont de retour. Ils n'ont pas l'air pressés d'aller se reposer et, nonchalamment accoudés au comptoir du galley, ils bavardent avec les passagers qui font la queue. Ma température monte et mon crâne est prêt à éclater tant je suis stressée. Derek Trespass, l'autre journaliste, sort des toilettes et traîne dans les parages ; il interroge Ben sur l'altitude, la capacité maximale de l'appareil, la couverture nuageuse. J'ai juste besoin de cinq minutes seule, juste un instant pour regarder la photo.

Ce pourrait être une autre enfant, non ? Une autre petite fille de cinq ou six ans avec des boucles brunes et un uniforme bleu et blanc.

Omniprésentes, les voix parlent, rient sur fond du bourdonnement incessant des moteurs de l'appareil. Je me fraie un passage dans la foule, soudain consciente de mon épuisement, de mes pieds douloureux, de mon mal de tête, mais quelqu'un me bouscule et renverse son verre sur ma manche.

— On n'est pas au bar ici, vous savez !

Tout le monde se tait. Carmel écarquille les yeux.

— Pardon. Je…

Je déglutis, gorge serrée, alors que des larmes me piquent les yeux.

— Nous mettons le bazar, c'est ça ? intervient Ben avec une jovialité toute professionnelle qui dissout la tension aussi vite que je l'ai provoquée. Débarrassons le plancher pour laisser le personnel de cabine faire son travail.

— Je suis désolée, m'excusé-je alors que les passagers s'éloignent du galley. Je suis un peu…

— C'est vous qui faites le travail important, répond-il avec un clin d'œil. À choisir, je préfère piloter que gérer les passagers.

— Il y a un peu trop de monde, c'est tout.

Si ce n'est pas Sophia, alors tout va bien, non ? C'est moi qui ai apporté l'EpiPen à bord sans m'en rendre compte. Quant à l'homme décédé, eh bien, c'est affreux, mais sa mort n'a rien à voir avec moi ni avec Sophia. Si ce n'est pas elle sur la photo.

Ben prend la boisson que Carmel lui a préparée.

— Nous allons les emporter là-haut et vous laisser tranquilles. Merci encore.

Et les deux pilotes disparaissent. J'ai été grossière, je le sais, mais la pression monte dans ma tête et je *dois* revoir cette photo. Je dois la regarder attentivement cette fois, constater les différences de physionomie, comprendre combien j'ai été ridicule d'imaginer la moindre ressemblance avec ma fille.

Lentement, la file d'attente pour les toilettes se disperse. Un carillon retentit et Carmel se déplace après un léger coup d'œil dans ma direction. Depuis le décollage, je ne fais pas ma part du travail et cela commence à devenir flagrant. Enfin seule, je sors la photo de ma poche et la défroisse.

Ce n'est pas un bon cliché. Pas le genre que l'on encadre ni que l'on envoie aux grands-parents. Pas même le genre de photo que l'on prend accidentellement et que l'on conserve à cause des souvenirs qu'elle vous évoque. Sophia – c'est bien elle, cela ne fait aucun doute – est assise en classe. Des peintures représentant des papillons sont exposées derrière elle et des planètes en papier mâché sont suspendues au plafond. Au fond, par la porte de la classe, j'aperçois des écoliers ôtant leur manteau dans le vestiaire. Cette photo a donc été prise lors de l'accueil des enfants.

A-t-elle été imprimée à partir du site Internet de l'école ? J'essaie de me rappeler si j'ai signé un formulaire de droit à l'image, à quoi ressemble le site Internet, mais le premier plan de la photo est flou, ce qui en ferait un piètre cliché promotionnel.

Non, il n'est pas flou. C'est un reflet. Quelqu'un a pris cette photo à travers une vitre. Je caresse l'image de ma fille, son visage, les boucles sur son front, les tresses qui domptent le reste de sa chevelure en deux traits bien nets sur ses épaules et je me pétrifie, terrifiée.

Un élastique rouge, un bleu.

La photo a été prise ce matin.

L'avion vire soudain à gauche. Une bouteille d'eau glisse d'un bout du comptoir à l'autre, s'arrête l'espace d'une milliseconde et repart dans l'autre sens quand nous virons à droite. Pendant que l'avion tangue, les passagers tiennent leur verre devant eux pour éviter que le contenu ne se renverse. Une autre violente embardée déséquilibre Alice Davanti, de retour des toilettes. Elle agrippe le siège le plus proche, puis tous ceux qui la séparent de sa place jusqu'à ce qu'elle puisse se rasseoir en toute sécurité. J'appelle le cockpit.

— Tout va bien ? Ça secoue drôlement par ici.

Alors que je suis en communication, le signal « Attachez votre ceinture » s'allume et, se chargeant chacun d'une allée, Carmel et Erik vérifient que tous les passagers sont bien attachés.

— Désolé, s'excuse Mike. Vent de travers. J'ai dû tourner pour reprendre la bonne direction. Cela va durer quelques minutes, malheureusement.

La bouteille d'eau qui fait des allers-retours sur le

comptoir du galley finit par s'écraser à mes pieds et j'entends Cesca annoncer en stéréo, à travers le micro et le haut-parleur : « PNC, attachez vos ceintures. »

Nous obéissons et je regarde par la fenêtre le ciel nocturne apparemment inoffensif. Nous n'apercevrons l'Australie que dans six ou sept heures et pourtant, je suis déjà à huit mille kilomètres de la maison. J'ai mal à la poitrine tant Sophia me manque, amour et culpabilité entremêlés au point d'être indissociables. Je n'aurais pas dû la laisser. Je ne devrais pas du tout être ici.

Je serre les paupières en faisant des promesses muettes, inutiles. *Faites que tout le monde aille bien et je ne la laisserai plus, je ne volerai plus…*

Tout à coup, une idée absurde me vient : quelqu'un sait ce qui s'est passé pendant ma formation de pilote, que j'ai survécu alors que j'aurais dû mourir. Que j'ai trompé le destin.

— Ce sont de simples turbulences, me rassure Erik, assis sur le strapontin voisin du mien.

Je lâche mes genoux. Il croit que j'ai peur que nous nous écrasions, mais ce dont j'ai peur est bien pire qu'un crash.

Pourquoi Kirkwood avait-il une photo de ma fille ?

Est-il lié à sa famille biologique ? Il y a des années, nous sommes tombés sur la grand-mère maternelle de Sophia dans un centre de loisirs et je me rappelle encore la peur viscérale qui m'a saisie quand je l'ai vue regarder Sophia. Sa famille veut-elle la récupérer ? En cinq ans, elle n'a jamais tenté de nous contacter.

Je ne peux pas me défaire de l'idée que je suis punie – c'est le karma – pour toutes les fois où je me suis plainte du comportement de ma fille, toutes les fois où j'ai serré les poings en criant « Je n'en peux plus ! » en direction du plafond.

Un jour, je me suis adressé une lettre. Nous avions passé une journée idéale à jouer en famille au parc et l'avions conclue en sirotant du chocolat chaud, tous les trois attablés à la cuisine en robe de chambre. Pendant qu'Adam couchait Sophia, j'ai pris mon téléphone et j'ai écrit un mot, parmi les listes de courses et la multitude de pense-bêtes me rappelant de trouver un plombier et de faire vérifier mon stérilet.

J'aime ma fille, commençait le mot.

J'aime qu'elle ait mémorisé tous les détails du panneau d'information, au zoo. J'aime qu'elle ait assez confiance en elle pour expliquer à une famille d'inconnus que « le gorille appartient à la famille des hominidés, en fait : il n'a pas de queue ». J'aime qu'elle ait voulu offrir une autre glace à ce petit garçon qui avait fait tomber la sienne. J'aime son humour, son intelligence et son appétit de connaissances. Et surtout, j'aime qu'elle soit notre fille et nous, ses parents.

Trois jours plus tard, tandis que Sophia criait qu'elle me détestait, qu'elle voulait que je meure, je me suis enfermée dans les toilettes du rez-de-chaussée pour lire et relire le mot.

J'aime ma fille, j'aime ma fille, j'aime ma fille.

Quel genre de mère a besoin d'un tel rappel ?

Moi. J'en ai besoin. Parce que essayer de se rappeler que l'on aime quelqu'un qui hurle qu'il vous hait, qui a balancé par terre le repas que vous lui avez tendrement préparé, c'est comme essayer de se souvenir de l'été quand il fait moins deux dehors. Essayer d'imaginer que l'on aura de nouveau faim un jour alors qu'on est gavé après le déjeuner du dimanche. Ce sont des sensations passagères, furtives, trop vite oubliées ; on s'en souvient de manière abstraite, mais on ne les ressent plus.

J'aime ma fille.

Pas besoin de cette lettre en ce moment. Pas besoin d'un rappel. Je n'ai même pas besoin d'imaginer le visage de ma fille ou de me remémorer un souvenir. Toutes les fibres de mon être débordent d'amour pour Sophia, un amour dévorant. Inconditionnel, infini.

Et de peur.

Je fouille ma mémoire pour me rappeler les détails de la première partie du voyage, mais rien ne se détache ; rien ne prouve que Roger Kirkwood m'ait prêté une attention particulière. Son portefeuille ne contenait rien d'utile. Une carte d'abonnement World Airways Platinum, une photo, imprimée sur du vrai papier photo celle-là, de personnes qui pourraient être sa femme et leurs enfants adultes et une carte de visite qui m'a appris qu'il était le directeur des ventes d'un fabricant de sodas.

Dès que nous sommes autorisés à nous lever de nos sièges, je m'aperçois de quelque chose. La photo de sa famille était soigneusement insérée dans la partie billets de son portefeuille ; la carte de visite rangée parmi les cartes bancaires et de fidélité. Mais la photo de Sophia ne se trouvait pas à proprement parler *dans* son portefeuille, juste coincée entre les rabats en cuir. Dans mon souvenir – je me remémore l'instant où j'ai sorti son portefeuille de sa poche –, elle n'était pas soigneusement rangée dedans, mais froissée, comme si on l'y avait fourrée à la hâte.

Quelqu'un aurait-il pu mettre la photo dans la poche de Kirkwood à son insu ? Cette personne l'a-t-elle également tué ? La personne qui a apporté l'EpiPen et la photo de Sophia à bord est-elle un assassin ?

Je me dirige vers le bar en ignorant Erik qui maugrée que j'esquive mes responsabilités.

Finley lève la main à mon passage et je ravale ma frustration.

— Je suis un peu occupée en ce moment ; ta mère pourrait peut-être t'aider. Et si nous la réveillions ? Elle a peut-être faim, de toute façon.

— Elle m'a demandé de ne pas le faire. Comme elle déteste l'avion, elle prend un somnifère qui la fait dormir pendant tout le vol.

— Elle en a de la chance, ta maman, dis-je en serrant les dents et en prenant les écouteurs, encore plus entortillés que tout à l'heure. Écoute, je ferai ça dans une seconde, d'accord ? dis-je à Finley qui répugne à les perdre de vue. Je te les rendrai, c'est promis.

Il est trop poli pour protester et je fourre les écouteurs dans ma poche, ce qui ne doit pas arranger les nœuds.

Au bar, les fauteuils sont recouverts de velours bleu marine souligné de liserés vert émeraude et l'on se croirait dans une boîte de nuit avec les centaines de lumières minuscules qui brillent au plafond. Il ne manque que la musique. Seul un coup d'œil par les hublots vous rappelle que vous êtes dans un avion, que plusieurs kilomètres de vide vous séparent du sol.

— Tu as parlé à l'homme qui est décédé ? demandé-je à Hassan en essayant de garder mon sang-froid.

— Je lui ai servi plusieurs verres. Nous avons échangé des banalités, tu vois ce que je veux dire.

Il jette un coup d'œil à mes mains et je m'aperçois que je serre une pile de serviettes en papier dans mon poing.

— Il a dit quelque chose ?

— À quel propos ?

J'ouvre la bouche mais rien n'en sort. *Sur ma fille. Sur son porto qui avait un drôle de goût. Sur la photo que quelqu'un avait fourrée dans sa poche.* Hassan désigne de la tête Jamie Crawford et sa femme, assis dans le coin.

— Il a bavardé avec ces deux-là un moment.

Je traverse le petit bar.

— Excusez-moi de vous interrompre. Je me demandais si…

— Ouais, bien sûr, lance l'ex-footballeur avec un sourire indolent, avant de se lever et de me prendre par l'épaule. Caz va la prendre : où est votre téléphone ?

— Non, je ne veux pas… dis-je en prenant une inspiration pour tenter de me calmer. Je ne voulais pas de photo, je voulais juste vous parler.

L'homme hausse les épaules, l'air de dire que c'est tant pis pour moi, et se rassoit.

— Vous avez dit que le passager décédé enchaînait les portos.

— Il a dû en boire quatre en l'espace d'une demi-heure.

— Avez-vous vu quelqu'un…

Je m'interromps. Si je leur demande s'ils ont vu quelqu'un glisser quelque chose dans son verre, la nouvelle aura fait le tour de l'avion d'ici quelques minutes. Nous serons obligés d'atterrir, la police s'emparera de l'affaire et… Je pense à la photo de Sophia, à mes empreintes sur le verre vide que j'ai emballé dans une serviette en papier et caché au fond d'un casier et je me mets à transpirer.

Caz se penche vers moi.

— De quoi est-il mort ?

Il a été empoisonné.

Je déglutis.

— Euh, d'une crise cardiaque, je crois. Je me demandais si vous lui aviez parlé.

— Ces gars-là ne s'entretiennent pas, c'est ça le problème, soupire le footballeur avec la suffisance de ceux qui ont le numéro d'un chef à domicile et d'un coach sportif enregistrés dans leurs contacts.

— Nous lui avons parlé, en effet, n'est-ce pas, Jamie ? lui rappelle sa femme en lui touchant la cuisse, son annulaire presque occulté par un énorme diamant. C'est lui qui était un peu éméché et insistait pour te payer un verre.

— Ah oui ! j'avais envie de lui dire : « Les boissons sont gratuites, mais fais-toi plaisir. »

— L'avez-vous vu avec quelqu'un d'autre ?

— Il y avait un couple avec un bébé, dit Caz, la mine concentrée. Un type qui a dit être journaliste, je crois.

Je ne sais pas ce que j'espérais découvrir. Qu'ils avaient vu quelqu'un droguer Kirkwood ? Je n'en suis pas moins frustrée. Je remercie les Crawford, me dirige vers la classe économique et passe les sièges en revue à la recherche du médecin qui a répondu à l'appel au secours d'Erik.

Elle lève les yeux de son livre à mon approche, l'air un peu méfiante.

— Ne me dites pas qu'un autre passager est malade.

— Non, je… je voulais juste vous remercier de nouveau pour votre aide.

Elle rougit, manifestement gênée par l'attention que je lui porte.

— Je regrette simplement qu'il ait été trop tard.

Je poursuis, bien que la voisine du médecin écoute ostensiblement notre conversation.

— Le contrôle aérien collecte des renseignements à transmettre aux proches, pouvez-vous me fournir quelques précisions ? Qu'est-ce qui vous fait croire qu'il a eu une crise cardiaque, par exemple ?

— La description donnée par votre collègue et les autres passagers confirme le diagnostic d'arrêt cardiaque.

— C'est la seule cause possible ?

— Vous avez demandé l'aide d'un médecin ; vous n'avez pas précisé qu'il devait être pathologiste.

Elle a beau sourire, s'exprimer sur un ton plaisant, presque badin, elle a un regard intraitable.

— Voulez-vous que j'essaie de réaliser une autopsie complète ? Je pourrais peut-être l'allonger sur votre bar de luxe et le triturer avec un mélangeur à cocktails ?

La voisine réprime un gloussement. Le médecin la regarde, se tourne vers moi et son expression s'adoucit.

— Les causes du décès peuvent être multiples.

— Par exemple ?

— Écoutez… *Mina*, soupire-t-elle après vérification de mon badge. J'ai fait ce que j'ai pu, ce qui n'était pas grand-chose, malheureusement, mais…

Elle fait un geste discret avec son livre et je saisis l'allusion.

En chemin vers le galley, un passager assis au fond de la cabine de classe affaires m'arrête en claquant des doigts sans quitter son écran des yeux. Il joue à un jeu vidéo, un de ces puzzles idiots où les formes s'emboîtent de plus en plus vite au fil des niveaux.

— Café, lance-t-il.

— Bien sûr.

Le silence que j'observe avant de répondre, espérant lui soutirer un « s'il vous plaît », passe inaperçu. Dans le galley, Erik et Carmel se taisent brusquement à mon arrivée et tout en préparant la boisson du passager, j'ai vraiment l'impression de les avoir interrompus.

Je retourne dans la cabine.

— Votre café, monsieur, dis-je avec un sourire, puis je me tiens dans l'allée comme si j'attendais un pourboire.

L'homme est un grand blond au visage anguleux dont chaque trait semble avoir été taillé séparément avant l'assemblage.

— Je vous en prie.

Sa mâchoire se contracte.

— Vraiment, dis-je en m'éloignant, tout le plaisir est pour moi.

Dans le galley, je surprends un nouveau regard entre mes deux collègues.

— Il y a un problème ?

— C'est rien, répond Carmel.

Erik renâcle et je le fixe. Il ne bronche pas.

— Ça va, ce café ? Tu as réussi à le préparer ? Parce que tu ne sembles pas avoir beaucoup d'expérience.

— Quoi ? dis-je, trop surprise pour articuler une vraie phrase.

— Carmel et moi avons fait tout le boulot. Repas, boissons, nettoyage des toilettes : tu ne fais rien !

— Erik, arrête, les passagers vont t'entendre, remarque Carmel en lançant un regard nerveux vers la cabine.

— Je suis désolée. Je suis fatiguée, c'est tout.

Je me pince l'arête du nez en sentant le picotement caractéristique des larmes.

— Nous sommes tous…

D'un geste brusque, je sors la photo de Sophia de ma poche et la tends d'une main tremblante, mais avant que j'aie pu dire quoi que ce soit, Carmel m'enlace et me serre fort.

— Oh, ma pauvre… elle doit te manquer. Elle est avec son papa ? Ils vont bien s'amuser, je parie… Elle a sans doute à peine remarqué ton absence, tu les connais.

Par-dessus l'épaule de Carmel, je vois Erik lever les yeux au ciel avant de s'éloigner. Ma collègue desserre son étreinte, prend la photo et s'écrie « Oooh », avant de la plier soigneusement et de la remettre dans ma poche.

— C'est adorable de la garder avec toi, comme ça. Viens, allons te chercher un verre d'eau, poursuit-elle comme si j'étais moi-même une enfant. C'est la ménopause ? Maman me dit qu'elle est esclave de ses hormones.

— J'ai trente-quatre ans !

— Ça veut dire que oui ?

— Non, Carmel, ce n'est pas la ménopause.

— Bon, reste là. Nous pouvons nous occuper de la cabine. Fais-toi une bonne tasse de thé.

Je croise mon reflet dans le hublot, ses contours irréguliers et indistincts et j'imagine un inconnu posté devant l'école de Sophia qui brandit un appareil photo vers la fenêtre. Le bruit des moteurs dans ma tête ne suffit pas à chasser mes pensées.

Je ne devrais pas être là.

Carmel et Erik nettoient la cabine, débarrassent les plateaux remplis de verres et de serviettes sales. Carmel passe brusquement, faisant chavirer son plateau, et je me force à aller l'aider, trie les déchets, les couverts sales. Erik apporte un plateau, Carmel un autre et je suis en train de trier les serviettes quand j'aperçois une enveloppe, à moitié recouverte par l'une d'elles. Bleu clair, elle me rappelle les enveloppes « par avion » anciennes et ne comporte qu'un seul mot écrit à l'encre.

Mina.

— Qu'est-ce que c'est ? dis-je en la soulevant.

Mes efforts pour aider mes collègues à débarrasser n'ont pas réussi à apaiser Erik, qui me dévisage.

— Une enveloppe.

— C'est peut-être un pourboire, suggère Carmel.

— En quel honneur ? demande Erik, moqueur.

— De la part de qui ? dis-je, affolée.

Ils haussent les épaules et Carmel jette un regard

impuissant au tas de déchets ramassés en cabine. N'importe qui aurait pu la déposer là.

— C'est peut-être une lettre d'amour ! s'exclame Carmel. Si c'est le passager du siège 5F, je serai verte de jalousie : il est sexy.

— Si c'est un pourboire, tu dois partager.

J'ai l'impression que les parois de l'avion m'enserrent et m'écrasent, je manque d'air, soudain oppressée. Je bouscule Carmel et me précipite aux toilettes, verrouille la porte et m'y adosse tout en déchirant l'enveloppe. À l'intérieur, une feuille de papier est couverte de la même écriture nette à l'encre bleue que sur l'enveloppe.

Je lis la première ligne et mon univers s'écroule.

Les instructions suivantes sauveront la vie de votre fille.

Dix-huit
Passager 8C

Je m'appelle Peter Hopkins, et je suis l'un des passagers du vol 79.

Peu après le décollage, les gens ont commencé à se plaindre du manque de place pour les jambes. Dès que ma voisine a baissé le dossier de son siège, le type de derrière lui a balancé des coups de pied dans les reins. Apparemment, on doit respecter certaines convenances quand on voyage en classe économique : on ne baisse pas son dossier avant l'extinction des lumières. Qui l'eût cru ?

Je trouve les sièges assez confortables, franchement. J'ai certainement connu pire comme endroit pour me reposer. Des matelas immondes dans des squats qui sentaient la pisse ; sous des cartons, sur le seuil de boutiques dont le rideau de fer est baissé pour en interdire l'accès aux gens comme moi. Dans les salons d'amis et sur les canapés de vagues connaissances qui ne pouvaient pas refuser de m'héberger quand je me pointais sous une pluie battante. C'est sûr que ce serait bien de s'allonger dans un lit de classe affaires, mais on apprend à faire avec ce que l'on vous donne. Je ne prévois pas de dormir, de toute façon. Ne jamais baisser la garde : encore une leçon que l'on apprend en vivant dans la rue.

Les autorités pourraient mettre un terme au problème des sans-abri d'un claquement de doigts. Vous vous rappelez quand il y a eu ce mariage royal à Windsor et que pendant quarante-huit heures il n'y avait pas un chat dans les rues ? Évidemment, dès que les jeunes mariés se sont envolés en lune de miel, tout le monde s'est fait virer, mais le truc, c'est qu'il y a assez de lits. Ça a été prouvé. Le gouvernement pourrait verser un revenu universel, s'assurer que tout le monde a un toit et de quoi manger. Mais ça l'arrange de nous maintenir au bas de l'échelle. On n'est pas inscrits sur les listes électorales, comme ça on n'a pas notre mot à dire ; pourquoi on aurait notre mot à dire puisqu'on paie pas d'impôts ? Tout est bon pour qu'on reste à notre place. Des citoyens de seconde zone.

On a besoin d'une révolution. Une énorme révolte ; défiler jusqu'au Parlement pour renverser le gouvernement. Rien à voir avec ces minables pétitions en ligne signées par les libéraux de la classe moyenne, persuadés de faire leur part du boulot parce qu'ils s'offusquent et qu'ils font un virement automatique aux bonnes œuvres. Je parle d'une vraie révolution. L'action directe, il n'y a que ça qui marche. Jouer au chat et à la souris avec les flics dans les ruelles de Londres ; enduire de vaseline le pare-brise des camions antiémeutes et coincer des patates dans leur pot d'échappement. Les petits ruisseaux font les grandes rivières. C'est comme cette fois, il y a longtemps, où ça faisait au moins dix-huit mois qu'on se plaignait que le foyer était bondé mais que personne levait le petit doigt. Un petit incendie, c'est tout ce qu'il a fallu. Pas de blessé, pas de véritables dégâts, mais en moins d'une semaine, ils se sont occupés de ce débarras qui devait être réaménagé depuis des lustres. En un claquement de doigts, douze lits de plus et fini la promiscuité. L'action directe.

Cela dit, en parlant de promiscuité, on ne pourrait pas caser plus de sièges dans cet avion si on essayait. Il y avait une longue file quand on a embarqué – on avançait d'un pas traînant comme si on nous menait aux chambres à gaz – et pour se glisser à sa place, on a dû escalader les jambes des voisins et brandir nos sacs au-dessus de nos têtes pour éviter d'assommer quelqu'un. À ce moment-là, je me suis dit : « J'espère qu'il n'y aura pas d'incendie. » C'est bien beau de savoir où sont situées les sorties de secours, mais les chances d'y accéder sont minces, à mon avis. On se ferait piétiner. Les gens sortiraient les griffes pour vous griller la politesse. C'est chacun pour soi.

Que ce soit bien clair : comme je l'ai déjà dit, j'ai passé des nuits dans de bien pires endroits, mais quand on y pense, c'est assez bizarre de rester volontairement vingt heures assis sur un siège de moins de quarante-cinq centimètres de large dans ce qui n'est au fond qu'un piège mortel ambulant. Ça me fait penser à ces camions bondés que l'on voit en Inde où s'entassent vaches, poulets et femmes chargées de sacs de provisions.

Et personne ne se plaint. Les passagers restent

là, reconnaissants de recevoir leur petit paquet de cacahuètes merdique et les bouteilles de vin miniatures distribuées avec le discernement d'un pharmacien qui dispense de la méthadone. Parce qu'ils vont à Sydney ! Ils sont tout contents ! Tellement reconnaissants ! Quelle chance ils ont ! Ça me fait marrer.

Je sais ce que vous pensez. Vous pensez que je serais le premier à me plaindre, non ?

Ouais, j'ai un casier parce que j'ai fait des conneries, mais je sais aussi quand faire profil bas. J'ai trouvé un bon plan. Un billet pour l'Australie ; le premier passeport de ma vie ; la promesse d'un lit quand nous atterrirons enfin. Un nouveau départ.

De quoi devrais-je me plaindre ?

Dix-neuf
Arrivée à Sydney H – 9 – Mina

Les instructions suivantes sauveront la vie de votre fille.

Dans une heure, vous demanderez à l'un des pilotes de sortir du cockpit. Peu importe l'excuse invoquée, mais vous ne donnerez l'alerte ni d'une manière ni d'une autre. Les toilettes adjacentes au poste de pilotage seront déjà occupées. Dès que le pilote restant sera seul dans le cockpit, vous lui demanderez de vous laisser entrer et permettrez à l'occupant des toilettes de vous rejoindre. Ensuite, vous fermerez la porte.

C'est tout ce que je vous demanderai de faire, Mina, et si vous obéissez, votre fille aura la vie sauve.

Dans le cas contraire, elle mourra.

La lettre m'échappe des mains ; mes jambes se dérobent et je m'effondre sur le siège. Les accessoires de toilette s'entrechoquent sur l'étagère, au-dessus du lavabo, et je ne sais plus si le vrombissement dans mes oreilles est celui des moteurs ou les pulsations de mon cœur qui tambourine sans discontinuer.

C'est une tentative de détournement. Il n'y a pas d'autre explication. Quelqu'un veut prendre le contrôle de l'avion et, si je le laisse faire, nous risquons tous de mourir. Si je n'obéis pas…

Je ne parviens même pas à m'autoriser à penser ces mots. Cela ne peut pas arriver. Sophia a cinq ans ; elle a toute la vie devant elle. Elle n'a rien fait pour mériter ça.

Parce que les passagers de cet avion, si, peut-être ?

Nous suivons des formations pour nous apprendre à gérer les menaces à bord. Nous disposons de mots de passe. Nous connaissons certaines techniques d'autodéfense, d'immobilisation. On nous apprend à être vigilants, à identifier de potentiels terroristes à leurs manies, leur apparence, leur comportement.

Cela paraît si facile, en classe. À l'heure du déjeuner, on poursuit la conversation dans le couloir : « Vous imaginez devoir gérer une situation pareille pour de vrai ? » On se sert une salade, on achète un Coca Light, on demande qui est là ce week-end : « soirée réservée aux filles au Prince Albert ». Je me souviens des scénarios que nous avons interprétés ; les négociations que nous nous sommes entraînés à mener. *Obéissez sans vous rendre*, voilà ce que l'on nous recommande. Si seulement c'était si simple !

Je n'aurais jamais cru que cela se passerait comme ça.

J'imaginais un pistolet chargé, un couteau sous la gorge d'un collègue. J'imaginais des cris, des menaces, des fanatiques religieux recherchant le martyre. Nous contre eux. Rapides et réactifs. Devant des films hollywoodiens où des hommes armés menaçaient des hôtesses aux lèvres brillantes, je me suis demandé comment je réagirais, ce que je ressentirais. J'imaginais la terreur, la panique, la perte de contrôle.

Je n'aurais jamais imaginé me sentir aussi seule.

— Tu te sens bien, Mina ? demande Carmel en toquant à la porte.

— Ça va. Je sors.

Mon mensonge sonne faux. Je tire la chasse et fais couler l'eau du robinet en regardant mon reflet, incapable de réconcilier mon apparence et mes sentiments. Je suis la même personne qu'au début de ce vol et pourtant à des années-lumière d'elle. Je pense à cette affreuse journée du 11 septembre 2001 où le monde a assisté à l'effondrement des tours jumelles, à la mort en direct de milliers de personnes, à New York.

Si quelqu'un avait pu empêcher tout ça, il l'aurait fait sans hésiter.

Je l'aurais fait, moi.

Et pourtant.

Si vous obéissez, votre fille aura la vie sauve. Dans le cas contraire, elle mourra.

Je suis contente qu'il soit si tard. Si Sophia était encore à l'école ou qu'elle jouait avec des amis, un inconnu aurait des millions de possibilités de l'approcher. Mais il est près de 22 heures, au Royaume-Uni, et elle doit dormir pendant qu'Adam regarde Netflix en bas. Malgré ses défauts, c'est un bon père. Il risquerait sa vie pour protéger Sophia. Elle sera en sécurité avec lui.

— C'est la lettre ? demande Carmel, l'air inquiète, quand je sors des toilettes.

— La lettre ? dis-je, presque brisée par l'effort de feindre la légèreté. Oh non, c'était quelqu'un qui se plaignait du wi-fi. Comme si écrire une lettre allait régler le problème ! Non, je crois que j'ai une espèce de gastro, en fait. J'ai vraiment dû me précipiter aux toilettes il y a un instant.

Erik a l'air dégoûté. Il recule, nous laissant seules : un problème résolu, au moins. Carmel semble prendre mon excuse au pied de la lettre.

— Pauvre de toi ! Ma mère dit toujours que le Coca sans bulles apaise les estomacs fragiles : je vais t'en chercher ?

— Merci.

Elle rayonne, ravie de pouvoir m'aider, et je la regarde fouiller dans les casiers pour trouver ce dont elle a besoin. À peine la vingtaine et sur son petit nuage avec son copain-qui-travaille-à-la-City. Cette fille est la gentillesse incarnée.

— Excuse-moi, Carmel.

Mes yeux s'embuent et je chasse mes larmes en clignant des paupières.

Elle se tourne vers moi, perplexe.

— Ne sois pas bête, ce n'est pas ta faute si tu es malade, dit-elle en mélangeant vigoureusement ma boisson, dont les bulles moussent en pétillant. Tiens, ça va te faire du bien.

Je prends le Coca et le sirote en m'extasiant : « C'est génial, heureusement que tu es là. Je suis sûre que ça va aller, maintenant », tandis que Carmel lève les yeux quand un passager actionne le bouton d'appel et lance : « Pas de répit pour les braves. »

Pas de répit pour les braves.

J'entrouvre le rideau pour regarder la cabine de classe affaires. Paul Talbot m'adresse un regard plein d'espoir. Sa femme s'est assoupie en regardant un film ; le petit Lachlan est enfin calme, les yeux grands ouverts dans les bras de son père. Je franchis les quelques pas qui nous séparent et plaque un sourire sur mes lèvres.

— Auriez-vous la gentillesse de le prendre le temps que j'aille aux toilettes ? Chaque fois que je le pose, il se met à pleurer.

Je les regarde un instant, incapable de comprendre que la vie continue normalement, que les passagers ignorent que j'ai leur vie entre mes mains. Lachlan ouvre la bouche – un sourire édenté de nouveau-né – et la culpabilité s'insinue dans toutes les fibres de mon corps. Sophia a toute la vie devant elle. Mais ce bébé aussi.

Je déglutis.

— Avec plaisir.

Lachlan se love au creux de mon cou et mon cœur se serre.

Il pleuvait, le jour où Adam et moi avons rencontré Sophia. Nous sommes arrivés chez la famille d'accueil dans un tourbillon de parapluies et de manteaux ; la nervosité me rendait trop bavarde et rendait Adam mutique.

« Sophia est là, suivez-moi. »

Elle était allongée sur un tapis de jeu surmonté d'un arc décoré d'animaux de la ferme. *Ma fille*, ai-je pensé, en me demandant si je serais un jour capable de prononcer ces mots sans éprouver un sentiment d'imposture.

« Elle est adorable. Tu ne trouves pas, Adam ? Bonjour Sophia, comme tu es mignonne. »

Par la seule force de ma volonté, j'ai essayé de le convaincre de dire quelque chose, inquiète que notre assistante sociale prenne son silence pour un manque d'implication. Mais quand je l'ai regardée, elle souriait en dévisageant Adam, qui avait les larmes aux yeux.

« Elle est parfaite », a-t-il dit.

Lachlan a l'odeur biscuitée des nouveau-nés, tout chauds et paisibles. La passagère assise de l'autre côté de l'allée lui jette – ou est-ce à moi ? – un regard noir. Elle a ramené ses longs cheveux gris en queue de cheval. Si elle a des enfants, ils doivent être adultes aujourd'hui. Elle a dû oublier ce que c'est de voyager avec un bébé.

La boule d'angoisse dans ma gorge, aussi grosse qu'une balle de tennis, rend chaque déglutition pénible. Quelqu'un dans cet avion me surveille. Quelqu'un a écrit cette lettre ; quelqu'un sait exactement ce que je ressens en ce moment, et pourquoi.

Je passe devant Alice Davanti qui tape frénétiquement sur un clavier miniature, et Lady Barrow, les yeux fermés, qui pianote au rythme de la musique que diffuse son casque audio. Je passe tous les passagers en revue et la paranoïa me donne des fourmillements dans tout le corps : des araignées invisibles rampent le long de ma colonne vertébrale, de mes bras.

Qui êtes-vous ?

Jamie Crawford et sa femme sont toujours au bar.

Une poignée de passagers se sont joints à eux, dont Jason Poke, qui amuse un petit auditoire avec des histoires de tournage en buvant du champagne.

— … absence totale de sens de l'humour et a donné un coup de poing au cameraman !

Tout le monde explose de rire et Lachlan sursaute, lance la tête en arrière en poussant un cri.

— Le petit bonhomme n'est manifestement pas un de vos fans, Jason !

Est-ce que tout ça pourrait n'être qu'un coup monté ? Une des blagues de Jason ? Je lève les yeux et cherche des caméras cachées au plafond. Lachlan suit mon regard et écarquille les yeux face à la constellation d'étoiles brillantes. Combien de ciels nocturnes a-t-il vus dans sa courte vie ? Ma gorge se serre, la peur enfle et monte en moi comme la houle. Personne, pas même Jason Poke, ne fait de blagues sur le terrorisme. Pas dans un avion. Il y a plusieurs décennies, peut-être, mais plus aujourd'hui : pas après tous les événements terribles qui se sont produits.

Un nouvel éclat de rire retentit. L'autre journaliste, Derek Trespass, a un carnet à la main. Il est peut-être venu au bar pour travailler, ou en quête d'un scoop. Toute trace de sérieux a disparu maintenant qu'il essaie de placer ses propres anecdotes entre les histoires de Jason.

— Le vice-Premier ministre était pareil, pas le moindre sens de l'humour. Je me souviens d'un entretien en 2014…

De l'autre côté, trois passagers sont passés au café. Ils picorent les gâteaux à disposition tandis que Hassan dépose des assiettes et des serviettes pliées sur le bar. Je ramène Lachlan en classe affaires, accompagnée par des bribes de conversations.

— Nous avons l'intention de visiter Sydney depuis des années, mais le voyage m'en a toujours dissuadée. Dès que j'ai su que nous pouvions voyager sans escale, j'ai réservé, n'est-ce pas, mon chéri ?

— Quelle différence, n'est-ce pas ? Cela dit, nous payons le prix fort.

— Premier vol sans escale : quel privilège ! Les journaux ne parleront que de nous demain !

L'image distincte de notre avion diffusée aux informations s'impose soudain à moi. Il tombe du ciel, s'embrase. Les gros titres défilent au bas de l'écran. *Aucun survivant dans le crash du vol 79 de World Airways.*

Je ne devrais même pas être là.

Adam et moi avons toujours pris quelques jours de vacances la semaine qui précède Noël. Emplettes de dernière minute, balades dans les différents marchés. Tartelettes aux fruits secs encore chaudes ; un ou trois vins chauds si l'on ose. C'est notre tradition. Notre moment à nous.

« Rien ne nous empêche de continuer », a-t-il dit d'un ton décontracté, mais je voyais bien à son regard combien il voulait que j'accepte.

C'était encore l'été, et le sujet était venu sur le tapis car Adam devait poser un congé.

« C'est peut-être exactement ce dont nous avons besoin. Du temps pour nous.

— Je vais y réfléchir. »

La liste de l'équipage pour le vol Londres-Sydney a été publiée le lendemain.

« Désolée, ai-je dit à Adam, dès que l'échange avec Ryan a été officiel. On m'a assigné le vol pour Sydney. Je serai absente toute la semaine. »

Un mensonge de rien du tout. Et voilà où j'en suis.

Je ne devrais pas être là. Pas sur ce vol. Sur aucun vol.

Alors que je traverse la cabine, plusieurs passagers me regardent. Parce que je porte un bébé ? Parce qu'ils désirent un autre verre ?

Ou parce qu'ils ont écrit le mot ?

L'incertitude me rend mal à l'aise ; j'ai peur de lâcher le bébé, je me sens soudain maladroite. Je dévisage de nouveau chaque passager sans savoir ce que je cherche. Une personne sûre d'elle, arrogante ? Ou une personne aussi terrifiée que moi ?

La passagère assise à la place 5G a les yeux rouges. Elle fait passer un mouchoir en papier chiffonné d'un poing à l'autre.

— Vous allez bien ?

Je m'accroupis et m'approche aussi près d'elle que mes genoux me le permettent.

— Pas vraiment, dit-elle d'un ton dur, amer.

Les pirates de l'air sont dingues, non ? Déséquilibrés. Radicalisés. Elle pourrait être l'une ou l'autre.

— Voulez-vous m'en parler ?

J'ai du mal à maîtriser ma voix, mais je sais que je dois rester calme.

La passagère regarde fixement le bébé dans mes bras.

— Quand on est jeune, on pense qu'on a tout son temps.

Je retiens mon souffle.

— Et puis on se rend compte que le temps s'accélère et que l'on n'a pas fait la moitié des choses que l'on avait prévu de faire, la moitié des choses qui comptent.

Je touche le bras de la femme, qui se tourne vers moi.

— Elle est en train de mourir.

Elle me dévisage sans ciller de ses yeux pâles, couleur de la mer en hiver, les larmes coulant sans retenue sur ses joues.

— Ma meilleure amie. Ma sœur, c'est comme ça que je l'appelais, même si l'on s'entendait bien mieux que les sœurs parmi mes connaissances. Elle a déménagé à Sydney il y a vingt ans pour épouser un idiot amateur de surf et j'avais l'intention d'honorer ma promesse de lui rendre visite, mais la vie m'en a empêchée, dit-elle, les yeux embués. Et maintenant, c'est la mort qui m'en empêche.

— Vous allez passer Noël avec elle ?

— À condition qu'elle tienne assez longtemps, conclut la femme d'une voix douce.

— Je suis sûre que oui, dis-je parce que je ne sais pas quoi dire d'autre et parce que cette femme n'a rien à voir avec le mot que j'ai reçu.

Tout ce qu'elle veut, c'est arriver à Sydney à temps pour dire adieu à son amie.

Assis une rangée derrière, de l'autre côté de l'allée, je remarque un homme d'apparence moyen-orientale dont la peau mate est luisante de sueur. Je suis parcourue de fourmillements, mon instinct et mes préjugés œuvrant main dans la main.

— Vous allez bien ? dis-je en me forçant à sourire.

Il tremble et je passe mentalement en revue les signaux d'alerte. Nervosité ; comportement imprévisible ; voyage seul.

— Est-ce que l'avion fonctionne correctement ?

— Oui, parfaitement, dis-je avec prudence. Tout va bien.

— Je n'aime pas prendre l'avion. J'ai pris un Valium, mais cela ne m'aide pas.

— Tout va bien, répété-je. De nos jours, les avions sont très sûrs. Très fiables. Impossible qu'un dysfonctionnement se produise.

— Ce n'est pas vrai. Il y a tout le temps des crashs, on les voit aux infos.

— Mais cet avion… dis-je d'une voix tremblante… cet avion est sûr.

Je m'éloigne en me forçant à marcher lentement, comme je le ferais normalement. Je ne veux plus porter Lachlan – je ne veux pas ce rappel physique de toutes les vies innocentes qui se trouvent à bord de l'appareil. Je le rends à son père.

Les compagnies d'aviation procèdent souvent à des entraînements aux procédures d'urgence. Alarmes incendie, amerrissage d'urgence, procédures opérationnelles permanentes. Ils ont dû en mener des dizaines pour ce vol à lui seul, vérifier le moindre détail. Pourrait-il s'agir d'un des tests de Dindar ? Un coup de com sophistiqué, destiné à démontrer la sûreté de ce vol ?

Je connais les procédures opérationnelles permanentes sur le bout des doigts.

La première étape consiste à avertir le poste de pilotage de ce qui s'est passé. La sécurité de ma fille n'influencera pas les pilotes, je le sais. Cela paraît cruel, mais je comprends. Si quelqu'un est pris en otage en cabine, les pilotes n'ont pas le droit d'ouvrir la porte du cockpit, que l'otage soit un passager ou un membre d'équipage. Même si leur famille était à bord, s'ils voyaient sur l'écran de contrôle un pirate de l'air mettre un couteau sous la gorge d'un être cher, il leur serait interdit d'ouvrir. Sophia a beau être en danger, cela ne changera rien pour Cesca et Mike. Il y a trop de vies en jeu.

La porte du cockpit s'ouvre avec un cliquetis et j'entre. À travers le vaste pare-brise, on ne voit que la nuit et j'ai la soudaine impression de tomber, de dégringoler comme Alice au fond du terrier, de partir en vrille…

— Hé… dit Mike en lançant un coup d'œil à mon badge, rodé aux voyages avec des inconnus… Mina, comment ça se passe, en cabine ?

En cet instant, tout va encore bien. Je veux faire durer ce moment, le prolonger avant que nos vies basculent. Dès qu'ils seront avertis, ils informeront les contrôleurs aériens. Il existe un code silencieux à entrer. 7500. *Détournement en cours.*

Nous ne maîtrisons pas ce qui se passera ensuite. Atterrissage d'urgence sur un aéroport voisin ou escorte par des avions de chasse loin des villes densément peuplées. Dans un espace aérien sous haute tension, nous courons même le risque d'être abattus, une explosion contrôlée considérée comme une option préférable au crash.

Je déglutis, gorge serrée. Ce n'est pas à moi d'en décider. Mon boulot, c'est de garantir la sécurité des passagers, pas celle de l'avion. Mon boulot, c'est de dire à Cesca et Mike que nous avons un pirate de l'air à bord.

— Tout va bien. Sauf…

Mon cœur tambourine et j'achève ma phrase à la hâte.

— Il y a un jeune garçon en classe affaires qui souhaite désespérément rencontrer l'un de vous deux. Un vrai passionné d'aviation. Ça vous dérangerait de passer ?

En 2015, le copilote du vol Germanwings 9525 a enfermé le commandant de bord à l'extérieur du cockpit et a précipité son Airbus A320 sur une montagne des Alpes. Aucun survivant. Les compagnies d'aviation ont réagi de manières diverses : la moitié d'entre elles ont immédiatement instauré des mesures interdisant aux pilotes de rester seuls dans le cockpit ; l'autre moitié n'a pas instauré ce changement, préférant réfléchir à la prévention des problèmes de santé mentale qui avaient sûrement dû mener à une telle tragédie.

World Airways n'a procédé à aucune modification de ses pratiques.

— Sa mère est un peu vache, ajouté-je. Elle a pris un somnifère et laisse le gamin se débrouiller tout seul pendant toute la durée du vol.

— Je ne supporte pas ce genre de parents, dit Mike. On n'est pas à la crèche, merde !

— Je vais y aller, dit Cesca en se levant. Je dois faire pipi de toute façon.

Je ne la remercie pas, incapable de parler. Ma bouche est sèche comme le désert, mes lèvres collent à mes dents et quand je sors du cockpit, Cesca sur les talons, la nausée me brûle la gorge.

Je suis maman.

Je n'ai pas le choix.

Vingt
21 h 30 – Adam

J'ai la tête lourde, le mélange vin-antidouleurs me donne la nausée. Je rince mon verre, le remplis d'eau et cligne fort des paupières quand les contours deviennent flous. J'ai mal aux côtes, et mes reins douloureux ne cessent de me rappeler la raclée que j'ai reçue.

Je dois trouver une solution pour m'en sortir : rembourser l'usurier et faire en sorte que ses gorilles me lâchent, puis m'occuper des banques. Dès que mes dettes cesseront d'augmenter, je pourrai commencer à les faire diminuer, je le sais.

Tout ce qu'il te faut, c'est gagner gros, dit le diable sur mon épaule gauche.

Je m'appuie plus fort à la paillasse.

J'ai toujours aimé parier. Pas de façon régulière, juste un pari à l'occasion du Grand National et de temps en temps, une visite au cynodrome avec les copains du boulot. Dix balles par-ci, vingt balles par-là. Le jour de notre mariage, Mina et moi avons offert à nos invités des billets de loterie. *Nous avons gagné le gros lot quand nous nous sommes rencontrés*, disait le mot de remerciement nunuche sur les enveloppes. *Nous espérons que vous serez aussi chanceux que nous !* La tante de Mina a gagné cent livres ; deux autres personnes un billet de dix. C'était sympa, comme prévu.

Pendant une éternité, ça n'est pas allé plus loin. Mina et moi jouions à la loterie chaque fois que la cagnotte était remise en jeu. On est averti par mail quand on gagne, mais nous regardions quand même le tirage en direct : c'était le suspense que nous aimions plus qu'autre chose.

« Qui avertirais-tu en premier ? demandait Mina.

— Personne. J'aiderais les gens en secret. Genre fée-marraine, en plus poilu. Personne n'en saurait rien jusqu'à ma mort et à ce moment-là, je serais canonisé.

— N'importe quoi ! s'était écriée Mina en me lançant un coussin. Tu serais au showroom Lamborghini dès le lendemain.

— C'est pas faux. Rouge ou jaune ?

— Jaune. Autant être vulgaire et voyant. »

Nous n'avons jamais gagné. Pas même obtenu trois bons numéros. Et au début, cela ne me dérangeait pas. Les chances étaient tellement infimes, c'était juste amusant. Mais au fil du temps, à mesure que la vie devenait plus stressante, je me suis mis à acheter un billet le lundi au lieu d'attendre le samedi après-midi. Je portais ce bout de papier sur moi toute la semaine, et chaque fois que j'ouvrais mon portefeuille, je pensais : « Cette semaine peut-être… »

Je me disais que ce serait incroyable de démissionner, pour Mina aussi. Je me disais que Sophia n'aurait plus à avoir peur d'être abandonnée parce que nous n'aurions plus jamais à la quitter. Ni pour aller travailler ni pour autre chose.

Quand le samedi arrivait et que nous ne gagnions pas, au lieu de chiffonner le billet et de le mettre à la poubelle, je revérifiais les numéros, le regard fixe. J'étais jaloux des gagnants, amèrement déçu de ne pas en faire partie. En sentant Sophia se raidir dans mes bras, je pensais : « Ça changerait si nous gagnions au loto. »

J'ai commencé à jouer toutes les semaines.

« On ferait mieux de mettre deux livres par semaine de côté, disait Mina. Au moins, comme ça, nous aurions cent quatre livres à la fin de l'année.

— Qu'y a-t-il d'amusant à ça ? » répondais-je, même si cela ne m'amusait déjà plus tellement.

J'ai établi un prélèvement automatique – cela semblait plus simple que de trouver la monnaie chaque fois –, et puis je me suis dit, autant augmenter nos chances de gagner. Quand je me suis mis à jouer cinq fois d'affilée, Mina m'a arrêté.

« Ce n'est que dix balles par semaine.

— Ça fait cinq cents livres par an, Adam. Nous pourrions partir en vacances avec cette somme. »

Elle a annulé le prélèvement automatique et le samedi soir, elle changeait de chaîne après 20 heures et regardait plutôt une émission sur la BBC…

— Vous devriez sans doute vous asseoir, me dit Becca.

— Je vais bien.

Je mange mes mots et elle me regarde bizarrement. J'ai l'impression que ma langue est trop grosse pour ma bouche, l'intérieur de mes joues est sec et pâteux.

J'agrippe le rebord du plan de travail. J'ai fait de mon mieux pour me protéger la tête des coups de pied de l'homme et je suis quasiment certain que mes reins en ont pâti, mais je commence à croire que j'ai une commotion cérébrale. Ça m'est déjà arrivé pendant un match de rugby et j'essaie de me souvenir de la sensation, mais les détails m'échappent.

Ce sont les jeux à gratter qui m'ont foutu dedans. Je suis presque gêné de l'admettre, comme un alcoolique qui abuse du cidre ou un drogué qui se dope au Doliprane en sirop. La première carte que j'ai achetée m'a rapporté deux cent cinquante livres. Deux cent cinquante ! J'aurais pu embrasser le vendeur du débit de tabac, au coin de la rue. J'ai invité Mina à dîner, j'ai acheté à Sophia la licorne multicolore qu'elle désirait et j'ai gardé vingt livres pour financer mes achats suivants de jeux à gratter. J'ai décidé que c'était la clé. Ne jamais parier au-dessus de ses moyens. J'emploierais une partie de mes gains pour acheter d'autres jeux à gratter ; ainsi, je n'aurais jamais de problème.

Sauf que je n'ai gagné qu'une livre cette fois-là, puis rien du tout la fois d'après et la suivante…

Tout est flou. Je suis vaguement conscient que Sophia entre dans la cuisine et demande à Becca : « Qu'est-ce qu'il a, papa ? » Quand la réponse de Becca me parvient, j'ai l'impression d'être sous l'eau et je secoue la tête pour m'éclaircir les idées.

— Je vais bien, ma chérie, juste un peu fatigué.

Je fouille dans la trousse de premiers secours restée sur le comptoir. Les antidouleurs étaient-ils assez forts ? Car, malgré le vertige, j'ai encore mal partout.

— Becca ? Tu m'as donné de l'ibuprofène ou du paracétamol ?

Si je n'en ai pris qu'un, je peux en prendre un autre.

— Papa ? dit Sophia en se frottant les yeux.

Ce premier trimestre à l'école l'a épuisée.

Il y a tout un tas de cochonneries dans la trousse – flacons collants de sirop pour la toux, assortiment de pansements –, mais pas d'antidouleurs. Je cligne des yeux, secoue de nouveau la tête comme un chien qui court pour échapper aux vagues.

— Où sont-ils ?

Je me tourne vers Becca qui me dévisage, impassible. Elle n'a plus l'air d'une adolescente ; elle paraît plus âgée, plus rusée, elle a l'air de *s'y entendre*.

Entre douleur et confusion, j'ai un moment de lucidité.

— Becca, qu'est-ce que tu m'as donné ?

Ma bouche est si sèche que j'ai du mal à articuler et, à travers le coaltar, j'entends mes paroles se télescoper. *Questumasdonné ?* Mes maux de côtes et de reins me semblent si lointains maintenant qu'ils pourraient affecter quelqu'un d'autre.

— Quelque chose pour vous aider à dormir.

Becca sourit comme si elle m'avait rendu service et je m'efforce de comprendre ce qui se passe. Est-ce que nous avions des somnifères à la maison ? Mina s'en est peut-être fait prescrire (souffrait-elle d'insomnie ?) et elle les a laissés dans la trousse de premiers secours, mais pourquoi aurait-elle fait ça ? Et même si elle l'avait fait…

— Le nom n'était pas indiqué sur la boîte ?

C'est du moins ce que je crois dire, mais si j'en juge par le regard sans expression de Becca, quelque chose de tout à fait différent sort de ma bouche. Soudain, elle semble comprendre.

— Oh, je vois ! Vous croyez que je vous ai donné les somnifères par erreur à la place des antidouleurs ? dit-elle en éclatant d'un rire sonore. Non, je ne suis pas si bête. C'était intentionnel. C'est moi qui les ai apportés.

J'agrippe le plan de travail pour m'empêcher de tanguer – ou est-ce la pièce qui tangue ? Restée sur le seuil, Sophia nous regarde tour à tour, Becca et moi, et recule quand je lui souris.

— Est-ce que papa est malade ?

Je ne reproche pas à Sophia d'être méfiante – mon comportement au cours de ces derniers mois n'a pas contribué à lui donner confiance en moi –, mais j'ai besoin qu'elle comprenne qu'à l'heure actuelle, elle est plus en sécurité avec moi. Je tends vers elle une main tremblante en tentant de prononcer des mots qui se veulent rassurants mais qui m'échappent et s'agglutinent sous l'effet du stress. *Toutvabienmapuceviensvoirpapa.*

Sophia tire sur sa natte, l'entortille autour de ses doigts tout en nous regardant, Becca et moi.

— Viens ici, ma belle, dit Becca en tendant les bras.

— Sophia, non ! hurlé-je trop fort, sur un ton bien trop agressif.

Ma fille se bouche les oreilles et pousse un cri en courant vers la baby-sitter, qui la prend dans ses bras et la berce. Sophia enroule ses jambes autour de sa taille, comme un singe, et enfouit son visage dans son pull.

Par-dessus la tête de ma fille, je vois Becca sourire.

Triomphalement. On dirait qu'elle a remporté un jeu auquel j'ignorais participer.

— *Tu. Dois. Partir. Tout. De. Suite*, dis-je en me forçant à articuler.

— Je viens à peine de commencer.

Je me dirige vers elles, une main agrippée au plan de travail car la pièce n'arrête pas de bouger.

— Je ne sais pas à quoi tu joues, mais tu as déjà commis un délit très grave, dis-je très lentement, forçant chaque syllabe à franchir mes lèvres desséchées. Administrer des substances nocives à quelqu'un est passible de prison, et ne crois pas que tu t'en sortiras parce que tu es encore au lycée.

À bout de souffle à cause de l'effort accompli pour me faire comprendre, j'ai l'impression de lutter pour avancer dans des sables mouvants.

— J'ai vingt-trois ans, en fait. Surprise ! annonce Becca.

Elle parle d'un ton léger, presque musical, qu'elle pourrait employer pour s'adresser à Sophia, qui l'enlace toujours fermement.

Becca la berce, rassurante.

— Arrêtez-vous là, Adam.

J'ai vécu d'innombrables situations de ce genre. Face à des gens soûls, des gens furieux, des fous. J'ai traversé des centres-ville, sirène hurlante et gyrophare clignotant, boosté à l'adrénaline en anticipant une rixe, et je me suis défendu alors que j'étais seul devant trois adversaires.

J'ai été pris de court, aussi : l'intervention à domicile sans histoire qui s'envenime soudain, ou la bagarre qui éclate sans crier gare alors que je ramène un prisonnier à sa cellule. Cela peut arriver sans prévenir, mais dans une certaine mesure, quand on est au travail, on est toujours sur le qui-vive.

Ce n'est pas le cas en ce moment. Je ne suis prêt ni physiquement, ni mentalement. Alors que mon corps refuse de fonctionner, dans ma propre maison, avec ma fille. Alors que la baby-sitter à qui je donnais dix-sept ans est en fait une psychopathe adulte.

— Laisse-la partir.

— Restez où vous êtes, j'ai dit.

— Et moi j'ai dit laisse-la partir.

Becca remue son bras libre en souriant.

Je reste où je suis.

Parce qu'elle brandit une seringue remplie de liquide à quelques millimètres du cou de Sophia.

Vingt et un
Passager 7G

Je m'appelle Ritchie Nichols, et j'ai passé la première partie du vol 79 à jouer.

Je ne comprends pas les gens qui disent ne pas aimer les jeux vidéo. Je leur demande toujours : « Lesquels ? » Parce que c'est comme si on disait qu'on n'aime pas les animaux. Ou la nourriture. Il y a tant de jeux différents, c'est impossible de les détester tous. Si on n'aime pas les jeux de combat, il y a des jeux sportifs, ou des jeux de rôles, de stratégie qui consistent à courir dans tous les sens pour rassembler des choses. C'est pas ma came, mais chacun ses goûts. Dans l'avion, il n'y a que des puzzles, mais ça fait passer le temps, au moins.

Moi, mon truc, c'est les FPS (tir à la première personne). Des jeux dans lesquels on peut vraiment s'immerger : on ne regarde pas un univers d'en haut, on en fait partie. On peut jouer pendant des heures, dans le noir, casque sur les oreilles. On entend son personnage respirer et quand on est dans sa peau, on s'oublie. On ne fait qu'un avec lui, mélange d'humain et d'avatar ; la seule chose qui vous sépare des méchants, c'est le canon d'une arme. Quand on tire et que la manette vibre, on sent presque le recul contre son épaule parce que tout le reste est là : la sueur, le bruit, le sang...

Je joue depuis que je suis petit. Ma mère n'arrêtait pas de me menacer de confisquer la PlayStation, mais elle ne l'a jamais fait. À l'époque, j'allais encore chez mon père tous les week-ends, et elle savait que nous aimions les jeux vidéo, alors je n'atterrissais chez lui après l'école que si je ne pouvais pas jouer à la maison. Elle a arrêté d'insister pour que je descende dîner. Elle m'apportait mon repas sur un plateau et quand elle s'est aperçue qu'il refroidissait avant que je le mange, elle m'a fait des sandwichs à la place. J'en mangeais pas beaucoup non plus. J'ai acheté une bouilloire pour me préparer des nouilles instantanées en attendant que la partie suivante charge et j'entassais les emballages vides devant la porte.

Je ne voulais rien faire d'autre. Et je ne faisais rien d'autre. Je n'étais pas le seul. Nous étions toute une bande à l'école : on jouait en réseau toute la soirée et on pulvérisait des zombies jusqu'à plus de minuit. J'ai passé plus d'une nuit blanche à jouer avant de sécher deux heures de sciences pour dormir dans les toilettes condamnées du collège. Je consacrais la plupart de mes heures de cours à élaborer la stratégie de ma partie du soir et je suppose que personne n'a été plus surpris que moi quand j'ai obtenu assez de C pour passer au lycée.

C'est en seconde que j'ai commencé à jouer aux jeux de simulation. On pouvait apporter son ordinateur en cours, et on avait des tas d'heures de permanence où on pouvait faire ce qu'on voulait tant qu'on restait sur place, mais si on se faisait prendre en train de jouer à des jeux violents, on était dans la merde. J'ai d'abord fait des courses cyclistes. J'ai même pensé à m'acheter un vrai vélo. Et quand j'ai piloté un avion pour la première fois, je suis devenu accro. Des avions de ligne, de chasse, des biplans de la Seconde Guerre mondiale : j'ai tout piloté.

La situation s'est gâtée quand je suis allé à l'université. Ce qui m'avait paru simple au lycée ne l'était plus et c'était plus facile de rester dans ma chambre que d'assister à des travaux dirigés où j'avais l'impression d'être idiot. Maman s'est installée avec un type qu'elle avait rencontré à son cours de danse de salon et ils ont transformé ma chambre en dressing pour ranger tous leurs costumes à paillettes. Jouer était la seule chose qui me poussait à me lever le matin et je devenais de plus en plus doué.

« Dommage que tu ne puisses pas en vivre », m'a dit papa en plein milieu de notre énième dispute à propos de la somme qu'il m'envoyait en espérant qu'il en résulterait quelque chose au bout du compte.

Je me suis fait virer de l'université à mi-chemin de la deuxième année. J'ai perdu mon boulot en usine au bout d'une semaine et ça se passe à peu près comme ça depuis. Moi, l'agence pour l'emploi et une chambre pourrie dans une maison pourrie du côté pourri de la ville.

Au moment où j'ai touché le fond, les choses ont commencé à s'améliorer. Je me suis fait des amis, de vrais amis, et j'ai soudain recommencé à me sentir bien dans ma peau. Je me suis mis à faire de l'exercice, j'ai repris confiance en moi. Je continuais à jouer tout le temps, mais j'avais aussi un régime équilibré. Je sortais même de temps en temps.

Un de mes amis m'a filé du boulot. Ils savaient que j'étais un as des jeux vidéo (c'est eux qui le disent, pas moi) et ils avaient besoin de mes compétences. Ils avaient besoin de moi. Et – prends ça, papa – je serais payé.

Jouer est devenu mon boulot. Tester des nouveautés pour des développeurs, trouver la faille dans le système pour obtenir toute la panoplie d'armes sans payer les mises à jour, puis retester le jeu quand ils estimaient en avoir amélioré la sécurité.

Je me suis levé tous les jours avec une nouvelle raison d'être, et ce n'était pas juste lié au salaire qui me permettait de m'acheter des vêtements potables et de pouvoir enfin me payer une voiture. Ni à l'idée de faire partie d'une équipe (je préférais toujours travailler seul). J'avais un objectif; une date butoir.

Quand j'ai embarqué à bord du vol 79, j'étais devenu quelqu'un d'autre. Je savais où j'allais. J'avais un siège en classe affaires, parmi tous ces gens pour qui ça allait de soi d'être là. Pour moi aussi, ça va de soi : j'ai enfin l'impression d'être à ma place.

Je me sens enfin important.

Vingt-deux
22 heures – Adam

Il y a une tache pâle sur la nuque de Sophia, là où sa natte épaisse pend de côté et où l'aiguille est maintenant suspendue au-dessus de sa peau.

Ne bouge pas, Sophia...

Je vois le coin de son œil droit, les cils noirs sur ses joues. Elle suce son pouce au rythme des va-et-vient de Becca, qui la berce doucement.

Ne bouge pas d'un pouce...

— Qu'est-ce qu'il y a dans la seringue, Becca ?

J'essaie de ne pas élever la voix, de garder un ton léger pour ne pas effrayer Sophia, comme si nous parlions de la pluie et du beau temps, des études de Becca, rien d'important. Malgré mes efforts, les mots s'amalgament. Ma voix résonne dans ma tête et par moments, ma vision se voile. Un double de Becca et Sophia est posté à côté d'elles, comme sur une photo floue.

— De l'insuline.

Quoi ? Mon père était diabétique. Il avait du mal à contrôler son taux d'insuline. Plusieurs fois par semaine, il faisait de l'hypoglycémie, des gouttes de sueur perlaient sur son front alors qu'il essayait d'attraper une tablette de dextrose. Sophia n'a pas besoin de plus d'insuline que n'en produit naturellement son corps : il pourrait lâcher si on lui en injectait une dose, aussi infime soit-elle.

— Combien ?

— Assez.

Je crois entendre un tremblement dans la voix de Becca, derrière le ton calme et bravache, mais elle a l'air impassible. Mes forces m'abandonnent ; je sens un engourdissement me gagner, l'impression de me glisser dans mon lit après avoir enchaîné deux gardes et bu un dernier verre.

— Pourquoi ? parviens-je à articuler.

J'avance un pied de quelques centimètres. Un pas de vieille dame. *Un, deux, trois : soleil !*

— Les gens ont besoin de se réveiller et de voir ce qui se passe.

Le sang se fige dans mes veines. Mes yeux passent du regard froid et impassible de Becca à la pointe de l'aiguille suspendue au-dessus de la peau diaphane de Sophia. Becca se drogue ou quoi ? Par définition, on ne passe pas beaucoup de temps avec les baby-sitters. Cinq minutes au moment du passage de relais, et le reste du temps, elles sont seules avec votre enfant. Elles pourraient faire n'importe quoi. Être n'importe qui.

— Chaque bataille gagnée exige des sacrifices.

Elle s'exprime comme un robot, on dirait qu'elle répète un texte appris par cœur. Ça me rappelle un séminaire auquel j'ai assisté sur la radicalisation des adolescents au Royaume-Uni. Dans la vidéo, les jeunes parlaient comme elle : ils recrachaient des phrases dont les islamistes radicaux leur avaient bourré le crâne. Des jeunes amadoués, façonnés, puis utilisés comme chair à canon.

Que savons-nous vraiment de Becca ? Elle a surveillé Sophia une vingtaine de fois depuis le départ de Katya. Sa mère la récupérait toujours au coin de la rue principale – elle n'aimait pas les nids-de-poule de notre chemin de ferme – et quand je rentrais du travail, Becca fourrait ses manuels scolaires dans un sac et…

J'ai vingt-trois ans, en fait.

Elle nous manipule depuis le début. Les manuels, l'angoisse des examens, les disputes avec sa mère à propos du choix de ses études supérieures… Tout ça, c'était du cinéma pour nous faire croire qu'elle n'était qu'une gamine. Pour gagner notre confiance.

Katya lui a dit que nous cherchions peut-être quelqu'un pour s'occuper de Sophia après l'école.

Ni Mina ni moi n'avons vérifié son histoire – comment aurions-nous pu le faire ? Katya était partie sans laisser d'adresse ; nous n'aurions pas pu l'interroger sur Becca même si nous l'avions voulu.

La respiration de Sophia a ralenti. Ses jambes, jusque-là fermement agrippées à la taille de Becca, pendent maintenant mollement. Elle s'endort, bercée par les va-et-vient et la voix monotone de la baby-sitter.

— Nous devons agir maintenant pour éviter une extinction de masse.

Extinction de masse ? Je refoule la peur qui monte dans ma poitrine. Elle est dingue. Elle est capable de tout. J'avance de quelques centimètres d'un pas traînant.

— D'accord…

Encore un pas, regard concentré sur Becca. *Regarde mes yeux, pas mes pieds. Un, deux, trois : soleil !* Mes neurones marchent au ralenti ; telles les pierres d'un gué au milieu d'une rivière qui monte, mes pensées sont trop espacées pour que je puisse passer de l'une à l'autre.

— Quel rapport avec nous, Becca ?

Prononcer leur nom, toujours prononcer leur nom. Construire une relation. Je peux y arriver. C'est mon métier. Je pense à l'homme prêt à sauter que j'ai réussi à faire redescendre ; au gamin accroupi dans sa chambre, menaçant de se trancher les veines. *Parle-moi. Dis-moi ce que tu penses.*

Je devrais avoir trois coups d'avance, prévoir comment nous allons gagner la porte, chercher mes clés, une arme. Élaborer un plan. Mais, engourdis par les somnifères, par la douleur, mes membres me tirent vers le sol. J'ai le menton humide ; je lève maladroitement la main et essuie la bave qui le couvre.

— Au lieu de lutter pour notre cause, votre femme prend l'avion, putain !

Je m'efforce de comprendre. Quelqu'un a-t-il essayé de recruter Mina ? de la radicaliser ? C'est ridicule. Dingue.

— Elle prend l'avion parce que c'est son métier.

Je mange mes mots.

— Exactement ! s'écrie Becca, triomphante, comme si je lui avais donné la réponse qu'elle attendait au lieu d'en trouver une par moi-même.

— Tu veux qu'elle arrête de travailler, c'est ça ?

J'ai le vertige. Becca fait-elle partie d'une secte

obscure, d'une organisation rétrograde persuadée que la place des femmes est à la maison ?

— D'accord. Elle va arrêter.

Ne jamais faire de promesses, voilà ce que l'on dit au boulot. C'est des conneries. On ne parle pas boulot, là, mais de ma fille. Je promettrais la lune pour la protéger. Je ferai ce que Becca me demande.

Sophia remue, ses cheveux frôlent la main de Becca et l'aiguille, si proche de son cou.

— Maman !

— Ne la touche pas ! dis-je en tendant les mains vers Sophia, par réflexe.

— Restez où vous êtes ! hurle Becca.

— Maman ! Maman !

Alarmée et apeurée, Sophia se tortille entre les bras de la baby-sitter. Elle lutte pour se libérer et pousse un cri de désarroi quand Becca la serre plus fort.

— Sophia ! Ne bouge pas !

— Papa !

J'avance d'un pas, lâche le plan de travail et sens la pièce tourner autour de moi. Becca brandit la seringue. Elles sont à moins de deux mètres de moi – je crois ; elles n'arrêtent pas de bouger, ou c'est moi qui bouge, ou bien la pièce. Je n'ai qu'à saisir la main qui tient la seringue. Ce n'est pas grave si Becca lâche Sophia, elle n'est pas si loin du sol, tomber ne lui fera pas très mal, rien à voir avec l'insuline. Quelle dose y a-t-il dans la seringue ? Quelle réaction va-t-elle provoquer ?

— N'approchez pas, me prévient Becca. Je vais le faire. Je le jure. Je vais le faire !

Je reprends espoir en l'entendant se répéter. Elle a

peur. Elle essaie de se convaincre qu'elle a le courage d'agir. Je m'oblige à parler lentement et clairement.

— Tu t'y prends mal pour convertir les gens à tes convictions, Becca.

— Nous les obligeons à aborder le sujet : c'est la première étape.

Nous.

Becca est encore jeune, même si elle ne l'est pas autant qu'elle le laissait croire. Quelqu'un d'autre tire les ficelles.

— Qui t'oblige à faire ça ?

— Personne ne m'y oblige. Je suis lucide. Tout le monde doit agir.

— Qui est le responsable ?

— Ça, c'est une vraie réaction de flic ! répond-elle en éclatant de rire. Il n'y a que la hiérarchie qui compte, pour vous, c'est ça ? L'ordre établi. Les institutions. Quand vous rendrez-vous compte que c'est précisément l'ordre établi qui fout tout en l'air ?

Sophia pleure. Elle essaie de se dégager, mais Becca la serre trop fort. Elles paniquent toutes les deux, luttent l'une contre l'autre et à tout instant, cette aiguille peut s'enfoncer dans le cou de Sophia…

— Si tu lui injectes cette insuline, elle mourra et tu iras en prison pour meurtre.

Sophia pousse un cri et cela me tue de lui faire peur, mais je dois me faire comprendre par Becca avant qu'il ne soit trop tard. Le brouillard tourbillonne dans ma tête, soudain trop lourde pour mon corps. Si je m'évanouis, qu'arrivera-t-il à Sophia ? Où Becca l'emmènera-t-elle ?

— Si Mina fait ce qu'il faut, je relâcherai Sophia.

Tout est flou. Ça n'a aucun sens. Mina ne rentrera pas avant plusieurs jours. Becca prévoit-elle de maîtriser Sophia jusqu'à son retour ?

— Mina est dans un avion, elle ne peut pas...

— Si elle obéit, l'application de suivi de vol indiquera que son avion change de cap et vous serez libres.

— Quoi... ? Tu crois...

Je ne parviens pas à formuler de phrase, n'arrive même pas à concevoir ce que je viens d'entendre. Mina ne peut pas faire en sorte que l'avion change de cap. À moins que... Je finis par saisir.

À moins qu'on ne la menace.

— Et dans le cas contraire ?

Becca fait un geste infime de la main qui tient la seringue. Au bout de l'aiguille, une perle de liquide transparent hésite une seconde avant de tomber sur le cou de Sophia. Ma vue se brouille, un tunnel noir apparaît entre ma fille et moi, rien d'autre autour de nous. Rien d'autre ne compte. Je dois m'approcher d'elle, l'attraper de force, et si Becca enfonce l'aiguille j'aurai besoin de sucre j'appellerai une ambulance j'appellerai les secours je ne laisserai pas tomber Sophia, ne la laisserai pas tomber... J'ordonne à mes jambes d'avancer ; elles s'exécutent, mais pas assez vite ; je vois le sol venir à ma rencontre et un épais brouillard noir m'enveloppe tandis que le silence s'abat.

Vingt-trois
Arrivée à Sydney H – 8 – Mina

Un frisson agite les passagers quand Cesca me suit dans la cabine, comme au bureau, quand l'atmosphère change à l'arrivée du patron. Je l'entends dire « Bonjour » et « J'espère que votre vol est agréable » et « Les conditions météo s'annoncent bonnes, nous arriverons peut-être à destination plus tôt », et la culpabilité m'assomme. Je m'arrête pour laisser passer quelqu'un, Cesca fait de même, et pendant la seconde où nous nous tenons côte à côte, je vois son profil du coin de l'œil. Plus âgée que moi mais encore jeune, elle a des pommettes hautes, des cheveux bruns et courts, une frange épaisse qui balaie ses yeux.

Quand le passager nous croise, je sens une odeur de sueur, d'angoisse, l'odeur de quelqu'un resté trop longtemps sans bouger. C'est l'homme moyen-oriental de la place 6J qui s'agrippe au dossier de chaque siège sur son chemin comme s'il gravissait des marches. Il ne répond pas au salut de Cesca et franchit le rideau. Mon pouls s'accélère. Est-ce lui ? Il disparaît dans le galley et j'ai envie de le suivre, mais nous sommes déjà à la place 4 H, où Finley regarde un film Pixar. Il ôte son casque.

— Vous les avez démêlés ?

Troublée, je me souviens soudain de l'enchevêtrement de fils électriques dans ma poche. L'incident semble avoir eu lieu à une tout autre époque, une époque où je faisais mon travail, où nous nous dirigions vers Sydney et où personne ne menaçait ma fille.

— Je vais m'en occuper, je te le promets. Je dois juste…

Je m'interromps et pense à toutes les fois où Sophia me demande de faire quelque chose et où je réponds toujours en préambule : « Je dois juste téléphoner au travail… Je dois juste finir ce truc. D'accord, je vais jouer avec toi : je dois juste faire ceci ou cela d'abord. » Pourquoi ne pas simplement accepter ?

— Il paraît que tu veux être pilote ?

Cesca s'accroupit près de son siège. Finley la dévisage, déconcerté, et sur le fauteuil voisin, enfin revenue à elle, sa mère ôte ses écouteurs. Je m'éloigne avant que mon mensonge ne soit découvert et parce que, si je dois aller jusqu'au bout – et oui, je vais le faire à cause de Sophia –, c'est maintenant que je dois agir. Le sang gronde à mes oreilles, se confond avec le bruit des moteurs et devient un vacarme insupportable, assez assourdissant pour faire éclater mon crâne. En ouvrant le rideau qui sépare la cabine du galley, je retiens un cri en bousculant le passager moyen-oriental qui regagne sa place. L'air aussi effrayé que moi, il marmonne des excuses avant de poursuivre son chemin en agrippant un siège après l'autre.

Jamie Crawford et sa femme se sont rassis à leur place ; les Talbot et le petit Lachlan se sont assoupis. Je ne vois ni le journaliste Derek Trespass ni Jason Poke, et j'ai beau tendre le cou pour apercevoir les sièges du fond, je ne saurais dire s'ils sont libres ou si leurs occupants sont allongés. Qui est absent ? Qui est le pirate de l'air ?

Cesca se lève. Elle parle toujours à Finley et à sa mère ; que lui disent-ils ? Sait-elle que j'ai menti ? Se demande-t-elle pourquoi ? Dans les minutes qui viennent, les secondes, peut-être, elle annoncera qu'elle ferait mieux d'y retourner et leur souhaitera une agréable fin de voyage. Elle invitera peut-être le garçon à visiter le cockpit après l'atterrissage, à s'asseoir à la place du commandant de bord et à coiffer sa casquette. Il aura hâte d'y être, pensera aux gens à qui il montrera la photo. Il réfléchira peut-être sérieusement à devenir pilote, commencera à rêver de prendre son essor au-dessus des nuages, de porter un uniforme, de traverser l'aéroport avant de s'envoler pour la Californie, le Mexique, Hong Kong, comme j'en ai rêvé autrefois.

La culpabilité me fait monter les larmes aux yeux. Elles coulent sur mes joues, chaudes et incontrôlables, et je cherche du regard la serrure des toilettes près du cockpit en souhaitant qu'elles soient libres, en souhaitant que tout ça ne soit qu'une terrible erreur. Pourvu que ce soit un exercice d'entraînement, un canular posté sur YouTube. J'accepte d'être virée, mise au pilori, diffamée pour toujours, moi, la femme prête à sacrifier des centaines de vies pour sauver sa propre fille. Je suis prête à tout accepter, pourvu que ce ne soit pas vrai.

OCCUPÉ.

J'avance vers les toilettes. J'ai l'impression d'avoir la démarche guindée d'un personnage de jeu vidéo, muscles tendus, prête à recevoir une balle. Je suis à quelques centimètres de l'occupant, quelle que soit son identité, et j'essaie d'imaginer ce qu'il fait, ce qu'il pense. A-t-il une arme ? des explosifs ? La sueur dégouline le long de ma colonne vertébrale et je me retourne, le chemisier collé à la peau.

La porte des toilettes est placée à angle droit du poste de pilotage. J'entre le code d'accès, tête baissée car ma culpabilité doit crever les yeux, et dès que le verrou s'ouvre avec un bip, j'entends un cliquetis derrière moi. La porte des toilettes est déverrouillée elle aussi.

Un regard pèse sur ma nuque et je m'efforce de conserver une expression neutre en entrant dans le cockpit. Mike ne se retourne pas, il fait les mots croisés dans un journal. Mike, qui est peut-être père, frère, mari. Qui a serré la main de tous les membres d'équipage, a souri aux photographes.

Mike qui ne survivra sans doute pas aux prochaines minutes.

Je m'écarte, me focalise sur le visage de Sophia alors que je commets l'acte le plus horrible de ma vie. Mike se retourne enfin. Son sourire s'efface avant de s'être complètement dessiné sur ses lèvres, la confusion laissant place au désarroi tandis qu'il nous regarde tour à tour, le grossier personnage, l'homme au visage anguleux, l'amateur de jeux vidéo et moi. La porte se referme et en cet instant, seules trois personnes au monde savent que le vol 79 a été détourné.

J'ai suivi à la lettre les instructions que j'ai reçues.

Mon mari et ma fille sont en sécurité.

Tous les passagers de cet avion sont en danger.

DEUXIÈME PARTIE

Vingt-quatre
Passager 1G

La première fois que j'ai enfreint la loi, c'était au camp de femmes pour la paix de Greenham Common, où j'étais pris en sandwich entre ma mère et une octogénaire aux poches remplies de barres de céréales. J'ai jeté une pierre, qui a frappé un policier. Joli coup, a dit ma mère. J'avais neuf ans, et mon âge m'innocentait. Je me souviens de la sensation de puissance que j'ai ressentie quand le policier s'est retourné en se frottant l'épaule et en cherchant le coupable. Il ne m'a pas adressé un seul regard.

Me cacher au vu et au su de tous. Être au-delà de tout soupçon. Tel a été mon objectif depuis.

Crois-le ou non, il n'est pas dans ma nature de peiner ou de faire souffrir les gens, mais il vient un moment où l'on doit mettre en balance les conséquences de l'action et celles de l'inaction. En temps de guerre, par exemple, l'usage de la violence contre les soldats ennemis est toléré. Il est également admis que les victimes collatérales font partie des retombées dramatiques, bien qu'inévitables, des combats.

Un bombardier qui rate sa cible sera vite pris pour cible lui-même.

Ne t'y trompe pas : c'est bien une guerre que nous menons. Ça n'en a peut-être pas l'air, tout comme la Seconde Guerre mondiale n'avait rien à voir avec la Première, mais cela n'en reste pas moins une, d'autant plus dangereuse pour ceux qui ne la reconnaissent pas comme telle.

Le Code pénal nous autorise tous, et pas simplement les policiers, à « user de mesures proportionnées à la gravité du crime reproché », ce qui soulève la question : qu'est-ce qu'un crime ? Le dictionnaire nous apprend qu'il s'agit d'une « infraction grave punissable par la loi », cependant la loi varie d'un pays à l'autre. Le jeu n'est pas un crime au Royaume-Uni par exemple, alors que la loi islamique l'interdit. Le chewing-gum est illégal à Singapour ; il est interdit de vivre en concubinage aux Émirats arabes unis. La preuve donc que le terme « crime » peut avoir des sens différents en fonction des gens.

Ceux d'entre nous qui jouissent de la liberté d'expression, de la liberté de mouvement, ont le luxe de décider comment réagir à un crime dont ils sont témoins : ils peuvent passer leur chemin ou agir en invoquant les pouvoirs que leur confère la loi. Moi, je choisis d'agir et je sais que tu en ferais autant. Nous ne nous connaissons peut-être pas depuis longtemps, mais je sais déjà que tu ne pourrais pas rester les bras croisés : ce n'est pas dans ta nature.

Quant aux mesures « proportionnées », cela dépend sûrement du crime. Ôter la vie est inadapté dans de nombreuses circonstances – la plupart des circonstances, disons –, mais si cette vie volée était celle d'un meurtrier ? D'un violeur ? Et si, en ôtant cette vie, on pouvait empêcher d'autres meurtres, d'autres viols ?

Tu vois, il n'est pas si facile de trancher entre le bien et le mal, n'est-ce pas ?

Laisse-moi te dire deux mots sur la guerre que nous menons. C'est la plus grande guerre de tous les temps, la plus terrible, la plus dangereuse. Les crimes sont nombreux, leur portée infinie, de sorte que toutes les personnes déjà nées et à naître seront menacées.

Tu ne trouves pas que cela vaut la peine d'empêcher ce crime ?

Qu'est-ce que la mort comparée à des délits d'une telle ampleur ?

Rien. Absolument rien.

Vingt-cinq
Minuit – Adam

Mes paupières résistent quand j'essaie de les ouvrir. Je tente de frotter mes yeux pleins de sommeil, mais mes bras engourdis ne m'obéissent pas. J'ai la migraine, la bouche sèche et un goût écœurant au fond de la gorge, comme si hier soir, j'avais enchaîné dix pintes et un kebab au lieu de… Je secoue la tête pour m'éclaircir les idées. Que s'est-il *vraiment* passé hier soir ?

Est-ce qu'il fait jour ? L'obscurité m'enveloppe, aussi épaisse qu'une couverture, à tel point que je ne sais pas si j'ai les yeux ouverts ou fermés. J'entends de la musique : les dix plus grands tubes d'un groupe préfabriqué. Je ne suis pas au lit – je suis assis sur une surface froide et humide –, où suis-je ?

Lentement, les souvenirs filtrent à travers mon cerveau embrumé. Le type venu recouvrer la dette de son patron. Becca. Sophia.

— Sophia ! murmuré-je d'une voix rauque, inaudible.

De l'eau. J'ai besoin d'eau. Suis-je toujours dans la cuisine ? J'y étais quand je suis tombé, non ? Courbaturé, j'ai l'impression que tous mes os sont brisés et d'être couvert d'hématomes.

Une image m'assaille soudain : la seringue pleine d'insuline qui frôle la peau de ma fille. Becca lui a-t-elle injecté la drogue ? Vingt-trois ans, a-t-elle dit, pas dix-sept, elle n'est donc plus au lycée. Ni étudiante du tout, peut-être. Qui diable est-elle ?

J'imagine Sophia qui pousse un cri quand l'aiguille s'enfonce dans son cou, son corps en état de choc qui se convulse quand l'insuline pénètre dans son organisme.

— Sophia !

L'écho me revient.

Où suis-je ? Je suis maladroitement allongé sur le flanc, le sol est si froid qu'il semble humide et je m'efforce de me redresser en clignant des yeux dans le noir. Quelque chose tire sur mes poignets et m'empêche de me relever.

Je suis attaché.

Non, pas exactement : menotté, plutôt. Les bras derrière le dos, je suis plaqué au mur. Je touche la partie métallique amovible, sens le cliquet pointu qui maintient les bracelets en place, assez serrés pour endolorir mes poignets et engourdir mes mains, séparées par du plastique rigide. Ce sont des menottes réglementaires de la police, ou quelque chose d'approchant.

Il y a un objet entre le mur et moi, quelque chose de froid et dur qui s'enfonce dans mes reins. Une barre métallique ou un tuyau étroit, assez distant du mur pour laisser passer mes entraves. Mes doigts suivent le métal jusqu'au sol et remontent sur vingt-cinq centimètres environ vers l'endroit où la barre s'enfonce dans le mur. Je tire, mais elle résiste. La musique s'arrête et un spot publicitaire retentit. C'est la radio : une station commerciale avec des présentateurs énergiques et les quarante mêmes tubes en boucle.

Il y a des dalles en pierre par terre, de la terre ou des grains de sable rugueux sous mes doigts. Je lance une jambe devant moi dans le noir, me tortille et balaie le sol jusqu'à ce que je touche le mur auquel je suis menotté, avant de faire de même avec l'autre jambe pour essayer de me repérer. La pièce est étroite avec un plafond bas d'où l'humidité suinte sur ma tête.

Je sais où je suis.

Dans la cave, sous notre maison.

— Sophia ! sangloté-je.

Je tire sur les menottes, qui claquent contre le métal, encore et encore, et…

Je l'entends.

Je maudis les présentateurs guillerets qui encouragent les auditeurs à les contacter pour aborder le sujet du jour – *Quel est le pire cadeau de Noël que vous ayez jamais reçu ?* – et je serre les paupières en me concentrant sur le seul sens dont j'aie besoin.

— Sophia ?

— *Il s'agit peut-être d'un cadeau que vous avez offert ! Plus qu'une semaine avant Noël et – ne me jugez pas, Michelle –, je n'ai toujours pas acheté de cadeau pour ma femme.*

— *Faites-moi confiance sur ce coup-là, Ramesh : évitez la batterie de casseroles.*

— *Elle aime cuisiner, pourtant !*

— *Vous voyez à qui j'ai affaire, chers auditeurs ?*

Appelez-nous pour nous raconter vos anecdotes, nous faire des suggestions et restez à l'écoute de nos chansons de saison. Rime riche, Ramesh, vous avez entendu ?

Masquée par les commentaires creux de Michelle et Ramesh de Rise FM, j'entends une respiration.

— Sophia, c'est toi ? Tu es là, ma chérie ?

— Papa ?

— Je suis là, ma puce, dis-je, ivre de soulagement. Tu es blessée ?

Elle ne répond pas. J'entends un grattement – des chaussures frottant contre la pierre – et je cligne des yeux pour en chasser les dernières traces de fatigue tout en les laissant lentement s'ajuster à l'obscurité. Je ne regarde plus l'obscurité mais *à travers* elle. Depuis que j'ai rejoint la brigade criminelle, j'ai effectué un plus grand nombre de gardes derrière un bureau que dans la rue, mais j'ai porté l'uniforme un bout de temps. J'ai tâtonné dans des hangars vides en pleine nuit et poursuivi des intrus sur des terrains de sport dans le noir complet. Le faisceau d'une torche crée une fausse impression de sécurité, dessine des ombres dans les coins et rend l'obscurité plus sombre encore. « Fais confiance à tes yeux », me dis-je.

On accède à notre cave, qui mesure environ trois mètres de large sur six mètres de long, par un escalier de pierre raide descendant de la cuisine. Quand nous avons acheté la maison, nous avions le grand projet de la convertir en pièce à vivre, de démolir l'ancienne trappe à charbon et de décaisser dans le jardin de devant pour installer une fenêtre haute. À cause du devis exorbitant, nous avons abandonné l'idée. La cave est trop humide pour y ranger quoi que ce soit et dès que la température baisse, les souris s'y réfugient en quête de chaleur et de nourriture. D'instinct, je replie les doigts.

— *Le pire cadeau que j'aie reçu, Michelle, c'était une chaussette tricotée par ma belle-mère.*

— *Une seule, Ramesh ?*

— *Elle était à court de laine.*

— Papa, gémit Sophia dans le noir.

Les murs en briques de la cave s'enfoncent dans les fondations de la maison. Je les balaie du regard, tentant de repérer une nuance, du noir sur le fond gris.

Là !

Sophia est dans l'escalier ; l'ombre d'une petite fille accroupie sur la plus haute marche, où une infime lueur venant de la cuisine filtre sous la porte. La lueur tremblote, telle une ampoule prête à rendre l'âme. Lentement, mes yeux s'adaptent.

— Tu vas bien, ma chérie ?

Les jambes ramenées contre la poitrine, les bras serrés fort autour, elle enfouit la tête entre ses genoux. Je tire sur la barre métallique derrière moi, en vain. L'effet du médicament que m'a administré Becca commence à s'atténuer, le brouillard se lève lentement dans ma tête. Une vive douleur autour des côtes me coupe le souffle dès que je ramène mes poignets en avant. La seule manière dont Becca a pu m'enfermer ici, c'est en me traînant jusqu'à l'escalier et en me poussant en bas des marches, et chaque centimètre de mon corps me confirme que c'est exactement ce qu'elle a fait.

— Je n'aime pas être ici, papa.

— Moi non plus. Tu es blessée ?

— J'ai mal au ventre.

— Elle t'a donné quelque chose, Sophia ? Quelque chose à manger ?

Je tire d'un coup sec sur les menottes, furieux contre Becca, contre moi, contre ce putain de tuyau qui refuse. De. Céder.

— Dis-moi. C'est important !

Sophia enfouit de nouveau sa tête entre ses genoux et je me mords la langue.

— Ma chérie, est-ce que Becca t'a donné un médicament ? dis-je, radouci.

Elle fait un geste, mais j'ignore si c'est un oui ou un non de la tête.

— C'est non ?

— Oui.

— Pas de médicament ?

— Pas de médicament.

Je pousse un soupir de soulagement.

— Mais tu as mal au ventre ?

— Je me sens bizarre. Comme quand tu me fais tourner ou quand le monstre du bain arrive ou quand je fais l'avion avec maman, dit-elle d'une voix fluette et apeurée.

— Ah. Je suis un peu barbouillé moi aussi, franchement.

À la radio, la météo succède aux appels des auditeurs, annonçant de nouvelles chutes de neige nocturnes et une baisse des températures jusqu'à moins trois degrés. L'humidité du sol en pierre me transperce jusqu'aux os. Je porte un pantalon de costume et un tee-shirt ; Sophia, un pyjama et une robe de chambre. Elle a des chaussons, au moins : en chaussettes, j'ai les pieds gourds.

Je tends l'oreille, à l'affût des bruits ambiants autres que la radio, mais je n'entends rien. Becca est-elle partie ou est-elle encore là ?

— Est-ce que la porte est fermée, ma chérie ?

— Oui.

— Tu peux revérifier ? La secouer fort pour que je puisse me rendre compte ?

Sophia se lève lentement et le rayon de lumière qui filtre sous le battant s'élargit. Elle tourne la poignée et secoue fort. La porte ne cède pas.

— Elle est coincée, dit-elle en recommençant.

— Cogne dessus. Serre le poing et cogne aussi fort que tu peux.

Elle martèle le battant plusieurs fois et un vacarme pareil devrait rameuter toute la ville. Becca a menacé de faire du mal à Sophia si l'avion de Mina ne changeait pas de cap, mais ma fille est là, en sécurité avec moi, si l'on peut qualifier ainsi le fait d'être enfermé dans une cave. Cela veut-il dire que Mina a obéi aux instructions qu'elle a reçues ? Le vol 79 a-t-il été détourné ? La peur m'étreint, plus glaciale que la pierre sous mes jambes.

L'avion s'est-il écrasé ?

— Sophia, je veux que tu cries, d'accord ? De toutes tes forces. Je vais crier aussi, alors bouche-toi les oreilles et hurle le plus fort possible. Prête ? Un, deux, *trois* !

Le bruit est assourdissant. Le piaulement de Sophia et mon « Becca ! » furieux résonnent aux quatre coins de la cave. Je ne veux pas crier « À l'aide ! » pour ne pas effrayer Sophia plus que de raison.

— D'accord, maintenant, chut ! Écoute.

Mais on n'entend que la chanson «*Rockin' Around the Christmas Tree*». Je m'aperçois que la lumière vacillante provient de la radio numérique plaquée contre le battant de la porte ; la faible lueur fluorescente provient du plafonnier de la cuisine, derrière. J'essaie de comprendre pourquoi Becca a choisi de nous offrir le réconfort douteux d'une radio quand j'entends les mots… «vol inaugural pour Sydney».

Les contrôleurs aériens ont commencé à s'inquiéter quand ils n'ont pas pu contacter les pilotes alors que les canaux de communication semblaient fonctionner. Les pilotes sont tenus d'informer la tour de contrôle à leur entrée et leur sortie d'un espace aérien étranger...

— Je peux crier encore plus fort, dit Sophia en ouvrant la bouche.

— Laisse-moi juste écouter ça.

Peu après 23 heures, heure du Royaume-Uni, un tweet a été publié sur un compte appartenant au Groupe d'action en faveur du climat, affirmant que certains membres de l'organisation avaient détourné le vol 79 pour protester contre le réchauffement climatique.

Réchauffement climatique. *Extinction de masse*. C'est ce dont parlait Becca. Je m'efforce de trouver un sens à tout cela. Les avions sont détournés par des terroristes. Les terroristes sont des extrémistes religieux, pas des écologistes.

Et pourtant…

«L'industrie aéronautique représente la pire menace pour l'environnement, affirmait le tweet, et les leaders du monde entier doivent agir sans attendre.»

— Viens t'asseoir sur mes genoux, Soph.

C'est à ça que Becca faisait allusion en disant que Mina refusait de lutter pour cette cause. Elle ne parlait pas de radicalisation, pas religieuse, du moins, mais de pression exercée pour clouer les avions au sol, empêcher les usagers de prendre l'avion et ruiner les compagnies aériennes.

— Le vol 79, c'est l'avion de maman, dit Sophia d'une voix tremblante.

Devrais-je lui mentir ? Lui dire que ce n'est pas celui de Mina, que cela n'a rien à voir avec Becca, avec le fait que nous soyons enfermés dans cette cave ? Mais Sophia n'est pas une petite fille de cinq ans ordinaire : elle lit et écrit comme une enfant bien plus âgée, elle absorbe tout, elle sait exactement où Mina se trouve. Et en outre, j'ai assez menti.

Le Groupe d'action en faveur du climat a publié un communiqué niant son implication. L'organisation prétend que son compte a été piraté et qu'elle réévalue en ce moment les mesures de sécurité qu'elle a mises en place. Nous vous tiendrons au courant de cette affaire dès que nous recevrons d'autres informations.

Au moment où les premières notes d'un morceau retentissent, j'entends un bruit dans la cuisine. Les pieds d'une chaise frottent sur le carrelage, comme si quelqu'un s'était levé d'un bond.

— Becca !

— Le vol 79, c'est l'avion de maman.

— Je sais, ma chérie. Becca !

Je crie plus fort, conscient d'effrayer Sophia mais ne sachant que faire d'autre. L'avion de Mina a été détourné : notre calvaire devrait être terminé.

— L'avion de maman est un Boeing 777. Il a trois cent cinquante-trois places.

— Exactement. Becca !

Un autre bruit, plus près de nous cette fois, et je sais – j'en suis sûr – que Becca est là, de l'autre côté de la porte, l'oreille collée au battant. Je me force à parler plus calmement.

— Becca, je sais que tu es là. Tu as eu ce que tu voulais. Mina a obéi : les pirates de l'air contrôlent l'avion. Tu peux nous laisser partir, maintenant.

J'entends un bruit étouffé, mi-reniflement, mi-toussotement, avant que Becca ne réponde. Elle parle d'un ton strident, sec, plus rapide que celui, mesuré et calculateur, qu'elle employait quand elle m'a drogué.

— Il n'a pas changé de cap. Je suis censée vous libérer quand il aura changé de cap.

— Il a été détourné ! La radio l'a annoncé. Becca, tu dois nous libérer.

— La ferme !

— Tu as fait ce qu'on t'a demandé de faire. Maintenant…

— La ferme, j'ai dit !

— Papa ! crie Sophia depuis l'escalier, et je ravale les insultes que Becca mérite, baisse la voix pour paraître aussi chaleureux et sécurisant que possible.

— Viens t'asseoir avec moi, ma chérie.

— Pourquoi la radio parle de l'avion de maman ?

— Tu auras plus chaud sur mes genoux.

Sophia recule.

— Les souris vont me manger.

Dès que nous avons abandonné l'idée de convertir

la cave en pièce habitable, nous avons interdit à Sophia d'aller au sous-sol. Les marches étaient raides, il faisait sombre : c'était une catastrophe en puissance. « Madame la souris va te grignoter les orteils si tu désobéis », lui disais-je en lui pinçant les pieds alors qu'elle hurlait de rire.

— Il n'y a pas de souris, dis-je en espérant ne pas me tromper.

Becca a monté le son de la radio et du bonheur préfabriqué pulse à travers la porte. La jeune femme ne fait pas un bruit. Est-elle toujours là, en train d'écouter ?

Sophia descend prudemment dans la cave. Quand elle se love sur mes genoux, je me sens rassuré par son poids, et je meurs d'envie de la prendre dans mes bras. Je pense aux centaines de fois où j'aurais fait n'importe quoi pour qu'elle vienne vers moi et où elle a préféré Mina. Elle appuie sa tête contre ma poitrine, poussant un bâillement involontaire, et je dépose un baiser sur le haut de son crâne.

— Nous sommes dans une situation compliquée, dis-je en feignant le calme, mais papa va tout arranger, d'accord ? Papa va nous sortir de là.

Je dois juste trouver comment.

Vingt-six
Passager 1G

Il y a des gens – pas toi, naturellement – qui traversent la rue quand ils voient un sans-abri au lieu de s'arrêter pour s'assurer qu'il va bien. Des gens qui ne lui donnent pas l'aumône, ne lui achètent pas de sandwich. Je ne les comprends pas, mais j'imagine que ce sont les mêmes qui changent de chaîne quand une publicité déplaisante passe à la télévision – enfants faméliques, chiens battus, puits creusés à la main remplis d'eau sale – parce qu'ils ne supportent pas ce spectacle.

Si on ne supporte pas de le voir, imagine ce que ça doit être de le vivre.

Si c'est insupportable, on doit agir, tu ne crois pas ? Faire un don, signer des pétitions, participer à des manifestations.

Quand ces gens lisent les journaux, est-ce qu'ils remarquent les articles sur les prisons surpeuplées, les dégâts causés par une ligne de train à grande vitesse ? Est-ce qu'ils tournent la page parce qu'ils ne les remarquent pas, ou bien parce qu'ils s'en fichent ?

Entre l'apathie et l'ignorance, difficile de savoir ce qui est pire.

Dans Matthieu 9:36, on peut lire : « Voyant la foule, il fut ému de compassion pour elle, parce qu'elle était languissante et abattue, comme des brebis qui n'ont point de berger. »

C'est notre boulot d'être les bergers. C'est notre boulot d'amener ces brebis, qu'elles soient apathiques ou ignorantes, à faire les bons choix. À sauver le monde. Nous devons éduquer les gens parce que, sans éducation, nous sommes tous perdus.

En 2009, j'ai eu une révélation. En zappant à la télé, j'ai vu un incendie qui ravageait une forêt californienne.

« La côte Ouest a connu les températures les plus chaudes jamais enregistrées, expliquait la présentatrice. Tout à l'heure, nous nous sommes entretenus avec le professeur Rachel Cohen, de l'université de Californie, dont le récent article étudie le lien entre les feux de forêt et le réchauffement climatique. »

Pendant que le professeur Cohen s'exprimait, l'incendie faisait rage dans un coin de l'écran, puis la présentatrice a repris la parole pour faire le point sur le sommet de Copenhague. En voyant le ministre de l'Environnement des Nations unies déclarer que le réchauffement climatique constituait l'un des défis majeurs de notre époque, j'ai ressenti une bouffée d'adrénaline.

J'avais participé à de nombreuses manifestations en soutien aux marginaux, mais c'est dans la défense des droits des animaux et de l'environnement que j'avais investi la majeure partie de mon temps et de mon énergie. Un animal ne peut pas s'exprimer ; une forêt est silencieuse. Ils ne peuvent pas se battre pour faire valoir leurs droits, nous devons donc le faire pour eux. Cela faisait des années que je me battais, mais je m'y prenais mal. En divisant mon temps entre tant de petites causes différentes, je dispersais mon énergie.

À quoi bon lutter pour la sauvegarde d'un terrain vierge de toute construction alors que des hectares de forêt tropicale sont détruits tous les jours ? À quoi bon empêcher la fermeture d'un centre de loisirs pour enfants alors qu'ils n'auront plus de planète sur laquelle vivre ? J'écopais alors que la coque du bateau avait toujours été percée.

Le réchauffement climatique entraîne des épisodes de canicule mortels et de violents feux de forêt. Des ouragans, de la sécheresse et des inondations. Les océans sont pollués, la calotte glaciaire fond ; un tiers de toutes les espèces animales connues sont en voie d'extinction. Le réchauffement climatique est la plus grande urgence à laquelle le monde est confronté et la seule qui compte. En sachant ça, on ne peut pas traverser la route, pas vrai ?

Vingt-sept
Arrivée à Sydney H – 7 – Mina

Je m'attendais à ce que l'avion pique du nez, que les bouteilles s'entrechoquent dans le casier du galley au moment où nous plongerions dans le vide. Je me suis préparée à entendre les cris des passagers quand nous chuterions vers le sol.

Il ne s'est rien passé.

Et il ne se passe toujours rien.

À travers la fente des rideaux, j'aperçois une poignée de passagers qui lisent, dorment, regardent leur écran vidéo. Après avoir laissé Finley, Cesca en a profité pour traverser l'avion et pour bavarder à voix basse avec ceux qui restaient éveillés. Personne ne me regarde. Personne ne m'a vue agir.

Je ne peux pas me forcer à retourner dans la cabine. Je suis clouée sur place, la culpabilité me martèle la poitrine ; l'expression de Mike quand il a compris ce qui se passait est gravée dans mon cerveau. Il est grand, il a l'air en forme. Il ne va pas se laisser faire. Je pousse un sanglot, dégoûtée par ce que j'ai fait, par ce qui doit se passer en ce moment dans le cockpit.

Pourquoi l'avion ne plonge-t-il pas ? J'ai besoin que tout soit fini. Je ne supporte plus cette situation.

En imaginant Sophia en train d'apprendre la nouvelle, je fonds en larmes. Elle a cinq ans. Se souviendra-t-elle de moi ? Je revois le petit mot que j'ai laissé sur son oreiller sans penser un instant que ce serait le dernier, la dernière preuve physique qui nous lierait toutes les deux. J'ai toujours su que ces mots étaient plus importants pour moi que pour elle, mais je me demande maintenant si elle gardera ce cœur dessiné à la va-vite. Si celui-là, au moins, sera spécial.

Mes larmes redoublent. Je fais le deuil de ces jours où elle aura besoin de moi au retour de l'école, des conseils qu'elle voudra me demander et des câlins qu'elle a enfin commencé à me donner. Je fais le deuil de son premier jour au collège, du jour de son mariage, du jour où elle deviendra maman à son tour.

« Mais elle sera en vie, me dis-je avec virulence. Et elle aura son papa. » Je ravale un sanglot en pensant à Adam, pas à l'homme qu'il était ces douze derniers mois, celui qui a menti et triché pour mettre un terme à notre mariage, mais à l'homme dont je suis tombée amoureuse. L'homme que j'aime encore.

« On pourrait le faire quand même, a-t-il dit : passer la semaine avant Noël tous les deux, acheter des cadeaux, boire du vin chaud. Passer du temps ensemble. » Et j'ai refusé, j'ai fait en sorte d'être ailleurs, d'être dans ce satané avion, non pas parce que je ne désirais pas être avec lui, mais au contraire parce que je le désirais. Parce que je l'aime encore et que cela aurait causé ma perte.

Cesca entre dans le galley, à demi tournée vers le

passager à qui elle répond. « Absolument : c'est la dernière ligne droite maintenant ! » J'essaie de parler malgré ma bouche sèche, tout en cherchant les mots que je vais prononcer : comment vais-je pouvoir expliquer mon acte ? Depuis que j'ai ouvert cette lettre, depuis que j'ai trouvé la photo de Sophia, il n'y a pas une seconde où je n'aie pensé à elle, à ce que l'on me demandait de faire. Mais maintenant que c'est fait, que va-t-il se passer ? Qu'est-ce qui nous attend ?

— C'est un gentil gamin. Il veut savoir si vous avez dénoué ses…

Elle me regarde et tire le rideau.

— Qu'est-ce qui ne va pas ?

Je suis incapable de parler. De bouger. Dos tourné vers la porte du cockpit, mains posées sur les cloisons qui le flanquent, j'ai l'air de vouloir bloquer le passage alors qu'en réalité, je m'accroche parce que je ne me sens pas réelle. La situation semble irréelle.

Cesca doit déceler quelque chose dans mon expression. Ses traits se durcissent, elle me force à me pousser, entre le code de demande d'accès au cockpit. Le pirate de l'air se donnera-t-il même la peine de vérifier les caméras ? Verra-t-il la panique dans le regard de la copilote quand la porte refusera de s'ouvrir ?

Quelqu'un entre dans le galley derrière moi – Erik, je crois.

— Putain, Mike ! s'écrie Cesca, qui retape le code et attend le déclic signifiant que la porte est déverrouillée.

— Que s'est-il passé ? demande Erik d'un ton sec.

— Quelque chose ne va pas ? s'enquiert Carmel d'une voix plus douce.

Nous nous rassemblons tous les quatre autour de l'entrée du cockpit. Que ferons-nous si un passager veut aller aux toilettes ou vient chercher quelque chose à boire ? Il comprendra tout de suite qu'il se passe quelque chose de terrible.

— Mike ne me laisse pas entrer.

Cesca murmure un juron en tapotant sur les touches. Gagnée par la panique, elle hyperventile. Elle porte une mince alliance à l'annulaire.

— Il est souffrant ou… Mike !

Elle s'exprime d'une voix pressante, mais douce – Mike ne nous entendrait même pas crier – et j'essaie de dire quelque chose, mais j'ai la bouche si sèche que rien ne sort. Tandis que Cesca entre plusieurs fois le code, Erik me dévisage et il comprend. Il sait…

— Il a des enfants, dit Cesca. Pourquoi ferait-il…

— Entrez le code d'urgence, ordonne Erik.

— Non ! crié-je sans pouvoir me retenir.

Le code d'urgence fonctionne à l'inverse du code d'entrée standard. Au lieu d'appuyer sur un bouton pour autoriser l'accès au cockpit, le pilote doit appuyer sur un bouton pour l'interdire. Mais pour ce faire, il doit en connaître l'existence. Il doit savoir quel bouton presser.

Tout le monde me dévisage.

— Ne faites pas ça, dis-je doucement.

Ils croient Mike seul à l'intérieur. Ils le croient malade ou pris d'un coup de folie. Ils ne savent pas que l'avion a été détourné. Ils ne comprennent pas qu'ils pourraient tous être blessés aussi.

— C'est elle, lance Erik en pointant sur moi un doigt accusateur.

— Je…

— Elle a fait quelque chose.

J'ai le vertige, l'impression que je vais m'évanouir. Je dois m'expliquer.

— Ma… ma fille, je…

— Elle cache quelque chose depuis le décollage.

Par où commencer ? J'ai un goût salé sur les lèvres et m'aperçois que je pleure à nouveau. Je n'ai peut-être jamais cessé de pleurer. Comme dans un appel longue distance, il y a un léger décalage entre le moment où leurs voix me parviennent et celui où je comprends ce qu'elles disent.

— Elle est restée longtemps aux toilettes. Trop longtemps, dit Erik.

« Sophia, me dis-je, je l'ai fait pour Sophia. »

— Elle a reçu un message. De la part d'un passager, explique Carmel en rougissant un peu, le regard fuyant.

Mes trois collègues m'encerclent et j'aimerais qu'il se passe quelque chose, que l'avion plonge, que l'inévitable se produise et que tout soit fini.

L'enquête permettra-t-elle de découvrir comment le pirate a accédé au cockpit ? Saura-t-on dans quelle position impossible je me suis retrouvée ? Je pense aux gros titres, aux photos que l'on dénichera quelque part pour exposer le visage de la traîtresse. Adam les cachera-t-il à Sophia ? Lui dira-t-il que je l'ai fait pour elle, pour lui sauver la vie, pour la préserver ? Comprendra-t-elle que je l'aimais tant que j'aurais fait n'importe quoi pour la protéger ? Que je suis morte pour la sauver ?

— Mina ! crie Cesca en me secouant violemment par

l'épaule. Si vous me cachez des choses, je vous ordonne de parler sur-le-champ.

À l'instant où j'ouvre la bouche, le micro crépite. Tout le monde se fige.

— Mesdames et messieurs, une nouvelle équipe a pris le contrôle de ce vol. Je suis Amazone, votre nouveau pilote. Seule votre entière coopération garantira votre sécurité.

Un cri de terreur qui vient du fond de l'avion rompt le silence stupéfait ; comme si un barrage cédait, le bruit enfle, alors que les passagers passent tant bien que mal par-dessus les sièges et se ruent dans les allées.

— Dites-leur de s'asseoir, ordonne Cesca, et Carmel s'empresse d'obéir.

Mais la moitié d'entre eux se massent déjà autour du galley, ouvrent les rideaux en exigeant de savoir ce qui se passe. « C'est une blague ? C'est un détournement ? C'est une attaque terroriste ? » Au bout des sept rangées de sièges de classe affaires, Hassan apparaît, encadré par la porte du bar, un torchon pendant dans une main et le verre qu'il essuyait dans l'autre. Derrière lui, à l'autre bout du bar, l'équipage de classe économique s'efforce de maîtriser la situation. Partout, des gens pleurent en s'agrippant les uns aux autres et l'hystérie monte comme la marée.

Erik et Carmel se chargent d'une allée chacun, et c'est d'une voix teintée d'un soupçon de peur qu'ils ordonnent aux passagers de « bien vouloir regagner leur place » et d'« essayer de rester calmes ». Les personnes déjà assises agrippent leurs accoudoirs. Certaines ont adopté la position de sécurité. Plusieurs d'entre elles prient.

Je retrouve ma voix.

— Le pirate occupait la place 7G.

Cesca m'attire à l'abri des regards et me pousse contre les casiers. Elle me plaque les bras le long du corps et les poignets aux portes métalliques.

— Comment le savez-vous ?

Ma respiration se brise en un sanglot.

— Parce que je l'ai laissé entrer dans le cockpit.

— Vous êtes sa complice ?

— Non !

— Je ne vous crois pas.

— Il a menacé ma fille. Il détenait des informations sur elle : il connaissait son école, il avait une photo d'elle, prise ce matin ; il a volé quelque chose dans son sac. Il a dit que si je n'obéissais pas, elle serait tuée : je n'avais pas le choix.

Ma voix devient plus stridente, et sans l'agitation qui règne déjà dans la cabine, tout le monde m'entendrait la supplier.

— Vous auriez pu passer un coup de téléphone ! hurle Cesca en postillonnant. Vous avez mis la vie de tout le monde en danger !

— Il a dit que si nous coopérions…

— Et vous le croyez ? lance-t-elle avec un rire discordant. Je me demande si vous êtes dangereuse ou simplement stupide, Mina.

— Ma fille s'appelle Sophia, dis-je d'une voix plus basse.

— Ça m'est ég…

— Elle a cinq ans. Elle vient de commencer l'école. Elle est très intelligente et se souvient de tout, elle est incroyable.

Je parle si vite que les mots s'enchaînent et ce n'est pas Cesca que je vois, mais les boucles folles et rebelles de Sophia, ses grands yeux marron. Je sens sa main douce dans la mienne ; le poids de son corps entre mes bras.

— Elle a été mise au monde par une femme qui se fichait qu'elle vive ou meure et on nous l'a confiée parce que, *pour nous*, c'était important qu'elle vive.

Je poursuis malgré les larmes qui m'étranglent et je sens l'étau se desserrer un peu sur mes poignets.

— Et j'ai juré de la protéger, quoi qu'il arrive.

Cesca me lâche les mains mais reste où elle est. J'ai une douleur lancinante aux poignets.

— Vous avez des enfants ?

— Trois, acquiesce Cesca au bout d'un long silence.

— Vous n'auriez pas fait la même chose ?

Elle ne répond pas, recule d'un pas et se secoue pour passer à l'action.

— Nous devons rétablir le calme : la panique ne sera d'aucune utilité à personne. Nous allons traverser la cabine pour parler à chaque passager individuellement, d'accord ?

J'acquiesce.

— Nous allons leur dire que nous ferons notre possible pour assurer leur sécurité ; qu'effectivement, un intrus a pénétré dans le cockpit, mais que nous allons tenter de communiquer avec le pirate de l'air pour reprendre le contrôle de l'appareil. C'est compris ?

— Oui.

— Au fait, Mina ? dit Cesca en levant le menton, son regard planté dans le mien. Ne sortez pas de mon champ de vision.

Les lits ont été relevés en position siège ; les films n'intéressent plus personne, les écouteurs pendent dans le vide. Couvertures et oreillers jonchent le sol et les passagers, paniqués, forment de petits groupes. Finley s'est blotti sur les genoux de sa mère, le visage enfoui dans son cou.

À l'avant de la cabine, Leah Talbot porte le petit Lachlan et ses sanglots silencieux mouillent le plaid dont elle l'a enveloppé. Je m'accroupis près de leur siège en cherchant mes mots.

— Ça va aller, m'entends-je dire, me méprisant de prononcer ce mensonge.

Leah me regarde, et sa bouche se tord quand elle essaie de parler.

— Cela fait dix ans que j'essaie d'avoir un bébé, dit-elle en berçant son fils, penchée sur lui.

— Arrête, Leah, intervient Paul en lui tendant la main.

— Nous ne pouvons pas, nous n'avons pas pu… dit-elle, en larmes, ses paroles ponctuées de sanglots douloureux. La sœur de Paul nous a servi de mère porteuse. Nous sommes restés avec eux. Depuis l'accouchement.

— Leah… dit son mari, au bord des larmes lui aussi, mais elle poursuit.

— Pendant l'enregistrement de ce vol, je débordais de bonheur. Nous formions enfin une famille. Je pouvais enfin rentrer chez moi avec un enfant.

— Ça va aller, répété-je en essayant d'être convaincante. Nous faisons notre possible pour reprendre le contrôle de l'appareil.

— Nous allons mourir, n'est-ce pas ?

Leah s'effondre contre Paul, le laisse lui caresser le dos et essayer de trouver des mots apaisants qui ne sont pas à la hauteur de l'horreur de la situation dans laquelle ils se trouvent et tandis que je m'éloigne, un changement se produit en moi.

Nous ne pouvons pas rester les bras croisés.

Tous les passagers de ce vol ont une raison d'être là : ils vont voir quelqu'un, quelqu'un qui les pleurera si notre avion n'arrive jamais à destination. Ils ont tous une histoire. Une existence à vivre. J'ai fait la seule chose possible pour protéger ma fille, mais maintenant, nous devons nous battre.

Je m'essuie le visage et m'oblige à prendre de la distance avec ce que j'ai fait. Ce qui importe à présent, c'est la façon dont je gère cet acte. Ce qui importe, c'est de rentrer à la maison pour retrouver Sophia. De permettre à tous ces gens de rentrer. Le pirate de l'air n'a pas provoqué le crash de l'avion dès que je lui ai ouvert la porte du cockpit, ce qui signifie qu'il prévoit de nous conduire quelque part avant de…

Je ne vais pas au bout de cette idée. S'il nous conduit ailleurs, le temps joue en notre faveur.

Alice Davanti écrit. Elle lève les yeux quand j'approche, mais retourne à son carnet avant que je l'aie rejointe, son stylo courant frénétiquement sur la page.

— Vous… travaillez ?

Cela semble extraordinaire, mais la situation l'est aussi.

— Une lettre, répond-elle sèchement. À ma mère.

J'aperçois la première ligne – *Je suis navrée* – avant de la quitter pour aller parler à un autre passager, puis au suivant. Ils sont plus ou moins effrayés, désorientés et en colère. Certains, les trois à la fois. Dans l'allée, Derek Trespass, le journaliste aux cheveux clairsemés, parle à Ginny et Doug, dont l'ébriété avancée les protège de la réalité.

— Y a qu'à ouvrir la porte pour le tirer de là ! s'écrie Doug. Je m'en charge !

— Ne te fais pas mal, mon chéri, dit Ginny en lui prenant le bras, les joues tachées de mascara.

— C'est sacrément tentant, répond Trespass. Au moins nous ferions *quelque chose.*

— Je comprends vos inquiétudes, mais il faut vraiment que tout le monde garde son calme. Regagnez vos sièges, s'il vous plaît…

— Rester calme ? s'étonne Doug. Notre avion a été détourné, putain !

Seule une poignée de passagers sont assis ; ils maîtrisent leur peur et tendent le cou vers le cockpit. Que se passe-t-il là-dedans ? Mike est-il mort ? J'ai la nausée en pensant à ce qu'a dit Cesca : il a des enfants.

Une dame d'âge mûr se lève, à l'avant de l'avion, et tape des mains comme le ferait une maîtresse d'école.

— Excusez-moi !

Elle a une voix stridente qui dégage cependant une certaine autorité, et tout le monde se tourne lentement vers elle.

— La panique ne vous sera d'aucun secours.

C'est la femme aux longs cheveux poivre et sel qui a transvasé ses affaires dans les vide-poches au lieu de ranger son sac dans un casier.

Un murmure de mécontentement s'élève, quelque

part, mais un calme relatif règne dans la cabine. Les gens ont besoin d'entendre la voix de la raison en temps de crise et ils font plus volontiers confiance à l'un des leurs qu'aux responsables. Cette femme pourrait nous aider. J'essaie de me rappeler son nom, en vain.

— Il ne vous sera fait aucun mal, tant que vous coopérez.

Je commence à échafauder un plan. Il doit y avoir d'autres passagers comme elle, résolus, sûrs d'eux. Ils pourront nous aider à maintenir le calme pendant que nous…

Je comprends ce que je viens d'entendre avec un temps de retard.

Elle a dit *vous*. Pas *nous*.

— Nous avons pris le contrôle de l'appareil.

La femme a une soixantaine d'années. Elle ressemble à une enseignante, une assistance sociale, une infirmière ; pas à une terroriste. Elle lève la main quand un homme placé deux rangées derrière elle essaie de s'approcher.

— Nous avons des armes dont nous n'hésiterons pas à faire usage.

Lentement, l'homme s'affale dans un siège libre.

— Je m'appelle Missouri. Mais je ne suis pas seule.

Elle jette un regard circulaire dans la cabine et, un à un, nous l'imitons. Je dévisage chaque passager tour à tour. Jason Poke, les Talbot, Finley et sa mère. Lady Barrow. L'homme qui a peur de l'avion. La petite blonde qui a pleuré au moment du décollage.

— Mes amis et alliés sont assis parmi vous, explique

Missouri avec un petit sourire. Si vous tentez quoi que ce soit, nous le saurons.

Mon cœur tambourine dans ma poitrine. Je croyais être aux ordres d'un pirate de l'air – l'homme au visage anguleux désormais aux commandes de l'appareil. Mais il a des complices. Nous ignorons combien. Nous ignorons où ils sont assis.

Nous ne pouvons faire confiance à personne.

Vingt-huit
Passager 1G

Je préfère travailler en solo, en général. C'est moins risqué (moins d'indiscrétions et tout ça) et cela évite les discussions qui tournent en rond et impliquent beaucoup de bla-bla et peu d'action.

Cependant, certains projets sont de trop grande ampleur pour une seule personne.

Au fil des années, j'ai pris la tête d'une faction dissidente du Groupe d'action en faveur du climat, que j'avais rejoint à la suite de ma révélation. Elle avait le dynamisme et l'énergie d'un mouvement politique, la hiérarchie et le règlement restrictif en moins, et même si nous ne formions qu'un petit groupe, nous étions passionnés par la sauvegarde de la planète. Ceux qui nous rejoignaient étaient triés sur le volet : je ne voulais pas de frondeurs, d'électrons libres, de loups solitaires. Je voulais des gens animés par l'esprit d'équipe. Je voulais des suiveurs, pas des meneurs.

Lentement, je rassemblais mon troupeau.

C'est injuste, mais les médias véhiculent une image stéréotypée des écologistes. Celle de types barbus coiffés de dreadlocks, aux pieds nus et aux mains sales. Des gens qui touchent le chômage, vivent dans les bois et enlacent des arbres. Ils se moquent de nous et ce faisant, ils amènent de manière subtile la société à se moquer aussi des sujets environnementaux. Si les écologistes sont ridicules, l'écologie doit l'être aussi.

En réalité, nous venons de tous les horizons.

L'une de mes premières recrues était une femme au foyer. J'administrais un groupe Facebook alors appelé Astuces pour la maison. Les discussions avaient depuis longtemps dérivé vers le boycott du plastique à usage unique et je commençais à introduire plus d'images d'animaux pour voir à quel point elles parlaient au groupe. Bientôt, je le rebaptiserais Action en faveur du climat et le fusionnerais avec la branche principale. En procédant ainsi, j'avais déjà bâti une communauté de plus de cent mille personnes aux quatre coins du monde.

Seule, notre voix ne porte pas beaucoup ; ensemble, nous pouvons rugir.

Une femme avait posté une émoticône qui pleure sous la photo d'un ours polaire décharné.

Jour 8 du mois sans plastique, a-t-elle écrit. J'ai du mal, franchement, mais cette photo m'a remotivée !

Un petit fil de discussion est apparu sous son message.

Bien joué : continue !

Merci. Mon mari déteste le papier paraffiné sur ses sandwichs. Vous avez des idées de solutions alternatives ?

Papier aluminium ?

Bien sûr ! Quelle idiote !

Elle faisait beaucoup allusion à son mari. Il avait l'air assez psychorigide. Avec elle aussi.

J'ai essayé le shampoing solide ce matin. Le résultat n'est pas beau à voir, apparemment LOL!!!

Prises séparément, ses publications sortaient à peine de l'ordinaire – le groupe comptait trois mille membres actifs et les sujets étaient vite relégués en bas de page –, mais quand on les lisait avec attention, comme je l'ai fait, ils brossaient un certain tableau.

Quelqu'un sait comment enlever une tache de graisse sur une cravate? S'il vous plaît????

Est-ce qu'on peut remplacer le beurre par du spray allégé en calories?

Sa photo de profil montrait une jolie blonde à la taille toute fine. Quand on remontait le fil de ses publications, on avait l'impression qu'elle avait rétréci, éclipsée par l'homme, présent à ses côtés dans presque chaque cliché, qui posait une main de propriétaire sur son épaule.

Je l'ai contactée.

Salut! Merci d'être l'une des principales contributrices d'Astuces pour la maison! Je veux juste que tu saches que j'apprécie vraiment tes publications et commentaires.

Elle a répondu instantanément.

Ouah, merci! Ce groupe est tellement sympa, je ne sais pas ce que je ferais sans lui!

Tu as pu enlever la tache de graisse sur la cravate?

Non, *suivi d'une émoticône triste avec une larme qui coule sur la joue.*

Bon, tant pis. Une de perdue, dix de retrouvées!

Dis ça à mon mari…

Nous bavardions presque tous les jours. Je devinais déjà qui était cette femme, à quoi ressemblait son couple, mais quelle ne fut pas ma surprise quand, après quelques jours sans nouvelles, elle m'a écrit pour m'apprendre qu'elle avait fait un séjour à l'hôpital après une méchante fracture de l'avant-bras gauche.

Ce n'est pas sa faute, *a-t-elle dit.* Il est hyper-stressé au travail.

Les doigts posés sur le clavier, j'anticipais une nouvelle séance de bavardages virant un peu à la thérapie de son côté, mais j'ai serré les poings. Pauvre femme. Quel salaud!

C'est déjà arrivé avant?

L'écran clignotait. Je l'imaginais en train d'hésiter. Taper un message, l'effacer, taper, effacer.

Quasiment tous les jours. Jamais aussi violemment.

Et comme si j'avais ouvert les vannes, tout est sorti. Toutes les excuses de ce type, toutes ses erreurs. En lisant entre les lignes, j'ai découvert une vérité effroyable. Il avait réussi à l'isoler de ses amis. Il contrôlait leurs finances, décidait de ce qu'ils faisaient, où ils allaient. Elle était complètement prisonnière.

Je dirige un groupe d'action en faveur du climat, lui ai-je dit. Nous sommes des milliers dans le monde, mais juste une poignée qui organisons notre action en coulisses. Tu devrais nous rejoindre.

Je ne vous serais d'aucune aide. Je n'ai pas inventé l'eau chaude, comme le dit toujours mon mari!

Tu trouves toujours des solutions sur le forum. Tu constituerais un atout précieux pour l'équipe.

Mon mari n'apprécierait pas.

Ne lui dis rien. Tout se passe en ligne, je te donnerai un pseudonyme. C'est un groupe génial : les autres vont t'adorer, je le sais.

Ça a été l'élément décisif. Ce dont elle avait besoin plus que tout au monde, et c'était tellement simple. Elle avait juste besoin d'être aimée.

C'est d'accord, alors ! Merci infiniment, bisous.

Plus tard, elle m'a dit qu'elle « remerciait sa bonne étoile que le hasard ait voulu que je lui écrive » au moment même où elle avait besoin de parler, mais le hasard n'y était pour rien. Ni le destin, ni la chance. Nous dirigeons notre propre orchestre et pouvons décider qui en fait partie.

Je me sentais responsable de Sandra, cela dit. J'étais la seule personne à qui elle avait confié que son mari la maltraitait : comment aurais-je pu refuser de l'aider ? Elle manquait cruellement de confiance en elle, mais sous cette fragilité, je voyais une femme attentionnée, pleine de compassion, préoccupée par l'environnement. Je voyais une femme qui avait touché le fond. Une femme paralysée par son manque d'assurance, reconnaissante pour le moindre compliment. Une femme tellement habituée à ce que les pensées d'un autre soient substituées aux siennes que je pouvais la modeler pour qu'elle corresponde exactement à mes besoins.

J'ai vu là une opportunité.

À chaque berger son troupeau.

Vingt-neuf
Arrivée à Sydney H – 6 – Mina

Celle qui se fait appeler Missouri porte un pull tricoté main en laine verte épaisse.

La peur qui pulse dans mes veines commence à s'atténuer : ce n'est pas le terroriste auquel je m'attendais. C'est une grand-mère. Nous sommes loin d'être en sécurité, mais s'ils lui ressemblent tous…

Je ne suis manifestement pas la seule à être de cet avis car, comme s'ils s'étaient donné le mot, les passagers encore debout commencent à se diriger vers elle. Mon esprit va à cent à l'heure, anticipant le moment où nous l'aurons plaquée au sol. Il y a des menottes en plastique dans les casiers réservés à l'équipage et quel que soit le nombre de terroristes, nous sommes plus nombreux qu'eux. Nous n'avons qu'à…

Mais tout change quand Missouri soulève son pull vert.

Les passagers reculent. Sous le pull, elle porte quatre sacs en plastique attachés à une large ceinture qui lui serre la poitrine. Les sacs sont noirs et contiennent une substance suffisamment souple pour que les coins soient légèrement repliés ; deux minces fils électriques serpentent de chaque sac et disparaissent sous le vêtement.

— Asseyez-vous.

Missouri se dirige vers l'avant de la cabine et se poste à l'entrée du galley. Lentement, les passagers regagnent leur place. Seuls les pleurs de Lachlan et les voix angoissées de ceux, à l'arrière de l'appareil, qui n'ont pas connaissance de ce dernier rebondissement troublent le silence terrifié. En entendant un PNC de classe économique assurer que « nous maîtrisons la situation », je sens la sueur couler sur mes reins. Pas du tout, loin s'en faut.

Il y a une bombe à bord.

Tout le monde se plaint de la file au contrôle de sûreté. On entend les gens râler en se déchaussant ; on les voit cavaler parce qu'ils n'ont pas prévu assez de temps pour les inspections. « Est-ce que j'ai l'air d'un terroriste ? » demandent-ils, fâchés d'être pris à part pour être fouillés. Mais il y a toute sorte de terroristes et celle-ci porte un pull vert tricoté main.

— Elle bluffe ! chuchote Cesca.

Nous sommes dans l'allée de l'appareil où Missouri monte la garde, quelques rangées derrière elle. Je veux qu'elle baisse son pull, comme s'il suffisait de ne pas voir les explosifs pour être sûre qu'elle n'en fera pas usage !

— Peut-être. Vous voulez tenter votre chance ?

C'est une question rhétorique. Ni Cesca ni moi n'allons tenter quoi que ce soit. Bien que les mesures de sécurité aéroportuaires soient rigoureuses, aucun système n'est infaillible. On va confisquer une bouteille de décolorant capillaire, mais un miniflacon de gel douche rempli d'eau oxygénée peut passer entre les mailles du filet. Les couteaux sont interdits à bord, mais les aiguilles à tricoter, les ciseaux de couture, les limes à ongles métalliques sont autorisés. N'importe quel objet peut servir d'arme quand on est motivé.

Carmel et Erik se trouvent dans l'allée opposée et ma collègue ne cesse de faire tourner la bague qu'elle a au doigt. La femme menue de la place 5J – la blonde que j'ai vue flirter au bar – est restée debout et j'indique à Erik de la faire asseoir. Alors qu'il approche, elle se dirige vers le galley et adopte la position miroir de celle de Missouri. Elle regarde sa complice, sourire aux lèvres, avant de nous adresser un bref hochement de tête.

— Zambèze, annonce-t-elle.

Je ne comprends pas tout de suite qu'elle vient de se présenter.

Elle est délicate et ressemble à une poupée, les mains croisées devant elle, telle une mariée sans son bouquet ; je détaille sa silhouette pour voir si elle porte des explosifs. Sa robe moulante tombe de clavicules saillantes et frôle un ventre plat. Sous la robe, un legging noir poche autour de ses genoux.

Zambèze. Missouri. Elles forment un duo improbable.

Elles font d'improbables terroristes.

Missouri recule dans le galley sans jamais quitter la cabine des yeux. Les fils électriques de sa veste piégée doivent passer par ses manches car dans sa main gauche, elle tient un petit bout de plastique noir dans lequel ils s'insèrent. De la main droite, elle décroche le micro pour s'adresser à l'ensemble des passagers.

— Je porte assez d'explosifs pour tuer tout le monde dans cet avion.

On n'entend qu'un léger sanglot, si insistant qu'il semble provenir de la structure même de l'appareil.

— Vous avez tous peur de mourir et pourtant, vous gaspillez de l'eau dont les récoltes ont désespérément besoin. Vous contribuez au réchauffement des océans, qui épuise les réserves de poissons. Vous conduisez alors que vous pourriez marcher, vous mangez de la viande au lieu de manger des légumes, vous coupez des arbres pour construire des maisons servant à abriter une population qui croît de manière incontrôlable. Vous tuez la planète et la planète a peur, comme vous en ce moment.

C'est pour ça ? C'est pour ça qu'ils ont détourné notre avion ? Menacé ma famille ? *La planète a peur* ? Je m'efforce de refouler la colère qui éclate en moi. J'avais imaginé un zélote religieux, un fanatique. Pas ça. Voilà à quoi ressemble la folie. À une femme aux cheveux gris vêtue d'un pull vert, avec des rides autour des yeux et des taches de vieillesse sur les mains. Je pense aux reportages sur les manifestations en faveur de l'environnement que j'ai vus ; je me suis empressée de changer de chaîne sans les prendre au sérieux. Ces gens sont un peu toqués, peut-être, mais pas vraiment fous. Pas *dangereux*.

— L'envie n'a rien à voir avec le besoin, poursuit Missouri, les yeux noirs et perçants, le visage animé. Aucun d'entre vous n'avait *besoin* de prendre ce vol. Il existe des endroits magnifiques, dans votre pays et dans d'autres, accessibles en train ou en bateau. Vous pouvez travailler par mail, téléphone, vidéo avec des compagnies à l'autre bout du monde : vous n'avez pas *besoin* de détruire la planète. C'est égoïste, coûteux et cela doit cesser.

Je pense à Leah et Paul Talbot qui ramènent le petit Lachlan chez eux ; et à la passagère qui espère arriver à Sydney à temps pour dire adieu à une amie mourante. Je pense à Pat Barrow qui fuit son chagrin. Je pense aux vingt membres d'équipage qui ont un crédit immobilier à payer, des enfants à nourrir. La notion de besoin est toute relative.

— Comment se fait-il que vous ayez pris l'avion, alors ?

Un hoquet de surprise résonne dans la cabine et tout le monde se retourne pour voir qui a posé la question.

— Arrête, Doug ! lance Ginny en agrippant son fiancé qui gesticule, tel un ivrogne dans un café-théâtre un samedi soir.

— L'inventeur de l'ampoule électrique travaillait à la lueur d'une bougie, répond Missouri, apparemment plus amusée qu'agacée par l'interruption. L'inventeur de l'automobile se déplaçait en charrette. Ceux d'entre nous qui œuvrent pour un avenir meilleur doivent se servir des outils à leur disposition pour inventer autre chose.

— Pourquoi ne nous sommes-nous pas encore écrasés ? Voilà ce que je voudrais savoir, lance une voix hystérique venue d'un siège à l'autre bout de la cabine, chaque mot prononcé sur un ton plus aigu que le précédent. Si nous devons mourir, finissons-en. C'est insupportable, insupportable !

— Faites-la taire, ordonne Derek Trespass. Vous avez entendu Missouri : si nous coopérons, on ne nous fera aucun mal.

— Elle a une bombe !

À cette annonce, un nouveau frisson de peur parcourt la cabine. Un sourire joue au coin des lèvres de la jeune femme à l'allure de poupée, celle qui se fait appeler Zambèze. Le spectacle l'amuse.

Main levée, Missouri nous intime le silence.

— Un communiqué doit être diffusé sur les réseaux sociaux dans les minutes qui viennent. Entre autres revendications, nous demandons au gouvernement d'avancer son objectif de neutralité carbone à 2030 et de condamner à des amendes les compagnies aériennes qui ne peuvent pas prouver leur engagement envers les énergies renouvelables.

Le passager assis à la place 2D – l'homme aux longues jambes qui m'a ordonné de sourire – est penché en avant, les avant-bras posés sur les genoux. Au lieu d'être terrifié comme les autres passagers, 2D hoche la tête en écoutant le discours de Missouri. J'attire l'attention de Cesca et le désigne d'un geste jusqu'à ce qu'elle suive mon regard.

Amazone, Missouri, Zambèze et maintenant l'homme assis en 2D. Cela fait quatre. Combien y en a-t-il d'autres ? Sont-ils assis vers le fond de l'avion, en classe économique ? Une idée soudaine me frappe : *y a-t-il des pirates de l'air parmi l'équipage ?*

— Nous prenons en otage quelques centaines de personnes seulement, reprend Missouri. Nos politiciens ont l'avenir de la planète entre leurs mains.

Dans l'allée opposée, Erik a bougé. La dernière fois que j'ai regardé, il était à côté de Carmel, mais il s'est rapproché du galley de plusieurs rangées maintenant. Erik regarde fixement Zambèze, elle-même fascinée par le discours de Missouri. Je le vois bouger, à petits pas, si lentement que cela pourrait passer inaperçu. Je retiens mon souffle. Que fait-il ?

— Nous resterons en vol jusqu'à ce que le gouvernement accède à nos revendications ou… Jusqu'à ce que nous tombions en panne de carburant, conclut Missouri au terme d'une pause.

Un ange passe le temps que notre imagination collective se représente l'horreur absolue de cette menace. Missouri reprend la parole avant que quiconque puisse réagir.

— Je ne doute pas que nous atteignions notre objectif. Condamner à mort intentionnellement des centaines de concitoyens équivaudrait à se tirer une balle dans le pied, non ? demande-t-elle pour la forme. En attendant, tout ce que vous avez à faire, c'est coopérer.

Erik bouge de nouveau. Lentement, très lentement. Est-il le cinquième pirate de l'air ? Je le revois tirer le rideau autour de sa couchette pendant notre pause, refusant de prendre part aux ragots et aux jeux. Il prétendait vouloir dormir, mais avait-il quelque chose à cacher ?

— Et si nous ne coopérons pas ? demande Derek Trespass.

Missouri lève le bras, laissant la manche de son pull retomber sur son coude. Les fils électriques parlent pour elle. Caroline Crawford se met à sangloter à chaudes larmes, si bien que les regards angoissés se portent alternativement sur elle et sur Missouri, de crainte que cette bouffée d'émotion n'incite les pirates de l'air à agir. Il y a un mouvement soudain vers le galley. C'est Erik qui s'élance et attrape Zambèze, lui tord le bras derrière le dos. Des cris résonnent dans la cabine et Carmel se précipite, sa voix s'élevant au-dessus du vacarme.

— Erik, non ! Nous allons tous mourir à cause de toi !

Tous les passagers sont debout ; ils pleurent, crient, se jettent dans la mêlée. Missouri traverse le galley et réapparaît derrière Zambèze, aux prises avec Erik. Désormais hystérique, Carmel lui tire le bras et au-dessus du tumulte, on entend le petit Lachlan hurler à pleins poumons. Je prends le plus court chemin pour traverser la cabine, grimpe par-dessus les sièges sans savoir ce que je ferai une fois de l'autre côté vu la confusion générale, simplement convaincue que quelqu'un va être blessé s'ils…

Je n'ai jamais vu autant de sang.

Il gicle en décrivant un grand arc de cercle au-dessus des sièges et dessine une éclaboussure écarlate sur la paroi. Quelqu'un pousse un hurlement interminable.

— Aidez-moi à l'allonger par terre, crie l'homme à la barbe bien taillée, les lunettes ensanglantées.

Son sweat-shirt gris est trempé et il appuie sur une plaie qui ne se refermera pas, quelle que soit la pression exercée. Des cris retentissent. Tellement de cris.

Carmel. Vingt-deux ans. La tête pleine de projets de déco, d'hôtels lointains et de son petit ami qui travaille à la City. À trente-cinq mille pieds d'altitude, son sang pulse entre les doigts d'un inconnu à cause du tire-bouchon enfoncé dans son cou.

Trente
Passager 1G

Il faut que tu comprennes que je n'ai jamais voulu faire de mal à personne. Mais on ne fait pas d'omelette sans casser des œufs, comme dit le dicton. Parfois, la violence est le seul langage que les gens comprennent.

Le tire-bouchon était une garantie : j'avais besoin d'une arme plus concrète, plus ciblée que la menace d'une bombe. Je l'avais glissé dans ma poche à l'occasion d'une visite pour « admirer le bar » sans avoir vraiment anticipé ce que j'en ferais, et en assistant à la tentative de sabotage de mon plan par l'équipage, j'ai su que c'était une bonne idée. Le métal a percé la gorge de la jeune femme avec un bruit sec que j'ai trouvé curieusement gratifiant. C'était la première fois que je tuais quelqu'un. J'ai du sang sur les mains.

Comme toute mort, la sienne était regrettable, mais parmi toutes les personnes à bord de cet avion, c'est sans doute l'équipage qui portait la plus grande part de responsabilité. Imagine que le personnel navigant refuse de prendre l'avion : tu te rends compte de l'impact d'une telle prise de position ? S'il exigeait moins d'émission de CO_2*, l'emploi d'énergies renouvelables ?*

Mais on ne scie pas la branche sur laquelle on est assis, n'est-ce pas ?

J'ai sacrifié la jeune femme, tout comme le passager de la place 1J, mort pour que Mina comprenne l'importance de nos exigences. Il a ouvert son portefeuille au bar, fier de sa famille, et j'ai aperçu sa carte de grand voyageur. Pas aussi coupable que l'équipage, mais pas si innocent que cela non plus. Il a choisi de générer 5,8 tonnes de CO_2 *en volant de Londres à Sydney. Il a choisi de détruire quinze mètres de calotte glaciaire. On récolte ce que l'on sème.*

J'ai écrasé du Rohypnol dans son verre avant de l'expédier grâce à une overdose d'insuline qui a provoqué une convulsion plutôt violente et l'a vite plongé dans un coma dont il n'est pas sorti. L'insuline ne doit pas être entreposée en soute, vois-tu, car elle doit être maintenue à température constante. Que l'on passe une seule nuit ou six mois sur le lieu de sa destination, on peut donc transporter son stock entier dans son bagage à main avec un simple justificatif médical pour satisfaire la sécurité aéroportuaire. C'est extraordinaire de penser que j'ai dû me déchausser pour prouver que des explosifs n'étaient pas dissimulés dans les talons de mes chaussures alors que j'ai pu passer la sécurité en toute décontraction et sans éveiller de soupçons avec assez d'insuline pour tenir deux mois et vingt cachets de Rohypnol glissés dans une boîte de paracétamol.

Des armes humbles peut-être, mais dont la présence

est beaucoup plus facile à justifier que des poisons illicites, et en outre extrêmement efficaces, comme tu as pu le voir. Certes, le Rohypnol administré à Adam Holbrook aurait pu faire effet plus tôt, mais Volga n'avait pas pris sa taille ni sa force en considération. Qu'importe : il a fini par succomber.

Ah, Volga... C'est à cause d'elle, tout ça, en réalité. Même si elle ne s'en est pas aperçue à l'époque.

Nous avions déjà commencé à cibler l'industrie aéronautique et nous avions remporté quelques succès notables quand nous avons paralysé le plus grand aéroport du Royaume-Uni avec pour seule arme une paire de drones. La couverture médiatique a été extraordinaire – les gens écoutaient enfin –, et j'ai su alors que nous pouvions réussir une prouesse plus grande encore. Un geste si grandiose que les pouvoirs publics seraient obligés d'agir.

L'été suivant, je surveillais le forum quand Volga m'a offert le véhicule idéal. Littéralement.

Cela faisait un moment qu'elle faisait partie du groupe. Elle participait aux manifestations, attirée d'instinct vers les émeutes, et son casier judiciaire s'allongeait au fil du temps. Elle appartenait à cette catégorie de jeunes gens qui se croient indestructibles, avec un penchant pour les médicaments obtenus sur ordonnance qui me permettait de la contrôler.

Je connais quelqu'un qui a adopté une tortue pour sa fille grâce à WWF, *a-t-elle écrit*, mais accrochez-vous : elle est hôtesse de l'air, putain !

La conversation tournait autour des militants en pantoufles de la classe moyenne, fervents adeptes des bouteilles de lait en verre « rétro » mais que cela ne gêne pas d'aller passer le week-end allongés au bord d'une piscine à l'autre bout de la planète.

Bande d'hypocrites ! *avait conclu Gange, à juste titre.* Elle va à Sydney dans un vol sans escale en décembre : vous imaginez l'empreinte carbone ?

J'imaginais plus que ça...

J'ai vérifié l'itinéraire sur Google. La couverture médiatique était importante, les tabloïds spéculaient déjà sur la liste de célébrités invitées à bord, ravies de voir leur nom associé à un vol historique tel que celui-là.

Les billets venaient d'être mis en vente.

J'ai envoyé un message privé à Volga, lui ai soutiré toutes les informations dont elle disposait en lui promettant assez d'opiacés pour la faire sourire jusqu'à Noël. Elle ne connaissait pas cette femme personnellement ; elle connaissait sa fille au pair ukrainienne. Pourrait-elle réussir à la rencontrer sous un prétexte ou un autre ? Si Volga parvenait à pénétrer chez cette femme, elle pourrait mieux la connaître. Je savais que Volga avait la vingtaine et je lui ai suggéré de se faire passer pour une fille plus jeune. La société ne prête pas assez d'intelligence aux adolescents pour s'en méfier, d'après ce que j'ai constaté, et cette innocence apparente peut être utile.

Tu connais la suite. Becca Thompson, dix-sept ans. Lycéenne étudiant les arts plastiques, l'histoire et le français. Baby-sitter. Militante infiltrée. Malgré son âge, j'étais convaincu qu'elle garderait son sang-froid. La surprise jouait en sa faveur.

En fait, la seule chose qui m'inquiétait, c'était qu'elle aille un peu trop loin.

Trente et un
1 heure du matin – Adam

La première fois que j'ai pris l'avion avec Mina, nous venions d'emménager ensemble. Nous sommes allés à l'aéroport en voiture et nous sommes dit au revoir au comptoir d'enregistrement, sans savoir si nous nous reverrions dans deux heures ou dans trois jours.

« Croisons les doigts », a-t-elle dit.

Elle m'a embrassé, puis s'est tournée vers l'agent d'escale, mains jointes devant elle, suppliante.

« Tu fais ce que tu peux, d'accord ? J'aime bien celui-ci. »

J'ai vu qu'elle lui adressait un clin d'œil suggestif avant de faire virevolter son pardessus vert émeraude et de se diriger vers le contrôle de sûreté, timidement suivie par sa valise cabine. Ses cheveux qui, quelques heures plus tôt, étaient étalés sur mon oreiller, avaient été domptés en un chignon bas et strict au prix d'une demi-bombe de laque et d'une salle de bains polluée.

À la porte d'embarquement, j'ai joué avec mon passeport tandis que tout le monde faisait la queue et s'engouffrait dans le tunnel. Par la fenêtre, j'ai observé l'avion de World Airways qui attendait sur le tarmac en imaginant que Mina accueillait les passagers et vérifiait leur carte d'embarquement.

« Dernier appel pour le passager Williams. »

Quand l'annonce s'est tue, j'ai tendu l'oreille, à l'affût de pas précipités. J'ai cherché, parmi les gens encore assis autour de moi, le visage choqué d'une personne perdue dans ses pensées. *Désolé, j'étais dans la lune... Ce n'est rien, monsieur, procédons à votre embarquement.* J'ai essayé de croiser le regard de l'agent d'escale pour lui rappeler ma présence, mais elle était en pleine conversation. Le décollage était prévu dans dix minutes.

Dans le cas où je ne pourrais pas embarquer, j'avais décidé d'appeler mes copains. Au lieu de broyer du noir seul chez moi, je verrais qui était libre pour aller boire une bière. Ce serait sympa. Peut-être plus qu'un week-end à Rome.

« Dernier appel pour le passager Williams. L'embarquement est désormais terminé et l'avion prêt à décoller. Dernier appel, passager Williams. »

Plus sympa ? De qui je me moquais ? Un an plus tôt, ma conception d'une soirée idéale se résumait à quelques bières et un kebab avec les potes du boulot, mais aujourd'hui, j'étais fou amoureux. Qu'importait Rome : j'aurais passé une semaine en stand-by pour une nuit à Skegness avec Mina.

« Adam Holbrook ? »

Ce n'était pas le haut-parleur cette fois : on m'interpellait depuis le comptoir. Je me suis levé si vite que j'ai trébuché sur mon bagage à main, lâché mon téléphone et le magazine que j'avais acheté pour le voyage. L'agent a ri.

« J'allais dire que c'est votre jour de chance, mais je n'en suis plus si sûre.

— Je pars ?

— Vous partez. »

Une fois dans l'avion, j'ai essuyé le regard noir de deux cents passagers qui me prenaient pour Williams, le retardataire, et j'ai souri à Mina qui expliquait les consignes de sécurité dont elle m'avait fait la démonstration un jour, debout au-dessus de moi au lit, nue, un verre de champagne à la main. *Veuillez attacher votre* sein*ture...*

Nous avons passé un week-end génial. Le genre de week-end qui passe trop vite et semble pourtant durer une éternité ; où l'on n'arrête pas de rire, de parler. Un bon résumé de notre relation.

Que s'est-il passé ?

Tu as tout cassé. Et maintenant, tu risques de ne plus jamais revoir Mina.

J'aimerais savoir ce qu'elle vit en ce moment. Je maudis l'absence de flash info à la radio. On ne devrait parler que du détournement ! Comment Rise FM peut-elle encore passer des chansons de Noël et des spots publicitaires pour Marks & Spencer alors que des centaines de personnes sont peut-être…

Non ! Elles ne sont pas mortes. Mina n'est pas morte.

J'essaie d'imaginer mon ex, de remplacer les images horribles dans ma tête par d'autres plus optimistes, mais je ne vois que des scènes de film catastrophe. Des armes. Des bombes. Des avions qui explosent, plongent, s'encastrent dans des immeubles…

J'ai beau serrer plus fort les paupières, les scènes

continuent à défiler, accompagnées par la certitude que tout est ma faute. Si je n'avais pas contracté de dettes et menti à Mina, elle m'aimerait encore. Si elle m'aimait, elle n'aurait pas pris cet avion.

Je ne fouinais pas. Mina nous avait retrouvés au parc pour ramener Sophia à la maison et je l'avais convaincue de venir prendre une glace avec nous. Elle était restée assise au bord de sa chaise tout du long, à vérifier l'heure en demandant à Sophia si elle avait bientôt fini. C'était toujours la même chose : j'essayais de gagner du temps et Mina avait hâte de s'en aller. Si seulement nous avions pu passer la journée ensemble… Mais elle refusait même de l'envisager.

« J'ai besoin d'air, répétait-elle.

— Et si nous faisions quelque chose de sympa le mois prochain ? avais-je proposé la dernière fois que je l'avais vue. Pendant que Sophia sera à l'école. Visite du jardin botanique, peut-être, dès que les feuilles auront changé de couleur. Tu adores cet endroit. »

J'ai cru lire du regret dans ses yeux quand elle a refusé, mais je prenais peut-être mes désirs pour des réalités.

« Ou à Noël, avais-je insisté. Je sais que c'est dans plusieurs mois, mais je vais bientôt devoir poser mes congés. Je prendrai quelques jours, la semaine avant le 25, et on pourra faire le tour des marchés. On achètera quelque chose de joli pour Sophia. »

Je croyais pouvoir l'influencer, mais elle s'est contentée de dire qu'elle « allait y réfléchir » avant de se refermer comme une huître.

Dès que Sophia a posé sa cuillère, Mina s'est emparée de la note pour aller payer au comptoir. Son téléphone a vibré contre la table et d'instinct, je l'ai pris – le même réflexe automatique qui fait que mes doigts glissent tout seuls sur l'écran de mon téléphone pour se connecter aux sites de paris en ligne. J'ai regardé l'écran. C'était un SMS de la part d'un certain Ryan.

Me suis occupé de l'échange avec le service du personnel. Tu embarques dans le vol pour Sydney. Je continue à croire que je gagne au change !

Ce n'est pas tant que je n'ai pas compris ce message (même si c'était le cas), mais plutôt que je n'ai pas saisi son importance. Sauf qu'en partant, Mina a lancé : « Oh, à propos des marchés de Noël. Ne t'embête pas à poser des congés. On m'a attribué le vol pour Sydney. Je serai absente toute la semaine. »

Soudain, le SMS a pris tout son sens.

J'étais anéanti quand elles sont parties. Mina me détestait tellement qu'elle préférait être à des milliers de kilomètres de moi… C'était ma faute, je le savais. Mais quand même…

Je pense à elle maintenant, à la merci de pirates de l'air, et je remonte le fil des responsabilités. Je change de position sur la pierre froide en essayant de récupérer des sensations dans mes jambes sans déranger Sophia, qui s'est assoupie sur mes genoux. Elle était appuyée contre ma poitrine, mais à mesure que le sommeil la gagnait, sa tête penchait de côté et, privé de l'usage de mes mains, j'ai dû tordre l'épaule en avant pour l'empêcher de tomber. J'étais mal à l'aise au début, puis c'est devenu inconfortable et maintenant c'est presque insupportable ; mais en ce moment, pour Sophia, il n'y a pas meilleur refuge que le sommeil pendant que je réfléchis à ce que je dois faire et que je pèse ma part de responsabilité. Je suis sûr que si je n'avais pas été si distrait – si je n'avais pas autant souffert de la raclée que j'ai reçue –, quelqu'un comme Becca n'aurait jamais pu l'emporter.

J'aurais dû dire la vérité à Mina d'emblée, sauf que je n'ai jamais eu l'intention de mentir. Dans les faits, acheter une carte à gratter c'est peut-être « jouer », mais personne n'appelle ça comme ça jusqu'à ce que cela devienne problématique ; et ça n'est devenu problématique que quand la situation m'a échappé. J'étais trop inquiet, j'avais trop honte, je voulais désespérément rembourser mes dettes avant que Mina ne remarque quelque chose.

L'humidité du mur imbibe le dos de mon tee-shirt et je ne peux m'empêcher de frissonner. Sophia s'agite et je me fige, mais il est trop tard. Elle est réveillée.

— Maman ! dit-elle, puis plus fort : Maman !

— Chut, papa est là.

— Maman !

Je me fais mal à l'épaule en la berçant doucement. Sophia se met à pleurer.

— Je n'aime pas être ici, je veux maman. Maman !

— Et si on racontait une histoire ?

— Non, je veux maman ! dit-elle, tendue, en me donnant des coups de pied dans les tibias.

— Dans la grande chambre verte, il y a un téléphone.

— Maman, répète-t-elle, plus calmement.

— Et un ballon rouge. Et un tableau de… dis-je en laissant la phrase en suspens.

— La vache sautant par-dessus la lune, chuchote Sophia, et les coups de pied cessent.

— Et il y a…

— Trois oursons assis sur des chaises.

C'est peu de dire que je détestais *Bonsoir lune* ! Un jour, je l'avais confisqué et caché sous le tapis dans la chambre de Sophia. Je me disais que ce serait bon pour elle d'entendre une autre histoire à l'heure du coucher, de casser cette dépendance ridicule à la routine et au rabâchage. Je ne trouvais pas cette histoire très intéressante, de toute façon. Il en existait de bien meilleures. J'en ai acheté tout un tas chez Waterstones, apaisant ma culpabilité avec *Le Gruffalo* et *La Sorcière dans les airs*. J'ai commandé un exemplaire du *Petit Prince*, suggérant à Mina que Sophia aimerait peut-être entendre des histoires en français.

« Ta mère te parlait arabe quand tu étais petite ?

— Seulement quand elle était en colère, a répondu Mina en souriant.

— On pourrait trouver des contes traditionnels algériens pour Sophia.

— Elle aime *Bonsoir lune*.

— Oui, mais tous les soirs… ! »

Ce n'était pas seulement le rabâchage qui m'agaçait. Mais le fait que Sophia veuille toujours que ce soit Mina qui le lui lise. Quand Mina lisait *Bonsoir lune*, Sophia participait. Elle désignait les images et posait son doigt sur ses lèvres quand la vieille dame murmurait « chut ». J'étais toujours la roue de secours, le joueur remplaçant dans l'équipe perdante. « Bonsoir les étoiles ; bonsoir l'air ; bonsoir les bruits de la terre », concluais-je, et Sophia se redressait dans son lit en demandant : « Quand est-ce que maman va rentrer ? »

« Elle ne cherche pas à te blesser », m'expliquait Mina, mais la douleur cinglante n'a jamais disparu.

— Bonsoir les bruits de la terre, dis-je à présent.

— Merci papa, dit Sophia en blottissant sa tête sous mon menton.

— Je t'en prie, ma puce.

— J'ai si froid.

Son corps me réchauffe la poitrine, mais quand j'embrasse son front, il est glacé. Je remue le torse et la fais osciller d'un côté à l'autre.

— Allez, debout. C'est l'heure de se bouger.

Quand elle se lève, la douleur mêlée de soulagement que j'éprouve en détendant mes épaules et en ramenant les jambes vers moi m'arrache presque un cri.

— Tu te souviens comment on fait un saut en étoile ? dis-je, et Sophia acquiesce. Fais-en vingt alors. Allez, allez, allez !

Alors qu'elle saute en écartant bras et jambes, je bouge autant que les menottes me le permettent ; des fourmillements me paralysent les extrémités quand la circulation sanguine se rétablit. Sophia termine la séance, essoufflée et hilare.

— Cours sur place maintenant. Allez !

Je lui fais faire de l'exercice en sachant qu'elle ne tardera pas à avoir faim, mais c'est mieux que de tomber en hypothermie. Elle proteste quand je lui annonce que cela suffit, mais si elle se met à transpirer et attrape un refroidissement, elle se sentira plus mal qu'avant.

— On peut jouer aux devinettes ?

Je regarde autour de moi, ma vue désormais parfaitement ajustée à l'obscurité. Pierre. Marches. Porte verrouillée.

Je vois, je vois, devine quoi ? Absolument aucun moyen de sortir d'ici...

— J'ai une meilleure idée. Et si tu étais mes yeux et que nous partions en exploration ?

— Dehors ? demande Sophia, pleine d'espoir.

— Ici, pour l'instant.

Elle soupire. Accepte avec réticence.

— Okaaay.

— Commence dans le coin. Là-bas.

Consciencieuse, Sophia sautille vers l'angle le plus reculé de la cave.

— Maintenant, touche le mur. Dis-moi tout ce que tu trouves.

— J'ai peur des sourires.

— Des souris. Il n'y en a pas, ma chérie, c'était une histoire idiote que papa avait inventée. Qu'est-ce que tu sens ?

— Des briques.

— Touche par terre aussi. Tu sens quelque chose ?

Une brique descellée, un outil oublié, *n'importe quoi*.

À l'académie de police, on nous a appris à mener une fouille pour trouver de la drogue ou des armes. En binôme, nous commencions à deux angles opposés d'une pièce, puis nous échangions pour inspecter le coin occupé par notre partenaire. Nous divisions la pièce en quatre et nous assurions qu'il n'y avait rien dans une zone avant de passer à la suivante.

— Fais semblant d'être une policière à la recherche d'indices.

— Je vais être pilote d'avion.

— Fais juste semblant.

Elle trouve un clou et une canette de Coca Light rangée là avant que nous ne remarquions que les provisions stockées à la cave moisissaient.

— On peut la boire.

J'en crève soudain d'envie, la gorge irritée et les lèvres sèches.

— Tu crois que tu peux l'ouvrir ?

Cela prend une éternité, ses petits doigts s'efforçant de soulever la languette. Elle finit par y parvenir en coinçant la canette entre mes pieds et du Coca gicle sur mes chaussettes. Sophia boit la première – tout excitée d'avoir droit à une boisson d'ordinaire interdite –, puis elle penche la canette contre mes lèvres, trop vite, si bien que du liquide sirupeux coule dans mon cou. Après avoir fini de boire, Sophia lâche un rot sonore. Un autre rot lui échappe quand elle essaie de s'excuser et elle plaque les mains sur sa bouche. Elle n'en revient pas que je me force à roter à mon tour, alors qu'elle s'attendait à une remontrance.

— Papa !

Je m'aperçois que je la gronde tout le temps. *Tais-toi ; sois gentille ; mange proprement ; ne réponds pas*. Je la gronde bien plus souvent que je ne la complimente. Est-il surprenant qu'elle préfère Mina ?

Je rote à nouveau.

— Sophia !

— C'était toi !

Elle saute de tout son poids sur mes jambes, écrase mes joues entre ses mains et mon sourire déformé la fait éclater de rire.

— J'aimerais pouvoir te faire un câlin.

Elle tire sur mes bras.

— Ils sont coincés, malheureusement. Alors, à moins que tu ne puisses faire apparaître une clé par magie…

Je secoue les menottes contre la barre métallique.

— Oh ! s'exclame Sophia, qui vient d'avoir une idée.

Elle descend de mes genoux et ramasse le clou.

— Bonne idée, ma puce, mais ça ne marche que dans les films.

Sophia est dépitée, et je me retourne donc pour lui montrer la serrure des menottes.

— Allez, vas-y : on n'a rien à perdre.

Je me penche en avant et lui laisse le champ libre en me demandant si ma fille, si belle et si bizarre, va me surprendre avec un talent caché pour le crochetage de serrures.

Cela doit faire des heures que nous sommes ici. Combien de temps cela durera-t-il ?

J'appelle encore une fois Becca sans obtenir de réponse ; je suis terrifié de ne pas connaître ses intentions, une terreur qui n'a d'égale que celle que je ressens pour Mina. Le vol 79 devait atterrir à Sydney dans quelques heures et d'après la radio, il n'a pas changé de cap et ne s'est pas écrasé.

Pour l'instant.

Trente-deux
Passager 1G

Piloter un avion n'est pas chose aisée.

Nous avions besoin d'un pilote, manifestement, mais il aurait été très compliqué de rallier un professionnel à notre point de vue et nous aurions risqué de voir notre projet capoter avant même qu'il ait pris forme. J'ai tenté de trouver un pilote discrédité, mais ils ne sont pas aussi faciles à trouver que les médecins radiés, disons, dont on peut aisément obtenir les coordonnées.

Au beau milieu de mes recherches, surtout effectuées sur les forums en ligne, j'ai découvert que de nombreux aviateurs partageaient la passion des simulateurs de vol. Il me semble extraordinaire que, après une semaine dans un cockpit, on ait envie de passer ses journées à balader un avion pixélisé d'un côté à l'autre d'un écran, mais bon. Apparemment, les simulateurs modernes sont si réalistes et si réactifs que l'on a presque l'impression de piloter pour de vrai.

J'ai compris que je m'y étais mal pris. Pourquoi essayer de rallier un pilote de ligne à notre cause alors que je pouvais transformer un de mes disciples en pilote ?

Deux possibilités se présentaient à moi. Yangzi était notre informaticien attitré. Il avait mis en place notre forum dans le dark web en s'assurant qu'il s'autodétruirait dès le décollage du vol 79 ; il avait créé les nombreuses pages Facebook dont je m'étais servi pour recruter des disciples de manière si subtile qu'ils s'en étaient à peine rendu compte.

Contrairement à la plupart des membres du groupe, je n'avais pas trouvé Yangzi ; c'est lui qui nous avait trouvés. Nous opérions via *un groupe de discussion rudimentaire verrouillé par une série de mots de passe supposément complexes. Un jour, en allumant mon ordinateur, j'ai découvert une tête de mort souriante sur la boîte d'ouverture de session. Quand j'ai essayé de me connecter, l'écran s'est dissous sous mes yeux, formant une flaque colorée en bas de l'écran. Le message dans ma boîte de réception m'a appris le pourquoi de cette facétie : le pirate informatique transmettrait le contenu de mon site à la police à moins que je ne lui verse mille livres pour le récupérer.*

J'ai éclaté de rire. Quelle audace ! À l'époque, nos exploits flirtaient à peine avec l'illégalité : il aurait été gênant que la police les découvre, mais pas désastreux. Mille livres semblaient une somme curieusement dérisoire pour un aspirant maître chanteur et je lui ai fait une contre-proposition. Si nous comptions mener des actions directes plus retentissantes, il nous faudrait un site plus sécurisé de toute évidence, et je venais de trouver son concepteur.

Yangzi était un homme étrange. Un de ses grands-parents lui avait légué une somme importante, ce qui l'avait rendu léthargique tout en lui donnant l'impression que tout lui était dû. J'ai découvert que la raison d'être de notre groupe ne l'intéressait pas le moins du monde ; seul le défi de la dissimulation le motivait. Cette combinaison faisait de lui un atout autant qu'une menace, et je ne lui aurais pas plus confié les commandes d'un avion que je ne lui aurais confié une arme.

Amazone aussi était un électron libre, mais contrairement à Yangzi, j'avais réussi à le dompter. Comme la plupart des autres, je l'avais trouvé en ligne et j'avais décidé assez tôt que le groupe pouvait bénéficier de ses compétences. C'était un homme récalcitrant, victime d'accès maniaques qui le rendaient assez instable.

La clé du recrutement, c'est de faire correspondre désir et épanouissement. Vous avez besoin de vingt-huit mille livres par an, je vous verse un salaire de vingt-huit mille livres, ça paraît simple, mais un recruteur futé ira un peu plus loin. Les chasseurs de têtes passent Internet au crible pour identifier les points faibles de leurs cibles avant de porter le coup de grâce. « Nous avons une excellente crèche, un gymnase sur place, une mutuelle... L'équipe va prendre un verre tous les vendredis ; nous faisons du télétravail ; nous adoptons une tenue décontractée... »

Amazone avait un point faible intéressant.

Tout ce que je veux, c'est jouer ! *pouvait-on lire dans la bio d'une ligne de son profil. J'ai pris connaissance du reste de son fil de discussion. J'ai constaté le manque d'interaction avec les autres ; j'ai vu qu'il postait des billets avant de les effacer. « Non, me suis-je dit, tu cherches la reconnaissance. Tu veux que l'on t'apprécie. Tu veux montrer à tes parents que tu n'as pas gâché ta vie. » En lisant ses autres publications – partage d'images « patriotiques » d'extrême droite et très nombreuses pétitions signées pour des causes tous azimuts –, j'ai su que j'étais tombé sur un homme dont je pouvais canaliser la colère et la frustration dans la direction de mon choix.*

Je lui ai envoyé un lien vers mon profil Grand Theft Auto. Je me disais qu'il ne poserait pas de question et j'avais raison : l'après-midi même, je faisais partie de ses contacts. Pendant nos parties, je lançais des idées comme on sème des graines.

Ces putains de gauchistes qui empêchent les gens de porter les coquelicots du souvenir, tu y crois toi ?!

Tu as vu cette nana dans le journal ? Elle s'est fait payer des coups à boire toute la soirée et puis elle crie au viol ?!

La journée de la Femme ? Et la journée de l'Homme, c'est quand alors ?!

Il se saisissait de chaque idée et se l'appropriait, confirmant mes soupçons : il n'avait plus aucune conviction personnelle ; des années de jeux vidéo lui avaient émoussé l'esprit au point d'avoir désormais besoin qu'on lui dise ce qu'il devait penser, comme on alimente un patient sous perfusion. Lentement, j'ai filtré le contenu jusqu'à ne plus parler que d'environnement ; jusqu'à ce que ce soit lui, et non plus moi, qui aborde le sujet.

Quand j'ai su qu'il était l'un des nôtres, j'ai porté le coup fatal.

Un de mes amis cherche à employer des gamers : une entreprise informatique a besoin de tester la robustesse de son système. Ça t'intéresse ?

Bien sûr que oui.

Pendant un an, je l'ai « employé » en le chargeant de hacker les différents niveaux d'un jeu FPS ; puis je lui renvoyais exactement le même jeu en prétendant que la sécurité avait été renforcée.

Tu es hyper doué ! *lui disais-je chaque fois qu'il battait le système.* Je ne sais pas ce que je ferais sans toi.

Cela coûtait de l'argent, bien sûr, mais nos revenus étaient corrects. L'image de l'ours blanc famélique, qui avait fait un tabac sur le forum Astuces pour la maison, entraînait un flux régulier de dons. Les gens qui font des dons « pour l'environnement » ne demandent pas comment l'argent sera employé.

*J'ai ramé pour faire passer Amazone des jeux FPS aux simulateurs de vol (*C'est pas drôle quand on peut tuer personne*), mais à ce stade, il était déjà conditionné à accepter n'importe quel travail que je lui proposais. Je l'ai envoyé tester de vrais simulateurs aux quatre coins du pays jusqu'à ce qu'il se sente aussi à l'aise dans un cockpit que dans un fauteuil de gaming, avant de réserver des leçons à bord d'avions légers, jamais dans le même aérodrome deux fois de suite.*

L'instructeur a dit que j'étais un pilote-né ! *m'a-t-il dit par SMS après son premier essai.*

J'ai réfléchi au chemin qu'il avait parcouru en si peu de temps. Je n'avais jamais rencontré Amazone en personne, mais j'imaginais qu'il se tenait un peu plus droit, levait la tête un peu plus haut. La même chose était arrivée à Zambèze, qui n'avait plus rien à voir avec la femme battue que j'avais ramassée à la petite cuillère. Notre travail – notre mission importante qui allait changer le monde – transformait la vie des gens ici aussi.

Il faut environ soixante heures d'entraînement pour obtenir sa licence de pilote privé et Amazone a dû effectuer des milliers d'heures de vol sur simulateur cette année-là. Quand il a embarqué dans le vol 79, il avait une licence privée et des dizaines d'heures d'entraînement sur un simulateur de vol Boeing 777. C'était plus que suffisant pour ce que j'avais en tête.

Après tout, combien d'heures d'entraînement faut-il pour tomber du ciel ?

Trente-trois
Arrivée à Sydney H – 5 – Mina

Les cris ont laissé place à un silence chargé de peur et d'incrédulité. Derek Trespass a fait reculer tous les passagers vers le côté gauche de la cabine, loin de Carmel, en tonnant « Un peu de respect ! » alors que personne ne réagissait. Erik, Cesca, l'homme au sweat-shirt gris et moi entourons Carmel, étendue par terre dans l'allée.

— L'hémorragie ralentit, constate Erik.

Les giclées de sang qui nous ont tous éclaboussés sont moins régulières, moins puissantes. L'homme aux lunettes compresse toujours la plaie, le sang bouillonnant autour de ses doigts. Le tire-bouchon provient du bar, une simple spirale métallique dotée d'un manche en bois. Cela semble barbare de le laisser planté dans son cou, mais l'hémorragie redoublerait si on le retirait de la plaie.

De toute façon, ça ne changerait rien.

— L'hémorragie ne ralentit pas, le reprend Cesca, l'air sombre. Elle s'arrête.

Nous regardons la vie de Carmel refluer, les convulsions ralentissent à mesure que ses organes lâchent et qu'elle perd connaissance. Ses yeux sont révulsés, ses paupières moites et bleutées. Son sauveteur écarte les mains de son cou et s'affale par terre. Horrifié, il ôte ses lunettes, étalant de la sueur et du sang sur son front.

Il tressaille quand je lui touche le bras, encore prisonnier du cauchemar que nous venons de vivre.

— Vous avez fait votre possible.

— J'aurais peut-être pu compresser la plaie plus fort ou…

— Vous avez fait votre possible, insisté-je, la voix brisée.

— Quelle idiote !

Comme nous tous, Missouri a été éclaboussée par le sang de Carmel mais, contrairement à nous, elle a le visage impassible.

— Comment avez-vous osé ? dis-je en la dévisageant.

— Voilà ce qui arrive quand on ignore les ordres.

— Vous l'avez tuée alors qu'elle n'avait rien fait de mal !

— Ce n'était pas…

Je me lève péniblement, écœurée par ses excuses.

— Vous êtes un monstre.

— La ferme, Mina, pour l'amour du ciel ! me rabroue Erik.

— Tu peux parler ! dis-je en me tournant vers lui. Carmel essayait de t'arrêter : tout ça c'est…

Je n'achève pas ma phrase, ma conscience refuse de me laisser prononcer ce qui suit. Ce n'est pas la faute d'Erik. Je suis entièrement responsable. Il le sait aussi bien que moi.

L'homme barbu continue à regarder Carmel.

— Comment vous appelez-vous ? dis-je doucement.

Il me fixe d'un regard vague pendant un instant avant de se secouer.

— Rowan. Nous devrions la déplacer. Nous ne pouvons pas la laisser par terre comme ça, ce n'est pas bien.

Il cligne rapidement des yeux puis essuie maladroitement ses lunettes sur son sweat-shirt avant de les rechausser.

— On pourrait… hésite Cesca en regardant la porte menant à la zone de repos des pilotes.

— Mettons-la sur un siège, m'empressé-je de dire.

Ben et Louis – et la moitié du personnel navigant – sont plus en sécurité là où ils sont. Pourquoi risquer qu'ils soient blessés alors que nous avons peut-être encore une chance d'atterrir sans encombre ? Il reste une heure de repos aux pilotes avant qu'ils ne doivent redescendre. En revanche, je m'aperçois soudain que la relève du personnel navigant aurait dû avoir lieu il y a une heure. Où sont mes collègues ? Les couchettes sont insonorisées, mais l'un d'eux aurait-il pu descendre boire quelque chose ? Aurait-il pu entrouvrir la porte et constater ce qui se passait ? Je l'imagine battre en retraite, fermer la porte et échafauder un plan.

Cesca ne tarde pas à suivre le même raisonnement.

— Oui, bonne idée.

— Mettons-la sur le mien, propose Rowan, désignant une place où un film joue en silence sur l'écran. J'ai la vague impression que je ne verrai pas la fin.

Cesca appuie sur le bouton pour déplier le lit et, en conjuguant nos efforts, nous parvenons à soulever

Carmel. Je la recouvre d'un plaid en refoulant mes larmes.

Je suis vraiment navrée, Carmel.

Si je pouvais remonter le temps, que ferais-je ? En sachant combien de sang serait versé, aurais-je ouvert cette porte ? Debout, la main sur le corps encore chaud de ma collègue, je m'oblige pendant un instant atroce à imaginer que c'est Sophia qui est là à sa place, et je sais sans l'ombre d'un doute que j'agirais de la même manière.

Comme n'importe quel parent.

L'atmosphère de la cabine a changé. Les passagers terrifiés sont réunis en petits groupes ; ils ont quitté leur place et se sont massés dans l'allée opposée, comme Derek le leur a ordonné. Je jette un coup d'œil vers le bar. Une silhouette monte la garde à l'entrée de la cabine de classe économique, tout comme Missouri et Zambèze, qui ont repris leur position à l'avant de la classe affaires. Une telle organisation me fait frissonner. Ces gens ont dû passer des mois à planifier ce détournement : comment pouvons-nous espérer les vaincre ? En classe économique, le calme est revenu et j'espère que l'équipage coopère – j'espère qu'il comprend ce qui pourrait se passer dans le cas contraire. J'essuie mes mains sur ma jupe, maculant le tissu de traces de sang sombres.

Je traverse la cabine. Je dois vérifier que Sophia est en sécurité ; que tout ça n'a pas été en vain. Missouri lève la main à mon approche, le détonateur en plastique en évidence dans sa main. La panique palpite dans ma gorge, mais j'avance. Je dois savoir.

Arrivée assez près d'elle pour lui parler sans être entendue, je m'arrête et lève mes paumes ouvertes pour prouver que je ne constitue pas une menace.

— Où est ma fille ?

Pas de réponse.

— Vous avez promis qu'elle serait saine et sauve si je vous obéissais. S'il vous plaît… S'il vous plaît, supplié-je, même si cela me reste en travers de la gorge, est-ce qu'elle va bien ? Est-ce qu'on lui a fait du mal ?

Je ravale mes larmes, refusant de me montrer plus vulnérable que nécessaire. Missouri ne répond toujours pas, son visage indiquant à peine qu'elle m'a entendue, et la colère monte en moi.

— Vous avez promis. J'ai fait exactement ce que vous m'avez demandé !

— Quelle impolitesse de ma part.

Un sourire cruel s'étale sur ses lèvres alors qu'elle élève la voix, ses paroles résonnant dans la cabine.

— Je ne vous ai pas remerciée d'avoir facilité notre détournement.

— Quoi ? lâche Jason Poke.

— Mina, ici présente, s'est montrée des plus serviables. Nous n'aurions pas pu prendre le contrôle de l'avion sans son aide.

— Vous êtes *l'une des leurs* ?

— Non, je…

— Je le savais ! s'écrie Jamie Crawford. Je te disais bien qu'elle était bizarre, Caz. Quelle salope ! D'où tu sors, de toute façon ? Tu n'es pas anglaise.

— Quel est le rapport ? demande Derek Trespass.

— Elle a l'air musulmane, le voilà le rapport, et

puisqu'on est au beau milieu d'une putain d'attaque terroriste, je dirais que c'est carrément pertinent, pas vous ?

— Ce sont des écologistes, pas des djihadistes, imbécile !

— De l'explosif, c'est de l'explosif, mon pote, peu importe d'où on vient, et je vous dis que c'est une foutue terroriste, conclut-il en pointant le doigt sur moi.

Je recule, bien que plusieurs rangées de sièges nous séparent.

Ce n'est pas la première fois que j'inspire de la méfiance. Quelques semaines après le 11 Septembre, je revenais de Dubaï. Notre décollage avait été retardé et plusieurs jeunes hommes étaient déjà bien éméchés. Deux heures plus tard, ils étaient complètement imbibés. Je les ai entendus faire de la surenchère, leurs sarcasmes plus outranciers à chacun de mes passages.

« *Allahu akbar !* »

« Quelle est la différence entre un terroriste et une femme atteinte du syndrome prémenstruel ? On peut négocier avec un terroriste. »

« Viens par ici, ma belle. J'ai un truc dans mon pantalon qui va exploser si tu le touches. »

Ils ont été arrêtés à Heathrow pour infraction à la loi antiterroriste. Je me suis forcée à les regarder dans les yeux quand on les a escortés hors de l'avion, même si je devais m'appuyer au mur tant mes genoux tremblaient.

« C'était une *blague*, putain ! » a sifflé l'un d'eux en passant.

Il y avait suffisamment de passagers indignés, avec assez d'enregistrements vidéo pour que leurs avocats les convainquent de plaider coupable, ce qui m'a épargné l'angoisse d'un témoignage au tribunal. J'ai dit au patron que ça allait, mais cet incident m'a ébranlée pendant des mois, et la haine dans le regard du footballeur me ramène directement à ce moment de ma vie.

— Et vous ? s'écrie Crawford en se tournant vers le passager moyen-oriental assis à la place 6J, dont les yeux s'écarquillent immédiatement de peur. Vous en êtes un aussi ?

— Jamie ! Ne sois pas raciste comme ça, s'indigne Caroline Crawford alors que les hoquets de surprise de plusieurs voyageurs qui m'entourent font écho à sa réaction horrifiée.

Le passager 6J enfouit la tête entre ses mains. J'ai honte d'avoir douté de lui quand il prétendait avoir peur de l'avion. Je ne sais quel désastre il anticipait, mais cela ne pouvait pas être pire que la réalité.

— Ce n'est pas notre faute.

Crawford continue sur sa lancée, cherchant du regard le soutien des autres passagers, et je constate avec gratitude qu'il n'en obtient guère. La plupart des gens détournent les yeux et regardent par terre.

— C'est toujours les gens dans votre genre, hein ?

— « Les gens dans votre genre » ? reprend Derek Trespass. Faites attention à ce que vous dites.

— Je me fiche que vous soyez musulmans, hindous ou de foutus témoins de Jéhovah, intervient la dame en route pour passer Noël avec son amie mourante. Mais si elle… fait-elle en me désignant… les a aidés, c'est qu'elle est leur complice, c'est aussi simple que ça.

— Ils ont menacé ma fille, expliqué-je en essayant

de ne pas craquer. Ils ont dit qu'ils lui feraient du mal si je ne leur obéissais pas.

— Et *mon* enfant, alors ? hurle Leah Talbot dans l'allée opposée.

Tout le monde se tourne vers elle.

— Vous savez combien de temps j'ai attendu pour devenir mère ? poursuit-elle, le visage inondé de larmes, la voix brisée par les sanglots. Onze ans. Onze ans de fausses couches, de traitements de l'infertilité, pendant lesquels nous nous sommes entendu dire que nous n'étions pas faits pour l'adoption. Vous trouvez que sa vie ne compte pas ? dit-elle, prenant Lachlan des bras de son père pour le brandir devant elle. Qu'est-ce qui le rend moins important que votre fille ?

Paul enlace sa femme et son fils tandis que Leah s'effondre, secouée de sanglots. Je tremble en me rappelant que j'étais prête à tout pour avoir un enfant, que chaque mois, mon chagrin répondait à la douleur dans mon ventre.

— Ils sont tous importants ! s'écrie Lady Barrow.

Debout, elle en impose malgré sa petite taille.

— Tous nos enfants le sont. Quoi que cette jeune fille ait fait, vous auriez été nombreux à agir comme elle si la vie de votre enfant en dépendait.

Dans n'importe quelle autre situation, j'aurais ri en m'entendant appeler jeune fille, mais je garde le silence alors que Pat élève la voix pour faire taire la clameur moralisatrice que sa déclaration a provoquée.

— Arrêtez ! Taisez-vous tous ! Pour ma part, je n'ai pas envie de passer les dernières heures de… ce voyage à me disputer, dit-elle après avoir hésité un instant à dire « ma vie ».

Le silence s'abat dans la cabine. Missouri a assisté à la scène, un petit sourire aux lèvres. Écœurée, je m'aperçois que le spectacle l'amuse. C'était peut-être un calcul de sa part : elle voulait nous voir nous tourner les uns contre les autres au lieu de nous en prendre à elle et à ses complices.

— L'homme aux commandes de l'avion, intervient Alice Davanti. Il a une formation de pilote ?

— Vous croyez que nous prendrions le risque de compromettre notre mission ? Il sait piloter cet avion.

— Ce n'est pas la même chose.

La peur se propage dans la cabine comme un incendie, un murmure de plus en plus bruyant, et à mesure que l'hystérie augmente, on envisage les pires scénarios.

— Amazone est un pilote doué ; il nous emmènera à destination sans encombre à condition que vous respectiez nos instructions. Dans le cas contraire... dit Missouri avec un regard appuyé vers le corps de Carmel, et tout le monde ravale sa peur.

Plusieurs écrans de télévision sont toujours allumés, les écouteurs traînant vainement sur des sièges vides. Je vois Zac Efron, furieux, se disputer avec une femme tout aussi furieuse et muette que lui. Lentement, de petits groupes de passagers se reforment, se réconfortent ou échangent des murmures fiévreux. Alors que leur attention se détourne de Missouri, de moi, je lui pose une nouvelle fois la question, bien que le ton suppliant de ma voix me fasse horreur.

— S'il vous plaît, dites-moi qu'elle va bien.

— Ce n'est pas mon rayon, répond-elle avec un soupir agacé.

— Mais vous avez promis !

Vous avez promis. Comme s'il s'agissait d'une glace, d'un vélo neuf. Je n'aurais jamais dû les croire ; ce sont des criminels, des terroristes. Je serre les poings et Cesca me touche le bras, sentant peut-être ce que je risque de faire.

— Pouvons-nous distribuer de l'eau ? demande-t-elle à Missouri. Cela pourrait contribuer à calmer les passagers.

La terroriste réfléchit un moment.

— D'accord. Mais vite. Et ne tentez rien.

D'une voix forte, elle ordonne à Erik et Rowan de se déplacer à l'autre bout de la cabine, évacuant l'allée tout en se dirigeant vers le centre de l'avion.

Cesca me lâche le bras.

— Tout ira bien pour votre fille, dit-elle doucement et même si elle n'a aucun moyen d'en être sûre, je me calme assez pour prendre du recul.

Ma respiration devient plus régulière et je chasse mes dernières larmes.

Je dois rester calme. Je dois me concentrer.

J'ai fait mon possible pour sauver ma fille ; maintenant, nous devons nous sauver.

J'ai promis à Sophia que je reviendrais toujours auprès d'elle.

D'une manière ou d'une autre, je dois trouver le moyen de tenir ma promesse.

Trente-quatre
2 heures du matin – Adam

Je n'ai rien à perdre… sauf peut-être une main ! Quand Sophia enfonce le clou dans la partie charnue de ma paume, je pousse un cri de douleur et l'odeur métallique du sang envahit mes narines. « Ce n'est pas grave », lui dis-je, et je plaque la plaie contre le dos de mon tee-shirt en essayant de me souvenir de la date de mon dernier rappel contre le tétanos. Mais elle hurle déjà comme si elle s'était retenue jusque-là et que le trop-plein débordait sous forme de larmes, de nostalgie et de rage déplacée.

Je suis le premier à admettre que je n'ai jamais su gérer les colères de Sophia comme il faut. Même après avoir compris quel processus psychologique les provoquait – après avoir compris qu'elle ne se comportait pas mal délibérément –, j'avais quand même du mal à faire face.

« C'est comme si l'on secouait une bouteille de boisson gazeuse, nous a expliqué la psychologue. Chaque nouvelle rencontre, chaque défi la secoue un peu plus. Le bouchon ne peut pas tenir indéfiniment ; tôt ou tard, la bouteille explose. »

La solution, selon elle, c'était de déboucher la bouteille très progressivement, de permettre à Sophia de se défouler de manière contrôlée. « Emmenez-la au parc après la crèche ou mettez-la sur le trampoline pendant dix minutes », nous a-t-elle conseillé, un conseil sensé en principe, mais inutile avec une enfant à qui il arrivait de se jeter par terre dès que nous quittions l'école et de crier à s'en rendre malade.

« Sophia, ça suffit ! la rabrouais-je en sachant déjà que j'empirais la situation, sans pouvoir m'en empêcher pourtant.

— Allez, ma puce, je vais te porter », l'amadouait Mina, comme si Sophia était malade au lieu d'être furieuse, et ma frustration, mon impuissance provoquaient une dispute.

— Maman ! s'écrie Sophia. Je veux maman !

— Moi aussi !

Choquée par la virulence de ma réponse, elle se tait et nous nous dévisageons pendant une seconde jusqu'à ce que je m'aperçoive que je pleure. Je baisse la tête, essuie mes joues avec mes épaules. *Mina, Mina, Mina*...

Tout le monde avait peur, après les attentats du 11 Septembre. Chaque fois qu'elle prenait l'avion, j'avais l'impression de retenir mon souffle jusqu'à l'atterrissage et je l'ai suppliée d'envisager de se reconvertir dans d'autres secteurs de l'industrie aéronautique.

« Mais j'aime mon boulot.

— Et moi, c'est *toi* que j'aime. Et j'aimerais bien être sûr que tu rentres à la maison en un seul morceau. »

À partir de ce jour-là, elle avait pris l'habitude de m'envoyer un SMS indiquant Toujours en un seul morceau dès qu'elle atterrissait. Nous nous sommes lentement détendus, une confiance trompeuse s'est installée avec les années, si bien que, à l'arrivée de Sophia, je ne pensais quasiment plus aux dangers que Mina courait. Aucun détournement majeur ne s'étant produit depuis, le monde entier croyait que cela n'arriverait plus. Que c'était impossible.

Pourtant ça vient d'arriver.

Sophia recouvre ses mains avec les manches de sa robe de chambre et essuie mes larmes.

— Est-ce que l'avion de maman s'est écrasé ? murmure-t-elle, craignant peut-être d'entendre ses propres paroles.

Je respire un bon coup.

— Non, ma chérie, il ne s'est pas écrasé.

À chaque flash d'information, toutes les vingt minutes, je me blinde, mais ce sont toujours les mêmes phrases. *Pas de communication avec l'appareil... L'avion n'a pas dévié de sa trajectoire... Pas de nouvelle information*. Un porte-parole du Groupe d'action en faveur du climat a nié avoir eu connaissance du détournement. *« Nous avons pour philosophie la résistance passive et la désobéissance civile*, a-t-il indiqué ; *nous ne cautionnons ni n'approuvons les actes de violence criminelle. »* Becca ne fait pas un bruit et je l'imagine penchée sur l'application de suivi de vol en attendant que la trajectoire de l'avion change. Sa voix apeurée ne m'a pas rassuré, bien au contraire. Un criminel effrayé est dangereux. Il devient imprévisible.

— Est-ce que maman va bien ? demande Sophia,

accroupie près de moi, son visage si près du mien que je sens son souffle sur ma peau.

Une boule grossit dans ma gorge et je sens des larmes me piquer le nez. Je ne sais pas quoi faire, si je dois tout lui dire.

Mina saurait, elle.

En me rappelant les disputes, les paroles blessantes, l'amertume d'une relation que j'ai gâchée avec mes mensonges, une violente vague d'amour me submerge et m'arrache un hurlement qui me brise le cœur et me plie en deux.

— Papa ?

Sophia touche ma tête et j'entends combien elle a peur, mais je suis incapable de parler car je m'efforce de reprendre mon souffle, de retrouver l'homme sous l'épave qui pleure comme un bébé. Comment ai-je pu en arriver là ? Si je n'avais pas contracté de dettes, je n'aurais jamais fait appel à des usuriers. Katya n'aurait jamais été menacée ; aucun secret ne nous aurait séparés, Mina et moi, aucun voyou indifférent aux dégâts causés par ses poings n'aurait sonné chez moi. Becca n'aurait pas pu me droguer, elle aurait échoué avant même d'avoir tenté le coup, et Sophia et moi ne serions pas piégés dans cette cave. Tout est ma faute. Becca a peut-être verrouillé la porte, mais cela fait des mois que je m'enferme dans ma propre prison.

— Papa, j'ai peur.

Je dois me reprendre.

Lentement, je maîtrise ma respiration. Je contracte tous mes muscles, raidis par le froid et l'immobilité. Je sens à peine mes doigts désormais.

— Et j'ai faim.

— Moi aussi.

Quand ma voix se brise, je tousse et me répète en essayant de me convaincre, et de convaincre Sophia, que je me domine. Je regarde autour de moi, comme si de la nourriture risquait d'apparaître par enchantement dans la pénombre à laquelle mes yeux se sont maintenant habitués.

— Nous allons réessayer d'appeler Becca, d'accord ?

Sophia a la lèvre qui tremble.

— Elle est la seule qui puisse nous apporter quelque chose à manger. Je ne la laisserai pas te faire du mal, d'accord ?

Prenant son silence pour un accord, je crie le plus fort possible.

— Becca ! Becca ! Becca !

Je m'interromps : je crois entendre quelqu'un bouger, mais je n'en suis pas sûr.

— Becca ! Il nous faut quelque chose à manger ! Et de l'eau !

Nous tendons l'oreille. Des pas résonnent au-dessus de nous et une ombre se dessine sur l'étroite bande de lumière filtrant sous la porte. La radio s'éteint brusquement.

— Sophia a besoin de manger et de boire.

Pas de réponse. Mais au moins, l'ombre est toujours là. Je tente à nouveau ma chance.

— Juste de l'eau. S'il te plaît, Becca.

— Je n'ouvre pas cette porte. Vous allez essayer de vous échapper.

Sa voix est tendue, signe de stress. Parce qu'elle ne

sait pas quoi faire ? Ou parce qu'elle sait qu'elle est déjà allée trop loin ? J'ai besoin qu'elle reste calme. Si elle est calme, je pourrai peut-être la convaincre.

— Je ne peux pas bouger : comment pourrais-je m'échapper ?

Je tire sur le tuyau derrière moi et les menottes claquent avec un bruit sourd contre le métal.

— Vous allez tenter quelque chose.

— S'il te plaît, Becca. Fais-le pour Sophia, au moins. Vas-y, dis-je à ma fille, essaie, toi.

— S'il te plaît, Becca, j'ai tellement faim.

L'ombre s'éloigne de la porte. Pendant un moment, je crois Becca partie jusqu'à ce que j'entende remuer dans la cuisine : les portes de placards que l'on ouvre, le range-couverts, le réfrigérateur. La radio est rallumée, on entend une partie du refrain de « *Last Christmas* », avant que le présentateur enchaîne en évoquant ce que cela représente d'être seul à « cette période si particulière de l'année ».

Réfléchissons, vite. Ça pourrait être notre seule opportunité.

— Sophia, nous allons sortir d'ici.

Elle scrute mes traits pour confirmer ma promesse ; jusqu'où puis-je lui demander d'aller ?

— Est-ce que tu cours vite ?

— Très, très vite. Je suis la plus rapide de l'école.

— Et tu peux rester immobile comme une statue ?

En réponse, Sophia s'assoit jambes et bras croisés, lèvres serrées, comme quand on fait l'appel à l'école.

— Très impressionnant, dis-je en souriant. Nous allons jouer à un jeu, d'accord ? D'abord, tu vas être immobile comme une statue et puis tu vas courir aussi vite que possible.

La porte de la cave pivote vers l'escalier. Si Sophia se plaque contre le mur derrière le battant, Becca ne la verra pas.

— Enlève ta robe de chambre et mets-la là-bas, dis-je en désignant le coin le plus sombre de la cave. Nous allons lui faire croire que tu es allongée par terre.

Sophia obéit ; elle claque déjà des dents en étendant la robe de chambre. Le plan n'est pas parfait, mais le temps que Becca s'adapte progressivement à l'obscurité, tout ce dont j'ai besoin, c'est qu'elle fasse quelques pas dans la cave…

— Je vais lui dire que tu es malade, dis-je à Sophia. Qu'il faut qu'elle t'aide. Dès qu'elle descendra l'escalier, tu cours dans la cuisine et tu sors directement de la maison, d'accord ? Sans t'arrêter, d'accord ?

— Et toi aussi ?

— Tu vas devoir le faire toute seule, ma chérie. Tu en es capable, je le sais, dis-je, mes yeux plongés dans les siens.

Sous la porte, la lumière vacille au gré des déplacements de Becca dans la cuisine. Le temps presse.

— Va derrière la porte maintenant, ma chérie. Pas un bruit, pas un geste.

Sophia détale pour aller se poster en haut de l'escalier et se plaque contre le mur. Il y a trop peu de lumière pour que je voie son visage, mais je sais qu'elle me regarde et j'aimerais lui faire un signe d'encouragement au lieu du sourire qu'elle ne distinguera pas. Une porte claque, en haut.

— Prête ? murmuré-je.

— Je suis prête.

Je comprends trop tard que j'ai dit à Sophia de courir mais pas *où* aller. Mo n'ouvrira pas sa porte à cette heure de la nuit, et le troisième cottage mitoyen est une maison de vacances, rarement occupée. L'autre habitation la plus proche à vol d'oiseau se trouve dans la cité, de l'autre côté du parc. Même si Sophia réussit à traverser le parc, chez qui va-t-elle bien pouvoir sonner ? Son amie Holly habite quelque part dans une barre d'immeubles, mais j'ai moi-même du mal à me repérer dans le dédale des rues. Et si elle se perd ?

Et si Becca la rattrape ?

Je m'apprête à tenter de chuchoter quelque chose à Sophia quand un frottement et un *boum* bruyant se font entendre. En haut des marches, on ne distingue aucune ombre ni aucun mouvement dans le rayon de lumière sous la porte et soudain, je sens un courant d'air froid au-dessus de ma tête. Becca est devant la porte d'entrée, près de la vieille trappe à charbon dont l'accès, une ouverture d'environ deux mètres sur deux, est caché dans l'herbe, près de la façade de la maison. La trappe ressort à mi-hauteur du mur de la cave, mais son inclinaison ne permet pas d'apercevoir l'extérieur. Je sens l'air froid de la nuit dehors mais je ne distingue rien, contrairement à Mina.

Quelque chose tombe du plafond, me frappe l'épaule et rebondit par terre. On traîne la dalle de béton sur l'ouverture et l'atmosphère change, comme si l'on venait de fermer une fenêtre.

Je reste un instant immobile à écouter les pas de Becca qui regagne la maison en courant. La porte d'entrée claque et le désespoir m'envahit. C'était notre seule chance de fuir et Becca s'est assurée que nous ne puissions pas la saisir. Je rappelle Sophia.

— Mais je dois être prête quand elle va ouvrir la porte.

— Elle ne va pas l'ouvrir, ma chérie.

Le paquet qui m'a frappé l'épaule est un sac de supermarché dont les anses forment un nœud si serré que Sophia ne peut les dénouer. Elle déchire donc le plastique, en sort une bouteille d'eau, deux sandwichs emballés dans du papier aluminium et m'en tend un.

— Tu vas devoir me nourrir.

— Comme un bébé ?

— J'en ai peur, oui.

Sophia prend un sandwich dans chaque main et commence à manger le sien tout en tendant le mien vers ma bouche ouverte. C'est un sandwich au fromage, grossièrement coupé et sans beurre pour humidifier le pain et ma première bouchée me reste coincée dans la gorge. Je panique en croyant m'étouffer, mais le pain descend dans mon œsophage et je peux de nouveau respirer. Sophia m'imite en avalant à grand bruit, un geste exagéré qui mobilise tout son corps, avant de reprendre une bouchée de son sandwich.

— Ça va mieux ?

Elle hoche la tête, la bouche trop pleine pour répondre. La voix apaisante du présentateur du programme nocturne annonce que la chaîne va diffuser les dernières nouvelles concernant l'affaire du détournement aérien et je fais taire Sophia d'un signe de tête en direction de la radio.

Le Premier ministre a convoqué ce soir une réunion d'urgence à la suite de la confirmation du détournement d'un Boeing 777 par des militants écologistes. On pense que plus de trois cent cinquante passagers sont retenus en otages à bord du vol 79, le premier avion à rallier Londres à Sydney sans escale. Les pirates de l'air ont déclaré qu'ils avaient l'intention de poursuivre le voyage jusqu'à ce qu'ils tombent en panne de carburant, à moins que le gouvernement n'accède à leurs exigences en avançant son objectif de neutralité carbone à 2030 et en infligeant des amendes aux compagnies aériennes qui ne pourraient pas prouver leur engagement envers les énergies renouvelables. Il y a quelques minutes, le Premier ministre a fait la déclaration suivante…

— Papa, c'est l'avion de maman.

Alors qu'un reporter prend la parole, on entend le bruit assourdi d'une foule, le cliquètement des appareils photo, les journalistes qui s'expriment, dans l'indéfinissable fraîcheur de l'air nocturne. J'imagine le Premier ministre debout devant sa résidence du 10, Downing Street inondée par la lumière des projecteurs.

Accepte, l'exhorté-je en silence. *Quelles que soient leurs exigences, accepte-les*. Il n'est pas obligé de tenir sa promesse, n'est-ce pas ? Ces gens sont des criminels. Des terroristes. *Accepte, c'est tout*. Je tire sur mes menottes, frustré d'être réduit au rôle de témoin de cette crise qui me concerne. Mon impuissance grandit à chaque flash info.

« Je voudrais exprimer ma compassion envers les familles de tous les passagers et membres d'équipage

du vol 79. La compagnie World Airways contacte leurs proches pour s'assurer que les dernières nouvelles leur parviennent dans les meilleurs délais. »

Mon téléphone portable est en haut et la batterie était déjà quasiment à plat quand j'ai récupéré Sophia. A-t-on essayé de me contacter ? Cela dit, je ne suis peut-être plus désigné comme le plus proche parent de Mina. J'imagine son mail au service des Ressources humaines pour donner le numéro d'un ami, de son père… À la suite de ma récente séparation, veuillez mettre à jour mon dossier personnel. J'ai un accès de colère, pas envers Mina, mais envers moi-même. Mon mariage s'est écroulé et j'aurais pu le sauver. Je n'étais pas à des milliers de kilomètres, je n'écoutais pas des reportages à la radio, je n'étais pas menotté à un tuyau, à deux mètres sous terre. J'étais tout près de Mina, j'étais le copilote, pas un passager, et je n'ai rien fait.

Le Premier ministre poursuit sa déclaration.

« *Des contrôleurs aériens indonésiens ont identifié l'appareil détourné et obtenu l'autorisation d'organiser une interception militaire. Nous sommes en train d'établir ce qui s'est passé depuis que le vol 79 a interrompu tout contact radio.* »

Après avoir clairement fait porter la responsabilité aux pirates de l'air, il observe le genre de silence qui précède les phrases-chocs.

« *Ne vous y trompez pas.* » Une autre pause. « *Il s'agit d'un acte terroriste.* »

Oui. Je n'ai pas voté pour le Premier ministre, ni pour son parti, mais au moins il appelle un chat un chat. Ce ne sont ni des militants, ni des écologistes, ni des hippies ridicules qui arrêtent la circulation en faisant la danse de la pluie. Ce sont des terroristes.

« Et nous ne nous laisserons pas prendre en otages par des terroristes. »

Quoi ? Non ! Non, non, non, non…

« Les questions environnementales jouent un rôle fondamental dans ma stratégie politique et nous travaillons avec le secteur aéronautique pour réduire les émissions de CO_2*... »*

Je n'écoute pas le reste. Il y a un grondement dans ma tête. Tout ce que je vois, c'est Mina ; tout ce que j'entends, ce sont les paroles d'un homme qui n'a rien à perdre, dont aucun être cher ne se trouve à bord d'un avion détourné. Quelqu'un qui pense au baratin politique, à gagner des points, aux résultats électoraux et aux prochaines élections.

Nous ne céderons pas.

Et Mina, dans tout ça ?

Trente-cinq
Passager 1G

J'ai trouvé cela intéressant de voir les passagers s'en prendre les uns aux autres. De voir à quelle vitesse le vernis de décence humaine s'écaille, à quelle vitesse l'instinct pur et les préjugés prennent le dessus...

Il était naturel que les passagers sautent mentalement le pas et pensent au terrorisme islamiste, et, à vrai dire, j'ai étudié à fond les attaques djihadistes et beaucoup appris sur leur dévotion, leur patience et leurs méthodes. Les attentats de Mumbai en 2008 ont été le résultat de près d'un an d'entraînement et de préparation. Cependant, notre action se distingue nettement de celle des djihadistes. Ils sont motivés par leurs croyances ; nous, par la science. Les faits sont incontestables, que l'on décide ou non d'y prêter attention.

Les passagers de classe affaires se sont calmés en constatant jusqu'où j'avais dû aller. Je n'avais pas prévu de tuer Carmel, mais sa mort consolidait notre position de force et je sentais que les choses seraient plus simples à partir de là. Pendant que le reste de l'équipage était occupé à aller chercher de l'eau, j'en ai profité pour aller faire un tour en classe économique. En entrant dans le salon, j'ai vu quelque chose remuer derrière le bar. J'ai stoppé net.

« Qui est là ? »

Un homme s'est redressé lentement, ses mains levées tremblant si fort qu'on aurait pu croire qu'il dansait.

« Comment vous appelez-vous ?

— H-Hassan.

— Avancez ! »

L'homme a obéi instantanément en se baissant sous le comptoir et a parcouru en trébuchant les quelques mètres qui nous séparaient de la classe économique, où Niger surveillait l'allée de gauche.

« Emmenez-le au fond avec le reste de l'équipage. »

Acquiesçant d'un bref signe de tête, Niger s'est écarté quand Hassan a trébuché et lui a donné un coup dans les reins pour le pousser dans l'allée. À l'arrière de l'appareil, près de l'entrée du galley, un groupe de PNC a attiré le malchanceux barman au sol. Niger les avait fait asseoir par terre pour pouvoir les surveiller plus facilement et j'ai admiré son initiative. Vivre dans la rue lui avait donné un avantage sur les autres, une rudesse qui signifiait qu'il ne se laissait pas facilement intimider. Quand je l'ai rencontré, lors d'une manifestation contre le réchauffement climatique, il étalait de la vaseline sur le pare-brise d'un camion antiémeutes garé dans une rue adjacente pendant que ses occupants tentaient d'empêcher le déroulement d'une manifestation parfaitement légale. Nos regards se sont croisés au moment où il glissait du capot. Il portait une cagoule ;

mon bonnet et l'écharpe qui me cachait la bouche l'empêchaient de deviner mon humeur.

« Salauds de flics », ai-je dit, sans doute pour la première fois de ma vie.

Il a hoché la tête, l'air approbateur.

« Il y a un autre camion dans Bridge Street.

— Après toi. »

Avec un grand sourire, il m'a lancé la vaseline. Intrépide et malin. S'il avait une faiblesse, je ne l'avais pas encore découverte. J'ai attrapé le pot adroitement et nous avons couru ensemble, unis contre un ennemi commun. En fin de journée, j'avais une nouvelle recrue (même s'il n'en savait encore rien) et lui un endroit où vivre après que j'ai eu sollicité quelques personnes qui m'étaient redevables. Il n'a jamais fait le rapprochement entre son rôle dans notre organisation et notre rencontre fortuite – quand nous échangions en ligne, il n'a jamais su que nous nous étions déjà rencontrés en personne – et c'était exactement ce que je voulais. Je connaissais tout le monde ; personne ne me connaissait.

Contraste saisissant avec Niger, Gange me stressait déjà. Il était jeune (il avait encore la vingtaine), et malgré son diplôme en psychologie qui lui permettait à l'époque de travailler comme clinicien pour la NHS, je trouvais souvent son jugement biaisé. Quand il s'est posté entre la classe économique et le bar pour monter la garde, j'ai vu qu'il tremblait de nervosité. Il avait manifestement envisagé de tout laisser tomber et j'ai su que je devrais le surveiller.

J'ai regardé autour de moi, j'ai compté les membres de l'équipe ; recoupé leur position avec leur nom, mis un visage sur leur nom. Les passagers de classe économique semblaient plus dociles que ceux de classe affaires ; ces derniers créaient-ils plus de problèmes parce qu'ils avaient l'impression que tout leur était dû ? me suis-je demandé. Je réfléchissais trop, sans doute ; la promiscuité se prêtait peut-être davantage à une prise d'otages.

Un certain nombre d'entre eux trafiquaient vainement leur téléphone portable, imaginant sans doute encore que le réseau wi-fi rencontrait effectivement une « panne temporaire », ainsi qu'on les en avait informés au début du vol. Je les voyais tapoter désespérément sur les touches et même brandir leur appareil au-dessus de leur siège, comme si la hauteur supplémentaire avait pu leur fournir un signal.

Les communications constituaient une donnée clé de l'opération, bien sûr. J'ai décidé que nous ne tenterions pas de pirater la radio du poste de pilotage. Yangzi était persuadé que c'était faisable et piaffait d'impatience à l'idée d'essayer, mais j'estimais que cela nous faisait courir des risques inutiles. Une fois le détournement en cours, les contrôleurs aériens seraient quasiment impuissants et il y avait toujours le risque que l'interception de Yangzi soit remarquée trop tôt et que les autorités soient alertées.

Il était bien plus important de couper le wi-fi en cabine. Mina a joué un rôle crucial dans le succès de notre mission, qui reposait entièrement sur le fait qu'elle ne puisse pas contacter Adam. Elle était dans tous ses états, évidemment, mais c'était précisément le but.

Et il se trouve qu'il valait mieux qu'elle ne sache rien.

Trente-six
Arrivée à Sydney H – 4 – Mina

Tout en m'affairant avec Cesca à remplir des pichets d'eau dans le galley, je jette un coup d'œil vers la porte du cockpit. Que se passe-t-il là-dedans ? Rien n'indique que l'appareil ne soit plus piloté par une personne expérimentée. Parce que le fameux Amazone sait ce qu'il fait, ou parce que l'avion est encore sur pilote automatique ?

Est-il possible que Mike soit toujours en vie ?

Je me raccroche à la plus infime lueur d'espoir, je le sais, mais s'il est vivant – assommé, attaché, mais *vivant* –, je lui dois de rectifier mon erreur. Je dois trouver un moyen de renverser la situation. Je ne vois pas Missouri, mais la blonde Zambèze nous surveille à tour de rôle, Cesca, les passagers de la classe affaires et moi. Elle ne doit pas mesurer plus d'un mètre soixante-cinq et elle est mince, avec ça, mais elle se tient sur ses gardes et son visage ne trahit pas le moindre signe de nervosité. Au contraire, elle a un petit sourire aux lèvres, l'air de dire : « Allez, vas-y, montre-moi ce que tu as dans le ventre. »

L'homme aux longues jambes du siège 2D se lève et s'étire ; on dirait qu'il va marcher un peu, pas détourner un avion. Il entre dans le galley et s'appuie contre la porte du cockpit pour profiter du spectacle. Il adresse un signe de tête à la blonde.

— Yangzi, annonce-t-il en la toisant de la tête aux pieds avec un léger rictus. Une femme, hein ?

— Sans déconner, répond-elle sèchement.

Surprise par leur échange, je lance un coup d'œil à Cesca, aussi déconcertée que moi. Yangzi porte-t-il des explosifs ? Il est vêtu d'un tee-shirt et je ne vois ni fil électrique ni renflement autour de sa poitrine. En surprenant mon regard, il hausse un sourcil aguicheur. Je me retourne avant qu'il puisse voir le dégoût qu'il m'inspire.

— Pas de verre, fait Zambèze en désignant Cesca qui pose sur un plateau les verres à pied réservés aux passagers de classe affaires.

Sans un mot, la copilote les range dans le casier et déniche des gobelets en carton. J'ouvre les placards avec une lenteur délibérée et sors des bouteilles d'eau, des sachets de bretzels tout en passant mentalement en revue le moindre recoin du galley à la recherche d'un objet qui pourrait faire office d'arme. Nourriture et boissons, four, machine à café, armoires réfrigérées… rien dont je puisse facilement m'emparer et me servir.

Si je parvenais à casser un verre, je pourrais cacher un éclat quelque part, mais comment m'y prendre sous la surveillance de ces deux-là ? Il y a des verres à porto dans le placard, dotés de pieds étroits qui se casseraient facilement et sans bruit : cela serait-il flagrant si j'en laissais tomber un dans la poche de ma veste ? Je glisse ma main dans ma poche pour en sortir les gants de coton blanc que Dindar aime que nous portions quand nous servons les repas.

— Grouillez-vous.

J'ai encore les doigts poisseux du sang de Carmel. Ils se referment sur le petit mot qui accompagnait la barre de céréales de Sophia. J'ai envie de le sortir de ma poche, mais je ne supporte pas l'idée que les pirates de l'air m'arrachent ce lien fragile qui me rattache à ma fille.

Pour ma maman.

Je presse le mot contre ma hanche et me souviens de la sensation de son corps contre le mien, quand elle avait deux ans et que je la portais depuis la voiture, à moitié endormie. Ses jambes pendaient de part et d'autre de ma taille ; sa tête retombait sur ma poitrine. Je pousse un lent soupir.

Je vais rentrer à la maison, Sophia.

Je me répète la phrase en traversant la cabine avec Cesca pour servir de l'eau aux passagers, sous la surveillance des pirates de l'air. *Je vais rentrer à la maison.* Chaque fois que je la répète, l'idée me paraît plus concevable ; j'ai l'impression d'être assez forte pour survivre à cette situation.

— Ça va ?

C'est Rowan, le passager qui nous a aidés à nous occuper de Carmel. Il a enlevé son sweat-shirt maculé de sang et en a enfilé un presque identique dans une teinte de gris un peu plus foncée.

— Ils m'ont laissé le sortir de mon bagage à main.

Vous voulez vous changer? demande-t-il en remarquant les éclaboussures sur mon uniforme. J'ai toujours quelques affaires de rechange au cas où ma valise disparaîtrait dans la nature.

— Merci, ça va.

Le sang de Carmel qui macule mes vêtements est une punition que je mérite et un rappel de ce que nous avons déjà perdu.

— Je ne crois pas que les autres pirates soient armés d'explosifs, murmure Cesca, le regard rivé sur la cabine. Ils n'ont rien dans les mains.

Les terroristes vont et viennent dans les allées en criant aux passagers de garder leurs mains en évidence. Je les regarde tour à tour, observe leurs gesticulations. Impossible de dire s'ils ont des vestes piégées sous leurs vêtements, mais Cesca a raison: ils ne tiennent pas de détonateur.

Pourrions-nous maîtriser Missouri et lui arracher le sien avant qu'elle puisse l'actionner? Mon pouls s'emballe et mon front se couvre brusquement de sueur. Les chances de réussite sont minces, et si nous échouons… Je pense à toutes les fois où Adam s'est attaqué à des criminels violents et m'a tout raconté ensuite en minimisant. C'était juste des poings, juste des seringues, juste des couteaux. La force tranquille.

Je vais rentrer à la maison. Je répète mon mantra silencieux et cette fois, je ne pense pas qu'à Sophia.

Quand Missouri réapparaît dans l'allée, nous reprenons nos esprits, la vue du plastique et des fils électriques dans sa main suffit à nous rendre tous dociles.

— Je veux que vous alliez en classe économique. Débarrassez-vous de cette eau.

Elle se tourne vers la cabine, tape encore une fois des mains de cette manière guindée si déconcertante en répétant ses ordres d'une voix forte.

— Tout le monde à l'arrière de l'appareil ! Bougez-vous !

Paniqués par ce cri, les passagers se ruent vers la classe économique en traversant le bar.

— Changement de programme, l'entends-je dire à Zambèze en passant. Je veux qu'ils s'éloignent de là où ça se passe.

Au bar, on nous sépare grossièrement en deux groupes et on nous guide de part et d'autre de la cabine. On me pousse dans l'allée de droite avec Cesca, Rowan et les deux journalistes. L'homme moyen-oriental du siège 6J se tient devant nous sans bouger. Tous ses muscles sont tendus et tandis que nous passons l'un après l'autre, je sens une odeur âcre de sueur rance. Au fond de l'avion, le reste de l'équipage en service est blotti par terre. La porte menant aux couchettes est toujours fermée. La relève reste-t-elle cachée parce qu'elle a compris ce qui se passe ?

— Assis. Tout de suite !

Nous nous baissons entre les rangées de sièges et le manque d'espace m'oppresse soudain. Je suis à l'avant de l'allée, Cesca est derrière moi, suivie de Rowan, Derek Trespass et enfin Alice Davanti.

— Mains sur la tête !

Comme un seul homme, des centaines de passagers lèvent les bras. Lachlan s'est remis à hurler ; ce sont les cris d'un bébé affamé. Les sanglots étouffés se propagent dans la cabine comme un incendie.

Yangzi, l'homme aux longues jambes, est resté au bar. Moqueur, il s'incline en claquant des talons quand Missouri approche.

— Yangzi, prêt à prendre son service.

— Tu as pris ton temps, répond-elle du tac au tac.

— Tu avais l'air de maîtriser la situation.

Missouri tique sans trop savoir si elle doit se sentir flattée ou agacée et, brusquement, l'échange bizarre de tout à l'heure prend tout son sens.

Une femme, hein ?

Sans déconner.

— Ils ne se connaissent pas, dis-je à Cesca. Ils se rencontrent pour la première fois.

Toujours debout, l'homme moyen-oriental jette des coups d'œil autour de lui. J'essaie de croiser son regard, de lui faire comprendre qu'il nous met tous en danger, quand Missouri s'adresse à lui.

— Bordel, Gange, reprends-toi.

Gange ?

L'homme hoche la tête et se plante fermement au centre de l'espace, les yeux rivés au fond de la cabine. Je frissonne en pensant que je n'ai pas tenu compte de mes soupçons, qu'ils m'ont fait culpabiliser.

Missouri répète ses ordres à l'homme posté de l'autre côté de la cabine.

— Niger, surveille cette allée.

Gange. Niger.

Des fleuves, me dis-je en percutant enfin. Missouri est la meneuse, postée dans le bar avec la blonde Zambèze et Yangzi, l'homme aux longues jambes. Gange est le jeune homme dont les pieds frôlent mes genoux. Mince et de taille moyenne, Gange a la peau flasque et l'air maladif de ceux qui n'ont pas l'habitude de faire de l'exercice. Il porte des lunettes à monture métallique grise et ses cheveux noirs sont ébouriffés comme s'il venait de passer sa main dedans. Il danse d'un pied sur l'autre en trafiquant ses poches, ses boutons, son col. Il se gratte le cou, se mord la lèvre, jette des coups d'œil dans l'allée opposée et vers les deux pirates de l'air à l'arrière de la cabine. Sentant peut-être mon regard, il baisse les yeux. Je tente un sourire et il rougit, détourne la tête et se remet à gigoter nerveusement. L'homme que Missouri a appelé Niger monte la garde dans l'allée de gauche. J'ai à peine eu le temps de l'apercevoir avant que l'on nous oblige à nous asseoir par terre.

— J'en ai compté six, dont celui qui pilote l'avion, dis-je en me tournant vers les autres.

— Il y en a d'autres, à votre avis ? demande Derek, qui est plus jeune que je ne l'avais cru malgré ses cheveux clairsemés et les rides d'inquiétude qui lui barrent le front.

— Ce sont les seuls qui n'ont pas les mains en l'air.

Rowan s'agenouille et regarde vers le fond de l'appareil. Tous les passagers sont assis, soit sur leur siège, soit par terre et il règne un silence irréel. Il se tourne vers les pirates de l'air et frissonne.

— Et dire qu'ils étaient assis parmi nous tout ce temps et que nous ne le savions pas !

— Certains d'entre nous le savaient… lance Alice Davanti en me regardant, mais personne ne relève.

Nous devons élaborer un plan.

Peu après les attentats du 11 Septembre, World

Airways a organisé un programme d'entraînement conçu pour nous permettre de gérer un détournement d'avion. Dirigé par un ancien pilote expert en arts martiaux, le stage a eu lieu dans un hangar, sur un aérodrome privé du Gloucestershire, à l'avant d'un Boeing 747 hors service. Nous avons grelotté toute la matinée dans nos manteaux, assis sur des chaises en plastique à proximité de l'avion pendant que l'instructeur nous inculquait des notions de psychologie de comptoir et l'art de la négociation. Après la pause déjeuner, on nous a divisés en deux groupes, équipage et passagers, et on nous a présentés à une troupe de comédiens qui devaient incarner les autres passagers et les terroristes. J'ai reconnu un acteur de *Hollyoaks* et l'actrice qui avait figuré dans la publicité du magasin John Lewis l'année précédente.

« Le scénario qui s'apprête à se dérouler est aussi réaliste que possible, a annoncé l'instructeur. Vous ne serez pas blessés physiquement, mais vous trouverez peut-être l'expérience pénible d'un point de vue psychologique. Si vous avez besoin de sortir, donnez un coup de sifflet et nous interromprons le scénario. »

Nous avons échangé des sourires nerveux en espérant tous en secret ne pas être celui ou celle qui mettrait un terme aux réjouissances.

Je pensais que nous nous sentirions idiots. Gênés. Je pensais que les acteurs en feraient des tonnes, que les dialogues manqueraient de naturel, et peut-être qu'au début, c'était un peu le cas. Ceux d'entre nous qui incarnaient les membres d'équipage ont embarqué en premier ; nous avons accueilli les passagers, vérifié leurs cartes d'embarquement, fidèlement reproduites par souci d'authenticité. Nous avons procédé à la démonstration des consignes de sécurité, nous sommes assis sur les strapontins et l'avion a « décollé ». Des bruitages et une vibration sourde ont envahi l'appareil.

Quand la consigne lumineuse s'est éteinte avec un *ding*, signe que l'on pouvait détacher sa ceinture, nous avons commencé à faire semblant de distribuer les boissons ; le bourdonnement des conversations rendait tout cela si réaliste que j'ai été d'autant plus choquée lorsqu'un grand *boum* et un cri perçant ont retenti et qu'en relevant la tête, j'ai vu un homme coiffé d'une cagoule brandir un pistolet. Un deuxième homme mettait un couteau sous la gorge d'une femme et l'entraînait vers la porte du cockpit, tandis qu'un troisième jetait quelque chose dans l'allée devant moi. J'ai crié et je me suis baissée derrière mon chariot alors qu'un nuage de fumée montait par-dessus les sièges. D'autres cris ont retenti, d'autres hurlements, et à aucun moment je n'ai eu la présence d'esprit de me dire que l'on faisait semblant.

J'aimerais pouvoir donner un coup de sifflet en ce moment.

Les pleurs de Lachlan s'intensifient et un homme, accroupi comme nous au fond de l'allée, exige que l'on « fasse taire ce putain de bébé » !

— Fermez-la vous-même ! s'écrie Paul Talbot.

— Il hurle depuis des heures ! Quel sans-gêne !

C'est Doug, plus sobre maintenant, mais tout aussi virulent, sa fiancée penchée vers lui le suppliant de se taire, de ne pas attirer l'attention sur lui.

— Sans-gêne ? On est sur le point de mourir et vous

parlez de bonnes manières ? répond Paul avec un rire creux.

— Je n'en peux plus.

Doug se lève en regardant autour de lui, paniqué, l'air d'être prêt à sauter à condition de pouvoir s'approcher d'une porte.

— Mains sur la tête ! ordonne le pirate de l'air posté au fond de l'allée, mais Doug ne fait pas attention.

— Assieds-toi, chéri ! supplie Ginny en tirant sur son bras. C'est la seule manière de nous en sortir.

— Nous en sortir ? Nous n'allons pas nous *sortir* de quoi que ce soit. Nous allons mourir, Ginny.

Des sanglots résonnent autour de nous alors que l'hystérie gagne toute la cabine. Les passagers qui ne pleurent pas regardent le couple. Cette diversion va-t-elle nous donner l'opportunité de déjouer la vigilance de Missouri et d'entrer dans le cockpit ? Malheureusement, quand je la cherche des yeux, elle n'a pas bougé et le spectacle ne l'a pas déconcentrée le moins du monde.

— Non, dit Ginny en levant le menton, déterminée à rester optimiste. Nous n'allons pas mourir. Nous allons atterrir à Sydney, nous allons nous marier et…

— Je ne peux pas t'épouser.

Un silence horrible s'abat et, malgré tout ce qui se passe, j'ai mal au cœur en voyant Ginny se décomposer.

— Qu'est-ce que tu veux dire ?

Doug baisse la tête.

— Je me suis emballé… tout est allé si vite et tu étais si enthousiaste, je ne voulais pas te faire du mal, mais…

— Mais quoi ? demande sèchement Ginny.

— Je suis déjà marié, dit-il d'une voix larmoyante,

mais les visages qui l'entourent ne trahissent aucune compassion.

— Espèce de salaud ! lance un passager assis quelques rangées plus loin.

— Quel timing ! maugrée Derek.

Ginny fond en larmes et une femme assise près d'elle la prend dans ses bras. Je m'attends à ce que l'un des pirates de l'air lui crie de remettre les mains en l'air, mais ils s'en moquent ou n'ont rien remarqué.

Le terroriste posté au bout de notre allée a l'air presque aussi secoué par la révélation de Doug que la pauvre Ginny. Lui a-t-elle fait prendre conscience que nous sommes des personnes et pas de simples otages ? Je parviens à sourire.

— Comment vous appelez-vous ?

— Gange.

— Quel est votre vrai nom ?

— Ça ne vous regarde pas.

— Je m'appelle Mina. C'est le diminutif d'Amina, mais tout le monde m'a toujours appelée Mina.

Voilà ce que j'ai retenu du débriefing qui a suivi le stage : *prononcez votre nom le plus souvent possible. Partagez des détails de votre vie avec les pirates de l'air ; obligez-les à vous considérer comme une véritable personne.* J'essaie de croiser le regard de Gange, qui détourne les yeux.

— Pouvez-vous nous dire ce qui se passe ?

Il jette un coup d'œil vers l'allée de gauche. Je suis trop près du sol pour voir qui il regarde, mais il est évident que cet homme se sent dépassé.

— Coopérez et il ne vous sera fait aucun mal.

Il a un très léger accent, l'intonation à peine perceptible de quelqu'un qui a vécu dans son pays d'adoption bien plus longtemps que dans son pays d'origine.

— D'où êtes-vous originaire ?

— Ça ne vous regarde pas non plus.

— Comment se fait-il que vous ne vous soyez jamais rencontrés ? dis-je, et je persévère, bien que ma question se heurte à un silence glacial. Elle, elle vous connaît en revanche, non ? Missouri. Ça ne paraît pas juste. Elle vous connaît, mais vous n'avez pas le droit de savoir…

— Elle connaît notre position, c'est tout, murmure-t-il en coulant un regard vers la meneuse pour s'assurer qu'elle n'écoute pas. Elle déduit notre nom en fonction de l'endroit où nous sommes postés.

— Je vois. Alors vous avez juste chatté en ligne, c'est ça ?

Cesca se glisse dans l'espace à ma droite.

— Il n'est pas trop tard pour renoncer, vous savez, lance-t-elle à la hâte.

« C'est trop tôt », pensé-je en me tournant vers elle pour essayer de lui signifier du regard qu'elle doit se taire, que j'étais sûre d'être sur la bonne voie.

— Si vous hésitez, vous pourriez plutôt nous aider et je suis sûre que la police…

— Silence !

Il lève le poing et l'abat vivement à quelques centimètres du visage de Cesca.

C'est trop tôt.

— Considérez ça comme un avertissement.

La copilote bat en retraite et les autres se rassemblent autour d'elle. Mais j'observe Gange et la lueur d'inquiétude qui a traversé son regard, pas quand Cesca a parlé, mais quand il a levé le poing. Il ne s'est pas retenu parce qu'il voulait se contenter de lui adresser un avertissement, mais parce qu'il ne supportait pas d'aller plus loin. *Il ne veut pas nous faire de mal.*

Nous sommes trop près de Gange pour parler de lui. C'est ce que j'indique à Cesca et aux autres et nous commençons à nous éloigner. Derek s'agenouille et s'étire en gardant scrupuleusement les mains au-dessus de la tête. Quand il se rassoit, il se trouve une bonne rangée derrière sa place initiale. Alice attend que Gange regarde ailleurs – ce qu'il fait très fréquemment, comme s'il cherchait des réponses quelque part autour de lui – pour se glisser à la place laissée par Derek. Lentement, nous reculons tous et soit le terroriste ne le remarque pas, soit il est soulagé de pouvoir prendre ses distances.

Près de moi, sur le siège côté allée de la troisième rangée, une femme enceinte sanglote sans bruit.

— Vous allez bien ? dis-je, même si la réponse est évidente et qu'aucun de nous ne va bien.

— Mon mari ne voulait pas que je voyage. Mais il travaille à Noël et comme l'accouchement n'est prévu que dans six semaines, je me suis dit que ce serait bien de rentrer à la maison et de laisser maman s'occuper un peu de moi, vous voyez ? Et maintenant…

Elle n'achève pas sa phrase. C'est inutile. Son mari est-il au courant ? Et nos proches ? À moins que le complice de Missouri ne soit assez compétent pour maintenir la communication avec les contrôleurs aériens, il a dû leur falloir environ une demi-heure pour remarquer que nous avions rompu le contact. La nouvelle a peut-être déjà été diffusée. J'imagine Adam au salon, scotché à l'écran de télé, les journalistes à l'aéroport, la solennité de leurs reportages détonnant avec la foule des vacanciers.

— Je suis navrée.

— Ce n'est pas votre faute. C'est la leur, dit-elle en dirigeant sa remarque vers le bar où Missouri discute avec ses comparses. Ils sont dingues. Le réchauffement climatique, bon sang ! De toutes les raisons complètement idiotes…

— Le réchauffement climatique n'existe pas, vous savez, dit son voisin, penché en avant. Cette théorie a été réfutée. C'est juste un cycle naturel : dans un siècle, on se plaindra que l'on se dirige vers une nouvelle ère glaciaire.

— On est où, là ? Au club d'éloquence ? C'est réel tout ça !

— Essayez de rester calme, conseille l'homme. Ce n'est pas bon pour le bébé d'avoir une tension artérielle élevée.

— Combien de fois avez-vous été enceinte ? demande la femme en le dévisageant.

— Eh bien, jamais personnellement, de toute évidence, mais…

— Alors fermez-la.

Elle se lève et avance d'un pas traînant dans l'allée. Je me redresse aussi quand elle s'approche de Gange : risque-t-elle de nous aider ou de nous gêner ?

— J'ai envie de faire pipi.

— Il va falloir vous retenir. Asseyez-vous.

— Un bébé de trois kilos appuie sur ma vessie : mon périnée ne retient rien du tout.

Gange devient écarlate. Il recule vers le bar sans quitter la future maman des yeux et marmonne quelque chose à l'intention de Missouri. Celle-ci lève les yeux au ciel, avance, attrape la femme par la manche et la pousse dans les toilettes. Elle monte la garde devant la porte et un homme au premier rang se détourne pour laisser un peu d'intimité à la pauvre femme.

Je m'adresse à mes compagnons, la diversion nous offrant une brève occasion de parler.

— Nous devons faire quelque chose.

— Faire quoi ? demande Rowan.

— Forcer le passage.

— Hein ? ricane Derek. Nous cinq contre six terroristes, dont une au moins bardée d'explosifs ? Et Dieu sait combien d'autres complices ils ont à bord !

— Derek a raison, dit Alice en m'adressant un regard désespéré. Même si nous arrivions à franchir cet obstacle, à quoi cela servirait-il ? La porte du cockpit est verrouillée, non ?

— Il y a un code d'accès d'urgence qui annule tout, explique Cesca.

Nous regardons tous vers le poste de pilotage et je m'agenouille pour mieux y voir. Nous sommes à trois mètres de Gange, et derrière lui se trouve le bar d'où Missouri surveille son équipe. Au-delà, un espace long comme un terrain de tennis nous sépare de notre objectif. Jusqu'où irions-nous avant que Missouri n'actionne le détonateur ?

Gange adresse un nouveau coup d'œil à son comparse posté dans l'allée de gauche. Je suis son regard. Je me lève lentement pour pouvoir voir par-dessus les sièges centraux, sans m'éloigner de la femme enceinte assise près de moi. J'ai mal aux bras et je soulage la tension en croisant les doigts au-dessus de ma tête.

— Et vous connaissez le code ? demande Rowan à Cesca.

— Bien sûr. Simplement, je ne vois pas comment nous pourrions nous approcher sans qu'elle fasse exploser sa bombe.

— Asseyez-vous ! lance Gange.

J'obéis et me baisse. Mais j'ai vu le fameux Niger. Et je l'ai reconnu. J'ai reconnu le treillis ample, les lourds rangers, le tee-shirt moulant tendu sur ses biceps, et je suis presque sûre de connaître un détail sur lui que Missouri ignore.

Maintenant, je dois juste trouver comment cela pourrait nous être utile.

Trente-sept
3 heures du matin – Adam

— Et si on faisait des gâteaux ensemble quand tout ça sera fini ?

Je parle la bouche pleine, mais j'estime qu'on peut faire une entorse aux bonnes manières quand on essaie de faire oublier à sa fille de cinq ans que l'on est enfermés dans une cave, à la merci d'une maniaque de plus en plus instable.

Après avoir refermé la trappe, Becca a regagné la maison en courant et a claqué la porte comme l'adolescente qu'elle prétendait être. Elle s'affaire dans la maison en faisant les cent pas et l'atmosphère électrique me fait redouter la suite.

— Les papas ne font pas de gâteaux.

Les mots sont indistincts, on dirait que Sophia est sur le point de pleurer. Ai-je dit ce qu'il ne fallait pas ? Je l'ai fait penser à Mina, peut-être ?

— Beaucoup de papas font des gâteaux. Et je suis sûr que je pourrais essayer. En revanche, les pissenlits, non merci, beurk. N'importe quoi, Becca ! Qui veut manger des mauvaises herbes ?

Plus j'essaie de faire sourire Sophia, plus elle devient silencieuse. Elle se touche le visage.

— Papa ! murmure-t-elle d'une voix à peine audible, étranglée par l'émotion.

— Nous verrons maman bientôt, ma puce, c'est promis.

Ma voix se brise : j'ai trop l'impression de mentir. Ce doit être possible, sûrement ; Mina doit avoir une chance de s'en sortir vivante. Je ne supporte pas l'idée de la perdre.

— Pa…

Les doigts de Sophia volettent devant sa gorge et je comprends soudain qu'elle n'est pas émue, mais paniquée. Les yeux écarquillés, elle secoue la tête et je distingue ses lèvres, qui enflent comme si une abeille l'avait piquée. Éléphant tombe par terre, près d'elle.

— Qu'est-ce qu'il y avait dans ton sandwich ? Sophia, qu'est-ce qu'il y avait dans ton sandwich ? Fais-moi goûter : vite ! insisté-je en élevant la voix car elle est figée, ses yeux terrifiés plongés dans les miens.

Je tire sur mes menottes, espérant peut-être qu'elles se soient déverrouillées par enchantement.

Sophia se dépêche de ramasser les croûtes de son sandwich, soigneusement empilées par terre, et à peine ont-elles touché mes lèvres que je sens l'odeur, le goût.

Du beurre de cacahuète.

« Nous ne devrions même pas en avoir chez nous, a dit Mina en rentrant de chez le médecin qui venait de livrer un diagnostic potentiellement mortel dont Sophia, âgée de trois ans, n'avait heureusement pas conscience.

— Son allergie n'est pas si grave que ça. »

D'après le médecin, certaines personnes ne pouvaient pas se trouver à moins de trois mètres d'une noix sans sentir leurs lèvres enfler dès que l'on en ouvrait un paquet, au pub.

« Et si elle ouvre le pot ? Elle est trop jeune pour comprendre la différence entre une pâte à tartiner qu'elle peut consommer et celle qui lui est interdite.

— Je le rangerai en haut du réfrigérateur, elle ne le verra même pas. »

Le beurre de cacahuète, c'est mon péché mignon ; je le mange à la cuillère et à même le pot avant un long footing ou je le tartine sur un toast, le dimanche matin.

Depuis son diagnostic, Sophia n'a eu qu'une seule réaction allergique quand, à l'occasion d'un petit déjeuner convivial, un parent indélicat lui a donné un biscuit sans consulter Mina au préalable.

« C'était horrible, m'avait-elle expliqué après coup en secouant la tête, consternée. Je me suis servie de l'EpiPen et soudain, je me suis demandé : Et si ça ne marche pas ? Tu sais, on part du principe que ces stylos fonctionnent, mais si on en a un défectueux ? S'il y a eu un jour sans, à l'usine, et que l'on tombe sur *le* stylo foireux ?

— Mais il a fonctionné, lui avais-je rappelé parce qu'elle parlait à cent à l'heure en semblant oublier que Sophia tapait sur les casseroles de sa dînette, le stress de la journée déjà oublié.

— Oui, mais… »

Je l'avais prise dans mes bras pour la calmer.

« Ça a marché. »

En grandissant, Sophia avait appris à n'accepter de

la nourriture que si c'était nous qui la lui donnions. Elle avait pris l'habitude d'emporter son pique-nique en sorties scolaires ; invitée à une fête, elle avait appris à demander si le gâteau contenait des noix. Nous nous sommes détendus. Nous sommes devenus complaisants. Mais le pot de beurre de cacahuète est resté à l'abri en haut du frigo, hors de portée de Sophia.

— Reste calme. Essaie de respirer lentement.

Elle respire à peine. Elle doit se sentir oppressée, avoir l'impression qu'on lui comprime la poitrine, la gorge si enflée que chaque inspiration est laborieuse. Elle remue les lèvres sans émettre aucun son. Ses paupières sont déjà gonflées et ses yeux ne sont plus que deux fentes étroites.

— Becca !

J'ai crié fort pour lui réclamer à manger, mais ce n'était rien comparé au hurlement que je pousse maintenant. Je m'agenouille, comme si les quelques centimètres gagnés allaient permettre à ma voix de porter plus loin, et je cogne mes menottes sans relâche contre le tuyau métallique.

— À l'aide !

Mourir d'un choc anaphylactique peut prendre de quelques minutes à quelques heures. La première fois que Sophia a fait une réaction allergique, nous l'avons conduite directement chez le généraliste où nous avons été immédiatement reçus par un médecin efficace qui a brandi un EpiPen tout en appelant le 15. À l'hôpital, on nous a donné notre propre stylo.

« Que se passe-t-il si elle ne reçoit pas de dose d'adrénaline ? La réaction sera-t-elle grave ?

— Impossible de le dire. Évitons de le découvrir à nos dépens. »

Le médecin, une jeune femme attentionnée, avait un regard plein de compassion.

« Mieux vaut vous procurer un stylo de rechange. »

Nous en avons quatre en tout. Un rangé dans le sac d'école de Sophia, un dans le sac à main de Mina, un dans ma voiture et un dans le tiroir de la cuisine avec le double des clés, les piles en vrac et les jouets offerts il y a trois ans avec les Happy Meals McDonald.

— À l'aide !

Dans la cuisine, la radio s'éteint brusquement en plein milieu de « *Fairy Tale of New York* ».

Je n'attends pas la réponse de Becca.

— J'ai besoin du stylo auto-injecteur de Sophia. Tu lui as donné des cacahuètes, espèce d'idiote…

— C'est à *vous* que j'en ai donné ! Il n'y avait pas assez de fromage alors j'ai…

— Vite ! Le temps presse : elle risque de mourir, Becca !

Je regrette mes propos en voyant le visage enflé et paniqué de Sophia, qui lutte à présent pour respirer.

— Ce n'est pas vrai, ma chérie, dis-je à voix basse. J'ai dit ça parce que nous avons vraiment besoin du stylo.

Il y a du bruit en haut. J'entends un cliquetis de clés et j'imagine le contenu du tiroir de la cuisine renversé par terre. Je tire sur mes menottes, mes bras courbaturés revigorés par la peur et la frustration. Que vais-je faire si Sophia cesse de respirer ? Si son cœur cesse de battre ?

— Vite !

— Je ne le trouve pas !

Mina a dû le ranger ailleurs. C'est injuste, mais je suis furieux qu'elle ne m'ait rien dit, que nous n'en ayons pas parlé, que nous ne nous soyons pas dit : « J'ai pensé que ce serait mieux de le ranger dans l'entrée, dans la salle de bains, dans le placard. »

— Dans le sac d'école de Sophia ! hurlé-je.

Becca fait un bruit à mi-chemin entre le sanglot et le cri.

— Il n'y est pas, il est dans l'avion, je l'ai pris hier soir quand j'ai surveillé Sophia. On m'a juste ordonné de le laisser près d'un banc, au parc, en me disant que quelqu'un viendrait le chercher.

— C'est qu…

Pas le temps de poser de question.

— Dans ma voiture !

Sophia produit un son étranglé en voulant peut-être dire « papa » et d'instinct, je tire sur mes entraves pour essayer de la toucher.

— Dans la boîte à gants !

Enroué à force de crier, j'entends Becca sortir en courant, le bip du verrouillage central et une portière s'ouvrir.

— Ne t'inquiète pas, ça va aller ma chérie.

D'autres pas, le frottement de la dalle en béton que l'on déplace pour ouvrir la trappe et le cliquetis du stylo qui tombe dans la cave.

— Ramasse-le, ma puce. Ôte le bouchon. C'est bien, laisse-le tomber. Maintenant, enfonce l'aiguille droit dans ta cuisse.

Sophia me regarde sans bouger, des larmes coulant sur son visage enflé.

— Allez, ma chérie, je ne peux pas le faire pour toi. Regarde cet Action Man sur ton pyjama ? Là. Celui au-dessus de ton genou. Plus haut, plus haut, *là*. Plante le stylo dedans et garde-le enfoncé jusqu'à ce que je te dise de l'enlever.

Je savais que ma fille était courageuse. Elle ne pleure pas quand elle s'égratigne le genou, ni quand elle se réveille fiévreuse la nuit. Elle n'a peur de rien sur l'aire de jeux, suspendue tête en bas ou quand elle traverse en courant pour essayer le « grand toboggan ». Mais je ne savais pas à quel point jusqu'à ce qu'elle lève la main qui agrippe fermement l'EpiPen et le plante dans sa cuisse. Je refoule un sanglot, scrute son visage en quête de signes encourageants, mais elle continue à enfler, la respiration haletante. Elle serre toujours le stylo et je ne parviens pas à voir si elle a fait ce qu'il fallait, j'ignore si l'injection a marché, si l'aiguille est au bon endroit.

Si cette dose d'adrénaline suffira à la sauver.

Trente-huit
Arrivée à Sydney H – 3 – Mina

Je touche le petit mot au fond de ma poche. J'imagine Sophia, allongée sur le ventre dans sa chambre, le bout de la langue pointant entre ses lèvres pendant qu'elle trace chaque lettre, s'applique à dessiner les « a » entre deux interlignes, comme je le lui ai appris.

Pour ma maman.

Ce n'est pas la première fois que Sophia cache un gâteau dans mes affaires – en ouvrant ma valise à New York, le mois dernier, j'ai trouvé une tranche de cake à la banane enveloppée dans une serviette au fond d'une de mes chaussures –, mais c'est la première fois qu'elle y joint un message. Elle ne semble pas prêter attention à ceux que je laisse sur son oreiller quand je pars et je me suis souvent demandé si elle prend même la peine de les lire, mais le simple fait que je les lui laisse lui apprend peut-être quelque chose. Nous faisons peut-être enfin des progrès.

Je ferme les yeux un instant ; cette pensée et le petit mot dans ma poche me donnent de la force. Je murmure sans bruit des phrases positives, j'y mets toute mon énergie, comme s'il suffisait d'être convaincue pour qu'elles soient vraies. *Elle est en sécurité. Tu as respecté ta part du marché pour la protéger. Adam veille sur elle, il ne lui arrivera rien.*

Évoquer le nom d'Adam met en évidence tout ce que j'aime chez lui ; tout ce qui m'a manqué depuis notre séparation. Avant Katya, tout allait bien. Il aurait fait n'importe quoi pour moi, et moi pour lui. C'est comme ça que ça marche quand on aime quelqu'un.

C'est comme ça que ça marche...

Je porte le regard derrière Gange, dans l'allée déserte au bout de laquelle Yangzi monte désormais la garde près de la porte du cockpit, et un plan commence à s'ébaucher à la périphérie de mon esprit. Je suis quasi certaine de savoir quelque chose sur les pirates de l'air que même Missouri ignore, et cela pourrait peut-être nous permettre d'accéder au poste de pilotage. J'imagine Cesca prendre les commandes, sa voix désormais familière diffusée sur haut-parleurs ordonnant à l'équipage de se préparer à atterrir, et mon cœur se serre à la perspective de rentrer chez moi.

— J'ai le wi-fi ! s'écrie quelqu'un dans l'allée opposée.

Je me lève au mépris du danger, maladroite dans ma hâte, mais mon besoin de parler à Adam est bien plus fort que mon instinct de survie. Quelqu'un tend le bras, brandissant triomphalement son téléphone portable.

— J'essaie depuis le décollage et j'ai enfin pu me connecter !

Il y a un regain d'activité : les passagers attrapent leur sac sous leur siège, défont leur ceinture de sécurité pour ouvrir les compartiments à bagages. Des voix pleines d'une gaieté incongrue s'élèvent à mesure que les appareils électroniques s'allument, que les écrans éclairent les visages. J'observe la réaction des terroristes et constate que Missouri consulte elle aussi son téléphone, sourcils froncés, tapotant furieusement des pouces.

— Ils ont rallumé le wi-fi, dit Rowan.

— Pourquoi ?

— Pour communiquer leurs exigences, peut-être ? dit-il avec un haussement d'épaules.

Nous regardons tous les deux vers le bar. À côté de moi, la femme enceinte s'est connectée sur FaceTime avec son mari. En larmes, il touche l'écran.

— Je t'aime tant, dit-il.

— Moi aussi.

Je refoule un sanglot et détourne les yeux : c'est une torture insupportable d'assister aux adieux de quelqu'un d'autre. Le niveau sonore augmente à mesure que les passagers sont plus nombreux à joindre leurs proches. Ils laissent des messages sur des boîtes vocales, font des déclarations d'amour, demandent pardon. « Si je ne m'en sors pas, dis aux enfants que je les aime… »

Cesca envoie un SMS, refoulant les larmes qui menacent de fissurer sa façade maîtrisée. Cela me démange d'aller chercher mon téléphone, rangé dans la poche zippée de mon sac, à l'avant de l'avion. Combien de temps le réseau va-t-il tenir avec tant de passagers qui essaient de téléphoner chez eux ?

Ma mère m'a appelée la veille de sa mort. C'était moins d'un an après que j'avais laissé tomber la formation de pilote et je ne supportais pas de subir un nouvel interrogatoire à propos d'une deuxième tentative, ni ses questions gentilles, bien qu'insistantes, sur ce qui s'était passé en vol ce jour-là. J'ai vu son nom clignoter sur mon écran et son appel a été redirigé vers la boîte vocale. Je la rappellerais plus tard, ou dans la matinée.

Sauf que je ne l'ai pas fait et que je ne me le suis jamais pardonné.

Des images défilent dans ma tête. Adam debout devant l'autel qui se tourne pour me voir le rejoindre. La rencontre avec Sophia. Le jour où nous l'avons ramenée à la maison. Nos jeux au moment du bain, marcher sur le chemin de l'école, Adam et moi qui la tenons chacun par une main et la balançons haut dans les airs. Ma mère n'a pas assisté à mon mariage avec Adam, elle n'a jamais rencontré Sophia, n'a jamais connu la mère que je suis devenue. Je ne veux pas que Sophia vive cela. Je veux être là pour elle : c'est ce que je lui ai promis le jour où nous l'avons ramenée à la maison.

Je ne te quitterai jamais. Tu ne seras plus jamais seule.

— Tenez.

Je me retourne. Rowan me tend son téléphone. Je le prends alors même que la politesse me pousse à protester.

— Je ne peux pas… vous devez vouloir…

— Vous d'abord. Appelez votre mari. Votre fille.

— Merci, dis-je, la gorge serrée.

Le portable d'Adam est éteint ; je raccroche et appelle le fixe. J'imagine mon mari qui se réveille, se demande qui diable peut bien appeler à une heure pareille. Il descend l'escalier d'un pas mal assuré, jette un coup d'œil par la porte ouverte de la chambre de Sophia pour vérifier que la sonnerie ne l'a pas réveillée.

Vous êtes chez les Holbrook. Désolés de ne pas être là pour...

Je raccroche. Appuie sur rappel automatique. Où sont-ils ? J'ai fait tout ce que les terroristes m'ont demandé. Je l'ai fait pour Sophia, pour la protéger : où est-elle ?

Vous êtes chez les Holbrook. Désolés de ne pas être là pour prendre votre appel, laissez un message et nous vous rappellerons dès que possible.

— Adam ? Si tu es là, décroche. Adam !

Je m'étais promis de ne pas pleurer, mais il m'est impossible de contrôler les sanglots qui me submergent et noient mes paroles.

— L'avion a été détourné. Ils ont menacé de faire du mal à Sophia si je ne... Oh, mon Dieu ! Adam, si tu es là, s'il ne s'est rien passé, va dans un endroit sûr, s'il te plaît. Ils ont dit qu'ils laisseraient l'avion tomber en panne de carburant et...

Je parle si vite que les mots se bousculent dans ma bouche et je coupe la communication, furieuse d'avoir craqué.

Rowan me touche l'épaule.

— Respirez.

Derrière lui, Alice tape fiévreusement sur le clavier de son téléphone.

Je respire.

— Puis-je réessayer ?

— Bien sûr.

... laissez un message et nous vous rappellerons dès que possible.

— Adam ? Si je ne m'en sors pas, dis à Sophia que je l'aime. Dis-lui qu'elle est courageuse, belle et intelligente, et qu'elle m'impressionne chaque jour. Dis-lui que j'ai fait mon possible pour la protéger. Je lui ai promis que je ne la quitterais jamais et j'ai besoin qu'elle sache que je suis désolée. Je suis désolée de ne pas avoir tenu ma promesse. Elle va accomplir tant de choses dans la vie et même si elle ne pourra plus me voir, je serai toujours là et je la protégerai. Je l'aime tant. Et… toi aussi, je t'aime, dis-je, la gorge serrée, avant de poursuivre d'une voix plus forte, chaque parole plus farouche que la précédente : mais tu n'auras pas besoin de lui dire tout ça. Parce que je vais rentrer à la maison, Adam. Je rentre à la maison.

J'attends un moment en imaginant le message qui résonne dans la cuisine déserte. Puis je raccroche et je respire un bon coup. *Je rentre à la maison.*

— Ça va ? demande Rowan.

J'acquiesce sans bruit. Comment pourrais-je aller bien ? Comment aucun d'entre nous pourrait-il aller bien ?

— Que se passera-t-il quand les réservoirs seront vides ? demande Derek à voix basse.

Cesca, Rowan, Derek, Alice et moi formons un cercle compact, serrés dans l'allée entre les rangées de sièges. Alice continue à tapoter sur son téléphone. Autour de nous, les bribes d'adieux téléphoniques emplissent l'air de peur et de chagrin. Je pense aux six pirates de l'air que j'ai comptés. Combien d'autres doivent encore se manifester ? Derek est, si c'est possible, encore plus échevelé que tout à l'heure, la chemise froissée et les lunettes légèrement de guingois, comme s'il avait pris un coup.

— Nous nous écraserons, répond Cesca au terme d'une hésitation.

— Mais que se passe-t-il ? Qu'allons-nous ressentir ?

Je frissonne.

— Non, lance Alice, paupières serrées.

— Les moteurs s'éteindront. L'un après l'autre en l'espace de quelques minutes, de quelques secondes peut-être. L'avion planera.

— Nous ne tomberons pas simplement du ciel alors ?

Alice tressaille de nouveau. Elle ne quitte pas son écran des yeux et ses doigts courent sur le clavier. Un souvenir refait surface et mon cœur s'emballe, le bourdonnement dans mes oreilles me ramène à l'école de pilotage, dans le cockpit exigu et torride d'un Cessna 150. Je pousse un soupir, compte jusqu'à dix et enfonce les ongles dans mes paumes jusqu'à ce que je me maîtrise. Cesca poursuit ses explications.

— Un Boeing 777 a une finesse de, je ne sais pas… dix-sept ? Donc pour dix-sept mille pieds parcourus, nous perdrons environ mille pieds d'altitude.

— À quelle altitude volons-nous ?

— Environ trente-cinq mille pieds, dis-je doucement, et le silence s'abat tandis que nous essayons tous de faire le calcul.

— Ce n'est pas une science exacte, la finesse dépend des conditions météorologiques, de l'altitude, du poids de l'appareil…

— Mais au final, conclut Derek. Au final, nous nous écraserons.

Il parle d'un ton terre à terre. L'air détaché. *Comme s'il voulait que cela arrive*, me dis-je soudain.

— En ce moment, dit Cesca, l'avion est encore sur pilote automatique. N'importe qui pourrait occuper ce cockpit, cela ne ferait aucune différence. Mais c'est une autre histoire quand il faut poser l'appareil. L'avion doit être configuré en mode atterrissage ou…

— Ou ?

— En mode amerrissage forcé… Et le nez de l'appareil doit rester en l'air le plus longtemps possible. Si nous plongeons à pic… (Cesca s'interrompt brusquement et mord sa lèvre inférieure.) Eh bien, ça va être difficile à rattraper.

Un ange passe.

— Il y a bien des gens qui survivent à des crashs, non ? demande Alice en me regardant, doigts suspendus au-dessus du clavier. Il faudra respecter ces consignes de sécurité dont vous faites la démonstration et auxquelles personne ne prête attention, non ? dit-elle en hochant furieusement la tête comme si elle répondait à sa propre question.

— Les passagers installés sur des sièges, peut-être, dit Derek.

Alice regarde autour d'elle ; les passagers de classe économique sont tous attachés. Plusieurs d'entre eux sont blottis les uns contre les autres, aussi proches que leur ceinture de sécurité le leur permet, mains jointes au-dessus de la tête.

— Quant à nous, nous serons ballottés comme des

poupées de chiffon : nous serons morts avant d'avoir touché le sol.

Je regarde la femme enceinte. Des larmes silencieuses débordent par-dessus les cils de ses paupières inférieures.

— Derek, vous voulez provoquer un vent de panique ? s'indigne Cesca, le regard assassin.

— Alice a raison sur un point, dis-je. Selon l'endroit où nous atterrirons et la façon dont nous le ferons, nous avons une chance de survivre, mais sans la protection d'un fauteuil, nous courons un plus grand risque d'être blessés.

— Il nous faut donc des sièges, conclut Alice en élevant la voix.

Agenouillée, elle se redresse, sa tête pivotant comme celle d'un suricate à l'affût.

— J'ai lu quelque part que c'est à l'arrière de l'avion que l'on est le plus en sécurité, c'est déjà ça.

— L'avion est complet.

— Mais nous avons payé plus cher ! s'écrie-t-elle en nous regardant tour à tour, sans voir nos mines incrédules apparemment. Nos places coûtent plus cher. Donc si on ne nous laisse pas regagner la classe affaires, cela tombe sous le sens de…

— Non, dit Rowan, qui lève la main, paume tournée vers Alice, cherchant un moyen physique de l'empêcher d'en dire plus. Arrêtez.

Elle le fusille du regard avant de se remettre à taper sur son clavier. Je suis en train de me demander à qui elle fait ses adieux quand elle s'arrête, observe l'écran et appuie sur une dernière touche.

— Là, dit-elle avec un long soupir. Article envoyé.

— Vous plaisantez ! s'écrie Derek en la dévisageant.

Il nous regarde, mais nous n'avons pas suivi.

— Elle a rédigé un compte rendu pour son journal.

— Regardons les choses en face, vous en auriez fait autant si vous y aviez pensé. Je parie que c'est complètement inédit. Le récit d'un détournement d'avion écrit en direct par un otage.

Nous sommes sans voix. Dans combien de temps l'article d'Alice sera-t-il publié en ligne ? Adam le lira-t-il ?

— Nous pourrions demander les gilets de sauvetage de classe affaires, suggère Derek. Ce serait déjà ça, au moins.

Cesca et moi échangeons un regard sans rien dire. Nous sommes à un peu plus de deux heures de Sydney : nous survolons le nord de l'Australie depuis un moment. Si nous nous écrasons maintenant, les gilets de sauvetage seront à peu près aussi utiles qu'un cataplasme sur une jambe de bois.

— Certainement.

On aperçoit déjà du jaune sur certains sièges qui nous entourent. Alice reluque le gilet le plus proche d'elle, porté par un adolescent blême, et j'imagine la journaliste en train de le lui arracher, persuadée que le coût de son billet justifie le fait d'accroître ses chances de survie.

— Je vais y aller, propose Rowan.

— Non, nous écrions-nous de concert, Cesca et moi, poussées par le même sens du devoir, de la responsabilité.

— C'est mon travail, dis-je simplement.

Je me lève, chancelante, mains levées en signe de capitulation. *Et c'est ma faute.*

Lentement, je franchis les quelques mètres séparant le troisième rang de l'endroit où Gange monte la garde. Il sue à grosses gouttes désormais, se dandinant d'un pied sur l'autre.

— Je voudrais aller chercher les gilets de sauvetage de classe affaires, annoncé-je.

— Personne ne quitte cette partie de l'avion.

— Cela aidera les passagers à rester calmes.

Il hésite, mais secoue la tête, les instructions de Missouri limpides dans son esprit. Je change de tactique.

— Qui vous attend à la maison ? Vous êtes marié ?

— Je vis avec mes parents.

Il se tait brusquement, regrettant d'avoir laissé échapper cet aveu. Un muscle tressaute près de son œil gauche.

— Ils doivent être fiers.

Ses pommettes rougissent de colère.

— Ils le seront. Ils seront fiers que je défende une cause à laquelle je crois.

— En condamnant à mort des centaines de personnes ?

— Personne ne va mourir !

— Certains sont déjà morts, dis-je en pensant à Carmel qui s'est vidée de son sang en quelques secondes.

Personne d'autre. Il ne peut pas y avoir d'autre victime.

— C'était… hésite Gange. C'était un accident. Si vous coopérez, il ne vous sera fait aucun mal. Le gouvernement accédera à nos exigences et Amazone atterrira sans encombre.

— Vous irez en prison.

— Nous aurons sauvé la planète.

Je secoue la tête.

— Quel âge avez-vous ? Vingt-cinq, vingt-huit ans ? Vous avez toute la vie devant vous et vous allez tout gâcher à cause de votre endoctrinement.

— Le réchauffement climatique est la menace…

— … la plus grave qui pèse sur la planète. J'ai compris. Mais ce détournement n'est pas la solution.

— Quelle est la solution, alors ? Discuter ? Organiser des réunions ? Les paroles n'entraînent aucun changement, contrairement aux actes. Vous pouvez faire partie du problème si vous voulez, mais je suis fier de faire partie de la solution.

— Asseyez-vous !

L'ordre n'a pas été donné par Gange, aussi essoufflé que s'il parcourait les derniers mètres d'un marathon, mais par Missouri. Elle me regarde me baisser avec un regard noir et aboie :

— Zambèze, reste avec lui.

Exaspérée, cette dernière obéit. La meneuse se dirige vers l'avant de l'avion. Épiant entre Zambèze et Gange, je la vois frapper à la porte du cockpit.

La porte s'ouvre et Missouri disparaît.

Que se passe-t-il là-dedans ?

L'homme qui pilote l'avion, le fameux Amazone, sait comment laisser entrer Missouri, mais l'un d'entre eux sait-il annuler l'accès d'urgence ?

— J'ai entendu dire que vous pilotiez autrefois.

Cesca est venue s'asseoir près de moi, adoptant la même position que moi.

Je lui lance un regard perçant.

— Qui vous a dit ça ?

— Un PNC, cet automne. J'ai mentionné que je participerais au vol Londres-Sydney et il m'a dit qu'il était sur la liste lui aussi, mais qu'il avait échangé sa place. D'après lui, « ça virait à l'obsession » chez vous, dit-elle, imitant l'accent de Ryan avec un petit sourire.

— D'accord.

Je me détends un peu. Ryan ne connaît pas toute l'histoire, juste que j'ai laissé tomber peu après avoir entamé ma formation. Ça ne m'étonne pas qu'il ait partagé ce potin, si insignifiant soit-il.

— J'ai pris ma première leçon dans un Piper Warrior. Un cadeau de mes parents. J'ai réussi à m'en faire payer quelques autres à la fin de l'adolescence, dans des Cessna 150 essentiellement.

— Il a dit que vous aviez commencé la formation de pilote de ligne.

Sa curiosité n'est pas malsaine et je songe à tout lui raconter. Qu'est-ce que cela ferait de tout avouer, après toutes ces années ? Comme une confession à un prêtre, alors que la mort attend dans l'ombre.

Mais le grésillement qui précède une annonce depuis le poste de pilotage m'évite de prendre la décision.

— Ici votre pilote.

C'est une voix féminine. Celle de Missouri.

— Pourquoi a-t-elle pris les commandes ? demande Cesca.

La perplexité de Gange m'indique qu'il n'en sait rien.

— Elle sait piloter ?

— Je ne sais pas, murmure-t-il.

Je l'imagine chez ses parents ; dans sa chambre, imprégnée des souvenirs de sa scolarité, de ses amitiés adolescentes, de la musique poussée trop fort. À ses côtés, Zambèze regarde vers l'allée de gauche et je songe que oui, j'ai raison. *J'avais compris*. Un plan prend lentement forme.

— Je regrette de devoir vous informer que le gouvernement britannique refuse de se soumettre à nos exigences, qui visent à infliger des amendes aux compagnies aériennes incapables de prouver leur engagement en faveur des énergies renouvelables, poursuit Missouri.

Je me tourne pour échanger un regard horrifié avec Cesca et les autres. Qu'est-ce que cela veut dire ?

Nous n'avons pas à attendre longtemps pour l'apprendre.

— Nous poursuivons donc notre route vers notre destination. Là, nous montrerons au gouvernement le véritable impact de son incapacité à agir en nous écrasant sur l'emblématique opéra de Sydney.

Gange se tourne vers Zambèze, tout aussi horrifiée que ses complices.

Ils n'étaient pas au courant. Cela ne faisait pas partie du plan.

J'ai la nausée.

Un homme assis côté hublot se lève, téléphone à la main.

— Des avions de chasse ont décollé d'urgence ! Twitter ne parle que de ça.

— C'est l'armée de l'air ! crie quelqu'un à l'autre bout de la cabine. Ils viennent nous sauver !

Des cris retentissent, des cris de défi, audacieux, et j'échange un regard avec Cesca, pâle et tendue. J'ai une crampe d'estomac. Maintenant que Missouri n'est plus là, les passagers baissent les mains, massent leurs muscles endoloris.

— Que feront les avions de chasse ? demande Derek, ses yeux perçants ayant discerné notre inquiétude.

— Ils pourraient nous forcer à mettre le cap sur Brisbane, dit Cesca. Ou nous escorter vers l'aéroport de Sydney et rester à nos côtés jusqu'à l'atterrissage.

— Et si Missouri essaie de se diriger vers l'opéra comme elle l'a annoncé ? demande Rowan, penché vers nous, resserrant les rangs pour exclure Alice.

— Ils ne nous laisseront pas l'atteindre.

Cesca se tait. Elle baisse la voix pour que nous soyons les seuls à entendre, sachant qu'il faut maintenir le calme, sachant que les passagers ne doivent pas entendre ce qu'elle s'apprête à révéler.

— Ils abattront l'appareil.

Trente-neuf
4 heures du matin – Adam

Mina a une voix magnifique. Elle s'exprime avec la délectation que l'on remarque souvent chez les linguistes qui connaissent et savourent le pedigree de chaque expression. Ayant vécu ici toute sa vie, elle considère l'anglais comme sa langue maternelle, mais elle est tout aussi à l'aise en français, la langue que ses parents parlaient à la maison. Elle prétend ne pas parler l'arabe, même si elle le comprend, mais de temps en temps, elle glisse un mot ou deux que « l'on ne peut simplement pas traduire » en anglais.

« On peut tout traduire », ai-je dit.

C'était avant Sophia. Avant notre mariage.

« *Ishq*, a-t-elle contré du tac au tac.

— Qu'est-ce que ça veut dire ?

— Amour, sauf que…

— Tu vois, qu'on peut traduire !

— … c'est tellement plus que ça. *Ishq*, c'est ta plus grande passion, ta moitié. Le terme tire sa racine d'un mot qui désigne une sorte de lierre : *ishq*, c'est un amour si fort que l'on s'accroche l'un à l'autre, a-t-elle dit en me souriant. *Ishq*, c'est ce qu'il y a entre nous. »

Ishq, me dis-je, quand j'entends la voix de Mina à travers le répondeur. Elle n'est ni confiante, ni riche, ni veloutée en ce moment, mais fluette et apeurée, remplie de larmes qui brouillent ses propos, si bien que l'on n'entend plus qu'une intonation rapide, terrifiée.

— Dis-lui qu'elle est courageuse, belle et intelligente et qu'elle m'impressionne chaque jour.

Ses paroles détonnent sur fond de Mariah Carey. *All I want for Christmas, is...*

— Et... toi aussi, je t'aime.

Le nœud dans ma poitrine se resserre. Mina est la seule femme qui ait compté dans ma vie. J'ai eu des petites amies avant de la rencontrer, c'est vrai, mais dès que c'est arrivé, elles se sont évanouies de ma mémoire au point que j'ai du mal à me rappeler leur prénom. J'attendais, c'est tout. J'attendais Mina.

Sophia est allongée par terre, la tête sur mes genoux, et j'ai les yeux rivés à son pouls, si faible qu'il palpite à peine sur son cou. Un bruit rauque et doux accompagne ses respirations superficielles, et elle est méconnaissable tant son visage est enflé. J'ai tellement envie de la prendre dans mes bras, de caresser ses traits, de prendre ses joues entre mes mains.

— Elle va bien ?

Même à travers la trappe, j'entends la panique dans la voix de Becca. J'ai envie de lui dire que non, elle ne va pas bien. J'ai envie de lui laisser croire qu'elle a tué Sophia pour qu'elle ressente ne serait-ce qu'un centième de la douleur que j'ai ressentie en voyant ma fille faire un choc anaphylactique. Mais je laisse le silence parler pour moi, concentré sur les yeux clos de Sophia, sur le poids de son corps sur mes genoux. À force d'essayer de me libérer des menottes, j'ai la peau des poignets à vif, les doigts poisseux de sueur et de sang maculés de saleté.

— Je croyais que vous alliez vérifier, dit Becca dont la voix résonne contre les parois métalliques de la trappe. Vous le faites, d'habitude !

À deux mètres sous terre, je vois l'adrénaline faire son effet et je remercie le ciel sans bruit tandis que le corps de Sophia rejette le poison presque aussi vite qu'il l'a ingéré. La lumière de l'entrée coule par la trappe et forme une flaque par terre, près de mes jambes tendues.

— Nous étions quasiment dans le noir complet ! réponds-je dans un cri. Nous mourions de faim. Ce ne sont pas des circonstances normales !

L'écho de ma voix me revient. Soudain, Sophia prend une profonde inspiration et laisse échapper un sanglot qui me brise le cœur. J'aurais pu la perdre. Je pourrais encore la perdre.

— Je vais faire en sorte que tu saches ce que c'est que d'être enfermée.

Le visage tourné vers la lueur qui sort de la trappe, j'ai l'impression de m'adresser aux dieux ; des dieux qui frappent sans discernement, qui punissent une enfant qui n'a rien fait pour mériter leur courroux.

— Je vais faire jouer toutes mes relations pour que tu sois condamnée à la peine maximale.

— La planète meurt à cause de gens comme Mina.

— Tu es dingue. Mina n'a rien à voir avec le changement…

— Au contraire ! Si tous les pilotes et le personnel navigant arrêtaient de travailler…

— D'autres les remplaceraient !

— … les avions ne pourraient pas voler, et si les avions ne pouvaient pas voler, la calotte glaciaire ne fondrait pas. Vous ne comprenez pas ? Il n'est pas trop tard pour rétablir l'équilibre. C'est ça qui est affreux : nous connaissons les dommages causés par les compagnies aériennes et pourtant, nous continuons à prendre l'avion. C'est comme si on nous diagnostiquait un cancer du poumon et que l'on continuait à fumer !

Quelque chose dans la voix de Becca m'effraie. C'est le genre de frémissement que j'ai entendu chez les prédicateurs de rue exaltés ou les fanatiques qui font du porte-à-porte. Sa ferveur m'indique qu'elle croit vraiment ce qu'elle dit. Et si elle le croit vraiment, de quoi d'autre est-elle capable ?

— Et *toi*, tu ne vois pas que tu es manipulée ? Ce n'est pas la personne qui tire les ficelles qui risque la prison. Elle se fiche de toi : elle t'a piégée pour que tu portes le chapeau. Tu es de la chair à canon, Becca, rien de plus : un pion dans le jeu de quelqu'un d'autre. Tu as été endoctrinée.

— Vous vous trompez. Vous ne le connaissez pas.

— Qui ça ?

L'espace d'un instant, je crois qu'elle va me donner un nom, mais elle avale le mot.

— Notre guide.

Notre guide… on dirait qu'elle fait partie d'une secte.

— Tu sais ce qui arrive aux gens dans ton genre en prison ? À ceux qui font du mal aux enfants ?

J'attends assez longtemps pour que l'idée fasse son chemin. Je pense à toutes les fois où, dans la salle d'interrogatoire, je me suis retrouvé face à des agresseurs, des meurtriers, des violeurs, et au fait que, si atroce que soit leur crime, si écœurants que soient leurs actes, je n'ai jamais été dans cet état. Je n'ai jamais senti mes muscles se tendre avec l'envie irrépressible de me battre, je n'ai jamais voulu plaquer quelqu'un au sol pour le faire payer. Je n'ai jamais eu envie de tuer.

Cela dit, jamais personne n'a menacé ma fille de mort. Ni ma femme. J'essaie d'imaginer ce qui se passe à bord du vol 79, mais tout ce que je vois, c'est l'image d'un avion qui percute un immeuble. Elle joue en boucle : du feu, des cris et du métal tordu.

— Comment est-ce que je pourrais aller en prison alors que personne ne sait que j'existe ? ironise Becca.

Ce ton moqueur ne fait qu'attiser ma colère et je sens des gouttes de sang frais couler sur mes doigts quand mes poignets frottent violemment contre les menottes.

— On te retrouvera. *Je* te retrouverai.

— Vous ne connaissez même pas mon vrai nom.

La respiration de Sophia s'est stabilisée, et alors qu'elle sombre dans le sommeil, épuisée par le choc anaphylactique, mon esprit, jusque-là brouillé par la crainte qu'elle ne meure, s'éclaire. J'éteins le film catastrophe qui passe dans ma tête et me souviens de qui je suis, de ce pour quoi je suis doué.

— Ta mère conduit une Mini Cooper rouge avec un pompon accroché au rétroviseur.

Le silence qui s'ensuit confirme mes conjectures et cette victoire m'encourage. Je venais de quitter le boulot quand j'ai vu Becca chez Tesco. J'avais promis à Mina – et à moi-même – de rentrer directement à la maison, mais l'envie de jouer était trop forte et je me suis retrouvé à conduire dans la direction opposée, vers l'hypermarché en périphérie de la ville voisine où je risquais moins de croiser une de mes connaissances. J'avais de la monnaie plein la poche et d'une certaine manière, ça dédramatisait la situation. Une carte à gratter, qu'est-ce que c'est au fond ? Des milliers de personnes en achètent. Je ne me connecterais pas à mon compte en ligne, je ne dépenserais pas plus de dix livres, je ne rachèterais pas de billet si je perdais au premier essai…

Tant de promesses, tant de tractations avec moi-même.

Est-ce qu'un alcoolique éprouve la même chose ? *Si je prends une bière, ça va : une bière, ce n'est pas de la vodka. Ça va si c'est un demi : un demi, ce n'est pas une pinte. Ça va si je suis avec des amis, si c'est après 17 heures, s'il y a « di » dans le jour de la semaine…*

J'ai posé ma monnaie sur le comptoir en fuyant le regard du caissier au cas où il me percerait à jour et je me suis assis dans ma voiture, à quarante-huit kilomètres de chez moi, pour gratter sept cartes inutiles. Tout le monde dit que la première étape consiste à admettre que l'on a un problème. Mais personne ne vous dit en quoi consiste la deuxième.

Si j'étais rentré directement à la maison, je n'aurais pas vu Becca. Mais je suis resté assis dans ma voiture à combattre la sueur qui me piquait la peau, la culpabilité, la honte, l'envie de recommencer. J'ai trouvé une livre dans la boîte à gants, une poignée de pièces de vingt pence dans le cendrier inutilisé, qui n'attendaient qu'un parcmètre. J'ai réussi à réunir la somme pour acheter deux cartes supplémentaires, je suis sorti de la voiture en me détestant, mais je l'ai fait quand même. Cette fois, je prendrais d'autres cartes. Les Match 3 Tripler. J'évaluerais les files d'attente, j'essaierais d'être servi par un autre caissier. Si je tombais sur le même, je lui ferais un sourire triste. Je dirais : « La patronne a dit que je n'avais pas pris les bons. » Il pouvait penser que ma femme me dominait. C'était mieux que la vérité.

J'ai croisé Becca en entrant. Elle regardait son téléphone et se dirigeait vers une voiture garée dans une des places pour personnes handicapées. La femme au volant avait le même nez droit, la même courbe de la lèvre supérieure. Sa sœur, me suis-je d'abord dit avant de remarquer les racines grises de ses cheveux blonds, les rides autour de la bouche. J'ai détourné les yeux, je ne voulais pas entamer la conversation ; tout ce que je voulais, c'était gagner quelque chose, n'importe quoi, pour justifier mes actes.

— Qu'est-ce que vous racontez ? s'écrie Becca, mais il est trop tard.

Son silence l'a trahie. Je ferme les yeux, je me revois dans ce passage couvert qui mène du magasin au parking. Becca ne m'a pas vu, elle ne faisait pas attention, et elle m'a croisé pour monter dans la voiture de sa mère. Je n'étais pas concentré : elle ne m'intéressait pas, tout ce qui m'importait, c'était les cartes à gratter et l'idée que si je gagnais cinq livres grâce à mon Match 3 Tripler, je n'aurais perdu que quatre livres. Mais une petite part de moi était encore en mode boulot. C'est toujours le cas. Je me rappelle qu'elle avait les cheveux attachés – ils étaient lâches les deux ou trois fois où elle avait baby-sitté Sophia – et portait un sweat-shirt à capuche zippé avec un logo sur la poitrine. Un jean foncé.

Non, pas un jean. Un pantalon. Un pantalon bleu marine. Quel adolescent porte un pantalon bleu marine ? Quelque chose se met en place. Becca qui appelle Mina sans crier gare ; Mina si reconnaissante qu'elle n'a pas posé de question.

C'est une amie de Katya – elles ont travaillé ensemble. Apparemment, Katya lui a dit que nous cherchions peut-être quelqu'un pour s'occuper de Sophia après l'école.

— Tu bosses chez Tesco.

Si je me trompe, j'ai perdu. Je perds mon avantage et la possibilité de négocier.

Elle ne dit rien.

J'ai raison.

— Donc, même si tu leur as donné un faux nom et une fausse adresse, il me suffira de demander les enregistrements vidéo du supermarché et d'obtenir le numéro de plaque d'immatriculation de ta mère. Je suppose que tu es inscrite sur la liste électorale de la ville, n'est-ce pas ? dis-je en parlant de plus en plus vite, gagnant en confiance grâce aux automatismes d'un métier que j'exerce au quotidien. Nous y trouverons ton nom complet et ta date de naissance. Oh, et bien sûr, nous aurons une trace des jours où tu es venue chez nous, je demanderai donc à mon fournisseur Internet de me donner les coordonnées de tous les appareils connectés aux moments concernés.

Enquêteur. Père. Ces rôles me vont comme une seconde peau. Les deux moitiés de ma personnalité se complètent de la plus affreuse des façons, mais de la plus parfaite aussi. Et à cet instant, je comprends que nous allons sortir d'ici, que je pourchasserai Becca, quelle que soit son identité, et que je lui ferai payer. Pas avec mes poings qui me démangent, mais grâce à mes compétences.

Le bruit de pas qui s'éloignent en courant me tire de mes pensées.

— Becca ?

Elle s'affaire dans la maison maintenant. Une ombre vacille dans le rai de lumière filtrant sous la porte de la cave quand elle va et vient devant. Je l'appelle inlassablement, sachant que je suis allé trop loin tout en espérant qu'il n'est pas trop tard. La porte d'entrée claque, des pas précipités s'éloignent dans l'allée. J'entends le portail s'ouvrir et se refermer dans un fracas métallique, puis le claquement de baskets sur le goudron qui s'amenuise jusqu'à se taire complètement.

Je tends l'oreille, à l'affût, mais n'entends que la maison elle-même. Les tuyaux qui grincent ; la neige fondue qui suinte des gouttières ; le doux bourdonnement du réfrigérateur.

Sophia remue. Elle ouvre les paupières, encore tuméfiées, et passe sa langue sur ses lèvres sèches.

— Où est Becca ?

— Elle est partie.

Je tire sur mes menottes. Becca est partie.

Et personne ne sait que nous sommes là.

Quarante
Passager 1G

Je mentirais si je disais que je voulais mourir. Il serait plus exact de dire que je m'étais fait à l'idée. J'espérais que les politiciens comprendraient qu'ils n'avaient d'autre choix que d'accéder à nos exigences, que la menace d'une panne de carburant suffirait à les faire réfléchir. Mais il semblerait que pour notre gouvernement, quelques centaines de vies soient quantité négligeable. Ce serait peut-être une source d'embarras, mais des problèmes plus urgents viendraient bientôt éclipser la catastrophe. Les mauvaises nouvelles seraient enterrées.

Quant aux autres, tu dois comprendre que je ne pouvais pas les mettre au courant. Ils auraient pu faire machine arrière ou craquer au beau milieu de nos préparatifs ; ils auraient pu donner l'alerte, involontairement ou non, en faisant des adieux éplorés à leurs proches. Peut-être même divulguer une information à un passager, provoquant une réaction instinctive qui aurait pu entraîner un amerrissage forcé. Il valait mieux que les passagers croient qu'ils avaient une chance de s'en sortir.

Personne ne va mourir, *ai-je dit aux autres en leur*

soumettant les grandes lignes de notre plan. Le gouvernement doit croire que nous laisserons l'avion tomber en panne de carburant pour prendre nos exigences au sérieux. Les passagers doivent croire qu'ils vont mourir pour que nous gardions le contrôle. Mais bien sûr, ce n'est pas ce qui est prévu !

Ce n'était pas un mensonge à proprement parler. Ce n'était pas ce qui était prévu.

Mais ce que je leur ai dit non plus.

Amazone détournera l'avion vers un lieu situé au cœur du désert de Gibson, dans l'ouest de l'Australie, *leur ai-je expliqué*, où des camarades de l'organisation attendront dans des Jeep. Nous disparaîtrons après avoir évacué l'appareil et les passagers seront secourus. Nous abandonnerons nos identités d'emprunt et nous enfuirons sans être repérés.

Si tel avait été le véritable plan, il aurait été mis en pièces. Sans être repérés ? Avec la moitié de l'armée australienne déployée pour nous encercler ? Mais ce n'était pas le véritable plan, juste un pur produit de mon imagination que j'étais libre d'embellir pour rassurer mes adeptes, plus fidèles que jamais. Dès qu'ils me soumettaient un problème, je me l'appropriais adroitement et leur donnais une réponse qui coupait définitivement court à leur questionnement.

Nous serons des héros du climat ! *a posté Gange, entraînant un tonnerre d'applaudissements virtuels.*

Mes disciples auraient sans doute été peu nombreux à me suivre dans cette mission s'ils avaient connu mes véritables intentions. Un ou deux, peut-être : les moins stables mentalement, les écologistes les plus fanatiques, mais pas les autres. Les autres – Zambèze, sans doute ; Congo, sûrement – étaient là pour la nouvelle vie qu'on leur avait promise.

J'aimais bien Congo. Je l'avais trouvé à l'occasion d'une soirée scène ouverte dans un café-théâtre, organisée en soutien à Greenpeace. Le bar était bondé, les intervenants violemment chahutés par le public, et le temps que Congo hisse sa masse sur scène et reprenne son souffle, il avait déjà gaspillé deux des cinq minutes qui lui étaient allouées. Les rires ont commencé à monter. On a entendu l'inévitable refrain « Qui a mangé toutes les tartes ? » quand notre comédien du moment a enfin pris le micro.

« Dégage ! » a crié quelqu'un.

Ses textes étaient de piètre qualité et il n'avait pas le sens du rythme ; chaque blague était ponctuée par une toux d'asthmatique. Mais il s'est accroché. Et quand les gens ont commencé à applaudir lentement, il n'a ni rougi ni bafouillé. Il a jeté un long regard autour de la pièce et les a tous congédiés en criant : « Allez tous vous faire foutre, bande de cons : je pourrais tous vous bouffer et il me resterait encore de la place pour un kebab. » Sa remarque a provoqué le plus grand éclat de rire de la soirée.

Je l'ai suivi jusqu'à la station de taxis en m'émerveillant de sa capacité à mettre un pied devant l'autre, quoique avec une extrême lenteur, alors que ses cuisses frottaient l'une contre l'autre et que ses chevilles enflées débordaient sur ses baskets. Il a acheté un hamburger dans un restaurant de vente à emporter et s'est réfugié dans une allée où il l'a démoli en trois bouchées tout en essuyant les larmes qui brillaient à la lueur du réverbère. Je n'avais jamais vu un homme aussi malheureux et si courageux à la fois.

Il n'y avait rien sur la page « événements à venir » de son site Internet, mais son blog regorgeait de textes. Il était devenu plus réservé ces dernières années, peut-être depuis qu'il avait commencé à promouvoir sa carrière d'humoriste, mais ses premières publications honnêtes et sensibles racontaient une triste histoire de harcèlement et de persécution. C'était un écologiste fervent – d'où sa participation à la soirée scène ouverte en soutien à Greenpeace – qui écrivait des textes passionnés sur le réchauffement climatique.

J'ai vu ton spectacle ce soir, *ai-je écrit.* Tu es drôle.

Je me suis fait passer pour une blonde de vingt-cinq ans vivant dans une ville suffisamment lointaine pour être à l'abri. Célibataire. Intéressée. J'ai calqué mes centres d'intérêt sur tout ce que j'avais trouvé sur son blog et me suis dite enchantée quand il a découvert que nous avions tant de points communs. Je l'ai présenté au groupe et l'ai encouragé à jouer un rôle actif dans notre projet.

Tu es incroyable. Tu es si courageux. Si intelligent. Tu as un véritable impact.

Il voulait que l'on se rencontre. Évidemment.

Après, *lui ai-je dit.* En Australie.

Je n'avais jamais utilisé mon vrai nom en ligne ; pour mon travail militant, j'empruntais l'identité d'un élève qui s'était suicidé au milieu du premier semestre, bien des années auparavant. La famille de Sasha vivait à l'étranger et en emballant ses affaires, je me suis dit qu'un certificat de naissance et un passeport de rechange pourraient m'être utiles ; jusque-là, j'avais réussi à éviter de livrer mes empreintes digitales et mon ADN à la police, mais plus je m'impliquais dans le militantisme politique, plus le risque augmentait. Il valait bien mieux que les condamnations dont j'aurais pu malencontreusement faire l'objet soient inscrites au casier judiciaire de ce pauvre Sasha.

En ligne, j'ai adopté plusieurs pseudonymes et fourni à chaque recrue le mentor adéquat. Un de mes avatars avait lui aussi perdu un frère aux mains de la police. Un autre partageait l'amour des jeux vidéo. Pour Zambèze, j'étais l'ami encourageant ; pour Congo, la prétendante. Je me glissais dans la peau de chaque personnage en donnant à chacun ce dont il avait besoin, en montant les uns contre les autres.

Mes marionnettes se disputaient les unes avec les autres ; j'ai poussé une majorité à s'en prendre à un intrus tout en poursuivant ma propre stratégie. Un jour, j'ai mis en scène une exclusion, en insinuant qu'un individu avait connu une fin malheureuse après avoir commis certaines indiscrétions. Leur obéissance a été immédiate.

Mes recrues n'étaient plus des individus mais une masse homogène que je pouvais aiguiller dans la direction de mon choix. Mais je savais que je ne devais pas aller trop loin pour tester leur obéissance. Un chien peut conduire un troupeau sur des kilomètres sans perdre un seul mouton, mais un renard le dispersera tout de même en un instant. Je ne pouvais pas leur dire la vérité, même si la vérité garantirait les gros titres que nous convoitions tous.

Deux mille personnes se dirigeaient vers l'opéra de Sydney pour assister à un spectacle de chant choral. Pendant trois mois, plus de cinquante chorales s'étaient réunies dans des églises, des bureaux, des pubs et des maisons pour répéter les dix mêmes chansons. J'imaginais les choristes se retrouver pour la première fois dans les coulisses, tous vêtus de noir, avec pour seule différence notable la rosette colorée symbolisant leurs villes respectives. J'imaginais les invités – célébrités, journalistes, « amis de l'opéra » – qui renonçaient à des cocktails pour assister à cette soirée spéciale.

Pourquoi l'opéra de Sydney ?

À cause des gens.

Un terroriste ne fait pas exploser un bâtiment vide, un magasin au rideau baissé, une usine fermée. Un homme armé ne mitraille pas une école le week-end, une galerie commerciale au petit matin. Ce sont les gens, pas les bâtiments qui les abritent, qui gagnent le cœur du public, il faut donc les choisir avec soin.

En cas de cambriolage, tu crois que le délai d'intervention des secours est le même pour la mère célibataire qui vit dans une cité défavorisée que pour les rupins installés dans une maison de ville ? Compare la couverture médiatique consacrée à la disparition d'une jolie petite fille blanche avec le traitement réservé aux moches, aux handicapées, aux filles de couleur, et dis-moi si les gens se sentent aussi concernés.

J'avais besoin qu'ils se sentent concernés. J'avais besoin que les politiciens du monde entier réagissent et se disent : « Il faut faire quelque chose pour freiner le réchauffement climatique. » J'avais besoin qu'ils disent : « D'autres personnes mourront si nous ne changeons pas radicalement notre approche. » La mort de la planète aurait dû suffire, mais j'avais compris depuis longtemps qu'elle ne suffisait pas.

Quand la porte du cockpit s'est refermée, j'ai prié. Pas un dieu, mais la Terre Mère. Je l'ai remerciée pour ses bienfaits, remerciée de continuer à subvenir à nos besoins alors même que nous abusons de ce privilège et prenons plus que nécessaire. J'ai senti l'avion frémir sous mes pieds comme si lui aussi était de mon côté.

Bien sûr que j'avais peur. Tu n'aurais pas eu peur, toi ? Tu n'as jamais été terrifiée dans un manège sur lequel tu avais pourtant décidé de monter de ton plein gré ? J'ai respiré pour maîtriser ma peur, je l'ai acceptée. Au lieu de la douleur, de la panique, de la peur, j'ai visualisé la une des journaux et les rencontres au sommet. J'ai imaginé les conversations qui auraient lieu aux quatre coins du monde – des conversations qui commenceraient alors même que les victimes seraient ensevelies sous les décombres, leurs rosettes déchirées et en loques. Ces gens allaient changer le monde pour les générations futures. Ce seraient des héros.

L'idée m'inspirait. J'ai visualisé plus précisément ce qui devait se passer pour que mon objectif soit atteint. J'ai pensé au « plongeon mortel » qui nous conduirait vers notre cible. Au métal déformé, aux éclats de verre, aux coquilles emblématiques de l'opéra réduites en poussière. Aux membres cassés, aux regards fixes, au calme. Ils tuaient la Terre et la Terre allait les tuer.

La symétrie était assez belle, tu ne trouves pas ?

Quarante et un
Arrivée à Sydney H – 2 h 30 – Mina

Dès que Missouri se tait et que le micro s'éteint, il y a une pause, comme si tout le monde retenait son souffle. Puis un hurlement retentit.

Le premier en entraîne un deuxième, puis un troisième, jusqu'à ce que la panique de trois cent cinquante-trois passagers confrontés à une mort certaine secoue l'appareil. Près de moi, un homme se pelotonne sur son siège, en poussant un cri de terreur perçant. En me retournant, je vois le visage horrifié de Cesca. Affalé contre les sièges, Rowan agrippe le bras de Derek qui essaie de se dégager.

Déchaînée, Alice tire désespérément sur la ceinture de sécurité d'une femme assise sur un siège côté allée.

— Sortez de là. Sortez !

La femme se débat violemment pour repousser la journaliste, tout en agrippant la boucle de sa ceinture.

— Mon journal a déboursé six mille livres pour mon billet !

Quand le coude de la passagère la frappe, Alice titube en arrière, le nez en sang. Cesca sépare les deux femmes et je m'apprête à intervenir, mais Davanti s'écroule contre Cesca.

— J'ai payé ma place, sanglote-t-elle.

— Comme tout le monde.

Quand Cesca la relâche, Alice s'effondre dans l'allée ; elle s'accroche à la base du siège, comme si se cramponner du bout des doigts allait lui éviter d'être éjectée de l'avion.

Nous sommes impuissants.

J'aurais pu gérer un amerrissage forcé ou un atterrissage d'urgence sur terrain inadapté. C'est notre boulot après tout, même si nous espérons ne jamais devoir être confrontés à un tel scénario. Les gilets de sauvetage, les issues de secours, les toboggans… Je connais tout ça par cœur.

Mais quand Missouri foncera sur l'opéra de Sydney, je ne pourrai rien faire pour protéger les passagers de ce vol contre l'impact d'un Boeing 777 de trois cent cinquante tonnes qui percute le bâtiment le plus célèbre d'Australie.

La femme enceinte touche son ventre et les larmes coulent de ses yeux clos. Derrière elle, dans l'allée de gauche, les Talbot sont blottis autour de leur bébé. Je me rends soudain compte qu'il y a beaucoup d'enfants dans ce vol, des bambins qui marchent à peine aux ados terrifiés. Missouri met fin à des vies qui viennent à peine de commencer.

— J'allais me suicider en Australie, avoue soudain Derek.

Le reste du groupe échange des regards. Il continue à parler, vite, craignant peut-être de ne pas avoir le temps, comme s'il devait *absolument* déballer ce qui le ronge.

— Je ne suis l'envoyé spécial d'aucun journal sur ce vol, vous savez. J'ai payé mon billet de ma poche. Mon frère vit à Sydney et je me suis dit que j'allais réserver un billet et essayer de placer un article dans un supplément voyages. Mais tous les journaux l'un après l'autre ont refusé.

Sa voix se brise et Cesca lui serre l'épaule. Je devrais lui offrir mon réconfort moi aussi, je le sais, mais je n'arrive pas à le cerner – je n'arrive pas à faire coïncider cette façade brisée avec l'homme que j'ai cru apercevoir. Je sors les écouteurs de Finley de ma poche et commence à les démêler, une occupation manuelle qui m'aide à dénouer mon stress. Ayant cessé d'écrire des SMS, Alice pose sur Derek un regard horrifié, craignant peut-être que son problème, quelle qu'en soit la nature, ne soit contagieux.

— J'ai perdu mon emploi l'an dernier. Mon rédacteur en chef ne me trouvait plus assez « incisif ». Mon instinct de reporter n'était plus assez aiguisé pour garder le contact avec les jeunes. J'ai essayé de devenir freelance, mais quand j'envoyais des idées de papiers, les journalistes maison travaillaient déjà dessus, ou le journal n'avait pas le budget nécessaire, mais si je le souhaitais, je pouvais rédiger un article pour le site Web. Quelqu'un m'a suggéré de lancer un blog, conclut-il avec un rire creux.

Rowan fait un check amical sur le biceps de Derek, qui ignore le geste et se détourne ostensiblement. En m'apercevant que son expérience l'a rempli d'amertume et de méfiance, j'éprouve un vif élan de solidarité envers lui. Nos réactions sont façonnées par ceux qui nous entourent, par leur comportement envers nous.

Je pense à Adam, à tout mon ressentiment, et je sens qu'il commence à se dissiper. Je ne sais pas si je peux pardonner, mais je crois pouvoir oublier.

Si j'en ai l'opportunité.

— Une passe difficile, lance Rowan d'un ton hésitant.

Je réponds à son coup d'œil par un infime hochement de tête, j'essaie de lui dire que je comprends – qu'il voulait juste l'aider. Je crois que personne ne peut aider Derek, à ce stade : il est déterminé à livrer son histoire, à partager le récit de sa lente dégringolade vers le désespoir.

Il regarde Cesca.

— Je me sentais simplement… inutile, vous comprenez ? Non, ce n'est pas tout. *Sans intérêt.*

Alice, que cette histoire ennuie, est revenue à son téléphone.

— J'ai décidé de prendre le vol quand même, de rendre visite à mon frère à Sydney, puis de m'enfermer dans une chambre d'hôtel avec autant d'alcool et de cachets que je pourrais en avaler, et d'en finir. C'est drôle, mais j'avais hâte, d'une certaine manière.

— Et maintenant… dis-je, et Derek acquiesce, un sourire amer au coin des lèvres.

— Quelle ironie, non ? Je suppose qu'être confronté à la mort fait réfléchir. Il se trouve que l'idée ne m'emballe pas tant que ça, à la réflexion.

— Elle n'emballe aucun de nous, dis-je, l'air sombre.

Je me lève, regarde Gange et Zambèze et élève la voix pour être sûre qu'ils m'entendent.

— Vous n'étiez pas au courant, n'est-ce pas ? Vous ne saviez pas qu'elle avait prévu ça.

Gange se retourne pour lancer un regard vers le

cockpit, puis vers Niger ; malgré la tournure prise par les événements, ce dernier poursuit sa mission en repoussant un passager qui a réussi à s'extirper de son siège et descend l'allée. Ils sont si bien radicalisés que, même à ce stade, ils hésitent à désobéir à Missouri.

Paul Talbot dépose le petit Lachlan dans les bras de sa femme et l'incite à prendre le siège libre mais, avant qu'elle ait pu bouger, Jason Poke saute dedans et adopte la position de sécurité.

— Nous devons faire quelque chose, dis-je autant à moi-même qu'aux autres.

— Faire quoi ? hurle un passager du premier rang, un rictus de peur aux lèvres. Il n'y a rien à faire !

Gange avance puis recule d'un pas. Il ne sait ni quoi faire ni où aller maintenant que sa chef n'est plus là. Il faut que nous saisissions l'occasion, non ? Je me tourne vers Cesca et les autres.

— Nous devons entrer dans le poste de pilotage.

— Mais les explosifs… commence Rowan. À la seconde où nous approcherons, elle…

Il serre puis ouvre le poing, mimant une déflagration.

— Et si nous ne faisons rien, intervient Derek, l'appareil s'écrasera sur l'opéra.

— De toute façon, nous sommes foutus, conclut la femme enceinte qui nous écoute.

— Si elle fait exploser la bombe maintenant… dis-je, gorge serrée, presque incapable de formuler ce que je pense, nous serons les seuls concernés. L'avion se disloquera et oui, c'est vrai, il y aura peut-être quelques victimes au sol, mais peut-être pas. Alors que si nous ne faisons rien, nous *savons* que des gens vont mourir.

— Elle a raison, dit Cesca en se levant. Des milliers d'innocents se dirigent vers l'opéra de Sydney en ce moment : nous ne pouvons pas laisser…

— Et les innocents assis dans cet avion ? lance un passager de l'autre côté de la cabine.

Une clameur d'approbation s'élève, des voix furieuses se répondent. Rowan me regarde ; deux rides se creusent sur l'arête de son nez.

— Nous devrions baisser les bras, à votre avis, dis-je.

Il ferme les yeux un instant, comme s'il cherchait de la force en lui. Quand il les rouvre, son regard est lugubre.

— Non. Je crois que nous avons déjà perdu.

Vers le fond de la cabine, une femme en tee-shirt rose se lève, comme pour proposer sa place à quelqu'un. Je me blinde en prévision d'autres cris, d'autres disputes, mais en la regardant de plus près, je me sens plus calme : c'est le médecin qui nous a apporté son aide tout à l'heure. Elle pose la main sur le dossier du siège devant elle, tel un pasteur en chaire. Que ressent-on quand on ne parvient pas à sauver la vie de quelqu'un ? me dis-je. Est-ce que cela la hante ou a-t-elle vu assez de morts pour y être insensible ?

— Que de bla-bla ! lance-t-elle, l'air agacée.

Tout le monde se tait. Je me rappelle sa répugnance à me parler ; rougissante, je me suis excusée de l'avoir dérangée.

— Doit-on entrer de force dans le cockpit ? Doit-on rester là ?… fait-elle d'une voix geignarde, imitation cruelle de nos tergiversations.

Un malaise m'envahit.

— Lancez-vous. Missouri va nous tuer de toute façon.

— Facile à dire pour vous ! crie Jamie Crawford par-dessus les sièges. Vous n'avez pas vu sa veste piégée : elle est bardée d'explosifs…

Le médecin rit à gorge déployée. Un rire dément, et la vérité m'apparaît lentement. La présence d'un médecin à bord m'a rassurée. Je croyais qu'elle nous aiderait à sauver des passagers, qu'elle protégerait les blessés et ferait de son mieux pour s'occuper des mourants.

— Vous savez à quel point c'est difficile d'embarquer à bord d'un avion avec des explosifs ? poursuit-elle.

Je consulte ma montre. Deux heures avant l'arrivée prévue à Sydney. Dans la cabine, tout le monde regarde le médecin en espérant qu'elle ait un plan, une idée qui nous sauvera.

— Ils sont faux, bande d'imbéciles. Nous n'avons pas d'explosifs : ce ne sont que des fils électriques et des sacs en plastique. Il n'y a pas de bombe.

Nous n'avons pas d'explosifs.

Elle est leur complice.

Pas le temps de penser à ce que cela signifie – qui d'autre attend encore, assis parmi nous, dissimulant la vérité ?

Missouri porte une fausse bombe.

Si nous pouvons entrer dans le cockpit, nous pourrons la maîtriser et Cesca pourra atterrir en toute sécurité.

Il nous reste une chance.

Je peux encore tenir la promesse faite à Sophia.

Quarante-deux
5 heures du matin – Adam

J'ai merdé. Encore une fois. Alors que je pensais que la situation ne pouvait pas être pire, que je ne pouvais pas nuire à ma famille, et à moi-même, plus que je ne l'ai déjà fait, j'en rajoute une couche.

— Est-ce que Becca va revenir ? demande Sophia.

Elle est assise et sa voix est plus assurée maintenant. Elle est loin d'être redevenue elle-même, mais qui pourrait être soi-même dans cette cave ?

— Non, ma puce, je crois qu'elle ne reviendra pas.

Merde, merde et remerde. Je m'en veux d'avoir ouvert ma gueule. Je voulais faire peur à Becca, c'est vrai. Pour qu'elle reprenne ses esprits et nous laisse sortir, je voulais lui montrer qu'il serait facile de la retrouver. Et c'était agréable d'être de nouveau au sommet de ma forme, de faire mon boulot ; comme avant d'être obnubilé par les dettes et mon mariage raté. En apercevant l'homme que j'étais autrefois, j'ai trop parlé, et maintenant la situation est pire… bien pire.

Où s'est-elle enfuie ? Elle a peut-être une voiture, garée dans un endroit discret. Elle nous a dit qu'elle ne conduisait pas, mais elle nous a raconté beaucoup de choses. Je l'imagine rentrer chez elle, dans la maison de ses parents, et monter l'escalier sur la pointe des pieds. S'allonger sur son lit tout habillée en attendant que son pouls ralentisse.

Elle est peut-être plus mature que je ne le crois. Elle ne vit plus chez ses parents. Elle travaillait peut-être chez Tesco le temps des vacances, c'était un petit boulot, peut-être même une couverture. Je l'imagine chez elle – une chambre sordide dans une colocation – en train de jeter ses maigres affaires dans un sac à dos. Où ira-t-elle après ? Où vont ces gens-là, ces manifestants professionnels ? Je me souviens d'avoir lu l'histoire d'un gros bonnet de l'entreprise si révolté par le référendum sur le Brexit qu'il a tout plaqué pour déménager à Londres. Il a vendu tous ses biens, s'est fait héberger par des amis et a passé les trois années suivantes à hurler dans un porte-voix devant le Parlement.

Je ne comprends pas les gens comme lui. Je conçois que l'on se passionne pour certaines causes, que l'on veuille obtenir justice – je ne serais pas policier si cela ne m'intéressait pas de redresser les torts. Mais ces gens consacrent leur vie à leurs convictions ; ils vont en prison pour elles.

Les pirates de l'air qui ont détourné l'avion de Mina doivent savoir qu'ils vont mourir. Ils entraînent des centaines de personnes avec eux et cela leur est sans doute égal : une petite bataille perdue en pleine guerre. Je ne vois pas ce qui pourrait me concerner à ce point.

Si, je sais.

Sophia.

Je me battrais pour Sophia. Je *vais* me battre pour elle.

Mais comment ? J'ai la peau des poignets à vif à force de tirer de toutes mes forces sur les menottes, et le tuyau ne bouge pas d'un pouce. Si je pouvais me libérer, je pourrais défoncer la porte de la cave, ce serait facile…

Un flash info interrompt la sélection musicale et je sens Sophia se crisper en même temps que moi. « Pitié, supplié-je en silence. Pourvu qu'elle n'apprenne pas qu'elle a perdu sa mère comme ça. »

Nous venons de recevoir à l'instant des nouvelles du vol 79. Alice Davanti, rédactrice en chef du Telegraph, *vient de publier un témoignage oculaire exclusif des événements en cours dans l'avion détourné.*

Je suis tellement soulagé que l'avion ne se soit pas écrasé que je rate les premiers mots du compte rendu de Davanti et ne reprends mes esprits qu'en entendant le nom de Mina.

— Maman !

« ... beaucoup la condamneront pour avoir fait passer la sécurité de sa famille avant la vie des centaines de passagers du vol 79. Alors que j'écris ces mots, je suis entouré de parents, de grands-parents, d'enfants. Les familles de ces passagers auront sûrement du mal à comprendre pourquoi la vie de leurs proches avait moins de valeur que celle d'une seule enfant. »

Le présentateur promet « d'autres précisions très bientôt » et Sophia se redresse à grand-peine.

— Papa, que dit cette dame sur maman ?

La rage me submerge. Sophia n'a pas à porter le poids de la culpabilité ; je refuse qu'elle pense du mal de sa mère alors que Mina a agi comme l'aurait fait n'importe quel parent que je connais.

— Elle dit… (Je m'interromps juste assez longtemps pour que la suite ne soit pas noyée par un sanglot.) Elle dit que maman t'aime plus que tout au monde.

Le bruit d'un moteur déchire l'air nocturne. Le chemin de ferme ne mène nulle part : seuls les riverains l'empruntent et nous sommes les seuls riverains avec Mo et la voisine qui ne vient que quelques week-ends par an. Est-ce que c'est sa voiture ? Pourquoi arriverait-elle à cette heure-ci ? J'ai perdu la notion du temps, mais l'aube doit approcher.

J'ai une bouffée d'espoir fugace. Becca a peut-être changé d'avis. Mes paroles ont peut-être fait mouche et elle a compris que la police la rattraperait tôt ou tard, alors elle…

Sauf que ce n'est pas un moteur Diesel, ce qui signifie qu'il est peu probable qu'il s'agisse d'une voiture de police.

Les parents de Becca alors ? Ou un autre militant, peut-être ? S'ils sont venus nous chercher pour nous transférer dans un endroit qu'ils estiment plus sûr, nous aurons l'opportunité de nous échapper. Ils devront libérer une de mes mains pour détacher les menottes du tuyau. Je dois me tenir prêt. Je me vois balancer un coup de poing à la personne qui viendra – une droite, une gauche, selon la main qui sera libérée la première –, la mettre KO, prendre Sophia, monter l'escalier, traverser la cuisine, l'entrée et sortir.

J'entends des pas dehors. Feutrés. Prudents, vigilants. Quelqu'un marche le long de la maison. Épie à travers les fenêtres peut-être pour s'assurer qu'il n'y a personne, que nous sommes seuls, enfermés dans la cave. Que personne ne peut nous entendre crier.

Où irons-nous une fois sortis d'ici ?

Becca s'est servie de mes clés de voiture pour récupérer l'EpiPen. Si elle les a remises à leur place, je peux les attraper vite fait en traversant la maison et conduire jusqu'au commissariat central – mon lieu de travail – où des équipes sont de garde vingt-quatre heures sur vingt-quatre.

Mais elle a pu les poser n'importe où. Elle les a peut-être même encore sur elle, au fond de sa poche. Je pourrais perdre un temps précieux à les chercher. Mieux vaut courir. Fuir par la porte de service peut-être, où l'on ne nous attendra pas. Escalader la clôture et traverser le parc, où aucune voiture ne peut nous suivre. C'est peut-être le meilleur moyen de procéder de toute façon : ne pas perdre de temps à chercher les clés. Sortir, c'est tout.

Je plie les doigts. Cela fait des heures qu'ils restent dans cette position et ils sont engourdis. Je les tends, les plie tour à tour et lentement, la paralysie laisse place à des fourmillements. Je roule les épaules, en avant, en arrière, fléchis et tends les orteils, ramène les genoux contre ma poitrine.

— Qu'est-ce que tu fais, papa ?

— De l'exercice. Tu veux en faire avec moi ?

Sophia rampe sur les fesses pour s'adosser au mur. Elle met ses mains entravées par des menottes invisibles derrière son dos et ensemble, nous levons les jambes et penchons la tête de droite à gauche. Dans sa hâte,

Becca n'a pas replacé la dalle sur la trappe à charbon et malgré le froid, j'apprécie la brise et la lumière qui vient de l'entrée. Dans la cave, l'air est vicié, ça sent le renfermé et j'avais beau savoir que la pièce n'était pas hermétique, je craignais quand même que nous ne manquions d'air.

— Maintenant, nous allons former une sorte de triangle, d'accord ? Avance les fesses, voilà, comme ça, lève tes jambes tendues et vois si tu peux toucher tes orteils. Garde le dos droit : c'est ça.

Je forme deux côtés de mon triangle tandis que Sophia forme les trois et mon cœur déborde d'amour pour elle.

— C'est génial. Combien de temps peux-tu…

Nous nous regardons, surpris, quand le bruit de la sonnette s'éteint.

— Il y a quelqu'un devant la porte.

— Je sais, ma chérie.

— Il faut répondre.

Pourquoi sonner ? Quelque chose cloche. Si Becca était allée chercher de l'aide, ou même si elle avait eu une crise de conscience, ses complices sauraient où nous trouver. Nous ne risquons pas de leur ouvrir !

Qui est-ce ?

J'obtiens la réponse à ma question une seconde plus tard quand un coup frappé à la porte résonne dans la maison.

— Holbrook, ouvre !

Sophia me regarde, et son visage s'éclaire dès qu'elle reconnaît son nom. Je secoue la tête pour la dissuader, murmure « Chut » tout en essayant de comprendre ce qui se passe, bien que la nausée qui monte en moi m'ait déjà prévenu.

L'usurier.

Il martèle la porte.

— Je sais que tu es là. J'entends la radio.

— Papa ! s'exclame Sophia, qui s'agenouille et me secoue l'épaule. Crie ! Il y a quelqu'un : il va pouvoir nous sauver !

— Ma chérie, ce monsieur ne va pas nous sauver, il va…

Quoi ? Nous laisser là ? Me tabasser ? Faire du mal à Sophia ? C'est trop horrible à imaginer.

Ça a commencé par des SMS – Ton paiement est en retard – puis ils sont passés à des photos de ma voiture, de la maison, de la garderie de Sophia envoyées sur WhatsApp. J'ai fait mon possible pour rembourser les échéances, mais c'était tellement difficile, parce que Mina ne savait pas – ne pouvait pas savoir – pourquoi j'avais besoin de cet argent.

« Le compte joint est presque à sec, disait-elle. Tu peux virer deux cents balles ? »

Elle en faisait autant et je paniquais pendant deux ou trois jours ; je faisais semblant d'avoir oublié quand elle me posait la question, avant de prendre une énième carte de crédit. Je gagnais plus qu'elle. Nous avons élaboré un système, au début, quand nous avons souscrit notre premier prêt immobilier ensemble : il consistait à contribuer aux factures communes proportionnellement à notre salaire. « Quelle maturité ! » plaisantions-nous.

J'ai reçu ma première visite six mois après les premiers envois de photos sur WhatsApp. Je suis sorti du travail et, en me dirigeant vers l'arrêt de bus jusqu'au parking relais, je me suis aperçu que quelqu'un me surveillait. Un homme en bomber noir qui ressemblait à un videur de boîte de nuit a levé la main, mais pas pour me saluer, loin de là. Il m'adressait un avertissement. *Je sais où tu travailles. Je sais que tu es flic.*

On pourrait penser qu'il est facile pour un policier de régler les problèmes. Je connais les personnes et les lois adéquates, non ?

Faux.

Les dettes, surtout le genre de dettes que j'ai, sans contrat ni vérification de la solvabilité, fragilisent les flics. Elles nous rendent réceptifs à la corruption, vulnérables aux avances de la pègre. Nous devenons redevables à ceux-là mêmes que nous devrions arrêter.

Je ne risque pas une sanction disciplinaire parce que je me suis fichu dans la mouise mais parce que je n'ai rien dit aux patrons.

Après ça, les usuriers se sont lâchés. En regardant dans le rétroviseur, j'en voyais un qui me suivait ; j'entendais leurs pas quand je traversais l'allée vers l'arrêt de bus. Ils étaient trois – les trois que j'avais repérés, du moins – et ils ne faisaient jamais rien, ils se contentaient de lever la main avant de tourner. Ils m'adressaient un message, c'est tout. *Nous savons qui tu es, qui sont ta femme et ta fille, où tu habites, où tu travailles.*

Un usurier n'a aucun intérêt à ce que vous le remboursiez trop vite. Mieux vaut pour lui que vous cumuliez les dettes, cent livres de plus par jour, jusqu'à ce qu'il vous soit impossible de rembourser le prêt. Et en attendant, les tactiques d'intimidation portent leurs fruits. Au bout de six mois, j'aurais fait n'importe quoi. Ou presque.

« J'ai besoin que tu me rendes un petit service, a annoncé la voix au bout du fil.

— Lequel ?

— Un de mes gars est accusé d'un truc qu'il a pas fait. J'ai besoin que tu te débarrasses des preuves. »

La voix était basse et rauque. Était-ce le même homme qui m'avait prêté l'argent dans un escalier, dans le coin le plus craignos de la plus craignos des cités ? Possible.

« Je ne peux pas faire ça. »

J'avais le front en nage.

C'est ce jour-là qu'ils ont menacé Katya. Ils auraient pu me tabasser, mais ils ont préféré suivre Katya et Sophia. Ils savaient que ce serait plus efficace qu'un œil au beurre noir ou un nez cassé.

« Il a dit que vous lui devez de l'argent, a dit Katya plus tard, dès qu'elle a cessé de pleurer et que j'ai fini par convaincre Sophia que les "méchants messieurs" étaient partis et ne reviendraient pas. Beaucoup d'argent.

— C'est vrai.

— Alors comment savoir qu'il revient pas ?

— Je n'en sais rien. »

Elle avait trop peur pour rester. J'ai dit à Sophia que ce n'était rien, lui ai ordonné de ne rien dire à maman parce qu'« elle pourrait s'inquiéter et nous ne voulons pas l'inquiéter, n'est-ce pas ? » tout en me détestant de faire ça.

Trois jours plus tard, le même homme m'a appelé.

« Je suis devant chez toi, Holbrook. Tu as mon fric ?
— Je l'aurai. Je vous l'ai dit. »
J'étais au travail, j'attendais quelqu'un à la brigade criminelle pour lui déconseiller de s'exprimer publiquement.
« "Je l'aurai" c'est pas pareil que "je l'ai". »
Il n'a rien ajouté. Au lieu de ça, j'ai entendu le bruit caractéristique d'un briquet. Le sifflement du gaz, le frottement de la pierre. Je me suis emparé des clés d'une voiture de patrouille et je suis parti dare-dare ; sur le chemin de la maison, je n'ai pas arrêté d'appeler Mina. Elle n'a pas décroché.
Quand je suis arrivé, le cœur battant, la maison était plongée dans le noir. Je ne sentais pas de fumée, je ne voyais pas de feu briller. Était-ce une menace en l'air ?
À la fenêtre de la chambre, j'ai vu la lumière s'allumer et j'ai rappelé le portable de Mina. Il fallait que je sache qu'elles allaient bien, Sophia et elle. Elle a rejeté l'appel et je suis resté sur le chemin à me demander si je devais retourner travailler.
Et si ce n'était pas une menace en l'air ?
Elle a ouvert la porte alors que je remontais l'allée. Il n'y avait pas d'incendie. Juste Mina, méfiante, en colère, saine et sauve, et un paillasson imbibé d'essence.

— Holbrook ! Si tu es là, ouvre cette putain de porte ! ordonne l'homme en martelant la porte de plus belle.
— Papa. Le méchant monsieur est revenu ?
— Oui, je crois.
— On t'avait dit minuit ! Tu l'as ou pas ?
Sophia se décompose et un tremblement lui secoue le

haut du corps. Tant que je vivrai, je ne me pardonnerai pas de lui avoir fait subir ça.

— Je prends ça pour un non, alors, crie l'homme.

— Il ne faut pas faire de bruit, ma chérie. Il ne doit pas savoir qu'on est là.

Elle hoche la tête et je meurs d'envie de l'enlacer. Ces fichues menottes ! Je tire dessus inlassablement, content de sentir le sang couler, d'avoir mal, parce que c'est tout ce que je mérite.

Je m'interromps en entendant un bruit de moteur. Je regarde Sophia. C'est tout ? A-t-il vraiment laissé tomber si facilement ?

— Je crois qu'il s'en v… commencé-je, mais une odeur me titille les narines, une odeur âcre qui me terrifie et m'incite à essayer de me libérer de nouveau.

De la fumée. Je sens de la fumée.

La maison est en feu.

Quarante-trois
Arrivée à Sydney H – 2 – Mina

« C'est une fausse veste piégée. Ce n'est pas une bombe. » Les voix autour de moi font écho à mes réflexions, comme si nous nous persuadions d'y croire à force de le répéter. « Ce n'est pas une bombe, elle ne porte pas d'explosifs. C'est une fausse veste piégée. »

Vraiment ?

Comment faire confiance à cette femme, ce pseudo-médecin plus susceptible de tuer son prochain que de le sauver ? Comment être sûrs que cet aveu ne fait pas partie du plan, qu'il ne s'agit pas d'une ruse destinée à nous pousser à notre perte ?

Gange a le visage inondé de sueur, le col humide. Il hyperventile, se balance, mais ce n'est pas lui qui m'inquiète : c'est une chiffe molle. Derrière lui, Zambèze est campée à l'entrée de la cabine de classe affaires ; à gauche, Niger attend, prêt à agir. Il me regarde et je sais qu'à la seconde où nous tenterons quelque chose, il interviendra, mais je peux l'en empêcher. J'ai tout planifié. Ces gens me séparent de ma fille aussi sûrement que si elle était là, derrière eux, et rien ne m'empêchera de la retrouver. Il y a onze ans, j'ai commis une terrible erreur avec laquelle je vis depuis. Je ne devrais pas être ici, mais je le suis et je dois faire en sorte que ma présence compte.

— Qu'est-ce qu'elle vous a dit ? demandé-je à Gange, le plus susceptible de répondre.

— Le strict nécessaire.

Il est fuyant, comme Adam quand il rentrait du travail des heures après la fin de sa garde en me disant qu'il était allé voir un pote, qu'il était resté coincé dans un embouteillage, qu'il avait eu un problème avec la voiture. Je sais à quoi ressemble un mensonge.

— Missouri nous a annoncé que l'avion resterait en vol jusqu'à ce que le gouvernement britannique accède à vos exigences, continué-je. Si c'était le cas, vos complices et vous auriez dû savoir que vous risquiez de mourir, pourtant vous avez tous eu l'air surpris. Vous n'avez jamais cru que vous alliez mourir, n'est-ce pas ?

Gange ne répond pas. Il jette des regards autour de lui en mâchonnant un chewing-gum imaginaire. Combien d'avions de chasse y a-t-il ? Font-ils tous feu en même temps, comme les soldats d'un peloton d'exécution, ou un seul pilote doit-il vivre en sachant qu'il a abattu un avion ? Que ressentirons-nous ? Est-ce que ce sera rapide ? Est-ce mieux ou pire que de s'écraser sur un bâtiment ? J'imagine le ciel qui tourbillonne autour de moi, la panique qui monte à mesure que l'altitude chute, sauf que ce n'est pas le fruit de mon imagination, c'est un souvenir et…

Je m'ancre dans la réalité. *Arrête. Concentre-toi sur ce qui se passe ici et maintenant.*

Il y a des centaines de passagers. Une demi-douzaine de terroristes. Nous pouvons y arriver.

Et pourtant.

La plupart des passagers sont toujours courbés sur leur siège, accrochés à leurs proches, et envoient frénétiquement des SMS à leurs connaissances. Pourrai-je compter sur leur mobilisation quand nous en aurons besoin ? Je pense à Carmel, dont la vie a été écourtée de la plus cruelle des façons. Il n'y a pas que les explosifs qui tuent.

— Elle nous a menti !

Le cri provient du milieu de la cabine, où un homme obèse se lève. Il occupe toute l'allée et la sueur dessine des auréoles sous ses aisselles et des demi-lunes sous les bourrelets de sa poitrine.

— Elle a dit que ce plan n'était que du bluff, que personne ne serait blessé.

— Espèce de gorille décérébré ! lance Niger. Personne n'est censé…

— … leur révéler le plan ? ironise l'homme obèse. Eh bien, devine quoi, ducon : il n'y a pas de foutu plan !

— Nous devons faire confiance à Missouri, réplique Niger en regardant ses complices. Nous devons la suivre : nous touchons au but. N'oubliez pas pour quoi nous nous battons !

Zambèze hoche fiévreusement la tête en regardant tour à tour la cabine, Niger, et la porte close du cockpit. En l'absence de Missouri, les autres pirates de l'air se tournent vers Niger et je sens qu'ils nous échappent. S'ils le considèrent comme un chef de substitution, nous n'aurons plus la moindre chance de reprendre le contrôle de l'avion.

Nous devons agir. Dès que les autorités auront

connaissance du plan de Missouri, elles ordonneront aux avions de chasse de nous abattre.

— Restez calmes, ordonne Niger. Restez à vos postes.

— Vous allez l'écouter ? dis-je en me tournant pour m'adresser à autant de terroristes que possible. Il vous ment.

— C'est quoi ce bordel…

— Il sort avec elle derrière votre dos.

Je désigne Zambèze qui cherche du regard l'aide de son complice, ses lèvres formant des mots silencieux. Dès que je l'ai bien regardé, je me suis tout de suite rappelé les avoir vus ensemble au bar et avoir remarqué l'intimité des gestes de Zambèze. J'avais trouvé cela bizarre que deux personnes qui s'étaient manifestement déjà rencontrées voyagent séparément et je m'étais demandé si mon instinct me trompait, si les souvenirs de mes premiers rendez-vous avec Adam influençaient ce dont j'étais témoin.

— Nous ne nous sommes jamais rencontrés, répond l'homme obèse en secouant la tête, insistant mais perplexe. Je suis Congo. Vous le saviez ?

— Nous n'avons pas le droit, renchérit Gange. Missouri ne…

— Qu'elle aille se faire foutre !

C'est le médecin qui a crié ; elle s'est levée et bouscule les passagers pour gagner l'avant de la cabine.

— Niger, espèce de salaud ! Tu as rompu avec moi parce que ça compromettait l'opération soi-disant et pendant ce temps, tu te tapais *cette pouffe* !

— Lena… commence Niger, mais Zambèze laisse échapper un hoquet d'indignation.

Quand elle abandonne son poste pour rejoindre son complice, je me tourne vers les autres parce que si le moment d'agir se présente c'est sûrement…

— Maintenant ! dis-je.

Je me mets à courir et le mouvement soudain près de moi m'indique que Cesca au moins m'accompagne. Yangzi bloque la porte du cockpit, mais Rowan et Derek, qui nous suivent aussi, agrippent le jeune homme par les épaules et l'entraînent à l'écart. Il est grand, mais sans substance et il s'écroule en lançant un coup de poing, bras et jambes écartés comme un mannequin mis au rebut. Nous n'avons plus rien à perdre maintenant et nous en tirons de la force.

Cesca entre le code d'urgence dans le boîtier posé sur la porte du poste de pilotage.

Je retiens mon souffle. Dans des circonstances normales, le pilote serait en train de vérifier les caméras. Au premier signe anormal, il peut interdire l'accès au cockpit, mais il y a de fortes chances pour que Missouri ne sache pas le faire…

Clic.

Ça y est, on entre.

Le soleil apparaît, les nuages qui tourbillonnent autour de nous, infinis et vertigineux, se teintent d'une note dorée.

Là, je vais vous montrer…

Si Lena a menti, tout est fini. Le détonateur est déclenché, une explosion violente retentit. Il y a du feu, des éclats de ferraille et trop d'éclats d'os et de métal pour que l'on puisse jamais reconstituer les corps. Je suis oppressée, le sang bourdonne si fort à mes oreilles qu'il noie le bruit des moteurs.

Là, je vais vous montrer…

Je chasse le souvenir, mais je reste clouée sur place. Je suis pétrifiée en voyant le corps de Mike étendu par terre et celui du terroriste au visage anguleux – Amazone – affalé sur le siège de gauche. Ils sont morts tous les deux, une vilaine marque de ligature autour du cou ; comme il est facile de monter à bord d'un avion avec une arme, me dis-je : il suffit d'un innocent cordon resserrant un pochon ou un sweat-shirt à capuche.

Missouri est assise sur le siège de droite, une main sur le manche, et un morceau de plastique noir pend vainement de sa manche. Cesca et moi avançons de concert, mais le cockpit est exigu et la copilote écrase le bras de Mike, étendu par terre. Elle trébuche en poussant un cri d'horreur et je tends les bras pour l'attirer en arrière…

Trop tard.

Il y a un bruit terrible – un cri guttural, sauvage. Cesca reste debout l'espace d'une seconde, du sang coulant à flots d'une entaille sur le côté de sa tête, puis s'effondre.

Missouri brandit la hache d'incendie, détachée de son support près de son siège. La lame est assez affûtée pour découper le fuselage et s'extraire d'une épave, pour fracasser un crâne, transpercer un cerveau. La terroriste pose la hache sur ses genoux.

— *Non*, dis-je à haute voix.

Je rugis, je hurle ce non qui vaut pour cette fois, la précédente et toutes les fois où j'aurais dû le dire. Le soleil perce à travers le pare-brise et un arc-en-ciel découpe le cockpit en deux, séparant les morts des vivants. Tout ralentit jusqu'à ce que j'aie conscience de chaque respiration, chaque geste, et quand la main de Missouri se pose sur le manche, je plonge la main dans ma poche.

Là, je vais vous montrer…

« Non, me dis-je. C'est *moi* qui vais *vous* montrer. »

Les écouteurs de Finley, dont chaque extrémité est enroulée autour de mes poings, étranglent Missouri. Elle griffe son cou, essaie d'agripper le câble, mais je tire plus fort, tombe par terre et m'arc-boute contre le dossier du siège. L'odeur métallique du sang de Cesca parvient jusqu'à mes narines, je sens ses membres enchevêtrés toucher les miens, mais je continue à tirer. J'essaie d'imaginer les yeux exorbités de Missouri, sa langue pendante, sauf que ce n'est pas elle que je vois, c'est un homme. Un autre pilote.

J'éprouve un sentiment soudain d'apesanteur quand le câble se rompt et que je tombe en arrière. Je me relève tant bien que mal, les bras douloureux d'avoir forcé, mais Missouri ne bouge pas. Est-ce que je l'ai tuée ? Est-ce que c'est fini ? L'espace qui m'entoure me paraît à la fois trop exigu et trop vaste, les nuages remuent tant que j'ai l'impression de ne pas tenir en place. J'ai conscience que Rowan et Derek se déplacent autour de moi, qu'ils traînent Mike et Amazone hors du cockpit. J'ai l'impression de retrouver l'ouïe après avoir été sourde, les sons acquièrent une acuité nouvelle et je m'accroupis auprès de Cesca, immobile. Derek me tend un torchon, que je presse contre la plaie.

— Restez avec nous, Cesca, murmuré-je, des larmes brûlantes me piquant les yeux.

Nous sommes si près du but, maintenant. Si près.

Levant la tête, je découvre Rowan debout à côté de nous.

— À l'étage. Il y a deux autres pilotes.

Je lui donne le code d'accès aux couchettes.

Les yeux de Cesca papillonnent sous ses paupières closes et on distingue un réseau de veinules sous sa peau tendue.

— Aidez-moi à la transporter dans le galley. Il y a une trousse d'urgence dans le grand casier, près du réfrigérateur.

Derek et moi la traînons autant que nous la portons quand un bruit fort résonne et la porte des couchettes s'ouvre violemment. Je refoule un sanglot de soulagement. Ça va aller. Je vais pouvoir envoyer un message à Adam, à Sophia et ils sauront que j'ai tenu ma promesse. Que je rentre à la maison.

Sauf que ni Ben ni Louis n'apparaissent sur le seuil.

C'est Rowan, qui nous regarde tour à tour, Derek et moi, sans parvenir à trouver les mots.

— Les deux pilotes, finit-il par articuler en secouant la tête comme s'il pouvait nier sa propre vérité. Ils sont morts.

Le sang gronde à mes oreilles.

Ben et Louis sont morts.

Cesca a perdu connaissance.

Nous avons le contrôle de l'avion, mais personne à bord ne sait le piloter.

Quarante-quatre
6 heures du matin – Adam

Le feu crépite au-dessus de nous, comme des pas sur un tapis de feuilles mortes. J'ai les paumes, le dos et le front moites de sueur.

— Papa ?

Sophia me regarde avec un mélange de curiosité et de méfiance et je plaque sur mes lèvres un sourire rassurant. Quelque chose s'écroule, quelque part dans la maison. La console de l'entrée ? Une photo ? Le sol de l'entrée est recouvert de moquette et la porte calfeutrée par d'épais rideaux pour prévenir les courants d'air. Il y a trop de manteaux suspendus à trop peu de patères. Ce ne sont pas les choses inflammables qui manquent.

— Papa, qu'est-ce qui ne va pas ?

J'ai déjà été témoin de ce genre d'incendie. Des feux alimentés par de l'essence à briquet, des bidons d'essence, des chiffons imbibés de graisse. J'ai vu des voitures brûler jusqu'à ce qu'il n'en reste qu'une carcasse nue, pareille au squelette d'un gros animal nettoyé par les charognards. J'ai vu des immeubles brûler obstinément malgré les jets des lances de pompiers et je me suis trouvé à la morgue après un incendie criminel, à regarder fixement le cadavre d'un enfant piégé au dernier étage une minute de trop. Je n'ai pas besoin de voir ce qui se passe pour comprendre.

Je pèse mes mots très soigneusement.

— Je crois qu'il y a un feu en haut.

Je crois. Comme si je n'en étais pas sûr. *Un feu*. Comme celui du salon, avec ses charbons métalliques lumineux ; ou notre feu de camp, construit pour faire griller de la guimauve. Un petit feu de rien du tout. Pas de quoi s'inquiéter. *En haut*. Un escalier entier nous sépare du danger.

J'entends le *bip*, *bip*, *bip* insistant de l'alarme incendie et je revois Mina, debout sur une chaise, armée d'une cuillère en bois pour la réinitialiser. « J'ai encore fait cramer mes fichus toasts. Au moins, nous savons qu'elle fonctionne. »

— Il faut partir ! lance Sophia en me tirant par la manche.

— Oui.

Ce pourrait être quelqu'un d'autre qui parle, tant mes paroles sont déconnectées de mes pensées. Je dois rester calme. Il le faut. Pour le bien de Sophia et parce que, si je panique, comment sortirons-nous d'ici ?

Le feu va gagner l'étage. Les flammes vont lécher la moquette de l'escalier, une marche après l'autre. Courir le long de la rambarde et autour des chambranles. Se diviser en flammèches qui serpenteront chacune dans une pièce vide pour mieux enfler et chauffer l'espace à blanc jusqu'à ce que la peinture noircisse et les rideaux s'embrasent. Diviser pour mieux régner.

— Papa !

Le crépitement se mue en grondement. Le canapé d'occasion, les coussins que Mina entasse par terre et contre lesquels elle s'adosse pour regarder la télé. Les boîtes de Lego qui fondent pour ne plus former qu'une masse de couleur vive. La table de la cuisine, les chaises, le calendrier avec une colonne par membre de la famille.

— Papa !

Quand Sophia me prend le visage à deux mains, je tressaille comme si elle m'avait giflé. Il faut sortir d'ici.

Ce ne sera pas le feu qui nous tuera, mais la fumée. J'en vois déjà une fine volute filtrer sous la porte. À ce stade, elle doit monter jusqu'au plafond ; pendant un moment, il sera encore possible de traverser la cuisine en rampant, le visage au ras du sol, mais bientôt, il y aura plus de fumée que d'air et c'est alors qu'elle s'insinuera dans la cave.

— Je vais te faire sortir, dis-je.

— Et toi ?

— Tu iras chercher de l'aide et on pourra venir me libérer, expliqué-je, pas aussi confiant que j'en ai l'air.

Sophia respire un bon coup.

— Je vais frapper à la porte de tatie Mo. Elle appellera le 112 et les camions de pompiers viendront et…

— Non, interviens-je en essayant de trouver une autre solution.

Je vois Sophia tambouriner à la porte pendant que Mo dort et que notre maison brûle.

« Tu trouves l'endroit trop isolé ? avait demandé Mina quand l'agent immobilier nous avait envoyé le descriptif de la maison.

— C’est calme. Pas de voisins, mais on peut quand même aller au pub à pied. »

Maintenant, je regarde ma fille terrifiée.

— Tu sais où est le commissariat, n’est-ce pas ?

— Non, je ne…

Quelque chose s’écroule en haut.

— Mais si !

Sophia tique et je répète, plus doucement cette fois :

— Mais si, ma chérie. Tu sais où il est. La librairie, puis la boutique vide, l’agence immobilière qui vend des maisons. La boucherie, puis chez Sainsbury… dis-je avec une intonation montante sur la dernière syllabe, laissant Sophia enchaîner.

— Puis le magasin de chaussures, le marchand de fruits et légumes, ajoute-t-elle d’une voix hésitante et je m’empresse de la rassurer.

— C’est bien ! Et après ça, le commissariat. Il n’y aura pas de policier qui travaille si tard dans la nuit, mais devant la porte, il y a un téléphone jaune. Tu n’as qu’à décrocher, tu n’as même pas besoin de composer de numéro. Dis-leur qu’il y a le feu dans ta maison. Quelle est ton adresse ?

— Je… Je ne sais pas.

— Si, tu sais.

Je m’oblige à rester calme. Je sens le goût de la fumée dans ma bouche à présent.

— Numéro deux…

— Farm Cottages.

— C’est bien. Et la ville ?

— Hardlington.

— Répète tout.

— Numéro deux, Farm Cottages, Hardlington.

— Encore.

Elle répète avec plus d'assurance cette fois. Si elle panique, si elle oublie, on enverra une voiture de patrouille au commissariat pour s'assurer qu'elle va bien. On l'aidera peut-être à se souvenir de son adresse, mais si ça ne marche pas… Mon cœur se serre. Eh bien, l'un de nous deux sera sauvé, au moins.

J'ai envie de revoir l'itinéraire avec elle encore une fois, mais le temps presse. Je dois lui faire confiance.

— Dis-leur que ton papa est coincé dans la maison pour qu'ils sachent qu'il faut vite envoyer de l'aide.

— Je vais dire que tu es policier, ajoute-t-elle d'un ton sérieux qui me fait sourire malgré tout. Je vais dire que tu es un vrai policier et que tu as un numéro, maïs pas sur ton uniforme et que c'est le huit trois neuf.

Je dévisage ma fille et je pense à toutes les fois où je l'ai écoutée réciter les numéros de vols ; toutes les fois où elle m'a expliqué les itinéraires et les routines de Mina. Je pense à la jalousie mesquine que j'ai ressentie chaque fois.

— Tu connais mon matricule ?

— Tu es le sergent 839 et tu travailles à la brigade criminelle et tu conduisais une Vauxhall Astra avec des lumières qui clignotent, mais maintenant, tu as une voiture bleue sans lumières qui clignotent et qui braque comme un foutu char d'assaut.

— Sophia Holbrook, tu ne cesseras jamais de m'étonner, dis-je, avant de respirer un grand coup. Il faut y aller, ma puce. Tu sais, quand maman et toi faites l'avion ?

Sophia acquiesce.

— Et tu es tellement forte que tu arrives à rester en équilibre sur les pieds de maman comme si tu volais ?

Un autre hochement de tête.

— On va faire des équilibres maintenant et tu vas être très courageuse, d'accord ?

Ses yeux sont deux flaques sombres dans l'obscurité, la lumière qui émane de la trappe ne sert qu'à la plonger encore plus dans l'ombre.

— J'ai peur, souffle-t-elle, lèvre inférieure tremblante.

— Moi aussi.

La trappe est placée haut sur le mur, trop haut pour que Sophia l'atteigne en montant sur mes épaules pendant que je suis assis mais, menotté au tuyau, je ne peux pas me lever. C'est pourquoi je me retourne et me place dos au sol, jambes allongées contre le mur. Soudain, un souvenir douloureux me revient : Mina dans la même position, un soir, après le travail. « J'ai un de ces mal de dos. »

Je m'approche le plus près possible du mur de briques, tends les jambes aussi haut que je le peux malgré les menottes qui me retiennent au sol.

— Tu es prête à faire l'avion ?

— Ou-oui.

Je ramène les cuisses contre ma poitrine en gardant la plante des pieds horizontale.

— Tu peux t'agenouiller sur mes pieds ? C'est ça, n'aie pas peur de me faire mal.

Sophia me grimpe dessus, m'écrase le visage en se hissant tant bien que mal sur mes pieds, Éléphant serré dans sa main. La fumée me pique la gorge et je dois me retenir de propulser Sophia en l'air.

— Prête ? Attention au décollage !

Je déplie lentement les jambes pour éviter de la faire tomber, les muscles de mes cuisses tendus sous l'effort inhabituel. Sophia agrippe mes pieds et quand elle se penche de côté, je résiste pour l'empêcher de basculer. Je bloque mes genoux.

— Tu peux te lever ?

Je ne vois pas l'entrée de la trappe, mais je sais que nous ne sommes pas assez haut. Pas encore.

— Ça tremble !

— Il faut que tu te lèves, ma chérie : essaie, s'il te plaît.

L'espace d'une seconde, je crois qu'elle va refuser de le faire. Qu'elle n'en est pas capable. Je crois que tout est fini, que je vais devoir la faire redescendre et que nous serons coincés ici, que nous mourrons ici, dans cette tombe de béton.

Mais je la sens bouger. Lentement. Prudemment. Un pied minuscule collé au mien. Mes orteils s'enroulent autour de ses chaussons, comme si cela pouvait suffire à l'empêcher de tomber.

— Tu vois le tunnel ?

— Il est à côté de ma tête.

Encore une grande inspiration.

— Ça y est, ma chérie, il est temps que tu te faufiles dehors pour aller chercher de l'aide.

Le conduit n'est pas long. Une fois dedans, elle peut grimper et…

Elle a *cinq ans*.

Qu'est-ce qui me prend ?

Je n'ai pas le choix. Si elle reste ici, elle mourra. Dehors, la température est glaciale, le sol est recouvert de neige et Sophia ne porte qu'un pyjama, une robe de chambre et des chaussons. Elle est allée à l'école à pied pendant un trimestre entier, elle connaît chaque tournant, chaque boutique par cœur, mais est-elle capable de se débrouiller seule ? Dans le noir ?

Même si elle n'y arrive pas, elle sera loin de l'incendie. Loin des émanations. En sécurité.

Le poids qui pèse sur mes pieds s'allège soudain quand Sophia soulève d'abord une, puis ses deux jambes pour entrer dans la trappe, bloquant la lumière quand elle sort en rampant sur l'herbe.

— Ne cours pas ! lui dis-je. Tu vas tomber !

Elle avertira peut-être les secours à temps. Peut-être pas.

C'est le pari le plus risqué de ma vie.

Quarante-cinq
Passager 1G

Je ne peux pas être incarcéré. Arrêté, interrogé, jeté dans une cellule. Je ne pourrais pas être assis sur le banc des accusés de la cour d'assises et assister à la destruction du travail de toute ma vie. Je ne pourrais pas laisser les choses finir comme ça.

Il n'y aurait pas de procès, pas d'avocats, pas de photos dans les journaux pour moi. Il n'y aurait ni menottes ni arrestation.

Moi qui n'avais jamais cru au destin, apparemment, je devais m'en remettre à la chance. Une fin différente m'attendait et je l'ai acceptée.

J'étais prêt.

Quarante-six
Arrivée à Sydney
H – 90 minutes – Mina

— Elle est morte, constate Derek en écartant ses doigts du cou de Missouri.

— Vous en êtes sûr ?

Il acquiesce.

Je l'ai tuée.

Devant ce carnage, en pensant à quelles extrémités nous avons été poussés, je suis submergée par un désespoir dévastateur. En dessous, se cache un calme étrange qui reste en retrait, se sachant peut-être déplacé. Pendant onze ans, j'ai porté ma culpabilité comme un fardeau au lieu de l'endosser, et maintenant, elle m'enveloppe comme une seconde peau. *Je l'ai tuée.* C'est incontestable.

Cette fois-ci.

Il y a un bruit sourd quand Rowan et Derek soulèvent le corps de Missouri du siège de copilote pour la faire sortir du cockpit. Je reste seule un instant et l'endroit me semble aussi caverneux qu'exigu. La lumière du soleil teinte le ciel de mille nuances dorées et ce devrait être magnifique, ce devrait être incroyable.

Là, je vais vous montrer…

Je me mets à trembler de tout mon corps, des spasmes secouent mes articulations et me font claquer des dents. La vaste panoplie d'instruments de pilotage rétrécit sous mes yeux jusqu'à ce que je ne voie plus que l'horizon artificiel et je me rappelle avoir fixé cette ligne jusqu'à ce que je n'en puisse plus, jusqu'à ce que je doive fermer les yeux…

— Mina !

Je me retourne, bouche bée dans un cri qui meurt lorsque je m'aperçois que Rowan et Derek m'interpellent. Le cadavre de Missouri est allongé par terre dans le galley et l'idée qu'elle ne soit pas jugée, qu'elle ne passe pas le reste de sa vie en prison m'emplit de rancœur. La colère m'aide à réfléchir. La panique continue à monter et menace de m'engloutir, mais je ne peux pas la laisser prendre le dessus. Je dois me concentrer sur ce qui compte : rentrer à la maison.

— Il faut vérifier que l'équipe de relève va bien.

Je pense aux corps sans vie de Ben et Louis dans les couchettes des pilotes au-dessus de nous et je crains le pire en imaginant ce que l'on va découvrir dans celles du personnel navigant, à l'autre bout de l'avion.

— Qu'allons-nous faire ? me demande Derek comme si j'avais toutes les réponses alors que je n'en ai pas une seule.

— Que se passe-t-il à l'arrière ?

— Les stewards et hôtesses de classe économique empêchent les terroristes de franchir le bar, mais je ne sais pas combien de temps ils pourront tenir. Sans Missouri, ses complices sont démunis : ils s'en prennent les uns aux autres.

— Et Cesca ?

— Elle s'accroche. Votre collègue est avec elle. Erik, c'est ça ? dit Rowan en regardant le tableau de bord. Avez-vous prévenu quelqu'un ?

Je secoue la tête, hébétée. Clouée au sol, je n'ai pas bougé d'un centimètre.

— Erik a parlé au reste de l'équipage, intervient Derek. Personne n'a jamais piloté d'avion.

— Les contrôleurs aériens vont tenter un atterrissage d'urgence assisté par radio, dis-je, enrouée comme si je n'avais pas parlé depuis longtemps. Ils vont essayer de nous guider pas à pas pour nous permettre d'atterrir sans encombre.

— *Essayer* ?

Derek me regarde. Je ne réponds pas. J'ignore combien d'atterrissages de ce genre ont été tentés et combien ont réussi. Ce que je sais, c'est que rester en vol est la partie facile ; seul un pilote qualifié peut atterrir.

Rowan se faufile jusqu'au siège de copilote et s'y installe.

— C'est la radio ?

— Vous n'envisagez pas sérieusement de vous risquer à piloter cet avion ? demande Derek.

— Il faut bien que quelqu'un le fasse.

— Quelqu'un qui sait ce qu'il fait ! Mina, vous devez savoir…

Rowan se tourne vers Derek.

— Vous ne croyez pas qu'elle en a assez supporté ? Ce n'est pas juste de lui faire porter cette responsabilité-là aussi.

— Mais vous savez piloter, non ? Je vous ai entendue

parler à Cesca, ajoute Derek sans attendre ma réponse. Vous avez suivi une formation de pilote.

— J'ai *commencé* la formation ! J'ai suivi quelques semaines de cours, puis… J'ai piloté des avions légers, c'est tout, des Cessna, des Piper…

— Ce ne doit pas être tellement différent…

— Ça n'a rien à voir ! m'indigné-je en désignant le cockpit tapissé d'interrupteurs, à des années-lumière du petit tableau de bord d'un avion léger et de ses deux douzaines d'instruments.

Derek fronce les sourcils ; son angoisse me met la pression car je sais qu'il a raison, je sais que je dois m'asseoir dans ce fauteuil mais…

Là, je vais vous montrer…

— Elle fait une crise d'angoisse, constate Rowan d'une voix calme et rassurante. Ramenez-la dans la cabine et faites-la asseoir. Donnez-lui quelque chose à manger, elle est peut-être en hypoglycémie. Je vais essayer de comprendre comment la radio fonctionne…

Elle a eu une crise d'angoisse…

Je me rappelle m'être éloignée du Cessna, chancelante, hébétée. Le bras de Vic Myerbridge, robuste et plein d'assurance sur mon épaule. « Ne sois pas trop dure avec toi-même, Mina. Le truc, c'est de se remettre en selle dès que possible. Ne laisse pas cet incident prendre le dessus. »

Je repousse le bras de Derek.

— Je vais le faire.

— Je ne crois vraiment pas… commence Rowan.

— Laissez-la faire. C'est elle la mieux placée d'entre nous pour piloter.

Un silence lourd de sous-entendus s'installe alors que les deux hommes se fusillent du regard, jusqu'au moment où Rowan lève les mains en signe de capitulation. Il m'adresse un sourire chaleureux et, tout en m'installant dans le fauteuil du commandant de bord, je m'accroche à la mince lueur de confiance qu'il me donne et refoule mes souvenirs. Je sens Derek derrière moi. Il n'est pas corpulent, mais le cockpit est exigu et je me sens oppressée.

— Pouvez-vous rester dans le galley ? lui dis-je. Et fermer la porte ?

Avec un regard glacial à Rowan, il obéit et je me sens immédiatement mieux sans cette présence au-dessus de moi. En repensant à la confession de Derek sur ses envies suicidaires, son insistance pour que je prenne les commandes me met mal à l'aise. Veut-il que je pilote parce qu'il est persuadé que je vais échouer ? Parce qu'il *veut* que j'échoue ?

Mains tremblantes, je coiffe le casque audio, contente d'avoir prêté attention aux gestes des pilotes en conversation avec les contrôleurs aériens quand je leur apportais leur café. Ça, je sais faire au moins.

— Mayday, mayday, mayday. Ici World Airways 79.

Il y a une courte pause après que j'ai obtenu la connexion, comme si l'opératrice était trop abasourdie pour parler. Et puis :

— World Airways 79, quelle est votre situation ?

Je soupire. La dernière fois que j'ai piloté un avion, j'ai déclenché une série d'événements que je regrette terriblement.

— L'appareil a été détourné. Nous avons repris le

contrôle du cockpit, mais trois de nos pilotes sont morts et la quatrième est grièvement blessée. Nous n'avons pas d'autre personnel qualifié à bord. Je répète : pas de personnel qualifié à bord, dis-je d'une voix perçante en achevant mon message, gorge serrée.

— Vous vous débrouillez très bien, chuchote Rowan, mais j'ai le souffle coupé par la peur, le poids sur ma poitrine m'empêchant de former la moindre pensée rationnelle.

— Quel est votre nom, World Airways 79 ?

— Mina. Je fais partie du personnel navigant.

— C'est compris, dit-elle. Un instant, World Airways 79.

J'ai l'impression d'attendre une éternité. Au loin, je devine le point où la terre et la mer se rejoignent, bien qu'une brume dorée brouille l'horizon. Je ne distingue pas ce qui est derrière ou au-dessous de nous. Quand je pense aux avions de chasse qui ont décollé d'urgence pour nous intercepter, la sueur me pique la nuque. Les contrôleurs aériens ignorent si je suis l'une des terroristes ou si j'ai pris les commandes sous la contrainte. Pour autant qu'ils le sachent, un pirate de l'air assis à mes côtés me dicte ce que je dois dire. À la moindre erreur, ils nous descendront…

— World Airways 79, ici le centre de contrôle de Brisbane, annonce une voix masculine qui inonde mes oreilles à travers le casque, comme si l'homme était tout près de moi.

Je me mets à trembler et glisse mes mains sous mes cuisses pour me maîtriser.

— Mina, je m'appelle Charlie. Je pilote des

Boeing 777 et je vais vous aider à atterrir en toute sécurité.

— D'accord, dis-je en clignant des paupières pour chasser mes larmes.

— Pour commencer, je veux que vous me disiez combien de carburant nous avons. Vous voyez les deux cadrans vitrés face à vous, en plein milieu ?

Je passe en revue le vaste tableau de bord, un océan d'interrupteurs, de boutons et d'écrans.

Là, je vais vous montrer…

— Mina ?

— Ou-oui.

— En haut à droite, vous allez voir environ huit boutons. Au centre, il y en a un marqué FUEL.

Rowan désigne le bouton au moment où je le repère et me lance un regard interrogateur.

— Appuyez dessus, ordonne Charlie, et j'adresse un hochement de tête à Rowan. Maintenant, lisez le chiffre au bas des deux écrans.

Je m'exécute et il s'ensuit un silence assez long pour me convaincre que j'ai perdu le contact.

— Bon, dit-il enfin. Cela suffit pour environ deux heures de vol.

— Vraiment ? insisté-je en échangeant des regards paniqués avec Rowan qui consulte sa montre.

— La prochaine étape est très importante, Mina. À côté de votre genou droit, vous allez trouver un bouton indiquant « autobrake ». Dès que nous aurons atterri, il arrêtera l'avion. Vous le voyez ?

Je me souviens d'avoir appelé Adam au travail un jour où j'avais besoin de me servir de la nouvelle tondeuse et que je n'étais pas fichue d'en comprendre le fonctionnement. Je n'arrêtais pas de répéter « Je ne vois pas le bouton, et Adam recommençait depuis le début en me guidant de nouveau pas à pas. Charlie s'exprime sur le même ton lent et patient, mais pas condescendant.

— Je le vois.

Je m'aperçois que Charlie n'a pas répondu à ma question sur le niveau de carburant.

— Enfoncez-le, puis tournez-le sur 3. Dites-moi quand c'est fait.

— C'est fait.

— Bravo. Bon, nous avons un peu de temps avant de commencer notre descente, je vais vous présenter les instruments dont vous aurez besoin – vous allez être légèrement occupée tout à l'heure.

Il m'explique comment déplier les ailerons et modifier la vitesse, où se trouve le levier actionnant le train d'atterrissage. Chaque fois, je touche l'instrument adéquat en essayant de mémoriser son emplacement. C'est si différent d'un avion léger ; comme si l'on avait appris à piloter une moto et que l'on s'installait au volant d'une voiture. Rowan hoche la tête, notant en silence la position des instruments.

En regardant par le pare-brise, je suis prise de vertige et je ferme les yeux pour apaiser la nausée qui en résulte.

— Ça va ? demande Rowan.

J'acquiesce, même si c'est tout le contraire.

— Dois-je prendre la relève ?

— Ça va.

— Votre fille ira bien, dit-il en me touchant le bras. J'en suis sûr.

— Vous n'en savez rien !

J'éclate en un sanglot douloureux quand tous les sentiments que j'ai tenté de refouler remontent à la surface. J'ai essayé de toutes mes forces de ne pas penser à Sophia et Adam, de me concentrer sur notre atterrissage sans encombre. Je ne peux pas penser à combien je les aime, combien j'ai besoin d'eux, avant d'être sûre que nous nous en sortirons vivants.

— Je suis désolé, je…

— S'il vous plaît ! Laissez-moi juste…

Paupières serrées, je presse les doigts sur mon crâne, comme si cela pouvait changer ce qui se passe dedans. Rowan se tait. Je pousse un lent soupir tremblant, puis actionne la radio pour parler au contrôleur aérien.

— World 79.

— Allez-y, Mina.

— Nous allons avoir besoin d'une ambulance à la seconde où nous atterrirons. L'une de nos pilotes est en piteux état.

— Ambulance, pompiers, police, armée : on vous envoie la cavalerie au grand complet, Mina.

— Nous avons aussi plusieurs morts à bord. Deux pirates de l'air, un passager et quatre membres d'équipage.

Seul un bref silence indique que Charlie a percuté.

— Message reçu.

— Charlie ?

— Allez-y, Mina.

Je déglutis.

— Les terroristes ont menacé ma famille.

Je laisse ma phrase en suspens en attendant que Charlie se lance, qu'il me dise qu'il sait tout, qu'Adam et Sophia sont sains et saufs et ce depuis que j'ai obéi. J'attends qu'il me dise que j'ai fait ce qu'il fallait.

— Ils ont menacé de faire du mal à ma fille, dis-je quand il apparaît que Charlie a besoin que j'aille jusqu'au bout. J'ai besoin… j'ai besoin…

Je lâche le bouton de la radio, cale ma tête contre le dossier de mon siège en serrant les paupières ; les larmes que je refoule me brûlent la poitrine.

— Vous avez besoin de savoir si elle va bien.

Charlie ne me voit pas hocher la tête et un instant plus tard, il ajoute :

— On va s'en occuper.

Je soupire.

— En attendant, j'ai besoin que vous changiez de fréquence, je vais vous passer le contrôle d'approche…

— Ne partez pas, je vous en prie ! m'écrié-je, une pointe de panique dans la voix, mais Charlie reste imperturbable.

— On ne se débarrasse pas de moi si facilement. Je change de bureau, c'est tout, et quand je reprendrai le micro, je pourrai vous voir sur le radar de courte portée.

La promesse est rassurante et je suis ses instructions pour changer de fréquence ; néanmoins, ce sont les trente secondes les plus longues de ma vie : j'ai l'impression d'avoir largué les amarres et de dériver en mer.

— Prête à amorcer notre descente ?

— Prête, dis-je avec un sourire de soulagement.

Charlie me guide pas à pas et nous commençons par

descendre à vingt-cinq mille pieds, puis à quinze mille. Charlie m'indique le bouton IAS MACH et je décélère à deux cent cinquante nœuds. Je parviens à respirer calmement, mais je ne peux pas regarder dehors et chaque fois que Rowan bouge ou que Charlie rompt le silence, mon cœur s'emballe.

Dans le cockpit flotte une odeur de café, de produits d'entretien, de sueur et de revêtement de sièges en plastique. Ma vision se brouille, des points noirs apparaissent en périphérie et j'ai la tête qui tourne.

C'est arrivé il y a onze ans.

« Comment ça, tu abandonnes la formation ? »

Mon père était en colère, ma mère déroutée.

« Tu as d'excellentes notes dans ta formation de terrain : tu as obtenu les meilleures notes de la classe à ta dernière série d'évaluations.

— Je ne veux plus continuer, c'est tout. »

J'ai dit que je les rembourserais mais, même si j'y parvenais, la maison qu'ils avaient vendue pour payer mes cours n'était plus qu'un lointain souvenir.

Je me détestais d'abandonner. De céder. Je me persuade qu'être personnel navigant est ce qu'il y a de mieux après pilote, mais c'est plus une pénitence qu'un prix de consolation. Un rappel constant du choix que j'ai fait.

— Mina ?

La voix de Charlie dans mes oreilles ; Rowan qui me tire la manche. Ces deux hommes me parlent sans m'écouter, mais je n'entends pas ce qu'ils disent. Ma vision se brouille, les instruments se fondent en une masse grise et marron et les voix appartiennent à un autre temps, à un autre homme.

Vic Myerbridge.

Je l'ai rencontré au White Hart. Assez sympa, mais pas mon type. Assez vieux pour être mon père pour commencer, et imbu d'une assurance qui penchait trop souvent vers l'arrogance. Mais nous avons parlé de pilotage, il m'a fait rire et j'ai passé une agréable soirée après qu'une amie m'avait fait faux bond.

« Je vous raccompagne jusqu'à votre immeuble », a-t-il proposé.

Le bar était situé près du centre de formation. Un bar public, en principe, mais presque exclusivement fréquenté par des aspirants pilotes ou des pilotes qualifiés qui garaient leur avion sur place moyennant un loyer, et bien qu'il ne m'ait rien dit, j'ai pensé qu'il devait appartenir à la deuxième catégorie.

« Vous n'allez pas m'inviter à entrer ? » a-t-il lancé, arrivé devant ma chambre.

J'ai ri. Pourquoi ai-je ri ? J'étais gênée, je suppose.

« Il est un peu tard. Merci pour cette agréable soirée. »

J'ai arrêté de rire quand il a essayé de m'embrasser. Je lui ai mis un coup de genou, violent, et il n'a plus ri non plus. J'ai fermé et verrouillé ma porte, me suis versé un alcool fort en jurant d'éviter le pub pendant quelques jours jusqu'à ce qu'il soit passé à autre chose.

Quinze jours plus tard, on nous a attribué un formateur pour nos vols en binôme.

Il n'a rien dit. Ni quand nous avons été présentés, ni quand nous nous sommes serré la main. Ni quand nous nous sommes dirigés vers la rangée de Cessna qui nous attendaient. Ni pendant les vérifications, ni pendant le roulage. Il avait peut-être oublié, ou il ne me reconnaissait pas, ou peut-être était-il mortifié par son comportement et trouvait-il préférable de passer à autre chose.

À neuf mille pieds, il m'a dit de faire plus attention à la manière dont l'avion réagissait à mes commandes, de *sentir* sa réaction.

« Toute action entraîne une réaction. Là, je vais vous montrer. »

Il a tendu la main et m'a touché le sein.

Je me suis figée.

Il a caressé mon téton et l'a pincé violemment entre le pouce et l'index.

« Vous sentez la réaction ? »

Sa voix me parvenait à travers mon casque, si près de mon oreille que je croyais sentir son souffle humide sur ma peau.

« Non.

— Je crois que si. »

Il m'a de nouveau pincé le téton, comme si son durcissement prouvait que je mentais. Mes mains tremblaient sur le manche et à cet instant, un crash semblait la meilleure option qui s'offrait à moi. Quand il a mis la main entre mes cuisses, je me suis dit que cela arrivait à quelqu'un d'autre. Le cockpit d'un Cessna 150 mesure un peu moins d'un mètre de large et les deux sièges sont collés l'un à l'autre. En tendant les bras depuis votre siège, vous pouvez toucher les deux côtés de l'appareil, l'avant, l'arrière et le plafond. Il n'y a nulle part où aller. J'ai gardé les yeux fixés sur l'horizon artificiel jusqu'à ce que les larmes me brouillent la vue, puis j'ai fermé les paupières et je l'ai laissé prendre le contrôle.

— Mina ? dit Rowan en me secouant par l'épaule.

Je trouve ma voix, onze ans trop tard.

— Lâchez-moi !

Il recule brusquement, décontenancé, et même si je sais qu'il n'y est pour rien, je sais aussi que je ne peux pas être dans ce cockpit avec lui, ni avec qui que ce soit d'autre, si je veux atterrir sans encombre.

— Il faut que vous sortiez.

— Mina, calmez-vous.

— Ne me dites pas de me calmer !

J'arrache mon casque. Rowan tend la main vers moi, mais je me dégage parce que ça n'aide pas. Le sang gronde à mes oreilles ; je ne suis plus dans le poste de pilotage d'un Boeing 777, mais dans le cockpit exigu d'un Cessna et Rowan n'est pas Rowan mais…

— Dehors ! Dehors ! Dehors !

Je le frappe violemment jusqu'à ce qu'il recule son fauteuil, bras levés pour se protéger de mes poings tout en me disant : « Restez calme, ça va, tout va bien. »

Non, ça ne va pas.

Tout ne va pas bien.

Ça ne va mieux que lorsque Rowan sort, que la porte du cockpit se referme et que je me retrouve enfin seule. Mais dès que le grondement dans ma tête se tait, quelque chose d'autre le remplace. Une alarme : le *whomp*, *whomp*, *whomp* d'une sirène, accompagnée par un clignotement sur le tableau de bord.

En lisant le message inscrit à l'écran, je suis de nouveau prise de panique.

Le pilote automatique est désactivé.

Quarante-sept

Ne cours pas, tu vas tomber.

Dépasse le parc, monte la côte. Attends que le bonhomme passe au vert, pas encore, pas encore…

Maintenant !

Le chat derrière la fenêtre. On dirait une statue. Juste le bout de sa queue qui remue. Tic, tic, tic.

Une autre rue à traverser. Pas de bonhomme vert ni de dame qui arrête les voitures – elle devrait être là…

Regarde des deux côtés. Pas encore, pas encore…

Maintenant !

Ne cours pas, tu vas tomber.

La boîte aux lettres, et puis le réverbère, et puis l'arrêt de bus, et puis le banc.

L'école des grands – pas mon école, pas encore.

La librairie, et puis le magasin vide, et puis l'agence mobilière qui vend des maisons.

La boucherie maintenant, les oiseaux suspendus par le cou dans la vitrine. Je ferme les yeux très fort pour ne pas voir les leurs qui m'observent.

Morts. Tous morts.

Ils sont morts, dans l'avion, le monsieur l'a dit à la

radio. Papa a parlé par-dessus pour ne pas que j'entende, mais j'ai bien entendu. C'est vrai. Et maintenant, les oiseaux regardent : j'ai vérifié en cachette et ils me fixent, ils me fixent pendant que j'approche, et ça m'est égal ce que dit maman, je dois fermer les yeux et je dois courir aussi vite que je peux à cause des oiseaux et des méchants et de papa qui est sous terre et...

Boum !

Je me cogne.

Fort, c'est chaud et ça pique. Des larmes sur mes joues. Du sang dans la neige.

L'agence mobilière, puis la boucherie et puis... et puis...

Et puis je vais où ?

Tout est différent. Il fait nuit, tout est couvert de neige, les portes des magasins sont dans l'ombre et je ne veux pas passer devant. Ils continuent à me fixer, les oiseaux avec leurs yeux tout ronds et noirs qui ressemblent à de l'encre versée dans leur tête. Il y a des lapins morts dedans aussi : je les ai vus. Et les pieds des trois petits cochons. Ils surveillent tous depuis le magasin. Ils m'attendent.

De la neige sur mes chaussons. Sur moi, sur ma robe de chambre, sur mon pyjama.

Il fait si froid, tellement froid.

Où je vais maintenant ?

Quarante-huit
Arrivée à Sydney
H – 30 minutes – Mina

L'avion commence à virer de bord, la sirène est aussi bruyante et insistante que la panique dans ma tête qui m'annonce que ça y est, c'est fini. Je suffoque, ma soudaine claustrophobie aggravée par le ciel sans limites qui me nargue à travers le pare-brise.

Whomp whomp whomp. Ce bruit incessant me vrille le crâne alors que je sature déjà. Onze ans d'amertume, de colère, du sentiment d'échec à l'état brut qui m'a suivie jusque chez moi depuis le centre de formation et ne m'a jamais quittée. Si seulement je n'avais pas échangé mon vol avec Ryan, si seulement je n'étais pas retournée travailler après l'adoption de Sophia, si seulement je ne m'étais pas figée ce jour-là, il y a onze ans. Si je m'étais fait confiance, si j'avais fait confiance à mon instinct. Si je m'étais plainte, si j'avais tenu bon. Si seulement… Tout ça ne serait pas en train d'arriver.

Whomp whomp whomp. Devant moi, il doit y avoir cent interrupteurs aux noms incompréhensibles libellés en minuscules lettres blanches. FLIGHT DETENT.

STAB TRIM. VERT SPD. F/D ON. L'un d'eux est le pilote automatique, mais lequel ? J'essaie de m'astreindre à tout vérifier de manière systématique, une rangée à la fois, mais mes yeux partent dans tous les sens et je ne sais plus où j'en suis. Je ne le vois pas. Il n'est pas là.

— Charlie ! m'écrié-je en coiffant le casque.

Pas de temps à perdre en indicatif d'appel ou respect du protocole, et puis le bruit assourdissant de la sirène parle pour moi.

— Je vous entends, Mina : c'est le pilote automatique.

Il est si calme qu'il pourrait m'annoncer que la bouilloire bout.

— Regardez la rangée supérieure d'instruments, juste sous l'auvent.

— Charlie, nous perdons de l'altitude.

Face à moi, il y a un large écran représentant l'horizon artificiel. Lentement, l'avion s'incline vers la gauche ; à droite, l'altimètre descend régulièrement. *Neuf mille huit cents, neuf mille sept cents*… La ville de Sydney s'étend sous le lever de soleil.

— À droite du panneau supérieur…

Neuf mille six cents.

— VERT SPD, V/S, HOLD.

J'égrène la litanie de noms en lettres blanches en attendant que le nez de l'appareil bascule, nous entraînant dans un plongeon fatal dont nous ne réchapperons pas.

— A/P ENGAGE ?

Neuf mille cinq cents pieds.

— A/P ENGAGE. Il y a trois boutons : c'est celui de gauche qu'il vous faut. L CMD. Appuyez dessus.

J'obéis. La sirène se tait immédiatement, les lumières arrêtent de clignoter. Je retiens toujours mon souffle.

— Vous allez bien, Mina ?

— Je… Je crois, oui, dis-je, mains tremblantes. Je ne sais pas ce que j'ai fait, Charlie.

— Ce n'est pas grave.

— J'ai eu une crise de panique. Je n'avais pas l'intention de l'éteindre, je n'ai pas réfléchi…

Je lâche la radio ; mes paroles sont aussi incohérentes que mes pensées. Je ne sais plus quel bouton j'ai touché, je sais juste qu'il fallait que je sois seule, que Rowan devait sortir.

— Hé, c'est fini. Tout va bien, maintenant.

Après avoir quitté le centre de formation, j'avais continué à consulter le site Internet de l'école, continué à chercher sur Google des bribes d'informations publiées par le petit aérodrome privé d'où elle opérait. C'est ainsi que j'ai appris qu'un pilote avait perdu le contrôle de son avion. Un témoin avait vu l'appareil tomber mais, le temps que les secours arrivent sur les lieux, le feu avait pris. Il n'y avait aucun survivant.

L'instructeur s'appelait Vic Myerbridge. L'élève-pilote était une femme. Cass Williams.

Au cours de l'enquête judiciaire, la diffusion de l'enregistrement des transmissions de l'avion avait révélé qu'il y avait eu lutte, et même si le coroner avait conclu à une mort accidentelle, ce détail avait suffi pour que l'école fasse discrètement disparaître la nécrologie élogieuse de Myerbridge postée sur son site Internet.

Pendant les mois suivants, j'avais été hantée par la certitude que mon inaction m'avait sauvé la vie tout en condamnant Cass. J'avais été épargnée, mais au lieu d'être euphorique après avoir frôlé la mort, j'étais prisonnière du poids de ma culpabilité. Même sans me défendre, sans mettre ma vie en danger, j'aurais pu en parler à quelqu'un. Il y aurait eu une enquête, Myerbridge aurait été suspendu, et Cass ne se serait jamais retrouvée dans cet avion avec lui.

Au lieu de cela, je l'avais laissé me prendre par l'épaule, me faire traverser l'aérodrome comme une invalide. Je l'avais laissé parler comme si je n'étais pas là, expliquer que j'avais « eu une crise de panique ». Je l'avais autorisé à me faire douter de mes propres souvenirs.

Je ne l'ai jamais raconté à Adam. Je n'aurais pas pu supporter de lire le jugement dans son regard. J'avais déjà du mal à supporter le mien.

— Mina, m'interpelle Charlie. Nous sommes prêts à commencer notre approche.

Je pense aux passagers, là-bas au fond de la cabine : la femme enceinte sur FaceTime avec son mari ; Lachlan et ses parents ; Lady Barrow ; la pauvre Ginny et son ex-futur mari. Mes doigts hésitent au-dessus du micro ; je sais que je dois leur parler, mais je ne suis pas sûre de pouvoir les rassurer comme ils en ont besoin.

J'appuie sur le bouton et m'efforce de parler avec aplomb.

— Ici votre pilote.

Que les passagers pensent que je maîtrise la situation ;

qu'ils *croient* au moins que nous atterrirons en toute sécurité.

— Nous entamerons bientôt notre descente vers Sydney, aussi veuillez redresser votre siège et attacher votre ceinture.

Le crépitement familier du micro me calme et quand je le repose, je regarde le ciel si vaste face à moi. Je peux y arriver. Je pense aux conversations téléphoniques désespérées que j'ai entendues tout à l'heure, aux promesses, aux confessions, aux déclarations, et je sais que je dois à ces gens d'atterrir sans encombre. Je le dois à Sophia, à qui j'ai promis qu'elle ne vivrait plus jamais sans une maman. Je le dois à Cass Williams, qui ne serait pas morte si j'avais eu la force de me défendre.

Je me le dois. Je dois me prouver que je peux piloter.

L'accent chantant de Charlie remplit mes oreilles.

— Mina, pouvez-vous descendre jusqu'à cinq mille pieds ?

L'espace d'un instant, j'ai un trou de mémoire, puis je me souviens du bouton ALT et je réduis notre altitude, puis notre vitesse.

— OK, c'est fait.

— Cherchez un bouton indiquant HDG : nous allons nous en servir pour tourner.

Je le repère avant que Charlie ait fini sa phrase : sous l'auvent, à gauche du pilote automatique. Je le place sur cent quatre-vingts degrés et appuie sur le bouton, comme demandé. L'avion commence presque immédiatement à pivoter.

— Bien joué, Mina. Vous vous souvenez, je vous ai indiqué où est le levier de commande des ailerons ?

Je tends la main vers le levier.

— Soulevez-le, puis baissez-le d'un cran.

Il y a un grincement et un bruit sourd quand les ailerons trouvent leur position, des bruits que je trouverais rassurants d'ordinaire. J'imagine où je serais si ce vol s'était passé comme prévu : je traverserais la cabine pour vérifier la position des sièges, les tablettes. J'aurais hâte de regagner ma chambre d'hôtel, de me balader dans Sydney. À ce stade, tout ce que je veux, c'est être saine et sauve au sol.

— Quatre mille pieds.

J'obéis à Charlie en répétant ses instructions pour confirmation. « Direction zéro-sept-zéro. Trois mille pieds. Ailerons. Direction zéro-trois-zéro. » À chaque nouvelle direction, l'avion tourne un peu plus, jusqu'à ce que je voie l'aéroport devant nous.

— Cherchez un bouton appelé APP, dit Charlie. C'est notre bouton d'approche : il capturera le radiophare d'alignement de piste et la pente d'approche qui nous permettront d'effectuer un atterrissage automatique et de nous poser en toute sécurité.

Je mets un moment à le trouver, juste sous le bouton du pilote automatique, et dès que j'appuie dessus, Charlie est déjà passé à l'instruction suivante : déploiement du train d'atterrissage. La poignée est sur la position médiane ; je la tire vers moi puis l'abaisse et le courant d'air produit un long grondement.

— Mina, avez-vous appuyé sur le bouton APP ? Est-ce que la barre en dessous est allumée ?

Je regarde le panneau. Rien n'est allumé.

— J'ai appuyé dessus mais…

— Vous ne l'avez pas enclenché. Nous allons devoir refaire un tour. Combien de carburant nous reste-t-il ?

Je trouve le bouton concerné et lis le chiffre affiché sur l'écran inférieur. J'imagine Charlie, assis devant un ordinateur à Brisbane, en train d'observer une lumière LED qui traverse lentement l'écran. Il y a un long silence et quand il reprend la parole, son calme paraît forcé.

— Bon, Mina, on va réessayer.

— Avons-nous assez de carburant ?

Une hésitation. Je ferme les yeux. Je pense à Sophia et Adam. Charlie ne m'a pas dit s'ils allaient bien. Parce qu'il n'en sait rien ou parce qu'il sait qu'ils vont mal ?

— C'est juste, Mina. Je ne vais pas vous mentir.

Je respire un bon coup. Cela doit suffire. On ne peut pas échouer si près du but.

— Direction zéro-neuf-zéro.

— Zéro-neuf-zéro, dis-je dès que j'ai effectué le virage.

Nous volons à trois mille pieds d'altitude, le ciel est clair au-dessous de l'appareil. L'océan est bleu marine, de minuscules chevaux blancs galopent sur les vagues. Il paraît impossible que nous ne soyons partis de Londres qu'hier ; il s'est passé tant de choses en vingt heures. Ma fatigue semble aussi solide que moi, une chape de plomb accablante drapée sur mes épaules ; ma vigilance n'est qu'un simulacre alimenté par la peur qui ressemble au regain d'énergie passager après un café.

— Un-huit-zéro.

— Un-huit-zéro.

— Trois-un-zéro.

Je prends la direction finale et le nez de l'appareil tourne lentement vers l'aéroport. Je ne pilote pas cet avion, je le guide et je m'émerveille de la prouesse technique qui nous permet de manœuvrer plusieurs centaines de tonnes de métal à travers le ciel, d'un pays à l'autre.

— Maintenant, appuyez sur le bouton APP.

J'appuie fermement et ne relâche la pression qu'en voyant la barre latérale s'allumer sous mon doigt. Un instant plus tard, je sens l'avion tourner et s'aligner avec la piste d'atterrissage quand nous capturons enfin le radiophare d'alignement de piste. Je respire.

— Sortez complètement les ailerons maintenant, Mina.

Alors que Charlie m'indique notre vitesse finale, l'avion pique du nez et se place au sommet d'une pente d'approche qui nous mènera vers le tarmac. Je glisse mes mains sous mes cuisses, sachant que le moindre soubresaut d'un instrument éteindra l'ILS.

Deux pistes parallèles avancent dans Botany Bay comme les dents d'une fourchette ; en descendant, je vois que l'on a évacué la gauche et que tous les avions sont garés sur la piste voisine. Des véhicules d'urgence attendent à côté.

Le compte à rebours automatique commence. *Cinquante, quarante, trente…*

Je n'ai jamais cru en Dieu, bien que ma mère m'ait tannée pour que je l'accompagne à la messe tous les dimanches. Mais en voyant la piste d'atterrissage se précipiter à notre rencontre, flanquée par l'océan bleu azur, je fixe du regard la ligne centrale et je prie.

Quarante-neuf
7 heures du matin – Adam

Combien de temps cela fait-il ?

J'ai essayé de garder la notion des minutes qui passaient en comptant les secondes, mais chaque fois que quelque chose s'effondrait en haut, je perdais le fil et j'ai l'impression que Sophia est partie depuis des heures. Les plombs ont sauté, la bande de lumière fluorescente sous la porte a vacillé deux fois avant de disparaître ; la radio a été coupée au beau milieu d'un nouveau flash info.

Alors que le vol 79 approche de Sydney, les contrôleurs aériens ont établi le contact avec certains membres de l'équipage. Nous ignorons si les pirates de l'air contrôlent toujours l'appareil. À l'aéroport de Sydney, les services d'urgence se tiennent prêts.

La cave est plongée dans l'obscurité, l'atmosphère est dense et oppressante. Je ne vois pas la fumée pourtant palpable. Je la sens sur ma langue. Elle reste coincée au fond de ma gorge et la toux me donne un haut-le-cœur ; agité de spasmes, je tire sur mes menottes. Je ne sens plus ni mes mains ni mes pieds, engourdis par les fourmillements et le froid, et j'ai la tête aussi lourde que lorsque Becca m'a drogué, mais est-ce dû à la fumée ou à l'épuisement ?

Sophia doit déjà être arrivée en ville. Je récite les étapes de son parcours et essaie de deviner où elle en est. *Librairie, boutique vide, puis l'agent mobilier qui vend les maisons*. Je l'imagine devant le commissariat, à bout de souffle après sa course ; au-dessus d'elle, la lampe en verre bleu datant de l'ère victorienne. Les casiers occupent les anciennes cellules aujourd'hui et il n'y a que trois permanences par semaine, mais le téléphone jaune dehors permet de contacter directement le centre de régulation et Sophia n'a qu'à décrocher le combiné…

Allez, allez !

Quelque chose d'autre s'effondre en haut. L'escalier ? Le premier étage ? Je pense à Mo qui dort encore à poings fermés à côté et qui n'entendra rien avant qu'il ne soit trop tard. Le facteur passe vers 8 heures, mais aucune lumière ne filtre à travers la trappe à charbon maintenant que la lampe de l'entrée s'est éteinte, il doit donc être encore tôt.

Tout repose sur les épaules de Sophia et tant de choses pourraient mal tourner. Même si elle se souvient du chemin, il y a des rues à traverser et des inconnus bien intentionnés – sans parler des prédateurs. Et si elle n'arrive pas à décrocher le téléphone ? Et s'il est en dérangement ? J'imagine ma fille, courageuse et magnifique en pyjama Action Man et robe de chambre licornes, les chaussons trempés de neige, et je ne retiens plus mes larmes.

Au début, j'ai l'impression d'halluciner.

Les sirènes retentissent par intermittence et se taisent tout aussi vite ; je ferme les yeux en tendant l'oreille si fort que j'ai l'impression de prendre mon désir pour la réalité. Mais les revoilà : le mugissement aigu d'un camion de pompiers accompagné par le carillon rythmé d'une voiture de police. Encore un fracas en haut, mais le hurlement est de plus en plus fort jusqu'à ce qu'il couvre le grondement de l'incendie et que je n'entende plus que le bruit des secours.

Sophia a dû leur dire exactement où je suis parce que le faisceau d'une torche traverse la trappe et tombe comme un projecteur devant mes pieds.

— Je suis là !

J'essaie de crier, mais ma gorge refuse d'obéir et la fumée âcre m'étouffe. Le conduit est trop étroit pour un adulte et je suis pris de panique. Et s'ils ne peuvent pas me tirer de là ? Les craquements et grincements que j'ai entendus, le fracas provenant d'en haut… est-ce que la maison s'effondre ? Je m'imagine enterré sous les décombres, piégé par les menottes qui m'enchaînent au mur.

— Adam ? Tenez le coup, mon pote : on arrive.

Une lueur vacille près du sommet de l'escalier. Je lève les genoux et y enfouis ma tête alors qu'un vacarme de tous les diables résonne à travers la maison et qu'un nuage de poussière et de débris vole à travers la cave. Une main se pose sur mon épaule, une autre me soulève la tête et glisse quelque chose par-dessus. Tout à coup, l'air est plus pur, je respire plus librement, et mes yeux ne piquent plus. Deux pompiers sont entrés dans la cave. L'un d'eux lève le pouce et je lui réponds par un hochement de tête, puis il me fait signe de me pencher en avant. L'autre vérifie déjà les menottes et je me penche aussi près du sol que possible en m'écartant du mur pour ne pas les gêner. Dans une gerbe d'étincelles, un grincement retentit et je me prépare à sentir mes bras se dégager, mais après une secousse, je bascule brusquement en avant, enfin libre.

Les pompiers ont sectionné le tuyau, pas les menottes et je trébuche en tentant de me relever, déséquilibré par mes mains, toujours entravées derrière mon dos. Mes chevilles se dérobent sous moi, raidies par l'inaction. Je suis en train de me demander comment je vais bien pouvoir marcher et encore moins courir, quand on me prend sans ménagement par les bras et les jambes pour me hisser sur un brancard ; des sangles se resserrent sur ma poitrine et mes jambes.

On me porte en haut de l'escalier, le brancard cahote sur les marches et nous franchissons ce qu'il reste de la porte de la cave. Avant de passer dans l'entrée, j'aperçois la cuisine, les flammes qui lèchent le papier peint de la cage d'escalier et de l'eau, de l'eau partout, et puis nous sortons. Des gyrophares clignotent de toutes parts pendant que l'on me traîne dans la neige ; un secouriste court à mes côtés. Il est encore en train d'ôter ma cagoule antifumée que je hurle déjà « Sophia, où est Sophia ? » mais personne n'écoute.

— Un, deux, *trois*.

Un soubresaut, l'impression de glisser quand on me place dans une ambulance.

— Je dois voir ma fille.

— Il a des menottes, on dirait le modèle utilisé par la police. Quelqu'un peut apporter une clé ?

Ils m'ignorent et, vanné, je ferme les yeux et les laisse faire leur travail. On me soulève la tête pour me poser un masque à oxygène sur le visage, on me place sur le flanc pendant que les secouristes examinent mes poignets en sang.

— Vous vouliez une clé de menottes ?

Une voix féminine s'insinue dans mon inconscient. Je sens une pression sur mes poignets, puis un délicieux soulagement, rapidement suivi d'une douleur intense quand j'essaie de bouger les mains. La femme continue à parler et je reconnais la voix sans pouvoir mettre un nom dessus.

— … absolument bouleversée, pauvre petite ! Elle peut entrer ?

— Sophia !

Je me redresse tant bien que mal en apercevant une masse de boucles brunes par la porte ouverte, à côté du capitaine Naomi Butler.

Sophia m'observe, les yeux écarquillés et apeurés, et je soulève le masque à oxygène pour qu'elle puisse voir mon visage. Elle porte le perfecto de Butler dont les manches traînent par terre. La fermeture est remontée et Éléphant dépasse sous son menton.

— Je suis tombée, dit-elle, lèvre tremblante.

— Tu t'es très bien débrouillée, ma puce.

— Une ado l'a récupérée, précise Butler en hissant Sophia dans l'ambulance, et ma fille vient se jeter dans mes bras. Elle vit à côté de la boucherie. Apparemment, elle a rencontré Sophia au parc hier soir. Une gentille gamine : elle a prévenu les secours tout de suite.

— J'ai déchiré mon pyjama.

— Nous irons en acheter un neuf.

— Maman aussi ?

Mon cœur se serre. J'ouvre la bouche et cherche mes mots en regardant le capitaine Butler, qui sourit et tend son téléphone à Sophia.

— Tu veux montrer à ton papa ?

Sophia lui adresse un grand sourire.

— Maman a piloté l'avion.

Elle lance la vidéo sur l'écran miniature, colle sa tête contre la mienne et ensemble, nous regardons Mina atterrir sans encombre à Sydney aux commandes du vol 79.

Cinquante
Veille de Noël – Mina

— Je suis stressée, dis-je en regardant Rowan. C'est bête, non ?

Nous sommes dans la zone de retrait des bagages de Gatwick, un lieu où je me suis déjà trouvée cent fois, et nous regardons les mêmes valises passer et repasser sur le tapis roulant. Un arbre de Noël orné de décorations de carton en forme de valises s'élève au centre du carrousel.

— À cause des journalistes ?

— Oui, dis-je, même si je n'avais pas pensé à eux.

C'est la perspective de revoir Adam qui m'angoisse.

Nous avons parlé quotidiennement ces six derniers jours, les interférences sur la ligne n'aidant pas à dissiper le malaise entre nous. Quand son visage s'affiche sur l'écran de mon téléphone, c'est toujours le même Adam, mais il s'est passé tant de choses depuis la dernière fois que je l'ai vu.

Il m'a tout avoué. L'addiction au jeu, les usuriers, les taux d'intérêt vertigineux. Les mensonges débités au travail ; la menace qui pèse sur son poste. Quand il m'a expliqué qu'un homme avait menacé Katya et que je me suis souvenue que les terreurs nocturnes de Sophia avaient commencé cette semaine-là, je n'ai pas pu le supporter. J'ai raccroché, éteint mon téléphone et je suis restée assise au bar de mon hôtel, de plus en plus bouleversée à force d'enchaîner les cafés.

L'équipage et les passagers étaient logés dans le même hôtel où une partie entière du rez-de-chaussée avait été bouclée pour servir de salles d'interrogatoire. Tels des invalides, nous traversions les restaurants et les salons, conduits auprès de médecins, de policiers, de journalistes et, quand nous en avions besoin, de psychologues.

« Vos relations avec les autres membres d'équipage et passagers seront complexes », nous a avertis la première psychologue que nous avons vue.

Elle s'adressait à nous tous dans une des salles de conférences de l'aéroport de Sydney et nous préparait à « survivre aux prochains jours » – au cas où nous aurions cru notre calvaire terminé.

« Vous risquez de vous détester les uns les autres car le simple fait de vous voir vous rappellera ce qui s'est passé. Ou votre complicité sera peut-être plus grande qu'avec les membres de votre famille. Vous avez vécu l'enfer au cours de ces vingt dernières heures : quel que soit votre état d'esprit actuel, il est normal, je vous assure. »

Je me sens tout sauf normale. Je suis rongée par la culpabilité de l'instant où j'ouvre les yeux à celui où je les ferme enfin, épuisée par les entretiens, l'angoisse, le ressassement obsessionnel des événements. L'hôtel était plein de passagers traumatisés qui se retrouvaient dans des coins du salon pour dire : « Je n'arrête pas de me rappeler le moment où… » Tous les jours, nous dévisagions le groupe de touristes qui venaient s'enregistrer en nous demandant ce que cela pouvait bien faire d'arriver à Sydney pour y passer des vacances ; de descendre d'un avion sans autre souci que le décalage horaire.

Adam m'a laissée respirer. Je dînais avec Rowan et Derek en regrettant l'absence de Cesca. La lame de la hache était passée à quelques millimètres de son cerveau. Elle restait dans un état critique, selon les médecins, qui ignoraient encore de quelles séquelles elle souffrirait, mais elle vivrait. On l'avait gardée en soins intensifs à l'hôpital St Vincent jusqu'à ce que son état permette un rapatriement au Royaume-Uni. Je voulais aller la voir, me sortir de la tête la dernière image que je gardais d'elle, ses cheveux poisseux de sang, mais les visites étaient interdites jusqu'à ce que son état se stabilise.

Nous avons adopté une routine, tels des vacanciers en croisière, nous retrouvant pour les repas avant de nous réfugier dans nos chambres respectives, sans jamais quitter le périmètre de l'hôtel. À tort ou à raison, je trouvais le reste de l'équipage hostile à mon égard et j'estimais que c'était tout ce que je méritais ; aussi étais-je ravie que certains passagers me témoignent gentiment leur soutien. Tant que je vivrai, je n'accepterai jamais ce que j'ai fait.

« N'importe qui aurait fait pareil », a dit Rowan.

Nous prenions un verre en tête à tête après dîner, Derek ayant déjà regagné sa chambre. Épuisée, j'avais pourtant peur d'être seule, peur de ce que je verrais en rêve.

« Mais les autres n'ont rien fait. C'est moi qui ai agi. »

J'étais hantée par le regard de Carmel, par la mort absurde de Mike, Ben et Louis. Tant de vies perdues.

« Tant de vies *sauvées*. »

Rowan était professeur – « de maths, chacun sa croix ! » –, et doué, de toute évidence. Ses yeux se plissaient quand il souriait et sa façon d'expliquer les choses les rendait soudain claires. Célibataire. Même si cela m'importait peu, bien sûr. « Je n'ai jamais rencontré la femme de ma vie », m'a-t-il dit en souriant. Puis son visage est devenu grave et j'ai eu le souffle coupé. Nous avons détourné le regard en même temps, nous sommes demandé à voix haute s'il ne vaudrait pas mieux aller nous coucher. Nous nous sommes dirigés chacun vers notre chambre, le long de deux couloirs différents, et je suis restée éveillée dans mon lit, trop lasse pour dormir, à me demander si les choses redeviendraient jamais comme avant.

Le lendemain, j'ai appelé Adam, l'envie de le revoir plus forte que ma colère à l'idée qu'il ait mis notre fille en danger. J'ai pensé à toutes les années passées à lui mentir – à mentir à tout le monde – à propos de ce qui m'avait fait renoncer à mon rêve de devenir pilote. Qu'est-ce qui rendait un mensonge pire qu'un autre ?

« Vous me manquez, ai-je dit.

— Tu nous manques aussi. »

Je mourais d'envie de rentrer à la maison. Adam me jurait que Sophia allait bien, et je le croyais, mais l'absence de ma fille faisait vibrer la corde sensible.

« Encore une journée d'interrogatoires, nous répétait-on. Une dernière journée et vous pourrez rentrer chez vous.

World Airways a suspendu le vol direct « en signe de respect pour les victimes », et nous avons changé d'avion à Shanghai. Les actions de la compagnie ont chuté de quarante-deux pour cent ; combien de temps faudra-t-il pour réparer les dégâts causés par Missouri et ses complices ? Cela signifie sans doute qu'ils ont gagné, dans une certaine mesure.

Dindar a réservé tous les sièges de classe affaires pour nos vols retour, laissant inoccupés les sièges en trop, comme cela se fait par mesure de sécurité lors des déplacements de la reine d'Angleterre. L'équipage au complet et les passagers dont les projets avaient changé après notre calvaire étaient à bord. La femme enceinte avait choisi d'aller retrouver son mari qui, au vu des circonstances, avait obtenu un congé pour Noël. Doug est rentré, laissant Ginny panser ses blessures à l'hôtel cinq étoiles qu'il avait réservé pour leur « lune de miel ».

Rowan n'a jamais assisté à la conférence pour laquelle il s'était déplacé à Sydney.

« Ça ne sert pas à grand-chose de rester maintenant », a-t-il dit quand on nous a proposé des billets retour.

Aucun d'entre nous ne pouvait envisager de s'attarder pour faire du tourisme.

Jason Poke est rentré au Royaume-Uni lui aussi, ainsi que quelques autres passagers, dont une famille pourvue de billets de classe économique qui a jugé que ce serait peut-être son unique occasion de voyager en classe affaires un jour. Je n'étais pas la seule à éprouver soudain un besoin impérieux d'être chez moi à Noël.

Finley et sa mère occupaient des sièges voisins. Je lui ai offert un petit cadeau juste avant le décollage et quand il l'a ouvert, son regard s'est illuminé.

« Des AirPods ! Génial !

— J'ai pensé qu'ils te plairaient, ai-je dit avec un grand sourire en le regardant enfoncer les écouteurs sans fil dans ses oreilles.

— Merci, vous êtes très gentille », m'a dit sa mère.

Elle n'a pas quitté son fils des yeux pendant tout le voyage. Quand il a été trop fatigué pour rester éveillé, elle s'est allongée sur le côté, a baissé le paravent entre leurs sièges et l'a regardé dormir.

Je m'inquiétais pour Derek. Assise dans la salle d'attente, à l'aéroport de Sydney, je me souvenais de son désespoir quand nous étions blottis par terre, en classe économique. Il avait changé d'avis, certes, mais était-ce juste sous la pression des événements ? À cause du manque de contrôle ? Le jour de la conférence de presse, il avait partagé sur Twitter un lien renvoyant à un article de blog. Poignante et teintée d'humour noir, cette série d'adieux rédigés dans l'avion m'avait émue aux larmes. Avait-il de nouveau changé d'avis ? Était-ce sa lettre d'adieu ?

Et puis quelques minutes à peine avant l'annonce de notre porte d'embarquement, il avait fait irruption dans la salle d'attente avec sa valise cabine et un journal. On lui avait proposé d'écrire une rubrique dans le *Times*. Il faisait peu de cas de la nouvelle, mais il se tenait plus droit et semblait plus léger. J'étais ravie qu'il retire quelque chose de positif de cette situation.

Nous avons été chouchoutés pendant notre vol retour,

y compris grâce à la présence d'un psychologue et d'un médecin qui m'a administré un somnifère car j'avais trop peur de fermer les yeux. Quand je me suis réveillée en nage et en larmes, Rowan m'a rassurée et m'a aidée à me détendre.

Je n'ai pas été la seule à crier dans mon sommeil ou à trembler de manière incontrôlable quand le commandant a annoncé que nous traversions « de légères turbulences » et nous a priés d'attacher notre ceinture. Je n'étais pas la seule à dévisager les autres passagers pour m'assurer que je les reconnaissais tous et qu'aucun des complices de Missouri n'avait réussi à passer entre les mailles du filet.

Ma valise tourne l'angle et j'avance, mais Rowan me précède.

— Tu permets ?

Quand nous entrons dans le terminal des arrivées, le bruit est assourdissant. Nous sommes étourdis par l'intensité des flashs des appareils photo qui illuminent les lieux et je suis ravie que Rowan ait suggéré que nous portions des lunettes noires. Cela semblait idiot – on passait pour des frimeurs –, mais l'assaut est terrifiant et ma première réaction est de me cacher. Rowan me guide vers la sortie, une main ferme et sûre posée sur mes reins. On crie : « Par ici ! »

Je vois Alice Davanti parler sur son portable. Elle contourne la masse de reporters et gagne directement la sortie. Elle ira droit au bureau, j'imagine, après avoir décroché le scoop sur le détournement d'avion de la décennie. *Alors que les premiers passagers victimes du détournement rentrent au Royaume-Uni…*

— Mina, ferez-vous l'objet de poursuites pénales ?

J'ai le vertige, une mer de visages d'abord nets deviennent flous. Je me sens tomber. Je me retrouve à bord, j'ouvre la porte du cockpit, je vois le visage de Mike…

— Un médecin !

Un malaise bien commode, titrera l'un des journaux les plus désagréables. *Bouleversée par son atterrissage héroïque*, dira un autre. J'aurais pu leur suggérer d'autres gros titres. *Terrifiée. Hantée. Coupable.*

Rowan m'aide à me relever et je décline l'aide du secouriste enthousiaste qui s'est précipité vers moi. Parce que j'ai remarqué un détail parmi les affichettes des chauffeurs et les magnétophones des journalistes, et c'est le seul médicament dont j'aie besoin.

La pancarte est peinte sur du carton, les lettres tracées avec application par Sophia remplies de peinture rouge et de paillettes.

BON RETOUR CHEZ NOUS, MAMAN.

Des dizaines de petits bouts de papier sont collés avec du ruban adhésif tout autour de la pancarte, se chevauchant tels les pétales d'une fleur. Ce sont les mots que j'ai laissés sur l'oreiller de ma fille à chacun de mes départs. Elle les a tous gardés.

Je lâche ma valise et me mets à courir, à courir aussi vite que possible vers la pancarte, vers ma fille, vers ma famille.

— Maman !

Je la soulève et la serre de toutes mes forces en pleurant dans ses cheveux, je hume son shampoing, sa peau, l'essence de son être. Elle pleure, je pleure et je sens un bras qui m'enlace et dont je connais si bien le poids, la *sensation*.

— Qu'est-ce que tu fichais ?

Je serre les paupières, me force à évacuer les horreurs du vol 79 et me concentre plutôt sur l'étreinte familière de mon mari et sur le petit corps tout doux coincé entre nous. Ma famille, ma vie, c'est eux.

— Désolée d'avoir tardé.

Cinquante et un
Trois ans plus tard – Adam

— Montre-moi.

Mina se place en face de Sophia et je tressaille en constatant qu'elle ne doit plus s'accroupir pour le faire. Notre fille a tellement grandi.

— C'est parfait.

— C'est papa qui m'a coiffée.

— Il s'est bien débrouillé.

Sur l'insistance de Sophia, j'apprends la coiffure grâce une série de tutoriels sur YouTube. Aujourd'hui, j'ai tenté la tresse haute ; la raie commence au centre et serpente d'abord vers la gauche, puis vers la droite. Les pointes crépues, l'une grande et l'autre petite, ressortent sous les oreilles.

— C'est superbe.

Mina me sourit, puis vide son café dans l'évier, où elle pose son mug. Nous n'avons pu réemménager dans la maison que six mois après l'incendie. L'assurance a tout pris en charge, Dieu merci, et quand nous avons enfin franchi le seuil, il n'y avait plus trace de ce qui s'était passé. La nouvelle cuisine était différente et comme nous avons placé une commode contre le mur, on ne dirait jamais que la cave existe. Je croyais que je verrais Becca partout où j'irais, mais nous avions tellement cogité tous les trois sur l'aménagement du rez-de-chaussée, que tout ce que je voyais, c'était mon chez-moi.

Ce Noël-là, Butler m'a accordé un congé – « étant donné les circonstances » – et en sortant de l'aéroport, nous sommes allés en famille chez le père de Mina ; il avait posé des serviettes pliées au bout du lit de la chambre d'amis, comme sa femme le faisait toujours. Par terre, il y avait un matelas gonflable une place pour Sophia.

« Je vais faire du café, a proposé Leo en nous laissant en tête à tête, Mina et moi, nos sacs posés par terre entre nous.

— Je ne lui ai jamais dit que nous étions séparés.

— Tu peux dormir avec Sophia. Je prendrai le matelas gonflable.

— Non, ça va. Si ça te convient, évidemment », a-t-elle ajouté après une hésitation.

J'ai senti mon cœur s'emballer.

« Tu veux dire… »

Elle a hoché la tête.

La nuit a été agitée, Sophia ayant abandonné son matelas gonflable pour venir se blottir comme une virgule entre nous deux, ce qui nous donnait une excuse supplémentaire pour éviter de parler. Pour deux individus dont le travail tournait exclusivement autour de la communication, nous étions incroyablement mauvais en la matière, me disais-je.

Nous avons discuté pourtant, par intermittence, au cours des jours suivants. Et quand Leo a emmené Sophia faire la course sur la plage battue par le vent, qu'il nous a jeté des coups d'œil inquiets tandis que la petite tourbillonnait comme une girouette, je me suis dit qu'il devait savoir, après tout.

Je n'ai pas été suspendu. J'ai été rétrogradé et, furieuse, Butler m'a ordonné de « mettre de l'ordre dans ma vie, puis de venir récupérer mon poste ». On m'a adressé aux services sociaux, à un psychologue, et on m'a présenté un conseiller, spécialiste du surendettement. Les renseignements que j'ai fournis sur les usuriers auxquels j'avais fait appel ont conduit à plusieurs arrestations pour association de malfaiteurs et m'ont valu un mail laconique de Butler se résumant à « beau travail ».

Mina n'a fait l'objet d'aucune poursuite liée au détournement malgré la chasse aux sorcières menée par le journal d'Alice Davanti. Nous ne l'avons su qu'au bout d'un an – un an de nuits blanches et de « et si je vais en prison ? » –, mais au final, deux hommes discrètement vêtus sont venus nous annoncer que le service des poursuites judiciaires estimait « qu'il n'était pas dans l'intérêt du public » de l'inculper pour avoir ouvert la porte du cockpit. Cette décision n'a pas atténué sa culpabilité. Rowan l'a mise en contact avec un ami, spécialiste du stress posttraumatique, et elle a lentement accepté ce qu'elle avait été obligée de faire.

Débrouiller ce qui lui était arrivé pendant sa formation de pilote lui a pris encore plus longtemps. Quand elle m'a parlé de Myerbridge, j'ai eu envie de boxer quelque chose, ou quelqu'un.

« Nous devrions nous plaindre auprès de l'école. Ou des autorités de l'aviation civile.

— Qu'est-ce que ça changerait ? a répondu Mina, plus décontractée que moi. Le monde était différent à l'époque. Des règles ont été mises en place aujourd'hui, j'ai vérifié. »

Elle passait à autre chose, et c'est ce que j'ai fait aussi.

« Plus de secret entre nous, en revanche, ai-je insisté.

— Plus de secret. »

Bizarrement, Sophia semblait être la seule à s'en tirer relativement indemne. Nous l'avons emmenée consulter un psychologue, mais elle était pragmatique au sujet de Becca et de l'incendie et fière de la médaille spéciale que la police lui avait remise. Les expériences vécues bébé lui avaient donné une résilience qui était pour moi source de fierté autant que de tristesse, et j'espérais qu'un jour elle oublierait complètement ces événements.

— Prêts ? demande Mina.

Sophia acquiesce.

— Prêt, dis-je en prenant les clés de la voiture.

— Je m'appelle Sandra Daniels et en embarquant à bord du vol 79, j'ai laissé toute ma vie derrière moi.

La femme assise sur le banc des accusés est minuscule – moins d'un mètre soixante-cinq – et presque méconnaissable comparée à la photo de la terroriste connue du monde entier sous le nom de Zambèze parue dans le journal. Les mois passés en détention provisoire ont réduit son bronzage à néant et les pointes blondes de ses cheveux redevenus châtain foncé sont sèches et cassantes. À mes côtés, je sens Mina se crisper. Daniels est la première accusée à témoigner ; cette étape du procès est censée durer au moins quinze jours. Ce matin, les derniers témoins, dont Sophia, ont été appelés à la barre.

Elle a été autorisée à déposer par liaison vidéo et sur l'écran, ses yeux imperturbables avaient l'air gigantesques. Elle regardait droit dans l'objectif, et seul le tressautement de sa lèvre inférieure dont elle mordillait l'intérieur trahissait sa nervosité.

« Combien de temps as-tu passé dans la cave, Sophia ?

— Je ne sais pas, a-t-elle répondu en fronçant les sourcils.

— Longtemps ?

— Oui.

— Une heure ? Plus ? »

Sophia a lancé un regard latéral, à la recherche d'une aide qu'elle ne pouvait pas obtenir de la part de Judith, le chaperon fourni par le tribunal, une femme au carré gris qui avait apporté des bonbons pour plus tard. C'est main dans la main que Mina et Sophia ont traversé avec Judith le dédale de couloirs menant à la salle réservée aux témoins vulnérables. Pendant que Sophia s'exprimait, Mina attendait dans le couloir sur une chaise en plastique tandis qu'à l'autre bout de l'Old Bailey, je regardais ma fille presque âgée de neuf ans subir un contre-interrogatoire.

« Beaucoup plus longtemps qu'une heure. »

Nous ne voulions pas que Sophia témoigne. Sa version des faits n'avait jamais été contestée et, bien que les six terroristes survivants aient plaidé non coupables, Becca s'était rendue sans opposer de résistance. On l'avait trouvée chez sa mère, essayant frénétiquement d'effacer l'historique de navigation d'un ordinateur portable qui la liait sans doute possible à l'achat des menottes employées pour me retenir dans la cave.

« Je suis désolée », avait-elle lancé aux policiers venus l'arrêter.

J'aurais aimé lui passer les menottes.

C'est l'avocat du ministère public qui a appelé Sophia à la barre.

« Elle s'exprime très bien, a-t-il dit comme si nous ne le savions pas déjà. Je crois qu'elle fera bonne impression auprès du jury. »

On ne lui demandait pas de fournir des preuves mais de faire fondre le cœur des jurés, de les conquérir avec ses réponses honnêtes et sa vision innocente des événements. Elle était là pour les aider à comprendre le coût humain des agissements des terroristes, même si, au bout du compte, leur plan avait échoué.

« Pas d'autre question. »

Sophia est restée impassible, mais le tic nerveux a cessé et j'ai enfin pu respirer. Elle a manqué beaucoup de journées d'école, convoquée au tribunal pour finalement attendre toute la journée, son créneau sans cesse repoussé. Maintenant que les accusés témoignent, nous nous relayons pour les entendre et Sophia passe ses journées dans les parcs et cafés aux alentours du tribunal, sous la surveillance de Mina et moi à tour de rôle ou, quand nous devons tous les deux assister à l'audience, sous celle de Rowan, Derek et Cesca, que Sophia adore.

Cesca a eu chaud, mais elle s'est complètement remise. Elle avait été évacuée de l'avion en premier, sanglée sur une civière. Dès que l'ambulance aérienne qui l'attendait avait décollé, la police était intervenue, emmenant chaque pirate de l'air dans son propre fourgon blindé.

Plusieurs semaines après son retour, j'avais trouvé Mina en train de visionner les images diffusées à la télévision, des silhouettes minuscules défilant sur l'écran de son téléphone.

« Ça semble irréel », avait-elle remarqué.

À voix basse, elle avait cité le nom de chacune des silhouettes menottées. *Gange, Niger, Yangzi, Zambèze, Congo, Lena*. Les passagers avaient suivi, tremblants, blêmes, puis l'équipage, ébloui par le soleil radieux de Sydney. Pas exactement la photo d'arrivée que Dindar avait prévue pour eux.

« Assez, avais-je dit à Mina, qui avait secoué la tête.

— J'ai besoin de voir ces images. »

Elle s'était mise à pleurer en voyant les housses mortuaires sortir de l'avion. Roger Kirkwood, Mike Carrivick, Carmel Mahon, Ben Knox, Louis Joubert. Des noms que le monde entier connaissait aujourd'hui aussi bien que ceux de leurs meurtriers. L'autopsie avait confirmé que les deux pilotes de relève avaient absorbé le même médicament que Roger Kirkwood, la première victime. L'un des terroristes avait dû glisser les cachets réduits en poudre dans les verres que Carmel avait préparés aux pilotes avant qu'ils ne montent se reposer, même si nous n'en aurions jamais la confirmation. La mort de Missouri et le fait que son plan n'ait été que partiellement partagé avec ses comparses signifiaient que beaucoup de questions restaient sans réponse. Les

PNC de relève avaient été retrouvés courbaturés, déshydratés et terrifiés, mais heureusement sains et saufs dans la zone de repos exiguë – l'un des pirates de l'air avait coincé la porte donnant sur la cabine.

Les photos des neuf complices – les huit pirates de l'air plus Becca – occupaient parfaitement une pleine page du *Daily Mail*, au-dessus de leurs vrais noms et en regard d'une carte du monde sur laquelle des flèches pertinemment placées désignaient l'origine de chaque pseudonyme. Sur son site Internet, le *Guardian* avait consacré plusieurs articles de fond à la situation critique des fleuves en question, accompagnés d'appels aux dons pour que le journal puisse continuer à éduquer le public sur l'urgence climatique.

Il a fallu près de trois ans pour arriver au procès et deux heures pour lire toutes les charges retenues contre les accusés assis sur deux rangées de sièges dans le box en verre, d'un côté de la salle. *Préparation d'actes terroristes, collecte illégale de fonds, possession d'objets dans un but terroriste, meurtre, conspiration, kidnapping*… La liste n'en finissait pas, jusqu'au délit de faux et usage de faux : les passeports obtenus par Missouri pour chacun de ses complices.

Le procès lui-même dure depuis cinq mois. Cela fait si longtemps que nous vivons avec les conséquences de ces événements que je me demande parfois si nous pourrions être différents, si nous sommes capables de parler d'autre chose que des témoignages entendus au cours de la semaine.

La défense de Sandra Daniels (elle prétendait ne pas connaître la véritable ampleur des projets du groupe) s'effondre pendant le contre-interrogatoire et elle en est réduite à plaider les circonstances atténuantes à cause du traumatisme engendré par des années de violences conjugales. Au cours des quinze jours suivants, nous entendons le même type d'excuses dans la bouche des autres accusés – promesses faites, itinéraire de fuite planifié –, dont il ressort qu'une femme est responsable de manipulation, de prédation et de radicalisation.

Missouri.

Chaque subordonné mène à elle, et même si elle a efficacement brouillé les pistes – le forum des terroristes sur le dark web n'a jamais été retrouvé –, la police a découvert des papiers chez elle qui la lient à chacun de ses complices.

Le dernier jour du procès, quand on nous convoque pour entendre le verdict du juge, je regarde autour de moi les gens qui me sont devenus aussi familiers que mes proches après ces mois passés au tribunal. Derek porte un costume aujourd'hui, il doit sans doute mener un entretien tout à l'heure. Il est tout naturellement passé de la presse écrite à la télévision, contraste saisissant avec Alice Davanti, en pleine débâcle professionnelle depuis qu'un passager a diffusé une vidéo la montrant en train d'essayer de s'approprier à coups de griffes un siège déjà occupé.

Jason Poke s'en est mieux sorti. Il a fait des excuses publiques aussi sincères qu'enflammées pour toutes les « blagues cruelles » faites par le passé et a juré de racheter sa lâcheté à bord du vol 79. « Quand on croit que l'on est sur le point de mourir, a-t-il dit dans l'émission

Good Morning Britain, on voit toute sa vie défiler sous ses yeux, et je ne suis pas fier de ce que j'ai vu.» Il est devenu le présentateur de référence des documentaires catastrophe et voyage dans le monde entier à la recherche des «histoires humaines» qui se cachent derrière les tsunamis, tremblements de terre, incendies de forêt... Les tabloïds l'ont surnommé «Woke Poke». Un converti à l'empathie.

Caroline et Jamie Crawford ne sont pas venus assister à la lecture du verdict. Jamie est parti directement après avoir témoigné; Caroline est restée assez longtemps pour annoncer la création de la Fondation Crawford du sport pour la jeunesse. Leur divorce a l'air compliqué. *Le coureur de jupons l'a dans l'os*, a titré un tabloïd en listant les millions que Jamie avait cédés à la fondation de sa femme juste avant qu'elle ne le mette à la porte.

Je croyais que les médias se lasseraient de l'affaire, mais ils se sont acharnés à la couvrir. Pendant la détention provisoire des accusés, c'étaient les passagers qui fournissaient matière à articles; cela allait de *Le couple victime du détournement d'avion cauchemardesque en Australie, qui avait eu recours à une mère porteuse, donne naissance à des jumeaux miracle* au visage hanté des parents de Carmel qui juraient: *Nous vengerons la mort de notre fille.*

Le juge prononce la réclusion à perpétuité. En les condamnant tous à une peine incompressible de quarante ans de prison, il les prive de la possibilité de vivre. Je serre la main de Mina. Même Becca (elle reste Becca pour moi, bien que son vrai nom soit placardé à la une des journaux) aura la soixantaine à sa sortie. Elle n'aura pas d'enfant, pas de carrière, pas de vie.

Nous n'applaudissons pas. Nous ne ressentons pas d'euphorie en quittant le tribunal ; la durée du procès a sapé notre adrénaline. Nous sommes juste soulagés que tout soit enfin terminé.

— Et voilà, ça y est, remarque Derek, l'air presque déçu.

Il me donne une tape dans le dos qui se mue en une accolade maladroite, puis fait la bise à Mina.

— Tu es une fille courageuse.

Rares sont ceux que Mina autoriserait à l'appeler ainsi, mais Derek en fait partie. Il s'est intégré dans notre vie comme un oncle supplémentaire, et j'aime à penser que lui aussi nous considère comme sa famille.

— Dîner chez Cesca, non ? ajoute-t-il.

— Tout à fait, confirme celle-ci. Je vous envoie un mail.

La tradition des dîners mensuels a commencé par un repas ponctuel, quelques semaines après que Cesca était sortie de l'hôpital. C'était l'idée de Mina, pour que Sophia et moi rencontrions Cesca, Rowan et Derek. La conversation était un peu guindée, au début. Nous cherchions des banalités à dire qui nous éviteraient d'aborder le sujet même qui nous avait réunis.

C'est Sophia qui a brisé la glace.

« Qu'est-ce qui va arriver aux pirates ?

— Ils iront en prison, ai-je répondu d'un ton ferme.

— On devrait les mettre dans un avion et leur dire qu'il va s'écraser pour qu'ils aient aussi peur que vous.

Et puis les mettre dans une cave horrible et glaciale et mettre le feu à leur maison pour voir si ça leur plaît.»

Un silence a suivi ce petit discours. Je ne savais pas trop si je devais applaudir le sens de la justice de ma fille ou m'inquiéter parce que j'élevais une psychopathe, mais quand j'ai regardé Mina, elle riait.

«Je suis tout à fait d'accord, a-t-elle dit en levant son verre. À la santé de Sophia.

— À la santé de Sophia! avons-nous renchéri.

— Tu devrais peut-être devenir juge quand tu seras grande, a suggéré Rowan, mais Sophia a secoué la tête.

— Je serai policière, a-t-elle dit en me souriant. Et pilote d'avion, a-t-elle ajouté en regardant Mina.

— Tu vas être drôlement occupée, a commenté Derek.

— Et une éco… logiste», a-t-elle dit, bredouillante.

Autant prononcer le mot corde dans une pièce remplie d'acteurs. Derek a tressailli, Cesca a fermé les yeux et les sourcils de Rowan, d'habitude si imperturbable, ont disparu quelque part sous ses cheveux.

«Ils en parlent à l'école. La fonte de la calotte glaciaire, le plastique à usage unique, ce genre de choses, a expliqué Mina d'un ton d'excuse que nous comprenions tous.

— Je suis chargée du recyclage pour toute l'école.

— Et elle a convaincu le glacier de passer aux pailles biodégradables.»

Trois paires d'yeux dévisageaient Sophia. Nous y étions habitués. Nous en étions fiers, je suppose, comme si nous étions entièrement responsables des gènes qui donnaient à notre fille les capacités intellectuelles d'une enfant deux fois plus âgée qu'elle ! Et si parfois les regards étaient plus méfiants qu'admiratifs ? Ça nous allait aussi. Nous aimions Sophia pour son excentricité, pas malgré elle.

« Eh bien, s'est écrié Rowan en tapant du poing sur la table pour ponctuer ses propos. En ce qui me concerne, je trouve ça remarquable. »

Il a regardé Cesca et Derek pour les rallier à sa cause.

« À cinq ans…

— Presque six, l'a repris Sophia.

— À presque six ans, elle change déjà la donne.

— *Brava* Sophia ! a lancé Derek. Future pilote de ligne, future policière et écologiste ! »

Nous avons trinqué pour la deuxième fois avant d'envoyer Sophia se brosser les dents.

« Tu me lis une histoire… »

Mina a posé son verre en prévision de ce qui allait suivre.

« … papa ? »

Je n'ai pu cacher ma joie, et pendant que Sophia disait bonne nuit à nos invités, j'ai fouillé le visage de Mina, guettant les signes de jalousie. Après tout, je savais ce que cela faisait de jouer les seconds rôles. Mais je n'y ai rien trouvé. Au fil des semaines, je m'étais rendu compte que je m'étais trompé sur toute la ligne. Je cherchais l'équité – autant d'amour, autant d'attention, un *rôle* égal auprès de ma fille. Je pensais à ce qu'elle pouvait m'apporter au lieu de penser à ce que moi je pouvais lui apporter. Ce que nous pouvions lui apporter tous les deux. Parfois, Sophia a envie que je lui lise une histoire, parfois elle veut que ce soit Mina. Parfois, elle me tend la main, parfois elle s'éloigne parce qu'elle ne veut pas que je sois près d'elle. Les troubles de l'attachement ne sont pas guéris du jour au lendemain, mais lentement, nous progressons.

Ce premier dîner s'est transformé en fête mensuelle et à l'occasion, au cours de l'été suivant, en une partie de *rounders* ou un repas en terrasse improvisés. Il était difficile pour les personnes extérieures de comprendre un dixième de ce que nous avions traversé, et tellement plus facile de ne pas avoir à en parler. C'était aussi bon pour Sophia de voir que nous nous en étions tous sortis et que les adultes aussi avaient parfois des accidents de parcours. J'aimais la voir en pleine conversation avec Cesca ou Rowan et la voir éclater de rire quand un sujet sérieux laissait place à l'absurdité. Je me rendais compte que c'était bon pour nous tous.

Nous nous éloignons de l'Old Bailey, troupe marchant maladroitement sur un trottoir trop étroit, et récupérons nos téléphones à l'agence de voyages qui fait office de consigne à bagages pour le tribunal. Sophia parle à Cesca et désigne tour à tour les affichettes exposées dans la devanture.

— Athènes. C'est en Grèce. Rome en Italie. La Barbade est… en Afrique ?

— Dans les Caraïbes.

Sophia a l'air chiffonnée – à cause de Cesca ou de sa propre erreur ? Ce n'est pas clair.

— Quelle petite fille intelligente, commente Rowan.

— Elle me surclasse, dis-je en souriant. Mina t'a raconté qu'elle avait écrit à notre députée, le mois dernier ? Sans notre aide. Elle a reçu une réponse et tout.

— Incroyable. Je suis prêt à parier qu'elle va faire de la politique, pas toi ?

Rowan a une expression candide, mais je me raidis néanmoins.

— Ah, les paris, c'est pas mon truc, dis-je d'un ton léger.

Je ne sais pas si Mina a parlé aux autres de mon addiction au jeu. Je ne veux pas le savoir. Je continue à assister aux réunions et, mis à part un petit dérapage quand nous avons appris l'ampleur des dégâts causés par l'incendie, cela fait près de trois ans que je n'ai pas joué. Les chances que nous nous en sortions sains et saufs tous les trois étaient extrêmement minces : les paris, c'est fini pour moi.

Nos chemins se séparent au coin de la rue, Cesca doit courir prendre un train, Derek nous abandonne, il a rendez-vous en ville avec son rédacteur en chef. Sophia conclut sa conversation sérieuse avec Rowan en sortant un sachet en papier de son sac à dos.

— Ils sont pour toi.

— Des biscuits ? dit Rowan en regardant à l'intérieur. Merci.

— Elle a passé tout le week-end à faire de la pâtisserie, explique Mina. Franchement, je vais finir grosse comme une baleine.

Je m'apprête à lui dire qu'elle est sensationnelle quand Rowan s'offusque de sa blague.

— Tu es magnifique.

Je me force à sourire. Si je disais quoi que ce soit maintenant, ça aurait l'air téléphoné.

— Bon, ben, salut, dis-je à Rowan.

Mina lève un sourcil surpris, mais il me serre la main et ne se formalise apparemment pas de ma brusquerie. Où ira-t-il après ? Avec qui va-t-il partager le verdict ? Malgré sa complicité avec Mina, et par conséquent avec Sophia, je ne crois pas le connaître mieux aujourd'hui qu'il y a trois ans. Est-ce lui qui a gardé ses distances ou est-ce moi ? Je ne saurais le dire, mais quoi qu'il en soit, nous sommes sur la réserve l'un avec l'autre comme des adversaires, pas comme des amis.

Nous échangeons d'autres poignées de main et des tapes dans le dos et Rowan enlace Mina. Sa main reste délicatement posée sur le bas de ses reins quand il s'éloigne et je dois combattre l'envie de poser un bras de propriétaire sur l'épaule de ma femme. Ce serait plus facile si Rowan était détestable. S'il était arrogant, sectaire ou affreusement mielleux. Mais il n'est rien de tout cela et je n'ai pas besoin d'un psy pour comprendre que ce n'est pas l'attitude de Rowan, mais mes propres défauts qui sont à l'origine de ma méfiance. Il était présent quand j'étais absent. Pendant que j'étais menotté à un tuyau au fond de la cave et que je comptais sur ma fille de cinq ans pour me sauver, il prenait d'assaut le cockpit de l'avion avec ma femme. Dans les jours qui avaient suivi, j'avais soutenu Mina *via* un écran d'ordinateur ; il l'emmenait dîner dans leur hôtel à Sydney, lui tenait la main pendant qu'elle pleurait dans le vol retour.

Mina m'avait parlé franchement du temps qu'ils avaient passé ensemble.

« Je ne sais pas ce que j'aurais fait sans lui. Et Derek et Cesca. »

Elle s'était reprise pour m'épargner, nous le savions tous les deux.

« Je suis content qu'ils t'aient soutenue », avais-je répondu, sincère.

— Bonne chance pour la reprise du boulot, dit Cesca à Mina en lui faisant la bise.

Dindar a bien traité Mina, après le détournement. Elle a obtenu un congé sans perte de salaire de six mois pendant lequel elle a passé du temps avec Sophia, avant de prendre des fonctions administratives, loin de l'aéroport. Son emploi du temps correspondait aux horaires scolaires – aucun de nous trois n'était prêt à refaire appel aux services d'une baby-sitter –, mais je savais que prendre l'avion lui manquait.

« Je crois que je veux reprendre, avait-elle dit. Après le procès.

— Alors fais-le. »

Elle avait souri. Je lui rappelais son père, apparemment.

« J'ai un peu peur, bien sûr. »

Elle faisait encore des cauchemars à propos de Missouri et les autres.

« Mais on ne peut pas les laisser gagner, pas vrai ? »

— Et si on mangeait un *fish and chips* à notre retour à la maison ? dis-je quand Rowan tourne le coin de la rue et que nous nous retrouvons tous les trois.

— Ouais ! s'écrie Sophia, les yeux brillants. Tant que le poisson est…

— … issu de la pêche durable, je sais.

Ma fille est beaucoup plus mûre que son âge et les trois dernières années l'ont encore fait grandir. Nous luttons contre ça, d'une certaine manière – nous l'encourageons à jouer, à dire des bêtises, à être une enfant –, mais je suis fier de notre fille, intelligente, passionnée et perspicace.

Je hèle un taxi en pensant à ce jour où, en rentrant de l'école, elle refusait de me prendre la main, qu'elle voulait Becca, pas moi. Comme c'était douloureux ! Comme nous avons avancé depuis ! Je suis beaucoup plus proche de Sophia aujourd'hui. Je ne souhaiterais pas à mon pire ennemi de vivre ce que j'ai vécu, mais cette expérience a vraiment eu du bon.

— Je vous aime, dis-je avec plus d'ardeur que prévu.

Le taxi se gare et j'ouvre la porte pour laisser les filles monter avant de m'y engouffrer.

— Je t'aime aussi, répond Mina en me serrant la main.

Assise entre nous, Sophia soupire, heureuse.

— Et moi donc !

Cinquante-deux
Passager 1G

Une condamnation à perpétuité. J'avoue que je ne m'y attendais pas. La norme pour un acte de terrorisme, certes, mais protéger la planète, est-ce du terrorisme ? Faire prendre conscience aux gens des ravages qu'ils causent sur terre, est-ce du terrorisme ?

Oui, selon les tribunaux.

À leurs yeux, il n'y a pas de différence entre notre cause et la folie religieuse ; entre la sauvegarde et la destruction de la planète. Ils sont aveugles à la vérité pourtant si évidente pour ceux d'entre nous qui nous soucions de l'avenir que nous préparons à nos enfants.

La liberté conditionnelle ne sera envisageable que dans quarante ans. Qui sait si je serai encore là pour voir ça ? Quarante ans derrière les barreaux, sans contact avec le monde extérieur. C'est barbare. Inhumain. La mort serait sans doute préférable, non ?

À cet égard, Missouri a gagné. Elle a échappé à ça. Elle a vaincu le système en mourant.

Tu ne croyais pas que c'était le plan de Missouri, n'est-ce pas ? Qu'elle était capable de la sophistication nécessaire pour mener à bien un projet d'une telle ampleur, d'une telle importance ?

Je ne t'en voudrais pas de l'avoir cru. Après tout, elle l'a bien cru, elle. Elle se considérait plus comme une meneuse qu'une suiveuse et je n'ai eu aucun mal à planter les graines et à la laisser s'en occuper. Missouri se prenait pour le berger alors que pendant tout ce temps, elle n'était qu'un des moutons de mon troupeau. Si les choses tournaient mal, cela garantissait que toutes les routes mèneraient à elle et que je garderais les mains propres. Nos discussions en ligne étaient sécurisées, mais je gardais des traces écrites de chaque contact, de chaque résolution et j'ai pris la décision judicieuse de me rendre chez elle après son départ pour l'aéroport pour déposer le dossier dans son bureau.

Je ne suis pas le premier à duper quelqu'un, et je ne serai certainement pas le dernier. Il y a des pigeons partout, du monde des affaires à celui de la politique, et nous assistons à leur disgrâce dès qu'ils ont fait leur temps. Autour d'eux, les P-DG s'en tirent sans une égratignure et investissent dans de nouveaux projets ; en politique, les dictateurs prêtent allégeance à un nouveau pantin. Les vrais meneurs ne sont pas sur scène, ils tirent les ficelles.

Les autres respectaient Missouri – ou plutôt, ils respectaient la personne qu'ils croyaient qu'elle était. Ils écoutaient les discours que je lui faisais prononcer et le plan dont je lui avais permis de revendiquer la paternité. Je ne suis pas doué pour les mots, *lui disais-je.* Ce sera mieux si cela vient de toi. Les gens t'écoutent. Tu es une meneuse-née.

Les gens voient ce qu'ils ont envie de voir. Ils croient ce qu'ils ont envie de croire. Missouri était habituée à voyager aux quatre coins du monde et à se faire verser des honoraires élevés pour parler de l'injustice. Elle avait l'habitude que les gens soient suspendus à ses lèvres. Son narcissisme l'a perdue et m'a permis de rester dans l'ombre.

Quarante ans, quand même.

Aurais-je agi de la même manière si j'avais su que nous échouerions ? Que tant de gens seraient privés d'avenir, piégés derrière les portes d'une prison ?

De mon vivant, le nombre de catastrophes naturelles a triplé. Les nations insulaires sont englouties sous le niveau de la mer, qui ne cesse de monter. Les abeilles, ces humbles pollinisatrices à qui nous devons tant, disparaissent. Deux mille espèces sont menacées d'extinction par le réchauffement climatique, un nombre terrifiant. La planète se meurt.

Alors, est-ce que je referais la même chose ?

Sans hésiter.

Et c'est ce que je vais faire.

Parce que je n'ai pas été assez bête pour me laisser attraper.

Il m'est arrivé d'être inquiet, évidemment. Par moments, j'ai (momentanément) perdu le contrôle et j'ai risqué de dévoiler que j'étais le véritable cerveau à l'origine de ce plan. Tandis que, agenouillé près du cadavre de la jeune hôtesse de l'air, je comprimais sa plaie au cou, mon pouls s'est emballé. J'ai attendu qu'une main se pose sur mon épaule, que l'accusation soit lancée, que la vérité éclate. Ce meurtre était un acte irréfléchi – n'importe lequel de ces passagers aurait pu me voir brandir le tire-bouchon –, mais leur regard était fixé sur Missouri. Le temps que leurs yeux se posent sur moi, j'essayais de sauver la vie de la jeune femme. Un héros, pas une menace.

L'enquête a été poussée, les antécédents de tous les passagers ont été vérifiés, et j'ai senti le souffle chaud de l'antiterrorisme sur ma nuque. Mais cela n'a rien donné ; j'avais brouillé les pistes avec une expertise peaufinée au fil des années. Rowan Fraser a été un citoyen modèle.

Ce n'était pas la fin que je souhaitais, bien sûr. Je voulais que nous nous encastrions dans l'opéra de Sydney à l'issue d'un plongeon dramatique ; je voulais que les images de nos actions – la prise de position politique la plus importante de l'histoire – repassent pendant des décennies sur tous les continents, dans toutes les maisons, toutes les écoles, toutes les institutions. Je voulais faire la une de l'actualité à coup de « flashs spéciaux », qu'un projecteur si puissant soit braqué sur le réchauffement climatique que personne ne puisse éviter le sujet. Missouri voulait la même chose. Elle en avait assez de lutter pour rendre justice à son frère, militant écologiste lui aussi. Elle en avait assez d'essayer de convaincre les gens d'écouter le message qui lui avait coûté la vie plus de vingt ans auparavant. Une dernière action, avait-elle dit. Pour lui.

Cela m'a amusé de voir les passagers reculer face à son déguisement rudimentaire. C'est grâce aux djihadistes, je suppose, que nous devenons hystériques à la vue d'un fil électrique et de plastique. Sa fameuse

« bombe » se composait de simples chaussettes fourrées dans des sacs à déjections canines fixés sur une sangle à bagage extensible, le tout agrémenté de fils électriques colorés arrachés à des écouteurs. Chaque objet avait innocemment passé le contrôle du scanner à rayons X de l'aéroport et la fausse bombe avait été assemblée dans les toilettes de l'avion.

Si Lena avait ignoré que les explosifs étaient faux, cela aurait peut-être suffi à tenir le personnel de cabine en respect... C'est merveilleux, le recul, non ?

J'ai fait de mon mieux pour empêcher Mina de prendre le cockpit d'assaut. C'était compter sans son désir ridicule de « rattraper » les événements des heures précédentes. J'aurais pu la neutraliser. Peut-être même neutraliser Mina et Cesca. Mais Mina, Cesca et Derek ? Quand il est apparu qu'ils étaient décidés à mener à bien leur mission de sauvetage complètement improvisée, j'ai compris que me joindre à eux, pénétrer dans le cockpit avec eux était ma dernière chance de faire la une dont nous avions besoin.

Je m'attendais à ce que Mina craque, je l'avoue. Je le voyais venir, j'ai essayé de la pousser dans cette direction. Je lui ai rappelé sa famille, j'ai exploité ce que je savais être son point faible au moment même où elle avait besoin de se maîtriser. Je tenais presque les commandes ; je touchais presque au but.

Suis-je allé trop loin ? Elle a réagi de manière extrême à ma provocation ; ses cris et sa colère, si excessifs par rapport à mon comportement, me font supposer qu'elle était en proie à une crise d'hystérie. À ce moment-là, j'ai laissé tomber. Même les troupes les plus résistantes savent quand battre en retraite. Se regrouper. Mieux valait vivre pour reprendre le combat. Pour mieux combattre.

Nous avons remporté de petites batailles au milieu de la guerre perdue. Après le détournement, le gouvernement britannique a banni les Miles, un petit pas, certes, néanmoins significatif pour dissuader les gens de prendre l'avion. Il a accordé des exonérations d'impôts aux entreprises expédiant leurs produits par voie maritime plutôt que par voie aérienne et a assorti d'une TVA l'achat de nouveaux avions.

Dans mes moments les plus sombres, je me dis que c'est grâce à nous.

Je te le dis maintenant. C'est grâce à nous. *C'est ça, le pouvoir de la contestation. Ne crois jamais que tu ne peux pas changer la donne, que tu ne peux pas vraiment faire la différence dans ce monde. Que tu ne peux pas changer le monde. Tes petits-enfants comptent sur toi.*

Néanmoins, l'heure d'une nouvelle approche est venue. Les manifestations ont changé depuis que ma mère m'a emmené à Greenham Common ; la législation et la technologie aussi. Nous pouvons être plus malins. Plus discrets. Plus puissants.

Au cours de ces dernières années, depuis le détournement, j'ai remarqué que l'attitude à l'égard du réchauffement climatique a radicalement évolué. Tu as dû le remarquer toi aussi. Le sujet est plus médiatisé, plus de documentaires lui sont consacrés, plus de célébrités ont le courage de leurs opinions. Le cours des événements est en train de changer et l'heure est venue d'en profiter.

Mais ce n'est pas moi qui vais le faire.

Tout repose sur l'image de marque dans ce monde de consommation et de réseaux sociaux et cela n'a jamais été mon genre d'être sur le devant de la scène. On a besoin de quelqu'un de jeune, de passionné, quelqu'un dont la pureté transparaît aux yeux du monde.

Quelqu'un comme toi.

Je sais que tu es prête à accomplir cette mission. Tu as écouté ma version de l'histoire et tu comprends les problèmes. Tu vois que c'est la cause qui compte, pas les gens.

C'est intimidant, je le sais. Mais je serai là, dans les coulisses. Je t'aiderai à écrire tes discours et à te préparer pour tes réunions. Je t'apprendrai à emporter l'adhésion des gens avec ton énergie et ton innocence jusqu'à ce qu'ils croient tout ce que tu dis. Je serai derrière toi, mais tout le mérite te reviendra. Tu seras célèbre dans le monde entier, tu feras réagir les nations parce que tu es la voix de la raison. La voix du futur.

Considère cela comme un apprentissage, dans un premier temps. Je parlerai, tu apprendras et en attendant, tu gagneras le cœur des gens, si bien que, quand le moment sera venu, ils te suivront où que tu veuilles les mener. Je te montrerai comment faire.

Tes parents ?

Oh, Sophia, ce ne sont pas tes parents. Ce sont juste des gens qui s'occupent de toi. Ils ne font pas plus partie de ta famille que tes professeurs. C'est leur travail de s'occuper de toi. Rien de plus. Adam et Mina voulaient un enfant, n'importe quel enfant, ils ne t'ont pas choisie. Contrairement à moi.

Oui. C'est vrai. Je t'ai choisie.

J'ai choisi de te raconter tout ça pendant que les autres assistaient au procès.

Pourquoi ?

Parce que je vois ton potentiel. Parce que ensemble, nous allons changer le monde et je sais que tu es assez forte non seulement pour mener ces changements mais aussi pour supporter le bain de sang en chemin. Je t'ai choisie comme bras droit, pour que tu sois l'avenir de mon mouvement.

Je t'ai choisie. Alors, qu'en dis-tu ?

C'est bien. Tu prends la bonne décision.

Ils nous regardent, je dois y aller. Ne leur répète pas ce que j'ai dit, d'accord ? C'est notre petit secret. Attends patiemment sans dire un mot. Conforme-toi à leurs désirs. Pour l'instant.

Je te dirai quand le moment sera venu.

Épilogue
Sophia

Je suis coincée entre papa et maman dans le taxi. J'ai l'impression d'être le filet sur un court de tennis, papa et maman se renvoient la balle. Encore et encore.

Ça me dépasse.

C'est ce que les gens disent quand ils ne comprennent pas quelque chose. *Ça me dépasse*. Comme l'eau quand on se noie.

Les adultes pensent que ce qu'ils disent me dépasse. Ils croient que, parce que je suis petite, je n'entends pas ce qu'ils racontent. Que je ne comprends pas. J'ai écouté papa parler à Derek un jour. J'ai entendu Derek dire : « Il y a quelque chose de bizarre chez lui » ; et papa a répondu : « Mina refuse qu'on dise du mal de lui. » Quand ils m'ont vue, ils se sont tus tout d'un coup et Derek a dit : « Est-ce que tu crois… », et papa a dit : « Ne t'inquiète pas, ça la dépasse. »

Mais pas du tout.

Ils parlaient de Rowan.

Je ne suis pas bête. Je suis très attentive. J'écoute tout le temps, et quand il y a quelque chose que je ne comprends pas, je cherche ce que ça veut dire. Je demande surtout à maman et papa, mais parfois… parfois je demande à Rowan.

Rowan ne me trouve pas trop jeune pour comprendre. Il me parle du réchauffement climatique et me dit pourquoi le Premier ministre ne vaut rien, pourquoi de mauvaises choses arrivent, comme les bagarres et les guerres. Beaucoup d'adultes changent de ton pour parler aux enfants ; pas Rowan. « Tu es intelligente, je ne veux pas te prendre de haut. »

Je ne sais pas si je suis intelligente. Je m'intéresse aux choses. Je découvre des choses et puis mon cerveau s'en souvient. Par exemple, avant que Becca ne nous enferme dans la cave, pendant le repas, papa parlait de faire des gâteaux avec moi et Becca a dit qu'on peut faire des biscuits avec des pissenlits. « Il y a des tas de sites Internet », elle a dit.

Maman me laisse me servir d'Internet pour trouver des recettes, alors j'ai regardé. Becca avait raison. Ça s'appelle la cueillette de plantes sauvages et ça veut dire manger des mauvaises herbes. Il y en a plein qui se mangent. Des noix, des baies, des orties… des tas. J'ai fait des muffins aux glands. Maman et papa ont dit qu'ils les avaient aimés, mais après, j'ai entendu papa dire qu'ils avaient un goût de litière pour hamster et j'étais si fâchée que j'ai failli exploser.

Il y a des orties dans le parc, juste derrière la maison, des mûres et des fleurs comestibles comme la violette, la roquette et la mauve.

Pas les digitales, en revanche. Les digitales sont toxiques.

Mais comment je suis censée le savoir ? Je n'ai que neuf ans…

Rowan m'a beaucoup appris. Comment chercher des choses sur Internet sans que personne sache que tu regardes, par exemple. Ou comment empêcher maman et papa de soupçonner que je manigance quelque chose.

C'est un bon acteur. Maman l'aime beaucoup, mais pas papa, même s'ils se serrent la main comme des amis. Rowan dit que bientôt, papa va recommencer à jouer au loto et « Tu as vu ce qui est arrivé la dernière fois. »

Quand maman a annoncé qu'elle allait reprendre l'avion, j'ai cru que Rowan dirait quelque chose – il était tellement furieux –, mais il lui a fait la bise en disant :

« Bravo, je sais que c'était une décision importante. » Après, nous sommes allés au parc et il a dit que maman aurait pu manifester contre le réchauffement climatique, mais qu'au lieu de ça, tous les journaux parlaient de la « courageuse hôtesse de l'air » qui reprenait le travail.

« Tu devrais lui parler, j'ai dit, mais il a secoué la tête.

— Je travaille à un meilleur plan. »

Il a refusé de m'en parler pendant une éternité. Au lieu de ça, il m'a dit qu'il avait un grand secret, un énorme secret dont je ne pouvais parler à personne. Ni à Derek ni à Cesca, et surtout pas à maman et papa.

C'était lui. Le détournement, Becca, tout. Il était désolé qu'on ait été enfermés à la cave, il a dit que je devais comprendre que c'était « dans l'intérêt général ». Quand le procès a commencé, maman et papa passaient souvent toute la journée au tribunal et Rowan et moi attendions au café en buvant du chocolat chaud.

« Ce n'est pas tout, il a dit. Je crois que je peux te faire confiance pour faire le bon choix. » Il m'a raconté un chapitre par jour, comme une histoire avant d'aller dormir.

« Je te dirai quand le moment sera venu », il a dit.

Il a oublié ce qu'il m'a raconté sur la fois où lui, il a enfreint la loi. Quand il a jeté un caillou à un policier. « Mon âge m'innocentait », il a dit. J'ai dû lui demander qu'il m'explique. Ça veut dire qu'il avait neuf ans. Qu'il était trop jeune pour être arrêté.

Le même âge que moi.

Alors je ne peux pas attendre, pas vrai ?

J'ai préparé les biscuits pendant le week-end. Maman était « contente que je me change les idées », elle a dit, et contente que « je ne trouve pas le procès trop pesant ». Papa est entré dans la cuisine quand j'ajoutais les fleurs. « Qu'est-ce que tu prépares ? » J'avais quatre saladiers avec un parfum différent dans chaque.

« Des sablés, j'ai dit. Avec des fleurs comestibles. »

J'ai soudain eu très chaud, sûre qu'ils pouvaient lire dans mes pensées. Est-ce que Rowan avait ressenti la même chose quand il avait jeté le caillou au policier ?

« Ça a l'air fameux », a dit papa.

J'ai décoré mes biscuits avec des bouts de pétales, enfoncés à la surface du sablé. Des pensées jaunes sur certains, de la bourrache bleue sur d'autres, des roses roses sur les troisièmes.

Et sur la dernière fournée, un tout petit bout de pétale de digitale.

Encore une chose que Rowan m'a apprise : cache tes secrets sous le nez des gens.

La police découvrira la vérité après coup, vous voyez. Je ne suis pas bête. Il y aura une enquête, des prises de sang, on trouvera la digitale et la police saura que j'en ai mis dans mes biscuits, une bonne quantité en fait, alors ce serait suspect que j'aie mis des fleurs comestibles sur trois de mes fournées mais rien sur les biscuits à la digitale.

La police saura que j'ai fait le coup. Mais elle ne peut pas m'arrêter.

Je n'ai que neuf ans.

Notre taxi avance, puis s'arrête. Papa soupire.

— On irait plus vite à pied.

— Sophia est épuisée, répond maman.

La fenêtre est ouverte et je sens les gaz d'échappement dégoûtants des voitures autour de nous qui étouffent les rues.

— Si on rate le train, on mange sur place, c'est sûr : je suis affamée.

— J'ai mes biscuits, je dis, comme si je venais de m'en souvenir.

Je sors les sachets en papier de mon sac à dos. Un pour chacun.

— Qu'est-ce qu'on ferait sans toi ?

Papa me fait un grand sourire. Moi aussi, je souris, mais mon cœur tambourine. Combien de temps on met à mourir d'une intoxication à la digitale ? Est-ce que ça fait très mal ?

Nous grignotons les biscuits et notre taxi avance un petit peu.

C'est fait.

Je me sens mieux maintenant. Parfois, il faut faire

quelque chose de mal pour empêcher que d'autres mauvaises choses arrivent. Comme l'a fait Rowan.

— Ces pétales sont très jolis, dit maman et elle se penche pour voir le gâteau de papa et le mien. Oh ! Tu as donné tes biscuits préférés à Rowan. Elle ne m'a pas laissée en piquer un seul ! elle dit à papa en riant.

— Eh bien, c'était gentil de sa part de s'occuper de moi pendant le procès, je dis. Et il m'a raconté plein d'histoires intéressantes. Il habite seul et je crois que personne ne lui fait de biscuits. Et je tenais beaucoup à ce qu'il ait les violets.

Mes parents échangent un coup d'œil qui veut dire « comme c'est mignon ! » et je sais qu'ils se disent qu'ils m'adorent. Que je suis adorable.

— Tu es très gentille, dit papa en me prenant par l'épaule pour me serrer contre lui.

Je les regarde tous les deux et je leur fais mon plus doux sourire.

— Ce n'est rien. Je crois qu'il les mérite.

NOTE DE L'AUTRICE

Parfois, l'idée d'une intrigue nous trotte longtemps dans la tête avant d'être prête, comme une graine enfouie dans la terre attendant la combinaison adéquate de soleil et d'eau pour germer. Comme beaucoup d'écrivains, je conserve un cahier plein d'idées, dont beaucoup ne prennent jamais racine. Dans les premières pages de ce cahier, on peut lire quelques phrases. *Hôtesse de l'air. Menace terroriste. Sauver l'enfant ou l'avion ?*

Peu après avoir écrit ces lignes, j'ai lu un article sur les préparatifs du premier vol direct entre Londres et Sydney. À l'époque, mon plus long voyage en avion avait duré treize heures et j'étais horrifiée à l'idée d'en ajouter sept de plus. Je n'ai pas pu m'empêcher de penser à l'intrigue du *Crime de l'Orient-Express* d'Agatha Christie, dans lequel des voyageurs sont coincés avec un meurtrier à bord d'un train bloqué par la neige. Je suis terrifiée à l'idée de me trouver à trente-cinq mille pieds d'altitude sans nulle part où me cacher, et c'est donc tout naturellement que j'ai décidé de passer un an à explorer le sujet.

J'adore voyager et j'ai beaucoup de chance que mon travail me permette de le faire. Néanmoins, j'ai récemment commencé à m'inquiéter de l'impact environnemental des vols que je prends, ce qui m'a amenée à me demander si tous mes déplacements professionnels étaient justifiés. Je prends le train quand c'est possible et j'essaie de compenser mes voyages en multipliant les petits changements à la maison. Le moindre geste compte. Je passe pas mal de temps dans les salles d'attente des aéroports à observer les autres passagers et à m'interroger sur la raison de leur voyage. Juger qu'un voyage est « nécessaire » ou non est tout à fait subjectif, et l'écriture de ce livre me permettait de me pencher sur certaines perceptions et certains jugements associés au transport aérien et à l'écologie. Pendant la rédaction de ce roman, la Covid-19 a frappé et les pays ont lentement fermé leurs frontières. Les avions se sont retrouvés cloués au sol, le personnel aérien en chômage technique ou carrément licencié. La pollution a diminué. L'an dernier, j'ai visité treize pays ; cette année, mon agenda est vide. Écrire sur une organisation opposée au transport aérien au moment même où l'industrie s'est retrouvée au point mort s'est révélé à la fois dérangeant et inspirant, et j'ai été frappée par l'impact positif sur l'environnement attesté en si peu de temps. Il est impossible de savoir à quoi ressemblera le monde de demain, mais je suis sûre que cette crise va durablement changer notre façon de voyager.

J'ai conscience que les militants écologistes de mon roman ne sont pas des héros – c'est le moins qu'on puisse dire. Ce sont des fondamentalistes, et les fondamentalistes sont rarement sympathiques. Alors pourquoi consacrer un livre à des intégristes au lieu de se focaliser sur la multitude de scientifiques et d'écologistes qui accomplissent un travail précieux, de manière parfaitement légale et raisonnable ? Pour faire court, je dirais que cela donnerait un roman policier très ennuyeux. La version longue de ma réponse trouve son origine à Oxford, à l'époque où je venais d'être promue officier de police. J'avais rejoint les rangs de la police de la ville à une époque où les manifestations contre les expériences sur les animaux étaient quasi quotidiennes à cause des nombreux laboratoires hébergés par l'université. En tant que membre des forces de l'ordre, on est tenu de faire la part entre ses convictions personnelles et les exigences du métier, et quoi que j'aie pensé des tests sur les animaux, j'étais tenue de protéger les scientifiques en première ligne. L'immense majorité des opposants respectaient la loi et exerçaient leur droit de manifester. Il en allait autrement pour une minorité bruyante. Je trouvais fascinant qu'une personne aime les animaux au point de consacrer sa vie à les protéger et en même temps, méprise la vie humaine au point de ne pas hésiter à incendier une maison familiale. A-t-on le droit de tuer une personne pour sauver un animal ? Et pour sauver une forêt ? Un fleuve ?

Plus tard, j'ai travaillé comme officier de liaison avec les manifestants : c'est le point de contact entre la police et les militants. Assise dans une pièce avec un représentant de l'English Defence League, Unite Against Fascism ou Fathers for Justice, j'essayais de trouver un terrain d'entente entre nos objectifs très différents. Ce travail fascinant m'a beaucoup appris sur la psychologie des manifestants.

Alors que j'écrivais le premier jet de ce roman, un manifestant a cloué au sol un avion à destination de Dublin et prononcé un sermon sur le réchauffement climatique pendant que le personnel navigant tentait de l'évacuer de l'appareil. Je crois que les manifestations dans les aéroports et à bord des avions vont se multiplier à mesure que les effets du réchauffement climatique s'aggraveront et que les écologistes mèneront des actions plus extrêmes pour tenter de se faire entendre. Quelle que soit votre opinion sur les manifestations, il est difficile de contester la science (même si un nombre surprenant de personnes y parviennent). Nous devons agir sans attendre afin de sauver notre planète pour le bien des générations futures.

Prendre le train, interdire le plastique à usage unique, manger moins de viande… en modifiant des centaines de petites choses aujourd'hui, vous pourriez faire une grande différence demain.

Enfin, un mot rassurant aux personnes angoissées qui répugneraient à prendre l'avion après la lecture de ce roman. *C'est de la fiction.* Vous avez dix fois moins de chance de vous trouver à bord d'un avion détourné que d'être foudroyé(e) et, à moins que vous n'ayez l'habitude d'assister aux orages en plein milieu d'un champ, la probabilité que cela vous arrive est extrêmement faible.

Merci d'avoir lu mon roman. Bon voyage.

Clare MACKINTOSH

REMERCIEMENTS

Comme toujours, j'ai une immense dette envers un grand nombre de personnes sans qui ce livre n'aurait pas pu voir le jour. Deux lecteurs ont fait des dons à des associations caritatives en échange du privilège de voir le nom de leur choix apparaître entre ces pages. Je remercie Tanya Barrow, dont la belle-mère Patricia est une vraie lady écossaise, et Mike Carrivick, ancien employé de Qantas qui a travaillé sur le premier vol Londres-Sydney en 1989. Vous avez eu une mort fictive héroïque, Mike. Ces généreux dons ont été faits pour soutenir Aerobility, une magnifique association qui permet aux personnes à mobilité réduite de piloter un avion. Elle accomplit un travail vraiment révolutionnaire et ce fut un privilège de les aider à collecter des fonds.

Je sais gré à Rhonda Hierons d'avoir partagé son expérience des troubles de l'attachement et aux amis qui m'ont parlé de leur procédure d'adoption. Être victime de négligence, d'abus ou d'un départ chaotique dans la vie a un impact profond et durable, et je suis impressionnée par les parents qui offrent à ces enfants un havre de sécurité et de bonheur.

Beaucoup de pilotes, d'ingénieurs aéronautiques et de personnels navigants seront désireux de souligner toutes les erreurs que j'ai commises en décrivant la configuration d'une cabine d'avion, l'organisation de la relève, la procédure d'atterrissage et j'en passe. Avec tout le respect que je vous dois, je vous demande de vous adresser au service clients (fictif) de World Airways qui sera ravi de gérer vos réclamations. Pour ma part, j'éprouve une immense gratitude envers la contrôleuse aérienne Charlotte Anderson, envers Gillian Fulke, formatrice du personnel navigant pour la compagnie Emirates, pour leurs conseils et leur expertise, et envers Tony et Athena qui m'ont accueillie à l'Emirates Aviation Experience où mon fils Josh et moi avons pu faire atterrir un Boeing 777 à l'aéroport de Sydney dans les conditions précises auxquelles Mina fait face dans ce roman. Plusieurs pilotes du monde entier m'ont aidée dans mes recherches, et l'un d'eux en particulier (qui a demandé à garder l'anonymat) a eu la générosité de me consacrer du temps sans compter. Il m'a envoyé des photos annotées montrant l'itinéraire de descente précis de Mina, m'a décrit l'atterrissage pas à pas et a répondu à de nombreuses questions allant des avions de chasse à la couverture nuageuse. J'espère qu'il a conscience de ma gratitude. Je suis responsable de toutes les erreurs, commises surtout pour le bien de l'histoire.

Je remercie aussi Sheila Crowley, mon agente aux yeux de lynx, d'avoir remarqué que le footballeur Jamie Crawford n'aurait pas pu partir en Australie à un moment aussi crucial de la saison, et à Graham Brown d'avoir confirmé que, même blessé, Jamie aurait été tenu de rester pour assister aux entraînements. C'est ainsi que Jamie a gracieusement pris sa retraite quelque part entre le deuxième et le troisième jet du roman.

Sheila Crowley, de l'agence littéraire Curtis Brown, ne se contente pas d'être amatrice de football (et de rugby). C'est une agente, un mentor, une stratège extraordinaire en plus d'être une amie chère. Il n'y a personne que je préférerais avoir dans mon camp, et je remercie Sabhbh Curran et Emily Harris, membres de l'équipe CB, pour leur travail acharné.

J'ai la chance d'avoir la même éditrice, Lucy Malagoni, depuis que les droits de mon premier livre ont été vendus en 2013. Futée, ambitieuse, elle me pousse un peu plus loin à chaque livre, exactement comme j'aime. Elle fait partie d'une équipe de collaborateurs passionnés et bosseurs chez Little, Brown Book Group, la maison d'édition chez qui j'ai l'honneur d'être publiée. Je n'ai pas la place de saluer ici tous les employés des différents services de la maison – équipe artistique, promotion des ventes, marketing, comptabilité, publicité, livres audio –, mais sachez que je vous apprécie tous. J'adresse des remerciements particuliers à Gemma Shelley, Brionee Fenlon, Kirsteen Astor, Millie Seaward, Rosanna Forte et Abby Parsons, ainsi qu'à Linda McQueen, lectrice-correctrice extraordinaire.

Merci à Andy Hines, Kate Hibbert et Helena Dorée de l'équipe de cession des droits qui, à eux trois, ont permis à mes livres de parvenir jusqu'aux lecteurs de quarante pays – pour l'instant. J'ai des éditeurs vraiment formidables dans le monde entier et j'adore voir comment vous façonnez mes livres pour vos marchés respectifs.

Ceci m'amène naturellement aux personnes les plus importantes de toutes. Les lecteurs. Que vous me suiviez depuis le début ou que ce roman soit le premier que vous lisiez, que vous préfériez les livres numériques, les livres reliés, les livres de poche, que vous écoutiez des livres audio, que vous les empruntiez, que vous lisiez un ou cent livres par an : merci. C'est grâce à vous que je peux vivre de ma passion. S'il vous plaît, continuez à partager vos critiques de mes romans, à soutenir les librairies indépendantes là où c'est possible, à fréquenter les bibliothèques. Continuez à lire. Si vous n'êtes pas déjà membre de mon club de lecture, cela me ferait plaisir de vous retrouver à cette adresse :

claremackintosh.com/jointheclub

J'ai gardé le plus important pour la fin : Rob, Josh, Evie et George, merci de me supporter.

Le Livre de Poche s'engage pour l'environnement en réduisant l'empreinte carbone de ses livres.
Celle de cet exemplaire est de :
300 g éq. CO_2
Rendez-vous sur www.livredepoche-durable.fr

PAPIER À BASE DE FIBRES CERTIFIÉES

Composition réalisée par Soft Office

Achevé d'imprimer en France par
CPI BRODARD & TAUPIN (72200 La Flèche)
en décembre 2022
N° d'impression : 3050422
Dépôt légal 1re publication : janvier 2023
LIBRAIRIE GÉNÉRALE FRANÇAISE
21, rue du Montparnasse – 75298 Paris Cedex 06